KB239829

INSPECTOR FRENCH'S GREATEST CASE

프렌치 경감 최대사건

프리먼 윌스 크로프츠/김민영 옮김

동서문화사

옮긴이 김민영 (金珉寧)
서울대사대 영어과 졸업. 예일여고 영어교사 역임. 〈사랑과 미움의 노래〉
등 시 작품 발표. 옮긴책 브래드베리 《멜랑콜리의 묘략》 크리스티 《메소포
타미아 살인》 《화요클럽》 카 《세 개의 관》 라이얼 《심야 플러스 1》 등.

DONGSUH MYSTERY BOOKS 121
프렌치 경감 최대사건
프리먼 윌스 크로프츠 지음/김민영 옮김
초판 발행/1977년 12월 1일
중판 발행/2003년 9월 1일
발행인 고정일/발행처 동서문화사
창업 1956. 12. 12. 등록 16-345 (윤)
서울강남구신사동540-22 ☎ 546-0331~6 (FAX) 545-0331
www.epascal.co.kr

*

편찬·필름·제작 일체 「동판」 자본으로 이루어짐에 따라
출판권 소유권자 「동판」에서 제조출판판매 세무일체를 전담합니다.
사업자등록번호 211-90-02201
ISBN 89-497-0217-7 04840
ISBN 89-497-0081-6 (세트)

프렌치 경감 최대사건
차례

등장인물

듀크   런던 다이아몬드 상사 듀크 앤드 피보디 회사 사장

실비어   듀크의 외동딸

해링턴   실비어의 약혼자

게싱   듀크 앤드 피보디 회사 지배인

팬덜켐프   듀크 앤드 피보디 회사 외무담당 사원

루트 부인   올림픽 호로 런던에 온 미국 철강왕의 아내

워드 부인   루트 부인과 같은 배에 탄 영국 부인

X 부인   3,000파운드를 사기한 수수께끼의 여자

시시 윈터   13년 전 은퇴한 소식을 알 수 없는 여배우

베인 부인   런던 교외 클루 장에 사는 여자

프렌치 경감   런던 경찰국 경감

살인 !

　런던 옛시가지 해튼 가든을 둘러싼 뒷거리는 아무리 날씨가 좋은 날이라도 유쾌하고 쾌적한 기분이 들 만한 풍경이 아니다.

　좁고 초라한 그 거리에 늘어선 볼품없고 고리타분한 건물들은 도시의 매연과 안개로 더럽혀졌으며 페인트를 새로 칠한 적이 없어 빛깔이 우중충했다. 아무리 우리 20세기 문명이 찬란하게 꽃피는 것을 찬양하는 사람이라도 이런 뒷거리를 보고 실망을 느끼지 않을 수는 없을 것이다.

　맑은 날에도 그 풍경이 이토록 음울하니 11월 중순 무렵 으스스한 밤 10시쯤 되고 보면 한층 더 그럴 수밖에 없다. 희미한 달이 축축한 안개를 꿰뚫고 집집마다 더러운 블라인드 내린 문의 정면을 푸르스름하게 비춰주었다. 공기는 오싹하리만큼 차갑고, 포장도로는 조금 전까지 내리던 안개비에 젖어 거무스름해 보였지만, 비는 어느새 멎어 있었다. 이 즈음이면 거리를 오가는 사람이 드물어 반드시 해야 할 일이 없는 한 어느 누구도 밖에 나오지 않았다.

　그런 까닭으로 이 언저리에서도 특히 좁고 매력 없는 허클리 거리에는 사람 그림자가 꼭 하나밖에 보이지 않았다. 문명의 고상하고 윤리적인 면은 조심스럽기는 해도 결코 없지는 않았다. 그 사람 그림자는 법과 질서를 대표하고 있었다. 한마디로 말하면, 그것은 순찰 중인 경관의 모습이다.

제임스 앨콘 순경은 천천히 걸음을 옮기면서 기계적이면서도 익숙한 눈초리로 시야에 들어오는 상점들의 블라인드 내린 창문과 사무실이나 창고의 닫혀진 출입문을 살펴보았다.

그 사나이——이 순경은 공상가는 아니었다. 공상가라면 그는 지금보다 더 근무의 따분함과 단조로움에 싫증 나 있을 것이다. 보잘것없는 개와도 같은 삶이다, 이런 깊은 밤에 옛시가지를 순찰하는 일은——그는 생각하며 네거리에서 걸음을 멈추고 사방으로 뻗은 지저분하고 쓸쓸한 거리를 차례로 훑어보았다.

여기저기 모든 곳이 얼마나 음울한 광경인가! 신통한 것이라곤 하나도 없지 않은가! 사람에게 기회를 줄 듯싶은 것은 아무것도 없다. 낮에는 거리가 번화하고 누가 말을 건네지는 않더라도 사람 모습이 눈에 띄어 그런대로 견딜 만했지만, 밤이 되면 사람 그림자 하나 보이지 않고 결코 찾아올 리 없는 기회를 멍청히 기다리는 것 말고는 할 일이 없어 견디기 어려웠다. 그는 정말로 지긋지긋했다!

그러나 그는 아직 알아차리지 못했지만, 그리 멀지 않은 곳에 그가 자신의 솜씨를 한껏 발휘해 보일 사건이 일어나 있었다. 그가 찰스 거리를 지나 해튼 가든에 이르렀을 때 거기에서 조금 떨어진 앞쪽의 한 건물에서 문이 홱 열리더니 한 젊은이가 허둥지둥 밤의 어둠 속으로 뛰어나왔다.

그 문은 가로등 바로 밑에 있었으므로 앨콘 순경은 젊은이의 얼어붙은 표정에 공포와 놀라움이 뚜렷하게 드러나 있는 것을 보았다. 젊은이는 잠시 머뭇거리고 있었으나, 순경의 모습을 보자 부리나케 달려왔다.

그는 소리쳤다.

"경관님, 빨리 오십시오! 큰일 났습니다!"

앨콘 순경은 조금 전까지의 우울한 기분을 떨쳐버리고 젊은이 쪽으로 서둘러 갔다. 그리고 물었다.

"무슨 일이오? 무슨 일이 일어났지요?"

젊은이는 부르짖었다.

"살인인 것 같습니다. 저 위 사무소입니다. 어서 가봐 주십시오."

젊은이가 뛰어나온 문은 열려진 채였다. 두 사람은 급히 그리로 달려갔다. 안으로 들어서자 곧 층계가 보였고 위쪽에 전등이 켜져 있었다. 젊은이는 층계를 뛰어올라 첫 층계참에 있는 문 안으로 들어갔다. 앨콘도 그를 따라 들어갔다. 그곳은 사무소로 책상이 서너 개 놓여 있었다. 맞은편의 안쪽 방으로 통하는 또 하나의 문이 열려 있었는데, 젊은이는 그쪽을 손가락으로 가리켰다.

"저 안입니다. 사장실이지요."

그 방에도 전등이 켜져 있었다. 한 발자국 들어섰을 때 앨콘 순경은 자신이 비극의 현장에 있음을 깨달았다. 그는 한동안 꼼짝도 하지 않고 둘레의 상황을 살펴보았다.

사건이 벌어진 조그만 방은 잘 정돈되어 있었다. 창가에는 뚜껑 달린 낡은 책상이 놓여 있고 그 바로 옆에는 가죽을 씌운 손님용 팔걸이의자 하나가 있었다. 그리고 그 뒤에는 책이 가득 꽂힌 책장이 있었다. 난로에는 아직 타다 남은 불이 빨갛게 타오르고 있었다. 그 밖에 책이며 서류들이 흩어져 있는 책상 하나와 대형 밀러 금고 하나가 비품의 모두였다. 금고 문은 열려 있었다.

앨콘 순경은 기계적으로 이런 자질구레한 것들을 머릿속에 새겨 넣었지만, 맨 처음 그의 주의를 끈 것은 그런 비품들이 아니었다.

금고 앞에 한 사나이가 엉거주춤한 자세로 쓰러져 있었다. 금고 안에서 무언가를 꺼내려다가 그대로 쓰러진 듯한 자세였다. 얼굴은 가려져 보이지 않았지만 그 모습으로 미루어 죽어 있는 게 틀림없었다. 죽은 원인도 그와 마찬가지로 뚜렷이 나타나 있었다. 벗겨진 머리 뒤 흰 머리칼이 둥그렇게 난 바로 위쪽에 심한 상처가 보였다. 뭔가 무거운 물건 같은 것으로 내려친 듯한 상처였다.

한 마디 저주의 말을 내뱉은 후 앨콘은 발을 앞으로 내디뎌 볼에 손을 대보았다.

그는 소리쳤다.

"차갑군. 죽은 지 꽤 오래된 모양이오. 언제 발견했소?"

젊은 사나이가 대답했다.

"지금 막 발견했습니다. 나는 책을 가져가려고 들어왔었지요. 그런데 그가 저기에 쓰러져 있었습니다. 나는 곧 사람을 부르러 뛰어나 갔지요."

앨콘 순경은 고개를 끄덕였다.

"아무튼 의사를 불러야겠소."

책상 위에 전화가 놓여 있었으므로 본서로 연락하여 경관과 의사를 좀 빨리 보내달라고 부탁했다. 그리고 다시 젊은이에게로 몸을 돌렸다.

"그런데 이게 대체 어찌된 일이오? 당신은 누구지요? 그리고 어째서 여기에 있는 거요?"

젊은이는 분명히 흥분해 있었고 침착치 못한 모습이었으나 대충 조리 있게 대답했다.

"나는 오처드라고 합니다. 윌리엄 오처드지요. 이 회사의 사무원입니다. 이 회사는 듀크 앤드 피보디 회사로 다이아몬드를 사고팝니다. 조금 전에 말씀드렸듯이 나는 깜박 잊고서 두고 간 책을 가지러 왔다가 이 광경을 보게 됐습니다.”

“그래서 어떻게 했소?”

“어떻게 하다니요? 이런 경우 누구나 하는 대로 할 수밖에 없지 않겠어요. 게싱 씨가 쓰러져 있어서 어떤지 살펴보고 죽어 있음을 알았으므로 사람을 부르러 뛰어나갔습니다. 그리고 당신을 만난 겁니다.”

앨콘은 날카롭게 되물었다.

“게싱 씨라고요? 그럼, 당신은 이 죽은 사람을 안단 말이오?”

“알고말고요. 이 사람은 우리 회사 지배인 게싱 씨입니다.”

“금고는 어떻소…… 없어진 것은 없소?”

“모르겠습니다. 저 안에 다이아몬드가 가득 들어 있었을 테지만 얼마만큼이나 있었는지는 모릅니다. 그리고 지금 얼마나 남아 있는지도 아직 보지 않았으니까요.”

“저 금고에 대해 누구 아는 사람이 또 있소?”

“게싱 씨가 죽었으니 듀크 씨밖에 없겠군요. 듀크 사장님 말입니다. 중역 가운데 내가 아는 사람은 듀크 씨뿐입니다.”

앨콘은 이제 어떻게 할까 생각에 잠긴 얼굴로 입을 다물었다. 이윽고 그는 관례에 따라 주머니에서 모서리가 닳아빠진 수첩을 꺼내들고 몽당연필로 아까부터 수집한 자질구레한 사실들을 써넣기 시작했다.

“죽은 사람의 성이 게싱이라고 했지요? 이름은 뭐요?”

“찰스입니다.”

“찰스 게싱, 사망.”

한참 뒤 앨콘 순경은 이렇게 되풀이했는데, 아마도 써넣은 사항을 확인하고 있는 듯했다.

“흠…… 주소는?”

“플럼의 몽턴 거리 12번지입니다.”

"플럼…… 몽턴 거리…… 12번지. 흠…… 그리고 당신 이름은 윌리엄 오처드라고 했지요?"

상관에게 제출할 보고서에 빠진 사항이 없도록 신경쓰고 있는 앨콘 순경은 열심히 기록하느라 숨결이 거칠어지는 와중에도 냉정하고 사무적인 자세를 잃지 않았다. 반면, 그의 질문에 대답하고 있는 젊은이는 바닥에 쓰러져 움직이지 않는 시체에 정신을 빼앗긴 나머지 흥분을 억누르려고 몸을 부들부들 떨고 있었다.

가엾은 게싱 노인! 저토록 착한 사람은 없었는데! 상처 입은 머리에 손수건도 덮어주지 못한 채 저렇듯 처참한 모습으로 바닥에 팽개쳐두다니. 그러나 이 사건은 이제 그로서는 어쩔 수 없었다. 경찰이 알아서 처리할 것이다. 이미 윌리엄 오처드가 나설 상황은 아니었다.

질문과 대답과 힘든 필기로 그럭저럭 15분쯤 지났을 때 층계참에서 사람 목소리와 발소리가 들리고 이윽고 네 남자가 방으로 들어왔다.

맨 앞에 선 첫눈에 상관으로 보이는 몸집이 당당하고 깨끗이 면도한 사나이가 조금 전에 그의 부하가 사무원 오처드에게 물었던 것과 똑같은 말로 소리쳤다.

"어찌된 일인가, 앨콘?"

그는 문 바로 앞쪽에 서서 날카로운 눈길로 방 안을 둘러보았다. 그의 시선은 앨콘 순경에게서 시체로 옮겨졌다가 열려진 금고 쪽을 바라보더니 수상쩍어하는 표정으로 사무원을 본 다음 다시 앨콘 순경에게로 돌아갔다.

앨콘 순경은 부동자세로 서서 법정에서 정식 증언을 하는 것처럼 예의 그 둔하고 딱딱한 말투로 질문에 대답했다.

"순찰 중인 10시 15분쯤 찰스 거리에서 해튼 가든으로 돌아 나오려는 순간 이 젊은이를 발견했습니다."

그는 몸짓으로 오처드를 가리켰다.

"이 젊은이가 이 건물의 문을 열고 밖으로 뛰어나왔던 겁니다. 큰 일이 났다는 신고를 받고 여기에 들어와보니, 보시다시피 시체가 있었습니다. 전혀 손대지 않았습니다만, 여기 보고사항이 조금 있습니다."

앨콘은 수첩을 내밀었다.

상관인 듯한 사나이는 고개를 끄덕이더니 함께 온 키가 크고 얼른 보기에 의사 같은 사나이 쪽을 돌아보았다.

"박사님, 이 사람의 사망이 확인된 뒤에도 시체를 잠시 이대로 놓아두었으면 합니다. 이 사건은 아무래도 런던 경찰국으로 넘겨질 듯싶고, 그렇다면 그들에게 현장을 고스란히 넘겨주는 게 좋지 않겠어요."

의사는 방을 가로질러가서 시체 옆에 무릎을 꿇고 앉았다.

그는 말했다.

"확실히 죽었습니다. 시간은 그리 많이 지나지 않았군요. 시체를 일으켜 세우면 좀더 자세히 알 수 있겠지만, 필요하다면 그냥 이대로 두겠습니다."

"그렇게 해주십시오. 잠시 이대로 두는 게 좋겠습니다. 앨콘, 그밖에 또 알아낸 일은?"

앨콘이 상관에게 보고하는 데는 몇 초도 걸리지 않았다.

상관은 의사 쪽을 보고 말했다.

"아무래도 이것은 단순한 살인사건이 아닌 듯싶습니다, 조던 박사님. 저 금고가 이 사건의 열쇠지요. 잘됐습니다. 이 사건은 경찰국으로 넘기겠습니다. 곧 경찰국에 전화해야겠군요. 30분 안에 누가 올 겁니다. 죄송합니다만 박사님, 잠시만 기다려주십시오."

그리고 그는 오처드에게도 말했다.

"당신도 기다려주시오. 경찰국의 경감은 오래 기다리게 하지 않으니까. 자, 이 노인의 가족사항을 말해 주시오. 부인이 있소?"

"네. 하지만 부인은 병으로 앓아누운 지 오래됩니다. 따님이 둘 있는데, 따님 한 분이 집에서 살림을 돌보고 있지요. 또 한 따님은 결혼하여 시내 어디에선가 살고 있다더군요."

"알려줘야겠지. 자네가 가게, 커슨."

네 사람 가운데 나머지 둘은 제복경관이었는데, 그는 그중 한 사나이에게 명령했다.

"게싱 부인에게는 말하지 말게. 따님이 집에 없으면 돌아올 때까지 기다리게. 그리고 그녀가 무언가 부탁을 하거든 곧 들어드리도록. 또 한 사람의 딸을 불러달라고 하면 자네가 부르러 가게.

잭슨, 자네는 문 앞에 나가 있다가 경찰국 사람이 오거든 이리 안내하게. 앨콘, 자네는 계속 여기 남아 있게."

저마다 할 일을 정해준 뒤 그는 전화로 경찰국을 불러내 용건을 전했다. 그리고 다시 사무원에게 말했다.

"오처드 씨, 당신은 조금 전에 중역 가운데 한 사람인 듀크 사장 말고는 금고에서 무엇이 없어졌다 하더라도 알지 못할 거라고 말했소. 그렇다면 듀크 씨를 곧 불러와야겠소. 전화 연락을 할 수 있겠죠?"

오처드는 곧 대답했다.

"제럴드 국 1417B입니다."

젊은이는 이제 얼마쯤 흥분이 가라앉은 듯 경찰의 활동을 흥미 있게 지켜보며 그들이 임무를 착실하게 수행하는 데 대해 감탄하고 있었다.

상관은 다시 책상 위에서 수화기를 집어 들어 상대방을 불러냈다.

"듀크 씨 계십니까? 그렇습니다. 경찰서장이라고 전해주십시오."
잠시 침묵이 흐른 뒤 그는 말을 이었다.
"듀크 씨입니까? 여기는 해튼 가든의 당신 사무소입니다. 안 된
일이지만, 큰일이 일어났습니다. 당신 회사의 지배인 게싱 씨가 돌
아가셨습니다…… 그렇지요. 지금 그는 당신 방에 쓰러져 있습니
다.
　현장 상황으로 보아 살인사건인 듯싶습니다. 금고가 열려 있고,
그리고…… 네, 아무래도 그런 것 같습니다. 물론 자세한 내용은
알지 못합니다만…… 아니, 그것만으로는 알 수 없지요. ……지금
곧 와주셔야겠습니다. 경찰국에서 수사관이 곧 올겁니다. 당신도
곧 와주십시오."
그는 수화기를 내려놓고 모두를 둘러보았다.
"듀크 씨가 곧 오겠다고 했소. 이런 데 서 있어봐야 별수 없으니
사무실로 가서 기다립시다."
사무실 안은 추웠다. 불은 이미 꺼진 듯했다. 그러나 서장이 사장
실의 비품에 손대지 말라고 했으므로 그들은 사무실에서 기다릴 수밖
에 없었다. 네 사람 가운데 서장만이 여유만만해 보였으며 자신에 넘
친 얼굴을 하고 있었다.
오처드는 눈에 띄게 흥분하여 걱정스러운 듯 안절부절못하고 있었
다. 앨콘 순경은 이런 자리에 있기가 굉장히 거북한 듯 의자 귀퉁이
에 어색하게 앉아 뚫어지게 앞쪽을 바라보고 있었다. 의사는 의사대
로 완전히 따분함에 지쳐 집으로 돌아가고 싶어하는 눈치였다.
서장은 어떻게든 화제가 끊어지지 않도록 하려고 애썼으나 대화는
도중에 자꾸만 끊어졌다. 그리하여 마침내 층계에 발소리가 났을 때
그것을 유감스럽게 여긴 사람은 하나도 없었다.
방으로 들어온 세 사나이 가운데 검은 가죽가방을 든 두 사람은 틀

림없이 사복경관이었다. 또 한 사람은 트위드 옷을 입은 몸집 좋은 사나이로 보통 키보다 조금 작고 붙임성 있어 보이는 얼굴 생김새로 말끔하게 면도하고 있었다. 그의 푸른빛 도는 어두운 눈은 날카로운 데가 있으나 뭔가 친한 사람끼리 신선한 농담을 즐기는 듯 밝게 빛나고 있었다. 그 태도는 느긋하고 한가로워 맛있는 음식을 마음껏 먹은 뒤 끽연실에서 한 차례 이야기를 즐기는 타입의 사나이였다.

그는 붙임성 있게 손을 내밀며 큰소리로 말했다.

"안녕하십니까, 서장님. 오랜만이군요. 라임하우스 이발관 사건 이후 처음이지요. 그 사건은 정말 지긋지긋했습니다. 그런데 당신은 이 가엾은 사나이가 가까스로 얻은 휴식을 또 빼앗으려는 겁니까?"

서장은 상대방의 싹싹한 태도가 이 자리에 어울리지 않는다고 생각한 것 같았다. 그는 무뚝뚝한 목소리로 격식에 어긋나지 않게 대답했다.

"안녕하시오, 경감. 조던 박사님을 알고 계시겠지요. 박사님, 이분은 경찰국 수사과의 프렌치 경감입니다. 그리고 이분은 이 회사 사무원인 오처드 씨…… 범죄를 처음 발견한 사람이지요."

프렌치 경감은 그들에게 상냥히 인사를 건넸다. 이처럼 상냥한 태도를 중히 여긴다고 하여 그는 경찰국에서 '애교덩이 조'라는 험담을 듣고 있었다.

"성함은 전부터 들어서 알고 있습니다만 직접 뵙기는 오늘이 처음인 것 같군요, 박사님. 그리고 오처드 씨라고 했지요…… 안녕하십니까?"

경감은 의자에 앉아 말을 이었다.

"조사에 들어가기 전 서장님께서 사건 개요를 이야기해 주셨으면 합니다."

그때까지 밝혀진 일이 모두 보고되었다. 프렌치 경감은 주의 깊게 귀 기울였다. 그는 앨콘 순경의 수첩을 집어 들고 훑어보며 아주 잘 처리했다고 칭찬했다.

프렌치 경감은 모두들에게 빙긋 웃어 보였다.

"그럼, 듀크 씨가 오실 때까지 방 안을 한 바퀴 둘러보는 게 좋겠군요."

모두들은 안쪽 방으로 옮겨갔다. 프렌치 경감은 주머니에 두 손을 찌른 채 잠시 꼼짝도 하지 않고 서서 사건이 일어난 자리의 상황을 둘러보았다.

그가 물었다.

"아무 데도 손대지 않았겠지요, 물론?"

"염려마십시오. 보고에 따르면 오처드 씨도 앨콘 순경도 아주 신중하게 행동한 것 같습니다."

"잘됐군요. 그럼, 시작해 볼까요. 재일즈, 카메라 준비를 해서 여느 때처럼 사진을 찍어주게. 다른 분들은 사진촬영이 끝날 때까지 저 방에서 기다려주십시오. 오래 걸리지 않을 겁니다."

프렌치 경감은 싹싹하게 고개 숙여 보이며 모두들을 사무실로 쫓아냈다. 그리고 자기는 그 뒤를 따르지 않고 안쪽 방을 이리저리 돌아다니며 방 안의 물건들을 손대지 않고 이것저것 세밀하게 점검했다.

몇 분 뒤 카메라가 준비되자 시체와 금고와 양쪽 방의 여러 부분 및 층계에서 통로에 이르기까지 플래시를 터뜨리며 몇 장의 사진을 찍었다.

흉악한 사건의 소문은 놀라우리만큼 빨리 퍼지는 법이다. 사건 뉴스는 어느새 밖으로 새어나가 한 무리의 구경꾼들이 입을 헤벌리고 문가에 모여들어 있었다.

촬영이 끝나자 이번에는 또 한 인물이 도착해 잠시 수사가 중단되었다. 층계에 조급한 발소리가 들리더니, 큰 키에 여위었으며 차림새가 훌륭한 노신사가 방으로 들어왔다. 분명 60고개를 넘은 듯했으나 아직 잘생긴 모습을 그대로 지녀 윤곽이 뚜렷하고 조화가 잘된 얼굴 생김새에 머리는 은빛이며 태도는 의젓했다. 여느 때라면 위엄과 부드러움과 너그러움이 갖춰진 모습일 테지만, 지금의 표정은 공포와 곤혹에 일그러진 신경질적인 동작이 마음속 걱정을 그대로 나타내 주고 있었다. 입구에 들어선 그는 낯선 사람들이 많이 모여 있는 것을 보고 주춤했다.

프렌치 경감이 앞으로 나섰다.

"듀크 씨입니까? 런던 경찰국 수사과(CID)의 프렌치 경감입니다. 정말 안됐습니다만, 아까 말씀드린 대로 지배인 게싱 씨가 살해되었습니다. 더욱이 저 금고도 털리지 않았나 여겨집니다."

노신사는 틀림없이 마음속으로 큰 동요를 느꼈을 텐데도 용케 자신을 억누르며 조용히 입을 열었다.

"무서운 소식입니다, 경감님. 저 가엾은 게싱 노인이 죽다니 믿어지지 않습니다. 전화를 받자 곧 서둘러 달려왔습니다. 부디 자세한 이야기를 들려주십시오. 대체 어째서 이런 일이 일어났습니까?"

프렌치 경감은 열려진 문을 가리켰다.

"저기입니다. 당신 방 안이지요. 현장은 아직 전혀 손대지 않은 그대로입니다."

듀크 씨는 앞으로 한 걸음 나아갔다. 그러나 시체를 보자 우뚝 멈춰 서서 공포에 차 나직하게 외쳤다.

"아, 가엾게도! 정말 믿을 수 없군요. 저런 데 쓰러져 있다니. 끔찍합니다! 경감님, 나는 둘도 없는 친구를 잃었습니다. 늘 내게 마음 써 주는 성실하고 믿음직한 사람이었지요. 일으켜 세우면 안 됩니까? 저런 모습으로 쓰러져 있는 것을 차마 볼 수가 없군요."

그의 눈길이 금고 쪽으로 옮겨졌다.

"금고까지 털어갔군! 큰일 났습니다, 경감님! 뭐 없어지지 않았는지 알고 싶습니다! 가엾은 노인이 저기 쓰러져 있는데, 이런 말 하면 무정하게 들릴지도 모르지만…… 나 역시 사람이니까…….

경감이 대답했다.

"금고는 아직 손대지 않았습니다. 곧 살펴보지요. 저 안에 무엇이 들어 있었습니까?"

"3만 3,000파운드쯤의 다이아몬드가 아랫서랍에 들어 있었습니다. 그리고 현금이 1,000파운드 있었구요."

듀크 씨는 신음 소리를 냈다.

"우선 시체를 치우고 저 안을 살펴봐야지요."

프렌치 경감은 휘익 휘파람을 불고 나서 부하에게 명령했다.

"저 책상 위를 치우고, 그 위로 시체를 옮기게."

그리고 의사를 보며 덧붙여 말했다.

"박사님, 검시해 주십시오."

유해는 정중하게 들어올려져 책상 위로 옮겨졌다. 듀크 씨는 초조한 듯이 금고 쪽으로 달려가려 했으나 프렌치 경감이 그를 말렸다.

"잠깐만 기다려주십시오. 조금만 참으면 됩니다. 금고 안을 보기 전에 지문을 채취해야 합니다. 그 까닭은 아시겠지요?"

노인은 기운차게 대답했다.

"이런 못된 짓을 한 녀석들을 잡는 데 도움된다면 밤새도록이라도 기다리겠습니다. 부디 바라시는 대로 하십시오. 나는 참을 수 있으니까요."

프렌치 경감은 부하가 가져온 케이스에서 활석가루를 담은 조그만 상자와 미세한 탄소가루를 넣은 작은 상자를 꺼내 금고의 반들반들한 부분에 뿌리기 시작했다. 검은 부분에는 흰 가루를, 흰 부분에는 검은 가루를 뿌리는 것이었다.

그는 가루를 입으로 불어 날려 보내더니 승리한 듯이 몇 개의 지문을 가리켰다. 그리고 살갗에서 스며 나온 습기가 묻은 부분에 그 가루가 닿으면 떨어지지 않는다고 설명했다. 지문은 대부분 흐릿해서 쓸모없었지만 몇 개에는 엄지손가락과 다른 손가락의 조그만 동그라미며 소용돌이며 줄 모양이 또렷이 나타나 있었다.

프렌치 경감이 말을 이었다.

"물론 지문들은 전혀 쓸모없을지도 모릅니다. 어쩌면 금고를 열 권리가 있는 사람들의 지문일지도 모르니까요. 이를테면 당신 같은 분의 지문 말입니다. 하지만 이 지문이 범인의 것이라면——물론 살인강도가 들어왔다면 말입니다만——그 중요성은 더없이 큽니다. 자, 이제 됐습니다. 지문에 손대지 않고 서랍을 열어드리지요."

듀크 씨는 더 이상 참을 수 없어 보였다. 안절부절못하고 쉴 새 없이 서성거리며 손을 쥐었다 폈다 하여 아무래도 심한 초조함과 불안에 사로잡혀 있는 것 같았다.

이윽고 서랍이 열리자, 그는 앞으로 나아가 손을 그 안에 집어넣었다.

그는 쉰 목소리로 외쳤다.

"당했군! 완전히…… 당했어! 3만 3,000파운드의 다이아몬드가 있었는데! 아, 하느님, 이제 파산입니다!"

그는 두 손으로 얼굴을 가리고 띄엄띄엄 말을 이었다.

"이럴 줄 알았다니까. 생각했던 대로입니다. 당신 전화를 받았을 때 틀림없이 다이아몬드일 거라는 생각이 들었어요. 만일 그렇다면 어떻게 할까 줄곧 그 생각만 하고 있었습니다. 나는 어떻게 되든 상관없으나 딸아이가 걱정스럽습니다. 내 딸이 한 푼도 없는 빈털터리가 된다고 생각하면!

　하지만 저 노인을 보십시오. 이런 말을 해서 미안한 일이지만 나는 돈을 잃었을 뿐인데 가엾은 게싱 노인은 목숨까지 잃었으니 얼마나 원통합니까? 경감님, 어서 수사를 시작해 주십시오. 지금 나의 가장 큰 바람은 살인강도가 체포되었다는 소식을 듣는 겁니다. 내가 할 수 있는 일이 있으면 뭐든지 어서 말해 주십시오.”

그는 몸을 앞으로 조금 구부리고 여윈 얼굴로 서 있었으나 슬픔 속에서도 정신착란을 일으키지는 않았다.

프렌치 경감은 상냥하고 친절한 태도로 그의 마음을 가라앉히려고 애썼다.

“자, 너무 절망하지 마십시오. 다이아몬드는 쉽사리 처분할 수 있는 물건이 아닙니다. 게다가 지금 막 잃어버렸을 뿐이잖습니까. 범인이 다이아몬드를 팔아넘기기 전에 모든 경로를 막아버리겠습니다. 어지간히 운이 나쁘지 않은 한 되찾을 수 있을 겁니다. 그런데 보험은 들지 않았습니까?”

“조금 들어 있지요. 1만 9,000파운드쯤 보험에 들어두었습니다. 나머지 다이아몬드는 보험에 들어두지 않았지요. 내가 좀 어떻게 되었던 모양입니다. 게싱 노인이 보험에 들도록 나에게 주의를 주었었는데도요.

　그러나 나는 지금까지 한 번도 도둑맞은 적이 없었으므로 경비를 절약하려고 생각했었지요. 아시다시피 이런 장사는 전쟁 뒤로 몹시 해나가기 어려워져 이익도 전 같지 않게 되었습니다. 아주 적은 액수로도 곧 타격을 받게 되니 되도록이면 절약할 수밖에 없지요.”

“그럼, 최악의 경우 1만 4,000파운드를 손해 보게 됩니까?”

“보험회사가 전액을 지불해 준다면 그렇지요. 그리고 지폐 1,000파운드가 있었습니다. 그러나 경감님, 그 손해만도 꽤 큽니다. 그 손해액 가운데 내 부담금을 지불하면 나는 빈털터리가 되고 마니까요."

그는 힘없이 머리를 가로저었다.

"하지만 부디 내 걱정은 말아주십시오. 그보다도 어서 빨리 범인을 잡아주십시오."

"물론 그래야지요. 그럼, 잠깐만 거기에 앉아 계십시오. 그 동안에 나는 다른 볼일을 처리하겠습니다. 그것이 끝난 뒤 다시 또 물어보고 싶은 게 있으니까요."

노신사는 힘없이 의자에 주저앉았고 프렌치 경감은 사무실 쪽으로 갔다. 게싱의 가족에게 사건을 알리러 갔던 경관이 막 돌아온 참이었다. 경감은 미심쩍은 듯한 표정으로 그를 보았다.

경관은 보고했다.

"시키는 대로 하고 왔습니다. 게싱 양이 집에 있었으므로 자초지종을 이야기했지요. 그녀는 몹시 놀라 나에게 배터 시의 흡킨즈 거리 딜리 테라스 12번지에 사는 언니 부부에게 알려달라고 부탁했습니다. 나는 두 분을 불러다 드리겠다고 말했지요. 형부 개미지 씨는 모피상점의 외무사원으로 리즈로 출장가고 없었지만, 부인은 집에 있었으므로 데려다 주었습니다.

게싱 부인이 무슨 일이 일어났는지 몹시 알고 싶어하는 듯하여 따님이 사건을 이야기해 주자 그 충격으로 발작을 일으켰습니다. 의사를 불러달라고 하기에 내가 불러주었지요. 두 따님은 어머니를 돌보느라고 경황이 없어 여기에 오지 못했습니다."

"그편이 낫겠지."

프렌치 경감은 자기 수첩에 개미지 부부의 주소를 써넣은 뒤 의사 쪽을 돌아보았다. 그는 부드러운 목소리로 말했다.

"어떻습니까, 박사님? 어떤 상태입니까?"

의사는 시체 위로 윗몸을 굽히고 있던 자세를 바로 폈다.

"여기서 할 수 있는 데까지는 밝혀냈습니다. 머리 부분을 무언가에 얻어맞고 그 자리에서 숨졌음에 틀림없습니다. 두개골이 깨져 있습니다. 무거운 둔기로 내려친 듯싶군요. 아마도 노인이 금고를 열고 몸을 앞으로 숙이고 있을 때 등 뒤에서 내려친 듯합니다. 하기야 이것은 경감님의 전문분야지만요."

"그만한 힌트만 있으면 됩니다. 그럼, 여러분, 오늘 밤의 일은 이로써 대충 처리된 것 같군요.

서장님, 부하들을 시켜 시체를 옮겨 주시겠습니까? 나는 아직 거리측정 등 할 일이 남아 있으니까요. 검시 신문 예정은 내일 알려주십시오. 오처드 씨, 당신은 좀더 남아 있어 주시오. 한두 가지 더 물어볼 말이 있소."

서장이 부하 한 사람에게 가지러 보냈던 들것이 오고 시체는 그 위에 얹혀 밖에 기다리게 해둔 택시로 천천히 옮겨졌다.

관할 경찰서 경관들이 인사를 나눈 뒤 돌아가자 프렌치 경감과 듀크 씨, 오처드가 남고 경찰국에서 온 두 사복경관이 건물 경비를 위해 남았다.

듀크 앤드 피보디 회사

프렌치 경감이 사무원 오처드와 함께 안쪽 방으로 들어가자 듀크 씨는 도무지 이해할 수 없다는 표정으로 방 안을 서성거리고 있었다. 그는 커다란 목소리로 말했다.

"프렌치 경감님, 한 가지 알 수 없는 일이 있습니다. 방금 금고문 안쪽을 살펴보았는데, 아무래도 열쇠로 연 것 같습니다. 처음에는 때려 부쉈거나 뜯어냈거나 아니면 억지로 비틀어 열었으리라고 여겼었는데, 열쇠로 열었단 말입니다."

프렌치 경감이 대답했다.

"그렇습니다. 나도 알아차렸지요. 하지만 무슨 말씀인지 납득이 안 가는군요. 그게 어떻다는 겁니까?"

"그 열쇠 말입니다. 내가 아는 한 열쇠는 두 개밖에 없습니다. 하나는 내가 열쇠고리에 끼워 벨트에 매달아 밤낮으로 몸에서 떼어놓지 않고 있지요. 보십시오, 이렇게 말입니다. 또 하나는 은행에 맡겨둬서 어느 누구도 손을 댈 수 없게 돼있습니다. 그렇다면 범인은 현실적으로 지금 저 열쇠구멍에 꽂혀 있는 열쇠를 어디서 손에 넣었을까요?"

"그건 조사해 보면 알 수 있겠지요. 지금 시점에선 기묘하게 여겨
질 부분이지만 이런 점이 처음에는 수수께끼를 더욱 깊게 만드는
듯하다가 나중에 보면 완전히 뒤바뀌어 좋은 형편이 되는 경우가
되기도 합니다. 아시다시피 그것이 충분한 실마리를 제공해 주는
결과가 되어줄 수도 있으며 그 덕분에 수사범위가 좁혀질 가능성도
있다는 얘기입니다. 당신은 그 열쇠에 손대지 않았겠지요?"

"네, 당신이 지문에 대해 하신 말씀이 생각나서요."

"잘하셨습니다. 그럼, 여러분, 모두 앉아주십시오. 잠깐 물어볼 말
이 있습니다. 먼저 오처드 씨, 당신 이름은 이미 알고 있고 주소는
블룸즈베리 광장이라고 했지요. 그곳이 당신 집입니까?"

젊은이는 묻는 말에 시원스럽게 대답했다. 프렌치 경감은 그가 자
기 얼굴을 똑바로 바라보며 솔직한 태도로 대답하는 것을 보고 좋은
인상을 받았다. 블룸즈베리 광장의 집은 하숙이고, 본디 집은 서머셋
에 있다는 것이었다.

오처드는 이날 오후 5시 30분쯤 사무실을 나갔는데, 그때 게싱 노
인도 막 나가려는 듯한 모습이었다. 게싱 노인은 언제나 맨 나중에
사무실을 나가는 듯했다. 이때 노인의 태도에서 여느 때와 다른 점을
보지 못했지만 요 2, 3주일 동안 어쩐지 시무룩하고 우울해 보였다.

사무실을 나오자 오처드는 리버풀 거리로 가서 5시 52분에 떠나는
일포드 행 기차를 탔다. 일포드에서 친구 포레스트와 저녁 식사를 함
께 했다. 친구는 펜처치 거리에 있는 운송회사 사무원이었다.

오처드는 9시 30분에 그곳을 나와 10시 조금 전 시내로 돌아왔다.
비는 이미 멎어 있었다. 여느 때 운동을 충분히 못하고 있으므로 그
는 좋은 기회로 여겨 역에서 집까지 걸어가기로 했다.

해튼 가든은 그의 하숙으로 돌아가는 길로부터 그리 멀지 않았다.

해튼 가든 가까이 왔을 때 점심시간에 도서관에서 빌려 온 책을 책상 속에 둔 채 깜박 잊고 온 일이 생각났다. 잠들기 전에 좀 읽어보고 싶어서 그는 사무소에 들러 책을 가져오기로 마음먹었다. 이리하여 사무소로 간 그는 앞에서 설명했듯이 게싱 노인의 시체를 발견했던 것이다.

큰길 쪽으로 난 문이 닫혀 있어 그는 자신이 가지고 있던 열쇠로 문을 열었다. 사무소 문은 두 개 다 열려 있었다. 즉 층계참으로 난 문도 듀크 씨의 사무실 문도 열려 있었던 것이다. 전등이 모조리 켜 져 있었으나 사무실에는 가운데 전등만 켜졌을 뿐 탁상 스탠드는 꺼 져 있었다. 그리고 두 방 다 아무도 없었다.

프렌치 경감은 젊은이의 명확한 진술에 대해 칭찬하고 그를 돌려보 냈다. 그러나 젊은이가 방을 나가자 경감은 부하 한 사람에게 귀엣말 로 속삭였다. 그 부하는 재빨리 고개를 끄덕이더니 자신도 방에서 사 라졌다.

프렌치 경감은 듀크 씨를 보며 말했다.

"아주 솔직한 젊은이군요. 당신은 저 젊은이를 어떻게 생각하십니 까?"

현직 중역은 딱 잘라 말했다.

"참으로 성실한 젊은이입니다. 회사에 들어온 지 벌써 4년이 넘었 으며 언제나 양심적으로 일을 잘해줍니다. 좋은 사원을 두어서 정 말 다행이지요. 다른 사원들도 모두 그렇습니다."

"참으로 좋으시겠군요, 듀크 씨. 그럼, 이번에는 당신 회사에 관한 일과 다른 사원들에 대해 이야기해 주시겠습니까?"

아직도 듀크 씨는 몹시 흥분한 상태였지만 감정을 누르고 차분한 말투로 대답했다.

"우리 회사는 그다지 큰 거래가 없으므로 지금은 사실상 나 혼자 경영하고 있습니다. 피보디 씨는 나만큼 나이 들지 않았지만 건강이 나빠져 이미 일할 수 없지요. 좀처럼 사무소에 나오지 않고 일도 전혀 하지 않습니다. 평중역인 시너먼드 씨는 지금 동양을 여행하는 중입니다. 떠난 지 벌써 몇 달이 지났지요.

우리 회사에서는 여느 다이아몬드 상점과 같은 일을 합니다. 암스테르담에 조그만 지점을 두고 있지요. 사실 나는 런던과 암스테르담을 오가며 지내고 있습니다.

이곳 사무소는 보시다시피 방이 두 개뿐입니다. 그리고 사무실 직원은 다섯이지요. 아니, 다섯이었습니다. 지배인 겸 비서였으며 저렇듯 살해된 가엾은 노인, 그리고 중역 업무를 배우고 있는 중인 젊은이 해링턴, 오처드, 타이피스트 아가씨와 급사가 있습니다.

그 밖에 촉탁으로서 팬덜캠프라는 네덜란드 사람이 외무담당 사원으로 고용되어 있습니다. 그는 판매와 섭외를 맡고 있지요. 출장 나가지 않을 때는 암스테르담 지점에서 일합니다."

프렌치 경감은 직원 한 사람 한 사람에 대해 듀크 씨로부터 알아낸 정보를 모두 기록했다.

경감이 말했다.

"그럼, 게싱 씨에 대해 한 가지 묻겠습니다. 당신 말에 따르면 그는 20년이 넘도록 이 회사에서 근무했으며 당신은 그를 완전히 믿고 있었다고 했는데, 그 점에 대해 한 가지 묻고 싶습니다. 당신은 그에 대한 신뢰가 완전히 옳았다고 확신하십니까? 좀더 구체적으로 말하면, 당신은 저 노인이 당신의 다이아몬드를 노린 게 아니라고 잘라 말할 수 있습니까?"

듀크 씨는 뚜렷하게 고개를 끄덕였다. 그리고 열성을 담아 말했다.

"당치도 않은 말입니다."

그의 태도에는 분개하는 모습마저 보였다.

"나에게 아들이 있다면, 같은 잘못을 했더라도 나는 게싱보다 먼저 그 아이를 꾸짖을 겁니다. 아닙니다, 나는 목숨을 걸어도 좋습니다. 게싱은 범인이 아닙니다."

프렌치 경감은 차분히 대답했다.

"말씀 잘 들었습니다, 듀크 씨. 그러면 당신 회사의 사무원들은 일단 제쳐두기로 하고, 그 밖에 누구 마음에 짚이는 사람이 있습니까?"

듀크는 다시 딱 잘라 말했다.

"한 사람도 없습니다! 아무도 없습니다! 누가 이런 짓을 했는지 나는 짐작도 할 수 없습니다. 짐작이라도 할 수 있다면 좋겠는데요."

경감은 잠시 망설였다.

"잘 아시겠지만 당신이 어떤 사람의 이름을 나에게 말씀해 주신다 하더라도 그 때문에 내가 그에 대해 편견을 갖는 일은 없을 겁니다. 물론 그 사람에 대한 조사가 필요하기는 하겠지요. 그러므로 누구에게 화를 끼친다고 생각지 마십시오."

듀크 씨는 차갑게 빙긋 웃었다.

"염려하지 마십시오. 조금이라도 이상하게 생각되는 점이 있으면 기꺼이 말씀드릴 텐데 전혀 없군요."

"돌아가신 노인을 마지막으로 본 것은 언제였습니까?"

"오늘 오후 4시 30분쯤이었습니다. 나는 그 시각에 사무소를 나왔지요. 여느 날보다 1시간쯤 빨랐는데, 링컨즈 인에 사는 내 변호사 피터즈 씨와 5시 15분 전에 사업으로 만날 약속이 있었기 때문입니다."

"그 뒤 다시 사무소로 돌아오지 않았군요?"

"돌아가지 않았습니다. 피터즈 씨와 반 시간쯤 이야기를 나누었는데 일이 끝날 것 같지 않았고, 피터즈 씨가 오늘 밤 안으로 처리하고 싶다기에 둘이 함께 가워 거리의 단골 클럽으로 식사하러 갔습니다. 특별히 사무소에 돌아가야 할 일도 없어서 우리는 피터즈 씨의 집을 나와 곧장 클럽으로 갔습니다.”

“게싱 씨로부터는 무언가 다른 점을 발견하지 못했습니까?”

“오늘 오후 특별히 다른 점은 없었습니다. 여느 때와 똑같았지요.”

“오늘 오후에는 특별히 다른 점이 없었다는 말씀은 무슨 뜻이지요?”

“요 2, 3주일 동안 내내 무슨 걱정거리가 있는지 좀 우울해 보였습니다. 처음 그것을 알아차렸을 때 왜 그러느냐고 물어보았더니, 그는 나직한 목소리로 집안일이며 부인의 병에 대해 이야기하더군요. 부인이 오랫동안 앓아누워 있지요. 말하고 싶어하지 않는 것 같아 나는 굳이 캐묻지 않았습니다. 아무튼 지난 2주일에 비해 오늘 오후에는 특별히 우울해 보이는 것 같지 않았습니다.”

“흠. 그런데 게싱 씨는 오늘 밤 무슨 일로 사무소에 되돌아왔을까요?”

듀크 씨는 곤혹스런 표정을 지었다. 그는 잘라 말했다.

“모르겠습니다. 아무 볼일도 없었을 겁니다. 적어도 내가 아는 한 또는 상상할 수 있는 한은 볼일이 없었다고 여겨집니다. 특별히 바쁜 일도 없었고, 내가 생각하기에 할 일이 밀려 있지도 않았으니까요.”

“4시 30분부터 문 닫는 시간까지 사이에 우편배달이 있습니까?”

“물론 있지요. 그리고 전보며 손님도 있고, 편지가 배달되기도 합니다. 그러나 게싱은 아무리 급하고 중요한 볼일이 생기더라도 내게 의논하지 않고 자기 마음대로 처리할 사람이 아닙니다. 나에게 전화만 걸면 되니까요.”

“그럼, 게싱 씨는 당신이 어디 계신지 알고 있었다는 겁니까?”

“아닙니다. 그러나 우리집으로 전화하면 됩니다. 가족들은 내가 어디 있는지 아니까요. 클럽에서 식사하기로 했을 때 나는 집에 전화하여 밖에서 물어오면 있는 곳을 알려주라고 일러두었거든요.”

“그러면 오늘 밤에는 줄곧 클럽에 있었습니까? 귀찮게 자꾸 물어서 미안합니다만, 게싱 노인이 당신에게 연락하려 하지 않았다는 점을 뚜렷이 밝혀두는 게 중요하니까…….”

“말씀하시는 뜻을 알겠습니다. 그렇습니다. 나는 피터즈 씨와 9시 30분 가까이까지 이야기를 나누었습니다. 그리고 하루 종일 일에 몰두하여 피로를 느꼈으므로 운동을 좀 하면 풀리리라 생각하고 집까지 걸어서 돌아갔습니다. 집에 닿은 것은 10시를 1, 2분쯤 지났을 무렵이었습니다.”

“잘 알았습니다. 그런데 집으로 돌아가시면 누구한테 전화가 왔었는지 확인합니까?”

“물론입니다. 더구나 우리집 하녀는 이런 일에 아주 확실하므로 만일 전화가 왔었다면 이야기해 주었을 거라고 생각됩니다.”

프렌치 경감은 앉은 채 몇 초 동안 꼼짝도 않고 지긋이 생각에 잠겨 있더니 이윽고 지금까지와는 전혀 다른 질문을 하기 시작했다.

“당신은 금고 안에 3만 3,000파운드의 다이아몬드를 넣어 두었다고 말씀하셨지요. 그런데 그 액수가 이 사무소에 놓아두기에는 너무 크지 않습니까?”

“그렇습니다. 액수가 크지요. 그것도 그렇고 보험문제도 그렇고, 아무튼 나의 중대한 실수였다고 생각됩니다. 하지만 나는 보석을 금고 안에 오래도록 넣어둘 생각이 아니었습니다. 사실은 지금 그 보석의 대부분을 팔기 위한 상담이 한창 진행 중이었지요. 게다가 나는 저 금고를 아주 견고하고 근대적인 것으로 믿고 있었으니까요."

"그건 그렇겠군요. 그런데 당신 말고 보석이 이곳에 있는 걸 아는
사람이 있습니까?"

듀크 씨는 어두운 표정을 지었다.

"조심스럽지 못했는지 모르지만, 그것을 모르는 사람은 없었습니
다. 게싱 씨는 물론 알고 있었지요. 이런 문제에 관한 한 나는 그
노인을 완전히 믿고 있었으니까요. 외무담당 사원인 팬덜캠프도 내
가 요즘 값나가는 물건을 사들인 것을 알고 있었습니다. 이번 거래
를 권한 것도 그였고, 그 자신이 보석을 사무소로 날라왔으니까요.

뿐만 아니라 보석에 관한 편지가 몇 통이나 와 있어 사무실 직원
들이 보려고 생각만 한다면 누구나 볼 수 있었을 겁니다. 그러므로
이 사무실 직원은 한 사람도 남김없이 금고 안에 굉장히 값나가는
물품이 보관되어 있음을 알았다고 여겨도 되겠지요. 물론 정확한
액수는 몰랐겠지만요."

"게다가 직원들이 그 일을 밖으로 누설했을지도 모르겠군요. 젊은
이들은 큰소리치기 좋아하니까요. 특히 아일랜드 사람들이 곧잘 말
하듯 '친구와 함께 있을' 때는 말입니다."

듀크 씨는 젊은이들의 그 기묘한 버릇을 비난하듯 맞장구쳤다.

"정말 그렇습니다."

경감은 몸을 움직거리며 손으로 파이프를 만지작거리고 있었으나
곧 그것을 그만두고 다시 질문을 이었다. 그는 듀크 씨로부터 도둑맞
은 보석의 상세한 리스트를 받아들자 새로운 질문에 들어갔다.

"지폐 1,000파운드도 없어졌다고 했는데, 번호를 적어두지 않았는
지요?"

"불행히도 적어두지 못했습니다. 그러나 은행에 물어보면 알 수 있
을지도 모릅니다."

“물어보지요. 그런데 듀크 씨, 열쇠 말인데, 아무래도 납득이 가지 않는군요.”

“놀라운 일입니다. 대체 그 열쇠가 어디서 나왔는지 전혀 알 수 없습니다. 아까도 말했듯이 이 열쇠는 한 번도 몸에서 떼어놓은 적이 없고, 또 그럴 까닭도 없었습니다. 또 하나의 열쇠——이것은 오직 하나뿐인 예비열쇠인데——는 은행에 맡겨두었으므로 역시 아무도 손댈 수 없었을 겁니다.”

“당신은 언제나 자신이 직접 금고를 여닫았습니까?”

“늘 그랬어요. 언제나 내 지시에 따라 내 눈앞에서 여닫았습니다……”

“흠, 하지만 그것은 똑같지 않지요. 그러면 당신 대신 누가 금고를 여닫았습니까?”

“게싱입니다. 더욱이 한두 번이 아니라 몇십 번이었지요. 아니, 몇백 번이라고도 말할 수 있습니다. 그러나 늘 내가 그 자리에 함께 있었습니다.”

“잘 알겠습니다. 게싱 씨 말고는 달리 없었습니까?”

듀크 씨는 잠시 머뭇거렸다. 그리고 천천히 대답했다.

“없습니다.”

그는 불끈한 목소리로 덧붙였다.

“아무도 없었습니다. 내가 유일하게 믿은 사람은 게싱뿐이었습니다. 사실 그는 믿을 만한 사람이었지요.”

프렌치 경감은 부드럽게 대답했다.

“그랬군요. 잘 알겠습니다. 나는 다만 사실을 알아내려고 생각했을 뿐입니다. 그렇다면 돌아가신 분은 당신 말고 열쇠를 마음대로 다룬 오직 한 사람이었던 셈이군요. 그런데 당신의 열쇠를 집안사람들 누구에게나 손 닿는 곳에 놓아둔 적은 없었습니까? 이를테면 고용인 같은 사람들 말입니다."

"아니오, 나는 한 번도 열쇠를 아무렇게나 놓아둔 적이 없습니다. 밤에도 몸에 지니고 잠들 정도였으니까요."

프렌치 경감은 의자에서 일어나 정중하게 말했다.

"번거롭게 해드려 죄송했습니다. 금고에 묻은 지문과 비교하기 위해서니 지문을 채취받고 오늘 밤에는 이만 돌아가십시오. 전화로 택시를 불러드릴까요?"

듀크 씨는 자기 시계를 들여다보고 소리쳤다.

"아, 벌써 1시가 되었군요. 그럼, 택시를 좀 불러주십시오."

프렌치 경감은 그날 밤에 해야 할 일은 다 했다고 말했으면서도 듀크 씨를 따라 건물을 나가지 않았다. 그러기는커녕 다시 안쪽 방으로 돌아가 침착하고 면밀하게 그 방을 살펴보기 시작했다.

맨 먼저 금고 열쇠를 살펴보았다. 특수 제작된 핀셋으로 집어 열쇠를 빼낸 뒤 접힌 부분에서 지문을 검출하려고 했으나 잘되지 않았다. 다음으로 앞쪽을 살펴보자 들쭉날쭉한 부분이 조금 거칠어 그의 주의를 끌었다. 확대경으로 자세히 살펴보니 표면 전체에 평행으로 난 자잘한 흠이 보였다.

프렌치 경감은 만족스러운 듯이 중얼거렸다.

"흠, 과연 그랬었군. 제조업자라면 값비싼 금고 열쇠를 이처럼 어설프게 만들지는 않았겠지. 이건 줄칼로 깎은 자국이야. 그리고 이것은 아마도……."

그는 다시 열쇠 모양을 유심히 살펴보았다.

"아마추어의 솜씨임에 틀림없어. 그런데 듀크 씨 말에 의하면, 게싱 노인이 그 열쇠를 다룬 단 한 사람의 인물이었다지…… 즉 밀랍으로 그 열쇠 모양을 본뜰 수 있었던 오직 한 사람이었어. 흠, 이거 정말 재미있게 되어 가는걸."

그는 금고를 잠근 뒤 열쇠를 주머니에 집어넣고 난로 쪽을 보았는데, 그 동안에도 줄곧 뭐라고 혼잣말을 중얼거리고 있었다.

10시 조금 지나서 범행이 발견되었을 때는 불이 아직 빨갛게 타오르고 있었다. 그것은 물론 일부러 불을 지폈다는 말이 된다. 사무실 쪽의 불은 이미 차갑게 꺼져 있었으니까. 그렇다면 누군가가 이 방에서 꽤 오랜 시간 동안 지낼 생각이었던 것인데, 대체 누구였을까?

프렌치 경감이 보는 한 게싱 노인밖에 없었다. 그러나 만일 게싱 노인이 훔칠 생각이었다면——기껏해야 10분쯤밖에 안 걸리는 일이므로——굳이 불을 피울 필요는 없었을 것이다. 아니, 그에게는 틀림없이 무언가 일거리가 실제로 있었을 것이다. 처리하는 데 시간이 걸리는 어떤 일거리가 있었을 것임에 틀림없다.

하지만 만일 그렇다면 게싱은 왜 듀크 씨에게 이야기하지 않았을까? 프렌치 경감은 이 점을 기록해 두었다. 이제부터 앞으로 발견될 여러 가지 상황에 비추어 좀더 자세히 검토해 볼 생각이었던 것이다.

그러나 난롯불을 피운 사람이 누구였는가 하는 점에 대해서는 의문의 여지가 없었다. 여기서도 지문이 입증해 주고 있는 것이다! 석탄삽에는 반질반질하게 니스 칠을 한 나무 손잡이가 달려 있었는데, 이것은 지문을 채취하는 데 안성맞춤이었다. 흰 가루로 시험해 보니 오른쪽 엄지손가락 지문이 멋들어지게 나타났다.

다음에는 부젓가락을 살펴보았는데, 여기서 프렌치 경감은 두 번째 단서를 발견했다. 열쇠를 살펴보았을 때와 마찬가지로 주의 깊게 핀셋으로 부젓가락을 집어 올리자 손잡이에 묻어 있는 암갈색 얼룩이 눈에 띄었다. 그리고 이 손잡이 옆의 쇠붙이 부분에 흰 머리가 한 가닥 붙어 있었다.

그는 자신이 지금 들고 있는 것이 흉기로 쓰여졌던 게 거의 확실하다고 생각하고 그 반대쪽 끄트머리에서 지문을 검출해 내려고 애썼으나 이번에는 성공하지 못했다. 지문이 있음직한 곳에서 아무것도 나오지 않았던 것이다. 살인범은 장갑을 끼고 있었거나, 아니면 흉행 뒤 손자국을 말끔히 닦아낸 듯했다. 아무튼 이것은 비길 데 없이 냉혹한 살인범이 처음부터 계획적으로 짜낸 범행임에 틀림없다고 그는 생각했다.

프렌치 경감은 열심히 방 안을 살펴보았지만, 더 이상 흥미를 끄는 것은 아무것도 눈에 띄지 않았다. 이윽고 그는 자신이 발견한 지문을 부하가 사진으로 찍는 동안 가죽 씌운 팔걸이의자에 앉아 지금까지 조사한 사항을 하나하나 다시 검토해 보았다.

확실히 많은 상황증거들이 게싱에게 불리했다. 게싱은 금고 안에 보석이 든 사실을 알고 있었다. 듀크 씨의 진술대로라면 게싱 말고는 어느 누구도 그 열쇠를 손에 넣어 밀랍으로 모양을 본뜰 수 없었을 것이다. 그뿐 아니라 게싱의 시체는 열려진 금고 앞에서 발견되었다. 물론 이런 사실들을 하나하나 쌓아올리면 유력한 증거가 될지 모르지만 모두 상황증거일 따름이었다.

그러나 게싱이 범행을 꾀했는지 어떤지는 제쳐두고라도 그는 그 일을 끝까지 해내지 못했다. 누군가 다른 사람이 다이아몬드를 훔쳐 가버렸기 때문이다.

이때 경찰서장으로부터 첫 보고를 들은 뒤로 줄곧 그의 머릿속에 도사리고 있던 하나의 유력한 가정이 다시 고개를 들었다. 이를테면 오처드를 범인으로 가정해 보자. 밤에 사무소로 돌아올 오처드가 우연히 금고문이 열려 있음을 발견하고, 그 앞에 게싱 노인이 웅크려 앉아 있는 광경을 보았다고 가정하자. 순간 그는 무서운 유혹에 휘말렸을 것이다. 범행은 아주 쉬워 보이고 달아날 길도 잘 알고 있다. 누워서 떡먹기 같은 일이다.

프렌치 경감은 팔걸이의자에 등을 기댄 채 그 광경을 머릿속에 그려보았다.

노인은 금고 쪽으로 몸을 숙이고 있다. 젊은이가 들어온다. 노인은 그를 알아차리지 못한다. 젊은이는 흠칫 놀란다. 보석을 손에 넣고 싶은 충동이 불쑥 치밀어 오른다. 발소리를 죽이며 앞으로 나아간다. 부젓가락을 집어 든다. 그리고 내리친다. 하지만 이때는 다만 피해자를 까무러치게 할 생각이었을 뿐인지도 모른다. 그런데 그는 너무 세게 내리친 것이다. 젊은이는 자신이 저지른 일을 깨닫고 파랗게 질린다. 그러나 자신의 안전을 위해서는 어떻게든 이 현장을 말끔히 정리해 두지 않으면 안 된다. 그는 지문이 남아 있으면 위험하다는 생각이 들어 부젓가락 손잡이와 다이아몬드를 꺼낸 뒤 금고 서랍 손잡이를 닦는다. 그리고는 앞일을 훤히 내다보며 시체가 차가워지기를 기다린다. 그렇지 않으면 자기가 불러온 경찰이 시체를 조사했을 때 자칫 자신의 범행이 드러날 염려가 있다. 그리하여 시체가 차가워진 뒤 그는 흥분한 태도로 밖으로 달려 나가 도움을 청한다.

이 가정은 여러 가지 사실에 꼭 들어맞았지만, 프렌치 경감은 그리 마음 내키지 않았다. 이 가정으로는 게싱이 금고 앞에서 무엇을 하고 있었는지 설명할 수 없고, 또한 오처드의 사람됨에도 들어맞지 않는 것 같았기 때문이다. 그럼에도 경감이 부하에게 오처드를 미행하도록 시킨 것은 이런 경우 필요한 조심성에 지나지 않았지만, 그는 이 조심성을 갖고 처리한 일을 다행스럽게 여겼다.

가죽 씌운 팔걸이의자에 앉아 이런 생각에 잠겨 있을 때 문득 또 한 가지 생각이 그의 머릿속에 떠올랐다. 만일 오처드가 보석을 훔쳤다면, 그것을 몸에 지닌 채 사람을 부르러 뛰어가는 위험을 무릅쓰지는 않았으리라는 점이었다. 오처드는 우선 보석을 감추었을 텐데, 프렌치 경감으로서는 그가 보석을 숨기기 위해 이 건물 밖으로 가져나가지는 않았으리라 여겨졌다. 따라서 이 사무소 안을 샅샅이 조사해 볼 필요가 있다고 생각했다.

　프렌치 경감은 몹시 지쳐 있었고 시간도 꽤 늦었지만 꼬박 3시간 동안이나 건물 전체를 샅샅이 뒤져보았다. 그리하여 이 사무소 안에는 다이아몬드가 결코 숨겨져 있지 않다는 확신이 생기고서야 그는 비로소 수사를 멈췄다. 그리고 범죄현장 상황은 완전히 조사되었다는 결론을 내리고 그만 돌아가기로 마음먹었다.

　문을 닫고 집으로 걸음을 옮기기 시작했을 때는 이미 동쪽 하늘이 희끄무레하게 밝아오고 있었다.

단서 수집

프렌치 경감에게는 어젯밤 꼬박 밖에서 일했다는 사실이 다음날 근무를 게을리해도 좋다는 이유가 되지 못했다. 그러므로 그는 여느 때와 같은 시각에 런던 경찰국에 닿아 곧바로 해튼 가든 사건의 예비보고서 작성에 들어갔다. 그 일이 끝나자 그는 다시 직접 사건 수사를 시작했다.

아직 몇 가지 조사해야 할 점이 남아 있었다. 사건의 성질상 그것이 아무리 형식적인 조사라 해도 아무래도 명확히 해두고 넘어가야 할 일이었다. 첫째는 듀크 앤드 피보디 회사의 직원 가운데 아직 만나보지 못한 사람들을 만나는 일이었다.

그는 옥스퍼드 거리로 나가 버스를 타고 해튼 가든 끄트머리까지 가서 어젯밤의 사건 현장으로 통하는 층계를 곧 다시 올라갔다. 사무실에 듀크 씨가 서 있었다. 같은 방에 오처드와 타이피스트와 급사가 있었다.

듀크 씨가 설명했다.

"지금 막 이 젊은 사람들에게 돌아가라고 말하던 참입니다. 장례식

이 끝날 때까지 사무소 문을 닫을 생각입니다."

"게싱 씨 가족들이 그 말을 들으면 기뻐하겠군요. 정말 친절하신 일이라고 생각합니다. 확실히 그렇게 하는 것이 좋겠지요. 그런데 이 젊은 아가씨와 신사께서 돌아가시기 전에 한두 마디 물어보고 싶은데요."

"좋고말고요, 부디 내 방으로 가주십시오. 프레스콧 양, 함께 들어가서 프렌치 경감님이 알고 싶어하는 일을 무엇이든지 다 이야기해 드려."

프렌치 경감은 빙긋 웃으며 기분 좋은 목소리로 말했다.

"어떻습니까. 대답하기 싫으신 건 아니겠지요, 프레스콧 양?"

이 아가씨가 느끼고 있을 불안을 없애주려고 생각했던 것이다.

그러나 결국 프렌치 경감이 그녀로부터 들을 수 있었던 말은 듀크 씨는 아주 훌륭한 신사지만 자기로서는 대하기 왠지 어렵다는 것과 게싱 노인은 언제나 친절했으며 어떤 실수를 저질러도 꾸중하지 않았다는 것뿐이었다. 사무원 오처드에 대해서도, 중역업무를 견습 중인 해링턴에 대해서도, 그녀는 굳게 입 다물고 말하지 않았다. 급사 빌리 뉴턴에 대해서는 벌레 같은 녀석이며, 이런 표현이 허용된다면 그야말로 무시해도 좋을 악당이라고 한 마디로 잘라 말했다.

그녀가 보기에 어제 게싱 노인은 건강도 기분도 여느 때와 다름없었지만, 지난 2, 3주일 동안은 무슨 걱정거리가 있는지 초조해 하는 듯싶었다고 했다. 그녀 자신은 이 회사가 마음에 들어 근무하고 있으며, 자기 임무를 아주 잘 처리해 온 게싱 노인이 정말 가엾게 되었다고 덧붙였다. 어제 그녀는 사무소를 나와 곧장 집으로 돌아가 오늘 아침까지 어머니와 함께 있었던 듯했다.

프렌치 경감은 그녀가 알고 있는 사실을 모두 이야기해 준 데 대해 만족하며, 그녀의 지문을 채취한 뒤 돌려보냈다.

조숙해 보이는 급사 빌리 뉴턴으로부터도 새로운 사실을 전혀 들을
수 없었다. 빌리는 어제 맨 마지막으로 사무소를 나간 듯했다. 그런
데 게싱 노인이 사무소를 나가기 전에 특별한 일거리가 있어 다시 돌
아올 테니 사장실에 불을 피워두라고 그에게 일렀다. 그래서 소년은
충분히 불을 피워두고 나서 집으로 돌아갔다는 것이다.

프렌치 경감이 듀크 씨의 방에서 나왔을 때 새로운 얼굴 하나가 눈
에 띄었다. 키가 훤칠하고 용모가 단정한 젊은 사나이가 듀크 씨와
이야기 나누고 있었다. 듀크 씨는 그를 중역 후보로서 지금 수습 중
인 스탠리 해링턴이라고 프렌치 경감에게 소개했다.

해링턴은 늦어진 데 대해 사과하며, 사무소로 오는 도중 완전히 소
식이 끊어졌던 학창시절의 옛 친구를 만났는데 그가 9시 50분 기차
를 타고 북쪽으로 간다기에 킹스 크로스 역까지 배웅해 주고 왔다고
변명했다. 이 젊은이는 왠지 침착치 못해 보였는데, 프렌치 경감이
그를 안쪽 방으로 데리고 들어가 이야기를 시작하자 그의 흥분은 이
미 감출 수 없게 되었다.

프렌치 경감은 그 점에 흥미를 느꼈다. 겉모습으로 판단하건데, 그
는 여느 때라면 솔직하고 정직하며 기분 좋고 개방적인 태도의 사람
임에 틀림없었다. 그런데 지금 그의 모습에는 어색한 데가 있고 태도
에서도 무언가 수상쩍은 점이 있었다. 지금까지 수많은 증인을 대해
본 경험이 있는 프렌치 경감은 젊은이의 태도 속에 이런 경우 흔히
나타나는 심리적 동요 이상의 그 무엇이 있음을 느끼지 않을 수 없었
다. 질문이 진행됨에 따라 여느 때는 정직할 터인 이 사나이가 지금
은 진실을 숨기려 애쓰고 있음이 뚜렷이 알아차려졌다. 그러나 프렌
치 경감은 그런 의혹을 조금도 내비치지 않고 어디까지나 정중하게
그와의 문답을 계속해 나갔다.

해링턴은 이 회사 외무담당 사원인 팬덜켐프의 조카였다. 네덜란드

인인 팬덜켐프의 누이동생이 부유한 요크서의 주식중매인 스튜어트 해링턴과 결혼하여 이 젊은이를 낳았던 것이다. 스탠리 해링턴은 상당한 교육을 받았는데, 그가 대학 1학년 때 무서운 타격을 받았다. 유럽을 여행 중이던 부모가 밀라노 가까이에서 일어난 철도사고로 세상을 떠났던 것이다. 그때 밝혀진 바에 의하면, 그의 아버지는 큰돈을 벌기는 했지만 수입을 거의 모두 써버렸으므로 자식들을 위한 아무런 대책도 세워져 있지 않았다. 빚을 갚느라 남은 돈을 모두 써버리고 나자 스탠리는 거의 빈털터리나 다름없었다.

그때 외숙부인 얀 팬덜켐프가 애정을 나타냈다. 그는 빈약한 주머니를 털어 조카가 케임브리지 대학을 졸업할 때까지 학비를 대주었고 졸업한 뒤에는 자기가 아는 듀크 씨에게 부탁하여 그의 사무소에서 일할 수 있도록 돌봐주었던 것이다.

그런데 그가 근무하기 시작한 지 얼마 안 되어 뜻하지 않은 성가신 일——적어도 듀크 씨로서는 골치 아픈 문제가 생겼다. 사장 딸인 실비어가 아버지 사무소에 드나드는 동안 이 예의바른 젊은이와 가까운 사이가 되어 듀크 씨가 눈치챘을 때 두 사람은 이미 열렬한 사랑에 빠져 있었던 것이다.

마침내 그녀는 당황하여 어쩔 줄 몰라 하는 아버지를 본 척도 않고 두 사람이 이미 약혼했다고 선언해 버렸다. 가엾은 아버지의 항의도 소용없었다. 지금까지 무슨 일이든지 자기 멋대로 해온 그녀에게 아버지도 마침내 어쩔 수 없다며 체념하고 말았다. 그는 하는 수 없이 두 사람의 사랑에 축복을 보내고 해링턴에게서 능력이 있다는 사실이 인정되면 중역으로 써주겠다고 약속했다. 이 점에서 해링턴은 합격이었으므로 다음 달에 결혼식을 올리고 바로 그날부터 중역의 한사람이 되기로 결정되어 있었다.

프렌치 경감은 젊은이가 어젯밤을 어떻게 보냈는지에 대해 물었다.

사무소에서 하루 일을 끝내고 하숙으로 돌아가자마자 곧 실비어로 부터 전화가 걸려왔다. 아버지로부터 오늘 저녁은 시내에서 식사하게 되어 늦어진다는 전화가 왔는데, 자기 혼자 쓸쓸하니 햄스테드의 그 녀 집으로 와서 함께 식사했으면 좋겠다는 것이었다. 그런 상대로부 터 이런 초대를 받는다면 누구나 기꺼이 그 초대에 따르기 마련이다.

그는 7시 전에 듀크 씨 집에 닿았다. 그러나 그는 이날 밤 좀 실망 했다. 실비어가 식사를 끝낸 뒤 외출한다고 말했기 때문이다. 화이트 채펠에 사는 그녀의 친구 에이미 레스트레인지가 경영하는 숙녀 클럽 에 가고 싶다는 것이었다. 해링턴은 실비어와 함께 이스트엔드까지 갔지만, 그녀는 클럽에 함께 들어가는 것을 허락치 않았다. 그러나 해링턴은 나중에 클럽으로 가서 그녀를 집까지 바래다주고 자기 하숙 으로 곧장 돌아갔다.

교묘한 질문으로 이러한 정보를 얻어낸 프렌치 경감은 의자에 앉아 머릿속으로 그 이야기를 몇 번이나 이리저리 생각해 보았다.

이야기는 앞뒤가 맞으며, 만일 그것이 사실이라면 해링턴은 틀림없 이 결백하다. 그러나 프렌치 경감은 이 사나이의 태도에 의문을 품었 다. 그에게는 무언가 석연치 않은 점이 있다고 맹세해도 좋았다. 이 야기가 모두 또는 부분적으로 거짓말이든가 아니면 무언가 숨기는 일 이 있는 게 분명했다. 달리 단서가 잡히지 않는 한 해링턴의 어젯밤 행동을 확인하여 그의 이야기가 사실인지 어떤지 알아볼 필요가 있다 고 경감은 마음먹었다.

그러나 본인에게 당신은 수상쩍다고 일부러 말해 줄 필요는 없었으 므로 프렌치 경감은 서너 마디 기분 좋은 말을 건넨 다음 그를 돌려 보내고 사무실에 있는 듀크 씨에게로 갔다.

"괜찮으시다면 열쇠 문제로 은행까지 함께 가주셨으면 합니다, 듀 크 씨."

필요한 정보는 곧 얻을 수 있었다. 은행 지배인은 아침 신문에서 이번 도난사건 기사를 이미 읽었으므로 사건에 흥미를 품고 있었다. 그는 스스로 나서서 직접 조사해 주었다. 그 결과 열쇠가 언제나처럼 그 자리에 있을 뿐만 아니라 듀크 씨가 맡긴 뒤로 한 번도 다른 사람 손이 닿지 않았음이 밝혀졌다.

프렌치 경감은 말했다.

"1,000파운드의 지폐를 도둑맞았습니다. 혹시 은행에서 지폐번호를 적어두지는 않았습니까?"

듀크 씨가 초조한 듯이 입을 열었다.

"출납계원이 돈을 내준 사실을 기억하고 있을지도 모릅니다. 화요일에 내가 직접 1,000파운드 수표를 현금으로 바꾸었지요. 살인사건이 일어나기 전날입니다. 50파운드 지폐로 16장, 나머지는 10파운드 지폐로 받았습니다. 다이아몬드 거래 관계로 포르투갈 상인이 찾아오기로 되어 있었기 때문입니다. 여기서 받은 현금을 고스란히 금고에 넣어두었지요. 그런데 그 상인이 오지 않은 바람에 모조리 잃어버렸습니다."

은행 지배인은 애매모호하게 대답했다.

"조사해 봐야겠지요. 50파운드짜리 지폐 번호는 적어두었을지 모르지만 10파운드짜리 지폐는 어떨지 알 수 없군요."

그러나 다행히도 출납계원은 주의 깊게 지폐 번호를 모두 적어두었다. 번호를 모조리 알아내자 프렌치 경감은 그 지폐가 한 장이라도 발견되면 경찰국으로 연락해 달라고 지배인에게 부탁했다.

듀크 씨와 함께 큰길로 나오자 프렌치 경감이 말했다.

"지폐 일은 잘됐습니다. 그건 그렇고, 열쇠가 은행에 그대로 있다는 사실이 무엇을 뜻하는지 아시겠습니까? 즉 사건 당일 현장에서 쓰여진 맞춤열쇠는 당신이 가지고 있는 열쇠로 만들어졌다는 뜻이지요. 누군가가 밀랍으로 모양을 본뜨는 데 필요한 시간 동안 그 열쇠를 가지고 있었음에 틀림없습니다. 물론 눈 깜짝할 사이에 해 냈겠지요. 2초면 충분했을 겁니다. 능숙한 사람이라면 손바닥에 밀 랍을 가지고 마술사가 마술부리듯 아무것도 아닌 일처럼 거뜬히 열 쇠 모형을 떠내지요. 너무도 교묘한 재주여서 모르는 사람은 전혀 알아차리지 못합니다.

그러므로 나는 당신에게 다시 한번 잘 생각해 보도록 부탁드립니다. 게싱 씨 말고 아무도 그 열쇠에 손대지 않았다면 그 노인이 모형을 떴다는 말이 되지요. 달리 생각할 여지가 없습니다. 그러니 단 한순간이라도 누군가 다른 사람이 그 열쇠에 손댄 적 없는지 확인해 주십시오. 내 말을 이해하시겠지요?"

듀크 씨는 기분이 언짢은 듯 대답했다.

"물론 이해합니다. 그러나 무책임한 말 같지만, 도저히 게싱 노인의 짓이라고는 생각되지 않습니다. 당신은 그 노인을 모르므로 그렇게 말할 수 있겠지요. 그러나 오래 전부터 그 노인을 잘 알아온 나로서는 의심할래야 의심할 수가 없습니다. 틀림없이 누군가 다른 사람이 이 열쇠를 손에 넣었을 겁니다. 하지만 그게 누군지 나로서는 도무지 모르겠군요."

"밤에 당신이 잠든 동안 누군가가 몰래 하지 않았을까요?"

듀크 씨는 어깨를 으쓱했다.

"그런 일은 있을 리 없습니다."

"그럼, 아무튼 온갖 가능성을 다 생각해 봐주십시오. 나는 관할 경찰서에 들러봐야겠습니다."

"나도 게싱 노인 집에 가야 합니다. 부인의 용태가 몹시 악화되었다는군요. 이번 충격으로 완전히 쇠약해져 버린 겁니다. 수사 진행 상황은 알려주시겠지요?"

“물론입니다. 알려드릴 일이 있으면 곧 연락하겠습니다.”

관할 경찰서는 그리 멀지 않았으므로 잠시 뒤 프렌치 경감은 찰스 게싱의 시체 위에 윗몸을 굽히고 있었다. 그는 사무소에서 발견된 지문과 대조해 보기 위해 지문을 채취하는 일 말고는 그 시체에 아무 관심도 없었다. 그러나 노인이 사무소로 돌아올 필요를 느낀 용건의 성질에 대해 뭔가 단서가 잡힐지 모른다고 생각하여 주머니를 철저히 뒤져보았다. 유감스럽게도 단서가 될 만한 건 아무것도 나오지 않았다.

검시 신문은 오후 5시에 열리기로 되어 있었으므로 프렌치 경감은 잠시 서장과 함께 경찰이 제출할 증거물을 훑어보았다. 평결 결과는 물론 의문의 여지가 없었다.

지금쯤이면 듀크 씨도 틀림없이 돌아갔으리라고 여겨졌으므로 프렌치 경감은 직접 게싱 노인 집을 방문하기로 했다. 그 노인에 대해 많이 알수록 사건이 쉽게 풀릴 터이기 때문이다.

프렌치 경감은 택시를 타고 15분 뒤 몽턴 거리에 이르렀다. 플럼 거리에서 옆으로 벗어난 좁고 쓸쓸한 골목길이었다. 37번지 집의 문을 연 사람은 35살쯤 된 밤색 머리 여자로, 친절해 보이는 얼굴이었으나 퍽 지친 듯한 표정이었다.

프렌치 경감은 모자를 벗어들고 물었다.

“게싱 양입니까?”

그녀는 근심에 찬 부드러운 목소리로 대답했다.

“아니에요, 나는 개미지 부인이에요. 하지만 동생을 만나고 싶으시면 들어오세요. 안에 있으니까요.”

프렌치 경감은 그 목소리가 매력적으로 느껴졌다.

“두 분에게 폐를 끼치게 될 것 같습니다만……”

경감은 부드럽게 빙긋 웃으며 대답하고 자신의 신분을 밝힌 뒤 용건을 꺼냈다.

개미지 부인은 좁은 통로로 뒷걸음질쳤다.

"들어오세요. 어떻게든 도와드리겠어요. 그리고 경찰분들은 참으로 친절하더군요. 어젯밤에 소식을 알려주신 그 경관처럼 친절한 사람은 아마 없을 거예요. 정말이지 여러분들이 모두 잘해주세요. 듀크 씨도 방금 다녀가셨어요. 이런 때일수록 여러분의 친절한 보살핌이 고맙게 느껴지지요."

프렌치는 말했다.

"게싱 부인의 병세가 별로 나아지지 않았다니 걱정입니다."

프렌치 경감은 현관 옆 응접실로 안내되어 들어갔다. 그는 집안 살림이 너무 초라한 데 놀랐다. 그야말로 머리 위로 내리덮친 가난을 앞에 두고 체면과 자존심을 잃지 않으려고 거의 필사적으로 노력한 흔적이 뚜렷하게 엿보였다.

닳아빠진 카펫 여기저기에 뚫린 구멍이 정성스럽게 기워져 있었다. 조금 지나치리만큼 등받이가 꼿꼿한 두 개의 안락의자 쿠션도 마찬가지였다. 세 번째 의자는 다리가 하나 부러져 못과 철사로 수선되어 있었다. 한 점의 얼룩도 보이지 않을 만큼 깨끗이 닦여지고 더할 나위 없이 소중하게 다뤄지고 있기는 했지만 어느 것 하나 남김없이 모두 초라한 가구들뿐이었다. 추운 날씨인데도 벽난로에는 불기가 없었다.

여기에는 분명 조사해야 할 일이 있다고 프렌치 경감은 생각했다. 게싱 노인이 정말로 이 가구들이 나타내고 있듯 가난했었다면 틀림없이 이 사건과 어떤 관계가 있으리라 여겨졌다.

"어머니는 벌써 몇 해째 앓아누워 계세요."

개미지 부인의 대답은 프렌치 경감이 묻기도 전에 바라는 설명을 들려주는 셈이었다.

“어머니는 좌골이 나쁘신데, 이제는 회복될 가망이 전혀 없어요. 가엾은 아버지는 어머니를 치료하기 위해 재산을 모두 써버리셨지만 이제 그것도 아무 보람 없게 되었지요. 게다가 엎친 데 덮친 격으로 어머니는 이 소식을 듣고 굉장히 충격받아 거의 의식을 잃어버리셨어요. 금방이라도 돌아가실 것만 같아 걱정이에요.”

“안됐군요.”

프렌치가 혼잣말처럼 중얼거렸는데, 그 목소리는 마음속에서 우러나오는 슬픔이 담겨 있는 것처럼 들렸다.

“부인의 말을 듣고 보니 더욱 이 불쾌한 용건을 꺼내기가 괴롭습니다만 나로서는 어쩔 수 없는 일이어서요.”

개미지 부인은 살며시 빙긋 웃었다.

“물론 잘 알고 있어요. 무슨 일이든지 물어보세요. 제가 아는 한 대답해 드리겠어요. 제 대답이 끝나면 제가 어머니 시중을 들고 에스터를 내려보내드리겠어요.”

그러나 개미지 부인은 그리 많은 사실을 알고 있지 못했다. 4년 전 결혼한 뒤로 아버지를 만난 적이 매우 드물었기 때문이다. 그녀가 아버지를 우상처럼 존경하고 있는 것은 분명했다. 그러나 자신의 가정 일도 돌봐야 하므로 친정에는 이따금씩밖에 들를 수 없었던 것이다.

그러므로 프렌치 경감은 곧 그녀의 도움에 감사하며 동생을 대신 보내달라고 부탁했다.

에스터 게싱은 한눈에 두 자매 가운데 동생임을 알 수 있었다. 그녀는 개미지 부인을 닮았지만 훨씬 더 아름다운 얼굴이었다. 정말 그녀는 의젓하고 눈에 띄지 않는 미인이었다. 그녀의 눈은 언니처럼 다갈색이었지만 아주 이지적이고 정직해 보여 프렌치 경감조차도 이 아가씨라면 믿을 수 있겠다고 생각했을 정도였다. 언니처럼 표정은 부드러웠으나 훨씬 더 야무져보였다. 부모가 얼마나 그녀를 의지하고 있었을지 충분히 상상되었다. 한 마디로 훌륭한 아가씨라고 프렌치 경감은 생각했다. 그는 여성에 대해 좀처럼 이런 형용사를 쓰지 않는 사나이였지만 이 아가씨만은 그 형용사가 그대로 들어맞는다고 여겨졌다.

경감의 교묘한 유도신문으로 그녀는 지난 몇 년 동안 자신과 부모가 지내온 단조로운 생활을 그려 보여주었다. 어머니의 병이 이 집안 생활의 지배적인 요소였던 듯 모든 일이 환자의 행복을 위해 희생되었으며 치료비가 가계의 큰 부담이 되어 있었다. 프렌치 경감은 듀크 씨의 장부를 보았으므로 게싱 노인의 봉급이 한 해에 400파운드였음을 알고 있었다. 하기야 얼마 전 게싱 노인이 잠시 앓아누워 있을 때 듀크 씨가 이 집을 다녀간 뒤 그의 봉급이 450파운드로 올려지기는 했었다. 에스터는 듀크 씨가 언제나 생각 깊은 고용주였다고 말했다.

마지막 날까지 아버지의 건강과 기분이 여느 때와 다름없었느냐고 묻자 그녀는 그렇지 않다고 대답했다. 지난 3주일쯤 아버지는 무슨 걱정이 있는 듯 침울해 보였다는 것이다. 온갖 기회를 잡아 그녀는 그 까닭을 알아내려 애썼지만 사무소에 뭔가 골치 아픈 일이 있다고만 말할 뿐 뚜렷한 대답을 들을 수 없었다.

그러나 꼭 한 번 그녀로 하여금 생각에 잠기게 하는 한 마디를 입에 올린 적이 있는데 그녀는 그 말의 참뜻을 꿰뚫어볼 수 없었고 아버지도 설명을 거부했다. 그는 딸에게 착한 일을 하기 위해 나쁜 일을 저지르는 것이 올바르냐고 물었던 것이다. 그녀가 모르겠다고 대답하자 노인은 한숨을 내쉬며 다음과 같이 말했다고 한다.

"그처럼 어려운 질문의 해결을 강요받는 난처한 처지에 놓이지 않도록 하느님께 기도드리거라."

사건이 일어난 날 밤, 게싱 노인은 딸을 교회에서 열리는 성가대 모임에 참석시키기 위해 그녀 대신 아내를 간호하기로 되어 있었다.

그런데 그날 저녁 일찍이 그녀가 한 번도 본 적 없을 만큼 근심스러운 얼굴로 허둥지둥 돌아온 게싱 노인은 몇 번이나 사과의 말을 늘어놓은 다음 급한 일이 생겨 오늘 밤 아무래도 사무소에 가야 하니 어머니를 간호해 줄 다른 사람을 찾아내지 못하는 한 성가대 모임에 나가는 일을 단념해 달라고 부탁했다.

그는 몹시 흥분해 있었고 침착치 못한 태도로 저녁 식사도 드는 둥 마는 둥 한 채 몇 시쯤 돌아올지 모르겠다는 말을 남기고 8시쯤 집을 나갔다. 그것이 살아 있는 아버지의 마지막 모습으로, 11시 30분쯤 경관이 무서운 소식을 전해줄 때까지 아무 연락도 없었다고 한다.

에스터 게싱은 분명히 언니와 마찬가지로 아버지를 존경하며 깊은 애정을 품고 있는 것 같았다. 프렌치 경감은 그녀가 자신과 마찬가지로 노인의 죽음에 대해 어째서 그런 일이 일어났는지 전혀 갈피를 잡지 못하고 있음을 깨달았다. 더 이상 이야기할 게 없는 것 같았으므로 프렌치 경감은 잠시 뒤 그녀에게 작별인사를 했는데, 그녀의 슬픔에 깊이 동정한다는 말을 덧붙였다.

경찰국으로 돌아와 보니 그가 발견한 여러 지문의 확대사진이 완성되어 있었다. 그는 의자에 앉아 열심히 자기 카드의 지문과 비교해 보았다. 선을 세어보기도 하고 나선형무늬의 크기를 재보기도 하며 꽤 오랜 시간을 고민한 끝에 그는 다음과 같은 결론에 이르렀다.

금고에 남겨진 지문은 바깥쪽도 안쪽도 모두 듀크 씨 또는 게싱 노인의 것으로, 대부분 게싱 노인의 지문이었다. 석탄 삽 손잡이에 묻은 지문은 게싱 노인의 것이었으며, 그 밖의 지문들은 직원들 것이었다. 따라서 이 방면에서 기대했던 실마리는 끊어진 셈이었다.

그는 한숨을 내쉬며 시계를 보았다. 검시신문이 시작되기 전에 어젯밤의 행동에 대한 오처드의 진술이 옳은지 어떤지 조사할 여유가 있을 듯했다.

반시간 뒤 프렌치 경감은 오처드가 일포드에서 함께 식사했었다는 사나이를 찾아냈다. 그는 오처드의 진술을 완벽하게 뒷받침해 주었다. 이로써 오처드의 혐의는 결정적으로 벗겨졌다.

검시관 앞에서 이루어진 절차는 거의 형식적인 것이었다. 오처드와 듀크 씨와 앨콘 순경이 저마다 한 마디씩 진술한 다음 아주 간단한 신문이 있은 뒤 돌려보내졌다.

프렌치 경감과 관할 경찰서 서장이 경찰을 대표해 검시 신문에 참석했으나, 진술은 하지 않았다. 피해자 가족들은 아무도 검시 신문에 나오지 않았다.

30분 뒤 검시관이 자신의 의견을 이야기하고 배심원들이 퇴장했는데, 그들은 길게 논의할 필요도 없이 미지의 한 인물 또는 여러 인물에 대한 고의적인 살인이라고 명백하게 평결을 내렸다.

이날 밤, 식사를 마치고 거실 난로 앞에 차분히 앉아 파이프를 입에 문 프렌치 경감은 수첩을 책상 위 팔꿈치 옆에 놓고 자신의 입장을 머릿속으로 검토하며 새로운 문제를 확실히 파악하려고 애썼다.

우선 첫째로 이 찰스 게싱이라는 인물이 듀크 씨의 금고 안에 든 다이아몬드 때문에 살해되었다는 것은 틀림없는 사실이었다. 상처 위치로 보아 돌발 사고에 의한 것이 아니며, 피해자 스스로 자기 몸에 입힌 것도 결코 아니라는 게 확실했다. 뿐만 아니라 열쇠를 새로 만든 점으로 계획적인 강도임을 알 수 있었다. 그러나 보석은 게싱 노인의 몸에 없었다. 따라서 게싱 노인이 금고에서 보석을 꺼냈는지 어떤지는 제쳐두고 누군가가 그것을 가져갔음에 틀림없었다.

여기까지는 아무 문제 없이 사실을 정리할 수 있었다. 그런데 거기서 앞으로 나아가려고 하면 옴짝달싹할 수 없는 것이었다.

무엇보다도 게싱 노인이 가난했다는 점이다. 그의 봉급은 그 지위에 비추어 부당한 액수는 아니었다. 그러나 부인의 병 때문에 지출되는 경비로 가계는 언제나 적자투성이였다. 프렌치 경감은 이처럼 꼼짝할 수 없이 견뎌내기 어려운 극한상황을 상상해 보았다. 그런 상태로부터 빠져나가기 위해서라면 인간은 꽤 위험한 모험도 무릅쓰기 마련이다. 더욱이 그는 마음만 먹으면 언제든지 손 닿는 곳에 보석이 있음을 알고 있었다. 그렇다면 그 노인은 그 유혹에 지고 만 것일까?

죽기 전 2, 3주일 동안 노인이 무언가 고민하고 있었던 것은 분명하며, 그것이 어떤 비밀스러운 일이었다는 것도 확실하다. 게싱 노인은 듀크 씨가 그 까닭을 물었을 때 집안사정과 아내의 병 때문이라고 했고, 딸이 같은 질문을 했을 때는 사무소 일로 걱정거리가 있다고 대답했다. 그렇다면 노인은 사실을 감추기 위해 양쪽에 모두 거짓말을 하고 있었던 셈이다.

그 고민 또는 곤경에 처하게 된 일이 죽은 날 밤에 한층 더 강해진 것도 분명했다. 그는 딸에게 어떤 특별한 볼일이 있어 사무소로 다시 가야 한다고 말했다. 그러나 듀크 씨는 그 볼일에 대해 전혀 아는 바가 없었고 그 일에 관계된 아무 기록도 남아 있지 않다.

그러나 2, 3주일 전에 게싱 노인이 금고를 털기로 결심했다고 보면 이런 알 수 없는 모순도 모두 앞뒤가 맞고 의문이 풀린다. 죽은 날 밤의 심상치 않은 흥분도 그날 밤이 범행계획을 실행에 옮기기로 한 날이라고 한다면 설명이 된다.

한편 이 견해를 지지할 수 없게 하는 몇 가지 의문점이 있다.

첫째는 잘 알려져 있는 그의 성격이다. 그는 그 회사를 위해 20년 넘게 일해 왔다. 그리고 그를 잘 아는 듀크 씨가 결코 그의 범행을 믿으려 하지 않는다. 그의 딸들도 아버지에 대해 분명 아주 따사로운 애정을 품고 있다. 게싱 노인이 만일 못된 성격이거나 음흉한 사람이었다면 딸들이 아버지에 대해 그런 감정을 지닐 리 없다고 프렌치는 생각했다. 그가 수집한 그 밖의 증거들도 모두 이와 같은 방향을 가리키고 있었다.

둘째는 게싱 노인이 사람 눈을 의식하지 않고 사무소로 돌아갔다는 사실이다. 만일 금고 안에 든 것을 훔칠 생각이었다면 사무소로 가는 일을 비밀로 해두지 않았을까? 그런데 그는 급사에게 자기가 나중에 돌아올 터이니 안쪽 방에 난롯불을 피워 놓도록 시켰고, 집에서 딸과 성가대 모임에 대해 이야기할 때도 같은 말을 했다.

더욱 난롯불이 문제다. 만일 게싱 노인이 금고를 털 작정이었다면 무엇 때문에 불을 피워두라고 했을까? 그는 급사에게 불을 피우도록 시켰을 뿐만 아니라 석탄 삽 손잡이의 지문으로 알 수 있듯이 그 자신이 나중에 석탄을 퍼 넣기까지 했다. 금고에 든 것을 훔치는 일은 겨우 몇 분이면 끝난다. 난롯불을 피운 사실로 미루어 게싱 노인은 딸에게 이야기한 대로 무언가 특별한 일을 하고 있었던 게 아닐까?

전체적으로는 게싱 노인의 범행을 뒷받침하는 증거가 그의 무죄를 말해 주는 증거보다 더 강하다고 프렌치 경감은 생각했다. 그리하여 경감은 다음과 같은 가설을 세우기 시작했다.

집안 살림 상태가 이미 더 이상 꾸려나갈 수 없게 되었다고 느낀 게싱 노인은 금고 안에 여느 때와 달리 값진 보석이 보관되어 있음을 알고 그 가운데 조금만 훔치기로 마음먹었다. 그는 얼마쯤의 손해라면 듀크 씨가 부담하지 않고 보험회사 부담이 된다는 점을 알고 있었을 것이다.

그는 열쇠 모양을 본떠 다른 열쇠를 만들었다. 그날 밤 우연히 남의 눈에 띌 경우에 대비하여 사무소에서 할 일이 있다고 미리 말해두었다. 그리고 정말 우연히 사무소에서 그는 어떤 사람의 눈에 띄었다. 그 현장을 목격한 사나이는 눈앞에 펼쳐진 가능성을 보고 갑작스러운 유혹에 앞뒤 생각 없이 노인을 살해한 다음 훔친 물건을 가지고 달아나버렸다.

이 가설은 적어도 대부분의 사실과 맞아 들어가는 듯이 보였다. 프렌치 경감은 이 가설이 썩 만족스럽지는 않았지만 그 이상은 어떻게도 생각할 수가 없었다. 그리하여 앞으로 얼마 동안은 이 가설을 따를 수밖에 없다고 마음속으로 다졌다.

하지만 그는 이 가설에 굳이 구애받지 않을 작정이었다. 어떤 새로운 사실이 발견되어 사건 전체에 완전히 다른 색채를 띠게 할 수도 있기 때문이다.

다음날 아침 그는 두세 가지 자질구레한 조사를 해보았다. 교묘한 간접 질문을 통해 게싱 노인을 비롯한 듀크 앤드 피보디 회사의 직원 중 어느 누구도 열쇠를 따로 만들 수 없었음을 확인하자 그는 부하 한 사람에게 열쇠 만드는 전문가들을 조사하도록 지시했다.

그는 도둑맞은 다이아몬드 리스트를 영국과 네덜란드 경찰에 알리고 훔친 물건을 팔려고 내놓았을 때 알려줄 만한 업자들에게도 통지했다. 그리고 없어진 지폐에 대한 일반적인 공문을 은행마다 빠짐없이 보내도록 한 뒤 금고 안에 보석이 들었음을 알고 있었던 사람으로 사건이 일어난 날 밤의 행적에 관해 만족할 만한 설명을 못하는 사람에 대해서는 재수사를 폈다.

그러나 진척은 되지 않고 아무런 빛도 얻지 못한 채 하루하루가 지나갔으므로 프렌치 경감은 몹시 초조해져 수사에 더욱 온 힘을 기울였다.

그는 생각이 미치는 범위 안의 모든 인물을 의심해 보았다. 타이피스트도, 급사도, 심지어는 듀크 씨까지 의심해 보았으나 여전히 아무 효과도 없었다.

타이피스트는 그날 밤 내내 집에 있었음이 밝혀졌고 빌리 뉴턴도 틀림없이 보이스카웃 대회에 참석해 있었다. 듀크 씨의 단골 클럽과 집안에 대해서도 은밀히 조사해 보았지만 그날 밤의 행동에 대한 그의 진술은 완전히 입증되었다. 스탠리 해링턴에 대해서도 조사를 한 결과 이 젊은이의 알리바이는 완벽하지 못하지만 그의 범행을 실증할 만한 것은 아무것도 발견되지 않았다.

사방이 완전히 막혀버리자 프렌치 경감은 의기소침해지기 시작했다. 게다가 그의 상관은 난처한 질문을 더욱 퍼부어대는 것이었다.

행방불명

  찰스 게싱 살해사건이 일어난 지 열흘째 되는 날 오전 10시쯤, 프렌치 경감은 런던 경찰국의 자기 사무실 의자에 앉아 혹시 무심코 지나쳐버린 단서가 없는가, 또는 지금까지 확인해 보지 않은 수사의 선은 없는가, 하고 벌써 천 번도 넘게 같은 생각에 잠겼다.

  그는 지금까지 이토록 옴짝달싹할 수 없는 어려운 문제에 맞닥뜨린 적이 없었다. 사건의 성질로 보아 해결은 식은죽먹기라고 스스로에게 타일렀지만 막상 실마리를 더듬으려 하면 도무지 한 걸음도 내디딜 수가 없었다.

  그가 모아들인 단서들은 꽤 그럴듯해 보이면서도 결국 아무 도움이 되지 못하는 것들뿐이었다. 도둑맞은 지폐는 단 한 장도 은행에 나타나지 않았고 다이아몬드도 시장에 나오지 않았다. 그가 짚은 인물 가운데 누구도 돈 씀씀이가 좋아진 사람은 없었으며, 용의자들은 한결같이 숙명적인 그날 밤의 행동을 설명할 수 있었다.

  프렌치 경감은 아직 발견하지 못한 무언가가 있다고 여기며 지금까지 자신이 해온 수사의 일람표를 만들기 위해 펜을 들었다. 마침 그

때 전화벨이 울렸다. 그는 맥없이 수화기를 들었다.

귀에 익은 목소리가 들렸다.

"프렌치 경감님 계십니까? 듀크 앤드 피보디 회사의 듀크입니다."

상대방의 초조해 하는 목소리가 갑자기 경감의 흥미를 돋우었다.

그는 얼른 대답했다.

"안녕하십니까, 듀크 씨. 제가 프렌치 경감입니다. 뭐 좋은 소식이라도 있습니까?"

그러자 멀리서 들리는 목소리가 대답했다.

"그렇습니다. 우리의 수사에 관계가 있을지 어떨지 모르지만, 방금 암스테르담 지점 지배인 스홉스로부터 편지를 받았습니다. 그 편지에 의하면 팬덜켐프가 행방불명된 것 같습니다."

프렌치는 성급하게 되물었다.

"행방불명? 도대체 언제부터입니까?"

"확실한 것은 모르겠으나 정확한 날짜를 확인하기 위해 지금 서류를 조사시키고 있는 중입니다. 벌써 며칠째 암스테르담 지점에 모습을 나타내지 않는 듯합니다. 그래서 스홉스는 그가 이곳에 와 있지 않느냐고 물어온 거예요. 하지만 그는 이곳에 오지 않았습니다. 사정이 허락된다면 지금 곧 이리로 와 주실 수 없습니까? 스홉스의 편지를 보여드리겠습니다."

"곧 가지요."

반 시간 뒤 프렌치 경감은 해튼 가든의 사무소 층계를 올라가고 있었다. 빌리 뉴턴이 상냥한 얼굴을 하고 그를 사장실로 안내했다.

듀크 씨는 신경질적으로 보였으며 얼마쯤 흥분한 자세로 악수를 나누었다.

그는 곧 이야기를 꺼냈다.

"이 사건은 생각할수록 진절머리가 납니다, 경감님. 별일 아니었으면 좋겠습니다만, 아무튼 내가 아는 일을 모두 당신에게 털어놓겠습니다. 그러나 스홉스의 편지를 보여드리기 전에 이 편지가 씌어진 경위부터 설명하는 게 좋겠군요."

그는 경감의 얼굴빛을 살폈는데, 프렌치가 고개를 끄덕이자 말을 이었다.

"지난번에도 말한 것 같습니다만, 팬덜켐프는 우리 회사 외무담당 사원입니다. 유럽 여러 나라에서의 판매와 경매장 순회 일을 맡고 있지요. 지금까지 그는 나를 위해 꽤 큰 거래를 해 주었습니다. 나는 그의 장사 솜씨와 성실성을 높이 평가합니다. 이미 말씀드린 것으로 여깁니다만, 도둑맞은 보석들의 대부분을 사서 런던으로 가져온 것도 그 사람이었습니다."

"그건 알고 있습니다."

"지난 2, 3년 동안 그는 섭외 일로 출장 가지 않을 때면 암스테르담 지점에서 근무하고 있었지요. 가엾은 게싱 노인이 죽기 3, 4일 전 그는 혁명 뒤 몰락한 러시아 귀족으로부터 보석을 사기 위해 출장가 있던 남부 독일에서 돌아왔습니다.

사흘 전——정확히 말하면 이번 주 월요일——플로렌스에서 아주 유명한 보석 컬렉션이 곧 열리는 걸 알고 나는 그날 저녁 스홉스에게 편지를 써서 팬덜켐프를 이탈리아로 보내 보석의 기초조사와 가격평가를 시키도록 했습니다. 좋은 물건이 있으면 사들일 생각이었지요. 이것이 오늘 아침 와 닿은 스홉스의 회답입니다.

팬덜켐프 씨를 플로렌스로 보내는 문제에 대한 편지는 잘 받아보았습니다. 그러나 그는 아직 런던에서 돌아오지 않았습니다. 나는 팬덜켐프 씨가 그쪽에서 사장님 지시를 받고 있는 줄 알았습니다. 그가 돌아오는 대로 곧 보내겠습니다.

어떻게 생각하십니까, 경감님?”

“그럼, 팬덜켐프가 런던에 오지 않았단 말입니까?”

“내가 아는 한 오지 않았습니다. 이 사무소에 오지 않은 것은 분명합니다.”

“스홉스 씨가 왜 그렇게 생각했는지 알고 싶군요. 그리고 팬덜켐프가 런던으로 떠났다고 생각되는 날짜도 알고 싶습니다.”

“스홉스에게 전보를 치면 알 수 있겠지요.”

프렌치 경감은 잠시 묵묵히 있었다. 이 네덜란드 지점의 일을 까맣게 잊고 있었다고 그는 생각했다. 분명 이것은 지금까지 손대지 않았던 하나의 수사선이고 조사해 보면 곧 좋은 결과가 나올지도 모른다.

듀크 씨 이야기에 의하면, 암스테르담 지점의 사원은 네 사람이라고 했다. 지배인과 타이피스트와 급사, 그리고 이따금 나오는 이 외무사원 팬덜켐프——즉 스탠리 해링턴의 외숙부인 팬덜켐프가 출근하는 것이었다.

이들도 그 다이아몬드에 대해 모를 리 없었다. 지배인은 이 일에 관하여 듀크 씨로부터 들었을 것임에 틀림없다.

팬덜켐프는 그 대부분의 보석을 스스로 사 모아 런던으로 가져왔다. 그리하여 그는 그 보석이 금고에 넣어지는 걸 보았을 것이다. 그렇다고 해도 보석이 계속 금고 안에 보관되었던 일을 그가 알고 있었다는 이야기는 되지 않지만, 런던 사무소의 경우와 마찬가지로 이 사실이 밖으로 새어나갔을 가능성도 충분히 있다. 암스테르담 지점에 대해서도 수사해 봐야겠다고 프렌치 경감은 생각했다.

한참 뒤 경감은 겨우 입을 열었다. “전보는 치지 않는 편이 좋겠군요. 확증도 없는데 떠들어댈 필요는 없지요. 이야기를 듣고 보면 아무 일 아닐지도 모르지요. 그러나 내 생각을 말씀드려 두겠습니다. 나는 은밀히 암스테르담에 가서 조사해 볼 생각입니다. 수상한 데가 있으면 곧 알 수 있을 것입니다. ”

"좋습니다. 그렇게 해주신다면 더없이 기쁘겠습니다. 스홉스에게 편지를 써서 될 수 있는 대로 도움이 되어드리도록 하지요. ”

프렌치 경감은 머리를 저었다.

"말씀은 고맙지만 그것도 그만두시는 게 좋겠습니다. 나는 다만 그곳으로 가서 상황을 살펴보고 싶을 뿐입니다. 아무에게도 그런 말씀을 할 필요는 없습니다. ”

듀크 씨는 자기가 한 마디만 하면 스홉스가 기꺼이 도와줄 거라고 하며 이의를 내세웠다. 그러나 프렌치 경감도 자신의 주장을 굽히지 않았다. 듀크 씨는 프렌치 경감이 하고 싶어 하는 대로 내버려 둘 수밖에 없었다.

프렌치 경감은 하위치에서 출발하는 밤배편으로 해협을 건너 다음 날 아침 8시 30분에는 중앙역을 나와 기분 좋은 오래된 수도로 발을 내디뎠다. 도무지 달갑지 않은 일을 시작해야 하긴 했지만, 댐러크 거리의 성서(聖書) 호텔로 자동차를 타고 찾아갈 때도, 아침 식사를 끝낸 뒤 한가로이 정찰할 때도, 이 도시의 고풍스러운 매력을 느끼지 않을 수 없었다.

듀크 앤드 피보디 회사의 지점은 호텔에서 가까운 싱헬프라프트 거리에 있었다.

그곳은 반쯤 상점가라고 해도 좋을 듯싶은 거리로, 한가운데에 한 줄기의 운하가 흐르고, 그 양쪽 기슭에 나무들이 늘어서 있었다. 그 거리 한구석에 커다란 촛불덮개를 닮은 기묘한 모양의 나무탑이 세워진 박공 많은 교회가 서 있었다.

프렌치 경감은 자신이 온 것을 듀크 앤드 피보디 회사 암스테르담 지점의 어느 누구도 미리 알아선 안 된다고 생각했기 때문에 지배인에게 소개장을 써주겠다는 듀크 씨의 제의를 거절했다. 그는 지금까지 많은 경우 갑작스러운 질문을 받은 상대방의 놀라움이며 불안해하는 표정으로부터 중대한 힌트를 얻은 일이 많았으므로 이 경우에도 그런 힌트를 얻을 가능성을 놓치고 싶지 않았던 것이다.

그런 까닭으로 그는 회전문을 밀고 안으로 들어가서도 자신의 이름을 밝히지 않고 지점장을 불러달라고 부탁했다.

스흡스 씨는 제스처가 풍부하고 재빨라 보이는 작은 몸집의 사나이로 자신의 능력을 잘 알고 있는 것 같았다.

그는 영어가 아주 능숙했으며, 정중히 손님에게 인사하고 의자를 권했다.

프렌치 경감은 단도직입적으로 입을 열었다.

언제나의 친절했던 그와는 전혀 다른 엄격한 목소리였다.

"내가 여기 찾아온 것은 게싱 씨 살해사건에 대해 조사하기 위해서입니다. 나는 런던 경찰국 수사과의 프렌치 경감입니다."

말하면서 그는 적의에 찬 차가운 눈초리로 상대방을 지켜보았다.

그러나 그의 잔재주는 아무 효과를 거두지 못했다. 스흡스는 눈썹을 살짝 추켜올려 손님의 이야기 내용보다 그 말투가 더 놀랍다는 것을 교묘하게 내비쳤으며 어깨를 으쓱해 보였다.

그는 아무렇지도 않게 말했다.

"그렇습니까? 정말 수고하십니다! 그러니까 살인강도범이 아직 잡히지 않았다는 말씀이군요! 그런 훌륭한 도시에서 폭력행위가 그처럼 쉽게 일어나다니, 런던 사람들도 견뎌내기 어렵겠군요."

프렌치 경감은 첫수에 실패했음을 깨닫고 완전히 말투를 바꾸었다.

"짐작하신 대로 범인은 아직 잡히지 않았습니다. 하지만 곧 체포될 가능성이 없지도 않습니다. 내가 이렇듯 찾아온 까닭은 무언가 새로운 정보를 얻을 수 있지 않을까 해서지요."

"바라시는 대로 해드리겠습니다."

"나는 당신으로부터 직접 도움 되는 뉴스를 들을 수 있으리라고는
생각지 않습니다. 그런 뉴스가 있었다면 내가 찾아오기 전에 당신
스스로 신고하셨을 테니까요. 그런 게 아니라 만의 하나라도 당신
이 미처 그 중요성을 깨닫지 못하고 있는 지엽적인 문제에 대해 빛
을 얻을 수 있을지도 모른다고 여겨져……. "
"이를테면 어떤? "
"이를테면 듀크 씨의 금고 안에 다이아몬드가 들어 있었던 사실을
아는 사람의 이름이라든가…… 이것도 하나의 수사에 참고가 되니
까요. "
"흠, 그리고요? "
"그것부터 먼저 말씀해 주시지요. 실제로 그 사실을 이곳에서도 알
고 있었습니까? "
스홉스 씨는 적이 무심한 말투로 대답했다.
"나에 대해 묻는다면 나는 알고 있었습니다. 듀크 씨가 곧 거래가
있으니 보석을 물색해 달라고 말했지요. 팬덜켐프 씨도 그 일을 알
고 있었습니다. 그 사람이 많은 보석을 사모아 런던으로 가져갔으
니까요. 하지만 그 밖의 사람들은 아무도 몰랐을 겁니다. "
"지점 직원이나 급사는 어떻습니까? "
스홉스 씨는 고개를 가로저었다.
"두 사람 다 그 이야기를 들었으리라고 생각되지 않습니다. "
프렌치 경감은 서투르게 시작했지만 여느 때처럼 부드러운 태도로
질문을 이어나갔다.
그는 그 밖에도 몇 가지 질문을 던져보았으나 흥미 있는 일은 아무
것도 들을 수가 없었으며, 기습적인 질문으로 스홉스 씨를 놀라게 하
여 허점을 드러내보이도록 하지도 못했다.
그쯤에서 그는 자신이 찾아온 참된 목적을 꺼냈다.

"그런데 당신 사무소 외무사원에 대한 일입니다만, 스홉스 씨, 팬덜켐프는 어떤 사람입니까?"

처음과는 딴판으로 정중하고 겸허한 프렌치 경감의 말에 스홉스도 마음의 빗장을 풀고 할 수 있는 한 진심으로 도움을 아끼지 않으려는 태도를 보였다.

팬덜켐프는 인생의 황혼기에 접어든 사람으로——그는 60고개를 막 넘은 참이었다——예전만큼 정력적으로 일하지는 못했지만 그래도 회사에서는 꽤 소중한 사람인 듯했다. 개인적으로는 그리 매력 있는 인물은 아니었다. 그는 술을 지나치게 마셨으며 도박도 했다. 사생활에 대해서 완전히 믿을 건 못 되지만 또한 전혀 터무니없는 거짓말도 아닌 듯한 소문이 나돌고 있었다. 게다가 그는 성격이 까다롭고 얼마쯤 성급한 면도 있었다. 하기야 거래관계로 이야기할 때는 달라서 그런 경우에는 아주 부드럽고 예의바르게 행동했다. 그러나 그는 마음 좋은 사람이라는 평판도 듣고 있었다. 이를테면 조카 해링턴에 대해서는 더없이 자상했다.

스홉스를 비롯하여 그를 아는 사람들은 누구도 그를 그리 좋아하지 않았지만 그에게는 한 가지 무엇과도 바꿀 수 없는 재능이 있었다. 그것은 오랜 연구로 쌓아올린 보석에 대한 많은 지식과 놀라울 만큼 정확한 감식안이었다. 그는 회사를 위해 헌신적으로 일했으므로 듀크 씨는 그가 그만둘까 염려하여 그의 결점에 대해 기꺼이 눈감아주었다.

"그와 이야기를 좀 하고 싶은데요, 지금 있습니까?"

"아니오, 2주일쯤 전 런던으로 가서 아직 돌아오지 않았습니다. 듀크 씨로부터도 그를 플로렌스에 보내라는 지시를 받았는데 오늘이라도 돌아올까 기다리고 있는 중입니다."

프렌치는 흥미 있는 듯한 표정을 지었다.

"런던에 갔다고요? 하지만 그는 런던에 없었습니다. 적어도 듀크 씨의 사무소에는 없었습니다. 나는 몇 번이나 듀크 씨의 사원들에 대해 물어보았으나 모두들 팬덜켐프와는 살인사건이 일어나기 2, 3주일 전부터 한 번도 만난지 못했다고 말했습니다."

스홉스가 외쳤다.

"그런 터무니없는 말이 어디 있습니까! 그 사람은 틀림없이 런던으로 떠났습니다…… 그게 언제였던가? 그렇지, 가엾은 게싱 노인이 살해된 날이었습니다. 그는 로테르담과 퀸버러를 거쳐 가는 낮배편으로 떠났습니다. 나는 그 전날 밤 그를 보았을 뿐이므로 딱 잘라 말할 수는 없지만, 적어도 그는 그 배로 떠날 예정이었습니다."

"그런데 오지 않았습니다. 회사일로 갔습니까?"

"그렇습니다. 듀크 씨로부터 편지가 왔었지요."

이번에는 정말로 놀란 나머지 프렌치 경감은 반사적으로 되물었다.

"듀크 씨로부터 편지가? 뭐라고요? 그날 배편으로 건너오라는 것이었습니까?"

"다음날 아침 사무소에서 만나고 싶다고 씌어 있었습니다. 그 편지를 보여드리지요."

그는 벨을 눌러 필요한 지시를 내렸다.

"이것이 그 편지입니다."

그는 사무원이 가져온 편지를 건네주었다.

그것은 위쪽에 회사 이름이 인쇄된 8절 편지지로, 다음과 같은 내용이 타이프 되어 있었다.

H.A. 스홉스 앞

이달 26일 수요일 오전 10시 팬덜켐프와 본사 사무소에서 만나

고 싶으니 그에게 전해주기 바라오. 새로 사들일 보석 상담에 착수
하도록 부탁할 생각이오. 곧 스톡홀름으로 출장가게 될지도 모르
오.

11월 20일

편지 끝에는 이미 프렌치의 눈에 익은 장식 서체로 'R.A. 듀크'라
고 서명되어 있었다.

경감은 의자에 앉은 채 꼼짝도 않고 편지를 지켜보고 있었다. 이
새로운 발견을 지금까지의 사태 추이에 어떻게든 끼워 맞추려고 애썼
지만 그로서는 도저히 풀 수 없는 수수께끼처럼 여겨졌다.

듀크 씨는 사실은 지금까지 경감이 생각한 것 같은 결백하고 인품
좋은 노신사가 아니며 어떤 깊은 음모의 주모자는 아닐지라도 그 공
모자쯤 되지 않을까? 만일 이 편지를 그가 썼다면 팬덜켐프에 대해
물었을 때 왜 사실대로 말하지 않았을까? 외무담당 사원이 런던에
가 있지 않느냐고 씌어진 스홉스의 편지를 받았을 때 그는 왜 놀랐을
까? 대체 이 사건의 밑바닥에는 무엇이 숨겨져 있는 것일까?

문득 어떤 생각이 떠올라 그는 문제의 편지를 좀더 자세히 살펴보
았다.

"당신은 이것이 틀림없는 듀크 씨의 서명이라고 생각합니까?"

스홉스 씨는 이상한 듯이 그를 보았다.

"네, 그렇습니다. 그 점은 전혀 의심해 보지 않았습니다."

"듀크 씨의 다른 편지를 보여주시겠습니까?"

몇 초 뒤 6장쯤 되는 편지가 꺼내져왔다. 프렌치 경감은 주머니에
서 확대경을 꺼내들고 몇 개의 서명을 비교해 보고 있더니 이윽고 나
직이 휘파람을 불었다. 서명 하나하나의 특징을 살펴본 다음 그는 책
상 위에 편지를 놓고 의자등받이에 몸을 기댔다.

그는 말했다.

"나는 그렇지 않을까 생각했습니다. 다른 편지는 볼 필요도 없었습니다. 이 서명은 가짜입니다. 자, 이것을 직접 보십시오."

그는 스홉스에게 확대경을 건네주었다. 이번에는 스홉스가 서명을 살펴보았다.

"어떻습니까. 글자의 선이 매끄럽지 못하지요, 가늘게 손을 떤 자국이 많습니다. 다시 말해 재빨리 단숨에 쓴 게 아닙니다. 다른 편지의 서명과 비교해 보십시오. 멀리서 보면 똑같지만 실제로는 전혀 다릅니다. 이것은 듀크 씨가 쓴 게 아닙니다. 팬덜켐프는 어떤 음모의 희생이 된 것 같군요."

스홉스는 완전히 흥분했다. 그는 상대방의 말에 열심히 귀 기울이고 경감이 내린 결론에 크게 고개를 끄덕였다. 그리고는 네덜란드 말로 뭐라고 중얼거렸는데, 아무래도 욕설인 듯했다.

그는 소리쳤다.

"큰일 났습니다, 경감님! 이것은 중대한 의미를 지니고 있습니다."

프렌치 경감은 상대를 뚫어지게 보았다. 그는 재촉했다.

"어떤 의미입니까?"

"어떤 의미냐고요? 생각 좀 해보십시오. 살인과 도난사건이 일어났고, 그것과 때를 같이하여 이 일이 일어난 겁니다…… 수상쩍지 않습니까?"

"그렇다면 이 두 사건 사이에 어떤 관련이 있다는 말입니까?"

스홉스는 답답한 듯이 물었다.

"그럼, 당신은 어떻게 생각합니까?"

프렌치 경감은 천천히 시인했다.

"확실히 관계가 있을 듯싶군요."

그의 활발한 두뇌는 이미 하나의 가설을 세우고 있었지만 상대방의 생각도 들어두려는 생각이었던 것이다.

"당신은, 그러니까 팬덜켐프가 이 범죄에 관계되어 있다고 말씀하시는 거지요?"

스홉스는 세게 머리를 저었다.

"나는 그런 뜻으로 말한 게 아닙니다. 그런 것은 내가 할 일이 아니니까요. 나는 다만 이상하다고 생각했을 뿐입니다."

프렌치 경감은 차분하게 대답했다.

"아니, 내 표현이 좀 부족했나 봅니다. 당신과 마찬가지로 나도 여기서 특별히 누군가를 의심하려는 것은 아닙니다. 서로 가슴을 툭 터놓고, 다시 말해서 다정히 말을 주고받듯 오직 진실이 밝혀지기를 바라며 이야기를 나누고 싶은 것입니다.

어떤 암시가 도움이 될지도 모릅니다. 이를테면 내가 그런 가능성을 검토해 보려고 팬덜켐프를 범인으로 가정한다 해서 우리 서로가 그것을 진실로 여기지는 않을 것이며 또한 내가 그 가정에 구애받는 일도 없을 겁니다."

"무슨 말씀인지 잘 알겠습니다만, 나는 그런 가정을 할 수 없습니다."

프렌치 경감은 말했다.

"그렇다면 내가 해보지요. 다만 토론의 바탕으로 그렇게 가정할 뿐이니까요.

그럼, 토론을 위해서입니다만, 팬덜켐프가 회사의 재산 일부를 자기 것으로 할 결심을 했다고 가정해 봅시다. 그는 보석이 금고에 넣어질 때 그 자리에 있었고 듀크 씨가 등을 돌린 틈을 타서 어떤 방법으로 열쇠 모양을 본떴습니다.

그뒤 그는 런던으로 건너왔습니다. 사무실에서 게싱 노인을 발견했거나 아니면 그의 방해를 받아 노인을 살해하고 다이아몬드를 훔쳐 달아났습니다. 당신은 이 가정을 어떻게 생각합니까?"

"편지 문제는 어떻게 되지요?"

"그거야 쉽게 설명할 수 있잖습니까? 팬덜켐프는 어떻게든 당신의 의심을 받지 않고 또한 런던 사무소에 조회가 가지 않게 한 뒤 이곳을 떠날 필요가 있었을 겁니다. 그렇다면 편지를 위조하는 것보다 더 좋은 방법이 있을까요?"

스홉스는 다시 욕설을 내뱉었다. 그리고 버럭 화내며 소리쳤다.

"만일 그 사람이 그런 짓을 했다면 목졸라 죽여도 시원치 않을 겁니다. 경감님, 그를 찾아내기 위해서라면 어떤 일이라도 돕겠습니다. 돕는 것이 내 의무기도 하지만, 그 가엾은 게싱 노인을 위해서도 꼭 그렇게 하고 싶습니다. 나는 그 노인을 마음속 깊이 존경하고 있었지요."

"그렇게 생각하실 줄 알았습니다. 그럼, 세부 사항으로 옮겨갑시다. 당신은 이 편지 겉봉을 가지고 있지 않겠지요?"

스홉스는 대답했다.

"그것은 못 보았는데요. 겉봉을 뜯은 사람이 없애버렸겠지요."

"그 사무원을 불러주시면 좋겠습니다. 한번 물어봅시다."

스홉스는 갑자기 요란한 몸짓을 해보였다. 그는 외쳤다.

"그랬었지! 이 편지는 팬덜켐프가 직접 가져왔습니다. 이 사무소에 있을 때 그는 지배인 대우를 받았으니까요."

"그렇다면 그 증거는 아무것도 없는 셈이군요. 이 편지가 정말 우편으로 배달되어 겉봉을 뜯은 것인지 아니면 그가 이 편지를 사무소로 가져와 다른 편지들 속에 끼워 넣은 것인지 분명치 않은 겁니다."

프렌치 경감은 편지를 집어 들었다. 지금까지의 경험으로 타이프된

문서에는 두드러지게 눈에 띄는 특징이 있었지만 이 경우에도 어떤 단서가 잡힐지 모른다고 생각했던 것이다.

이 편지에는 확실히 특징이 있었다. 확대경으로 보니 n자의 곡선 가운데가 움푹 파인 것을 알 수 있었다. 이 타이프라이터는 그 곡선 부분이 좀 강하게 때려지는 게 틀림없다. 그 밖에 g의 꼬리 부분이 조금 이지러져 있었다.

프렌치 경감은 듀크 씨가 보낸 진짜 편지들을 살펴보고 재미있는 사실을 발견했다. 그 활자에도 똑같은 특징이 있었던 것이다. 따라서 이 가짜 편지는 런던 사무소에서 누군가 타이프친 게 확실했다.

그는 깊은 생각에 잠겨 앉아 있었다. 맞닿은 이와 이 사이로 저도 모르게 늘 흥얼거리는 휘파람이 새어나왔다.

가짜 편지에는 그 밖에 특징이 더 있었다. 글자의 줄이 들쭉날쭉한 것은 타이프라이터 키를 보통보다 세게 두들겼음을 나타내고 있다. 종이를 뒤집어보니 그것을 좀더 뚜렷이 알 수 있었다. 구두점 등은 거의 종이에 구멍이 나 있었다.

진짜 편지를 손에 들고 똑같은 특징이 있는지 어떤지 살펴보았으나, 그것은 가볍게 쳐서 쉼표도 겨우 보일 정도였다.

이러한 점에서 다음과 같이 한 걸음 더 나아간 추측을 하지 않을 수 없었다. 즉 가짜 편지를 친 사람은 타이프라이터에 익숙지 못한 아마추어며 진짜 편지는 직업적인 타이피스트가 친 것임에 틀림없었다. 가짜 편지는 그런 권한이 없는 사람이 런던 사무소의 타이프라이터로 쳐 보낸 것으로 보아도 좋으리라고 프렌치 경감은 생각했다.

그러나 그의 생각이 미치는 한 이러한 추측도 팬덜켐프가 유죄인가 무죄인가에 대해서는 아무 빛도 던져주지 못했다. 그 편지에는 런던에 있는 어떤 다른 인물이 보낸 것인지도 모르고, 또 어쩌면 팬덜켐프가 런던에 갔을 때 직접 타이프라이터로 친 것인지도 모른다. 결론을 내리기 위해서는 좀더 많은 자료가 필요했다.

스홉스라는 인물을 만나본 결과 경감은 이제야 노인이 비로소 엄청난 음모임을 깨닫게 된 이 사건에 관련되어 있을 리 없다고 생각되었지만 자신이 지금 막 발견한 사실은 모른 척 덮어두고 어디까지나 상대방으로 하여금 행방불명된 외무담당 사원에 대한 정보를 털어놓게 하려고 애썼다.

팬덜켐프는 키가 큰 사람인 것 같았다. 아니, 등을 펴고 서면 키가 컸지만 어깨를 늘어뜨리고 구부정한 자세로 걸어 다녔기 때문에 실제보다 작아보였던 듯싶다. 몸집은 건장하다고 해도 좋을 정도였으며 검은 머리에 혈색 나쁜 얼굴을 하고 있었던 듯했다. 턱수염은 말끔히 면도했으나 새까만 콧수염을 길렀으며, 근시였으므로 안경을 쓰고 있었다고 한다.

프렌치 경감은 그의 필적 견본 몇 가지를 손에 넣었다. 그러나 사진은 구할 수 없었다. 사실 스홉스로부터는 더 이상의 아무 정보도 얻어낼 수 없을 것 같았다.

영어를 좀 할 줄 아는 타이피스트와 급사에게 질문을 던져보았지만 아무 수확도 없었다.

이 사무소에서 조사할 일은 이미 다 알아보았다고 여기고 프렌치 경감은 물었다.

"팬덜켐프 씨는 어디에 살고 있었습니까?"

그에게는 아내가 없고, 스홉스 씨는 해링턴 말고는 다른 친척이 있는지 어떤지 알지 못하는 것 같았다. 하숙은 킨켈스트라트 거리에 있는 본딕스 부인네 집이었으므로 두 사람은 그곳으로 갔다. 통역이 필요한 경우를 위해 프렌치 경감은 스홉스에게 같이 가자고 부탁했던 것이다.

본딕스 부인은 말 많은 자그마한 몸집의 노부인으로, 영어를 조금

밖에 할 줄 몰랐으나 스홉스가 질문하자 마치 벨의 버튼을 누른 듯한 사태가 벌어졌다. 그녀는 홍수처럼 말을 쏟아놓아 두 사람을 압도했지만 프렌치 경감은 한 마디도 알아듣지 못했다. 지배인도 그녀의 말을 요약하는 데 애먹었을 정도였다.

그러나 이야기 요점은 팬덜켐프가 살인사건 전날 밤 8시 30분에 집을 나갔으며 더욱이 런던 행 밤 9시 기차를 탄다고 말하고 떠났다는 것이었다. 그 뒤로 그녀는 그를 본 적도 편지를 받은 일도 없었다.

프렌치 경감은 소리쳤다.

"그러나 당신 말로는 그가 살인사건이 일어난 날 낮배편으로 떠났다고 했잖습니까?"

스홉스는 마치 여우에게 흘린 듯한 얼굴로 대답했다.

"그가 그렇게 말했습니다. 그는 실제로 똑똑히 그렇게 말했습니다. 내가 그 일을 특별히 잘 기억하고 있는 까닭은 듀크 씨를 만난 뒤 아마도 오후의 대륙열차로 이번 출장을 떠나라는 말을 들을 터이므로 자신은 그 전날 낮배편으로 가서 그날 밤 런던에서 푹 자두어야겠다고 말했기 때문입니다. 내가 사장님을 만나는 일이라면 밤배편으로 가도 충분할 거라고 말했더니 그가 그렇게 대답했던 겁니다."

"그 기차로 떠나면 몇 시쯤 런던에 닿지요?"

"잘 모르겠습니다만, 사무소에 가서 조사하면 알 수 있겠지요."

프렌치 경감이 말했다.

"함께 가주실 수 있다면 이번에는 중앙역으로 가보고 싶은데요. 역에 가면 알 수 있을 테니까요. 그런데 떠나기 전에 이 가운데 팬덜켐프 씨가 있는지 어떤지 가르쳐 주시겠습니까?"

그는 난로 위와 벽에 장식된 몇 장의 사진을 가리켰다.

운 좋게도 사진들 속에 행방불명된 외무담당 사원의 모습이 있었다. 스홉스와 본딕스 부인도 이 사진은 잘 찍혔다고 증언했다.

"그럼, 이것을 좀 빌려가겠습니다."

프렌치 경감은 사진을 주머니에 넣었다.

두 사람은 중앙역으로 가서 기차시간표를 살펴보았다. 그것에 의하면, 낮기차로 떠날 경우 밤 10시 5분 전에는 빅토리아 역에 닿을 수 없다는 것을 알았다.

이 사실의 의미를 프렌치 경감은 허투루 넘기지 않았다. 오처드는 해튼 가든의 사무소에 10시 15분에 닿았다고 말했으며, 앨콘 순경의 증언으로도 그 이후가 아님은 뚜렷했다. 그 시간에는 시체가 이미 차가워져 있었으므로 범행은 그보다 훨씬 이전에 일어났어야 한다. 따라서 낮기차로 암스테르담을 떠난 사람은 살인을 할 시간이 없었을 것이다.

그렇다면 팬덜켐프가 스홉스에게 낮에 떠난다고 말한 것은 일부러 꾸며낸 거짓말이었을까? 만일 그렇다면 그것은 알리바이를 만들기 위해서였을까? 사건이 일어난 날 밤 그는 좀더 빠른 시간에 게싱과 은밀히 만나기로 약속했으며, 그 시간에 맞추려고 전날 밤 출발했던 것일까?

이런 의문이야말로 만족스러운 해답을 요구하는 물음이라고 프렌치 경감은 느꼈다. 그는 그 해답을 찾아낼 때까지 잠시도 쉬지 않으리라고 결심했다.

행방불명된 사나이가 그 기차로 정말 출발했는지 어떤지 확인하기 위해 프렌치 경감은 새로운 친구의 도움을 얻어 중앙역에서 근무하는 역원들에게 질문을 시작했다.

그러나 그 일에 대해서는 아무것도 얻지 못했다. 역원 가운데 팬덜켐프의 모습을 아는 사람도 없었다. 시간이 한참 지난 일이니만큼 경감이 말하는 손님을 보았는지 어떤지 기억해 내는 사람도 없었다. 그것은 당연하다.

프렌치 경감은 그날과 다음날을 이 매력 있는 옛도시에서 지내며 행방불명된 사나이의 생활과 습관에 대해 될 수 있는 대로 많은 사실을 알아내려고 힘썼다. 그는 이 외무담당 사원을 알고 있는 여러 계층의 사람들을 만나보았으나 그와 진실로 친하게 지냈던 사람은 하나도 없었다. 그들 가운데 누구 한 사람도 특별한 정보를 제공해 주지 못했으며 또 팬덜켐프가 실종되었는 말을 듣고 마음 쓰는 듯한 이도 없었다.

여러 가지로 캐물은 끝에 프렌치 경감은 다음과 같은 결론을 내렸다. 팬덜켐프는 범죄자들에게서 흔히 볼 수 있는 성격을 지니고 있다. 그러나 동기에 관한 한 증거가 거의 없고, 범죄증거에 이르러서는 전혀 없었다.

그는 그날 밤배를 타고 런던으로 돌아왔다. 그가 탄 배가 팬덜켐프가 탄 것과 같은 배임을 알았고 그는 선원들에게 그 사나이에 대해 세밀하게 캐물어보았지만, 안타깝게도 아무 보람이 없었다.

다음날도 그의 노력은 여전히 아무 열매를 맺지 못했다. 그는 듀크 씨와 정세를 이야기하며 하루를 꼬박 보내고 말았다. 타이프라이터에 가까이 갈 수 있었던 인물의 리스트도 만들어보았으나, 어디서도 한 가닥의 빛조차 얻을 수 없었다. 그 편지를 보낸 사람의 정체는 게싱 살해범과 마찬가지로 깊은 수수께끼에 싸인 채였다.

팬덜켐프의 사진을 덧붙인 수배서를 배포한 뒤 프렌치 경감은 그날 밤 깊은 절망과 고독감을 느끼며 집으로 돌아갔다. 그러나 그가 아직 깨닫지 못한 그 순간에도 다음 소식이 그쪽으로 가까이 다가오고 있었다.

프렌치, 여행 떠나다

그날 밤, 프렌치 경감이 미처 저녁 식사도 끝내기 전에 전화벨이 울렸다. 경찰국으로 서둘러 나오라는 연락이었다. 게싱 살해사건에 대해 어떤 정보가 들어온 듯했다.

마음을 가다듬고 기대감으로 가슴이 부풀어 집은 나선 그는 몇 분이 채 안 되어 경찰국의 자기 방에 앉아 있었다.

방금 와 닿은 누군가의 편지가 그를 기다리고 있었다. 그는 초조한 손놀림으로 겉봉을 뜯고 내용을 읽어 내려갔다.

어떤 종류의 지폐에 관한 귀하의 조회에 대하여 다음 사항을 알려드립니다.

영국은행권 10파운드 지폐 A/V173258W 및 N/L386472P가 오늘 폐점 직전 본지점에 납입되었습니다. 다행히도 출납계원이 납입과 거의 동시에 그 지폐번호를 알아보았습니다. 출납계원의 보고에 따르면——납입자는 확인되지 않았지만——레딩 시에 사는 피츠조지 대령인 듯싶습니다. 대령의 주소는 윈저 거리 오클랜드입니다.

    이 통지서는 오늘 오후 그곳으로 가는 본지점 직원 편에 보내드
립니다.

런던 시 은행 레딩 지점
12월 11일
지점장 허버트 힝스턴

    프렌치 경감이 이 통지를 받고 기쁨에 잠긴 것도 잠시 그는 곧 불
안을 느꼈다. 얼른 보기에 도둑맞은 지폐가 몇 장 발견되었다는 사실
은 사건수사에 그보다 더 귀중한 일이 없을 것처럼 여겨졌으나, 그
지폐의 납입자가 레딩 시에 사는 육군 대령이라는 사실에 생각이 미
치자 이 가망성 있어 보이는 실마리도 결국은 헛된 일이 되어버리는
게 아닌가 하는 의혹이 싹텄던 것이다.

    피츠조지 대령이라는 인물이 정말 그 지폐를 납입했다 하더라도 결
코 그를 강도로 볼 수는 없으며, 또한 그가 그 지폐를 강도로부터 받
았다고 단정할 수 없다는 것도 분명했다. 그 지폐가 레딩 은행에 이
르기까지 숱한 사람의 손을 거쳤을 수 있는 것이다.

    그러나 적어도 프렌치 경감이 다음으로 해야 할 행동은 뚜렷해졌
다. 피츠조지 대령을 찾아가는 것이야말로 그가 다음에 해야 할 일이
었다.

    그는 철도 여행안내서를 뒤적여보았다. 그럭저럭 오늘 밤 안으로
갔다 올 시간이 있을 듯했다. 패딩턴에서 8시 10분에 떠나 9시 전에
레딩에 닿는 기차가 있었다.

    그는 거대한 경찰국 건물을 한달음에 뛰어 내려가 택시를 불러 타
고 역으로 달려갔다. 출발 1분 전에 가까스로 기차에 뛰어오른 그는
9시 조금 못 되었을 때 레딩의 그레이트 웨스턴 역 밖에서 택시 운전

기사와 이야기를 나누고 있었다.

운전기사가 자신 있게 말했다.

"네, 잘 알고말고요, 윈저 거리를 따라 10분만 가면 닿습니다."

밤이 어두워 둘레의 모습을 전혀 알아볼 수 없었지만 바퀴 소리로 미루어 이윽고 자동차가 자잘한 자갈 깐 길을 한참 달린 뒤 오클랜드에 이르렀음을 알았다.

목적한 집의 현관 앞에 서서 어둠 속에서도 웅장한 저택이 무겁게 머리 위로 위압해 오는 듯한 것을 보고 프렌치 경감은 이 저택의 소유자는 틀림없이 어마어마한 부자일 거라고 생각했다.

당당해 보이는 집사가 그의 부탁에 응하여 으리으리한 홀을 가로질러 호화로운 거실로 그를 안내했을 때 처음받은 인상이 한층 더 확고해졌다.

집사는 그를 거기서 기다리게 한 다음 몇 분 뒤 다시 나타나 주인이 서재에서 프렌치 씨를 만나려 한다고 전했다.

피츠조지 대령은 키가 크고 머리가 하얗게 센 노인으로 허리가 아직도 꼿꼿했으며 아주 예의바른 인물이었다. 프렌치 경감이 들어서는 것을 보고 그는 정중하게 인사를 건넨 다음 소나무 장작이 활활 타오르는 난로 앞에 자기 의자와 마주 보도록 놓은 쿠션 깊은 가죽팔걸이 의자를 권했다.

대령은 부드럽게 말했다.

"추운 밤이군요, 경감님. 어서 앉으십시오."

프렌치 경감은 마주 인사한 뒤 밤 늦게 찾아온 실례를 사과하며 말을 이었다.

"오늘 밤 이처럼 폐 끼치게 된 것은 지금 추적 중인 어떤 지폐 때문입니다. 얼마 전 일입니다만, 런던 옛시가지에서 도난사건이 일어나 거액의 영국 은행권을 도둑맞았습니다.

지폐 주인은 은행에 문의하여 그 지폐번호를 알 수 있었지요. 이 사건이 경찰에 신고되었을 때, 우리는 물론 각 은행에 그 지폐에 주의해 주도록 의뢰했습니다.

그러나 이제까지 아무 소식이 없다가 오늘 오후 문 닫기 바로 전 런던 시 은행 레딩 지점에 두 장의 지폐가 들어왔던 겁니다. 확실한 것은 알 수 없습니다만, 출납계원은 그 지폐를 납입한 사람이 당신이라고 말하고 있습니다.

여기까지 말씀드리면 내가 찾아온 목적을 아시리라 생각합니다. 그러니까 어디서 그 지폐를 받게 되었는지 가르쳐주셔서 절도 수사에 도움 되도록 부탁드리려는 겁니다. 그 두 장의 지폐는 모두 10파운드짜리로, 번호는 A/V 173258W와 N/L 386427P입니다."

피츠조지 대령은 흥미를 느낀 듯했다. 그는 대답했다.

"분명 나는 오늘 오후 은행에 가서 돈을 조금 예금했습니다. 대부분 배당권이었지만, 지폐도 조금 있었지요. 그런데 그 지폐를 어디서 받았던가? 지금 곧 대답해 드려야 할 텐데 생각이 안 나는군요. 잠깐만 생각할 여유를 주십시오."

호화로운 가구가 갖춰진 방 안을 잠시 침묵이 지배했다.

어떤 경우에나 일단 상대방을 의심해 보는 프렌치 경감은 새로운 인물을 찬찬히 관찰했지만 그로부터는 범죄자다운 징후를 전혀 찾아볼 수 없었다. 그러나 겉보기만으로는 알 수 없다고 스스로에게 타이르며, 만족할 만한 대답이 안 나오면 살인사건이 일어난 날 밤의 피츠조지 대령 행동을 조사해 봐야겠다고 마음먹었다.

대령이 불쑥 입을 열었다.

"생각났습니다. 어디서 그 지폐를 받았는지 확실하다고 자신 있게 잘라 말할 수는 없지만 아마도 그럴 거라고 생각합니다. 내가 크게 착각하고 있는 게 아니라면 그것은 샤머니의 보 스주르 호텔 지배인으로부터 받은 겁니다.”

프렌치 경감은 깜짝 놀라며 되물었다.

“샤머니라고요?”

이것은 전혀 뜻밖의 일이었다.

“그렇습니다. 나는 지난 6주일 동안 스위스와 사보아에 가 있다가 이틀 전, 정확히 말하면 화요일 오후에 샤머니를 떠났습니다. 제네바에서 밤기차를 타고 다음날 아침 파리에 닿아 어제 수요일 오후 체링크로스에 닿았지요. 오늘은 편지를 쓰고 책을 읽으며 오전을 보낸 뒤 점심 식사를 끝내고 나서 배당금과 얼마쯤의 현금을 은행에 넣으러 갔습니다.”

“그 두 장의 10파운드 지폐는 어떻게 된 겁니까?”

“방금 말씀드렸듯이 샤머니의 호텔에서 받았다고 생각합니다. 나는 처음에 예정했던 것보다 일찍 돌아오게 되었지요. 스위스에 더 이상 머무를 필요가 없었으므로 외국 화폐를 조금만 남기고 모두 파운드로 바꿀 생각이었습니다. 칼레나 배 안에서 모두 다 바꿔주리라는 보장도 없었으니까요. 호텔에서 바꿔두는 편이 편리하지요. 그래서 보 스주르 호텔 지배인에게 프랑을 파운드로 바꿔달라고 부탁하자 곧 바꿔주었습니다.”

“하지만 그 지폐를 그 지배인으로부터 받았다는 것을 어떻게 아셨지요?”

“나는 파운드 지폐만 받았기 때문입니다. 그는 다섯 장 주었습니다. 50파운드만큼의 프랑을 바꾸었으니까요. 나는 그 밖에도 물론 영국 돈을 가지고 있었고 집에도 다른 지폐가 있었습니다만, 내가 기억하는 한 그 가운데 10파운드 지폐는 없었습니다. 5파운드와 1파운드짜리뿐이었습니다.”

대령의 이야기는 그것이 전부였다. 그 밖에도 많은 질문을 던져보았지만 도움되는 것은 더 이상 들을 수 없었다.

그러나 혹시 그 지폐를 다른 데서 받았을지도 모른다는 구실을 붙여 그는 대령의 해외여행 일정을 베껴가지고 왔다. 그것을 보면 찰스 게싱이 살해된 날 밤, 이 나그네는 다음날 겐미 고개를 걸어서 넘기 위해 칸델슈테크의 벨뷰 호텔에 묵은 것으로 되어 있었다. 만일 조사할 필요가 생길 경우 이것은 조사해 볼 만한 가치가 있는 일이라고 프렌치 경감은 마음에 새겨 넣었다.

택시를 기다리게 해두었으므로 런던 시 은행 레딩 지점 출납계원의 주소를 그리 힘들이지 않고 찾아내어 한밤의 그 집 손님이 되었다.

그러나 이 출납계원으로부터는 레딩 지점 지점장이 편지에 쓴 것보다 훨씬 더 확실히 피츠조지 대령이 그 지폐를 가져왔다는 사실을 기억하고 있음을 알았을 뿐 그 밖의 새로운 사실은 아무것도 알 수 없었다. 그는 기억에 의해 말할 뿐이라고 하면서도 대령이 지점으로 오기 바로 전에 그날 들어온 돈을 모두 점검했었는데, 그때는 그 도난 지폐가 없었다고 말했다.

레딩 역에서 런던으로 가는 마지막 열차를 타고 끽연실 한구석에 자리잡았을 때 프렌치 경감은 퍽 비관적인 기분이 되어 있었으며, 다음날 아침까지 알아낸 사항을 윗사람에게 보고할 때도 다만 기운을 조금 되찾았을 뿐이었다.

도둑맞은 지폐 가운데 두 장이 발견되었다. 확실히 말할 수 있는 건 이것뿐이었다. 피츠조지 대령이 그것을 은행에 넣었는지 어떤지는 결코 확인하지 못했고 더욱이 대령이 정말로 그 지폐를 샤머니의 호텔 지배인으로부터 받았는지 어떤지는 더욱 미심쩍었다.

그러나 비록 대령의 기억이 정확하다 할지라도 그리 도움이 되지는 못했다. 이번에는 그 지배인이 그 지폐를 어디서 받았는지 기억해 낼 듯싶지도 않다. 백 걸음 양보하여 만일 그가 기억한다 하더라도, 그리하여 어떤 기적이 일어나 프렌치 경감이 그 인물을 찾아낸다 하더라도 십중팔구 그 사람에게 혐의가 있다고는 할 수 없으며 아직 길은 멀고도 먼 것이다. 이 지폐 수사는 실패라고 프렌치 경감은 생각했으며, 윗사람에게도 그렇게 보고했다.

그러나 윗사람은 다른 견해를 가지고 있었다. 그는 조금 전 프렌치 경감이 다른 경우에 썼던 것과 똑같은 말로 대답했다.

"겉보기만으로는 알 수 없는 법일세. 자네는 이 좋은 기회를 그냥 보아 넘기며 끙끙 앓고 있는 걸세. 내 보기에는 그렇네. 하지만 그 호텔에 가서 지배인을 만나 보면 뜻밖의 사실이 밝혀질지도 모르네. 만일 범인이 그 호텔에 묵었다면 숙박부에 기록이 남아 있을 걸세. 그것을 보면 어떤 단서가 잡힐지도 모르지 않나. 알겠나? 하기야 나도 크게 기대할 수는 없다고 생각하네. 그러나 희망이 전혀 없는 것보다는 조금이라도 있는 편이 낫지 않겠나."

"그럼, 샤머니까지 가보는 게 좋겠다는 말씀입니까?"

"그렇지. 비용이 얼마 안 드는데다 어떤 실마리가 잡힐지도 모르니까. 자네는 그곳에 가본 적 있나?"

"없습니다."

"그럼, 틀림없이 재미있을 걸세. 자네 대신 나를 보내준다면 그야말로 고맙겠구먼."

"아, 그야 재미는 있겠지만 결과가 확실치 않아서요."

과장은 확고하면서도 부드러운 웃음을 빙긋 떠올렸다.

"프렌치, 여느 때의 자네는 그토록 터무니없는 비관론자가 아니었네. 자, 가보게. 그리고 있는 힘을 다해보는 걸세."

프렌치 경감은 어젯밤 샤머니와 칸델슈테크의 위치를 살펴뒤두어서 조금만 길을 돌면 칸델슈테크로 가는 도중 샤머니에 들를 수 있음을 알고 있었다.

그는 살인사건이 일어난 날 밤, 피츠조지 대령이 머물렀던 곳에 대해서도 속 시원해질 때까지 조사해 보겠다고 결심했다. 그는 이 인물을 의심하고 있었던 것은 아니지만 확실히 해두고 넘어가는 게 좋겠다고 생각했다.

그러기 위해서는 좀더 많은 자료를 모아둘 필요가 있었다. 될 수 있으면 대령의 사진과 필적 견본을 구해야만 했다. 시간은 아직 10시도 안 되었으므로 그는 그 자료를 손에 넣어 오후의 대륙행 열차를 탈 수 있으리라고 생각했다.

그는 11시 30분에 레딩에 돌아와 있었다. 그는 기차 안에서 쓴 편지를 택시 운전기사에게 건네주고, 그것을 피츠조지 대령에게로 가져가 회답을 받아 역에서 기다리는 자기에게 갖다 달라고 부탁했다.

그 편지는 스스로 생각해 잘 썼다고는 여겨지지 않았지만, 지금으로서는 한껏 고심하여 써낸 것이었다. 그 편지에 그는 처음 사귀게 되면서부터 줄곧 성가시게 하여 참으로 죄송하지만, 그 도난 지폐를 손에 넣었다는 샤머니의 호텔 이름을 쓴 메모를 조심성 없이 잃어버렸으니 수고스럽겠으나 다시 한 번 그 이름을 가르쳐주시기 바란다고 썼다.

그 편지를 들려 보낸 뒤 그는 다음 일을 시작했다. 언제나의 그 치밀한 관찰안으로 그는 대령의 서재 벽난로 위에 대령의 사진이 걸려 있는 것을 보고 그것이 레딩의 게일 앤드 허드웃 사진관에서 찍은 것임을 기억해 두었다.

택시 운전기사로부터 이 사진관이 있는 곳을 물어 알아둔 그는 그 사진 복사를 한 장 손에 넣기 위해 그곳으로 갔다.

그 일은 뜻밖으로 여겨질 만큼 순조롭게 되었다. 게일 앤드 허드웃 사진관에서는 진열창에 그 사진을 한 장 걸어두고 있었으므로, 그것은 5분 뒤 경감의 주머니 속으로 옮겨졌다.

역에 돌아와 기다리고 있노라니 이윽고 택시 운전기사가 그의 편지
에 대한 대령의 회답을 가지고 돌아왔다.

이 일에서도 그는 운이 좋았다. 운전기사가 피츠조지 대령의 저택
에 이르렀을 때 대령은 마침 레딩 시내로 나가려던 참이었던 것이다.

운전기사는 프렌치 경감의 편지를 되돌려주었다. 그 편지 위에 또
박또박 군인다운 필체로 '보 스주르, BL 피츠조지'라고 씌어 있었다.

사진과 편지를 수첩 속에 끼워 넣고 그는 런던으로 돌아와 그날 오
후 2시 빅토리아 역을 떠나 두 번째 대륙여행에 나섰다. 그는 전에
프랑스와 이탈리아에 가본 적이 있었지만 스위스는 처음이었다. 그는
스위스의 아름다운 산 경치를 볼 수 있다는 기대감으로 가슴이 부풀
었다.

칼레에 상륙하여 세관을 지나자 그는 레치버그 생프롱 급행열차에
올랐는데, 타고난 영국인 기질 때문에 무엇을 보아도 마음에 들지 않
았다.

그러나 이윽고 기차가 아베빌에서 아미앙에 이르는 전원풍경 속으
로 접어들고 호화로운 저녁 식사가 나올 즈음에는 그의 까다로운 기
분도 얼마쯤 부드러워졌다. 그리하여 최고급 엽궐련과 지금까지 마셔
보지 못한 맛좋은 커피로 완전히 기분 좋아져 낮에서 밤으로 옮겨가
는 광경을 바라보았다.

다음날 아침 6시 30분쯤, 그때까지 이곳을 찾아왔던 수많은 영국
사람들이 누구나 그랬듯이 바르의 긴 플랫폼에 내려서서 모닝커피를
마셨다. 그리고 다시 기차에 올랐는데, 기차가 앞으로 나아감에 따라
창 밖 풍경은 더욱더 아름다워졌으며 그러는 동안 이윽고 베른을 지
나 슈피츠에 접어들었다.

슈피츠에서 툰 호수를 보고 그 호수가 참으로 믿기 어려운 물빛을
하고 있는데 놀라움을 금치 못했다. 런던에서 스위스 관광포스터를

보았을 때는 마음속으로 감탄하면서도 저런 물빛의 호수가 과연 있을까 코웃음쳤었는데.

드디어 플루티겐 골짜기 중턱을 휘감는 루프 선을 빙빙 돌며 기차는 칸델슈테크에 이르렀다. 벨뷰라고 새겨진 모자를 쓴 짐꾼이 눈에 띄었다. 자동차로 조금 달리자 호텔이 있었다.

그는 아침 식사를 끝내고 지배인을 불렀다. 인상 좋은 사람으로 그의 영어에는 뉴욕 사투리가 좀 섞여 있었다.

프렌치 경감은 유감스러운 뜻을 나타내며 말했다.

"아니, 방을 빌리는 일로 당신을 부른 것은 아닙니다. 오늘 밤에는 이곳에 묵을 수 없으니까요. 다음에 휴가를 얻어 이곳으로 다시 와서 그때는 꼭 여기서 묵겠습니다.

그러나 지금은 할 일이 있어서요. 실은 당신에게 은밀히 할 이야기가 있습니다. 나는 형사로…… 즉 당신에게 도움을 부탁드리는 겁니다. 이것이 그 신사분의 사진이지요."

"네, 잘 압니다."

지배인은 그 사진을 보자 곧 알아보았다.

"피츠조지 대령님 사진이잖습니까. 런던에서 오신 그 영국 신사분. 그분은 여기 묵으셨지요. 그러니까 2, 3주일 전이었습니다. 잠깐 숙박부를 보고 오겠습니다."

좀더 질문을 거듭하는 동안 대령이 사흘 동안 이 호텔에 묵었으며 살인사건이 일어난 다음날 아침 일찍 걸어서 겐미 고개를 넘어 로이카버트로 간다고 하며 호텔을 떠났음이 분명해졌다.

칸델슈테크에서의 일이 끝났으므로 프렌치 경감은 샤머니로 가는 다음 열차를 자세히 알아보았지만 운 나쁘게도 그날은 이미 열차가 없었고 긴 여행으로 피로하기도 해서 다음날 아침까지 그곳에 머무르기로 결심했다.

이날 오후는 아름다운 골짜기를 바라보며 시간을 보내고 밤에는 창문 아래로 흐르는 골짜기의 물소리를 들으며 잠들었다.

다음날 아침 그는 남쪽으로 가는 기차에 몸을 실었다. 14킬로미터의 레치버그 터널을 지나 레첸타르의 황량한 벌판과 론 골짜기의 웅대한 분지에 마음속 깊이 감탄하고 기차가 눈이 아찔할 만큼 깎아지른 듯한 절벽을 따라 달리는 데 경탄했다.

블리그에서 기차를 갈아타고 론 골짜기를 내려가 마르티니에서 다시 바꿔타고는 코먹은 목소리로 말하는 함께 탄 한 남자승객이 '참으로 호화로운 여행'이라고 부른 열차에서 4시간 넘게 흔들리며 바롤시느와 아르장티에르를 거쳐 샤머니에 닿았다.

분수령을 넘자 눈앞이 확 트여 하늘 높이 골짜기 위로 솟아오른 거대한 몽블랑의 모습에 그는 글자 그대로 숨을 삼켰다. 그는 언젠가 휴가를 얻으면 이 대산봉우리의 압도적인 경치 속에서 지내리라고 다짐했다.

샤머니에서 역사는 되풀이되었다. 그는 호텔에 닿자 한껏 식욕을 충족시킨 뒤 지배인에게 면회를 청했다.

무슈 마르셀은 칸델슈테크의 동업자와 마찬가지로 예의범절이 깍듯한 사람이었다. 프렌치 경감의 이야기를 귀 기울여 들었으나 도움을 바라는 문제의 성질을 납득하자 머리를 크게 내저으며 어깨를 으쓱해 보일 따름이었다.

그는 슬픈 목소리로 말했다.

"그것은 어렵겠는데요, 무슈. 도움이 되어 드리고 싶은 마음은 간절하지만 도와드릴 길이 없습니다. 영국 돈은 얼마든지 바꿔드리고 있으니까요.

영국 신사분이 그 10파운드 지폐를 가져간 일은 기억하고 있습니다. 아무튼 우리들로서는 프랑스 돈을 영국 돈으로 바꿔달라는 부탁을 받은 일은 좀처럼 없으니까요. 하지만 영국 돈은 늘 받고 있으므로 그 10파운드 지폐를 어느 분으로부터 받았는지 말할 수 없습니다."

프렌치 경감은 그러리라고 예상하고는 있었지만 그 사실을 알게 되자 역시 실망했다. 피츠조지 대령의 사진을 지배인에게 내보이자 그는 곧 지폐를 바꿔간 영국 신사라고 인정했다. 그러나 그 이상의 일은 끝내 알아낼 수 없었다.

이 실마리가 뚝 끊어져버렸으므로 프렌치 경감은 숙박부를 보여 달라고 하여 필적 감정이라도 해보려고 마음먹었다.

그러나 그전에 그는 팬덜캠프에 대해서 물어보았다. 얼마 전 이 호텔에 묵어간 손님 가운데 그런 이름을 가진 사람은 없었는지?

지배인은 그런 이름을 기억하고 있지 못했지만, 확인하기 위해 호텔 종업원에게 명령하여 기록을 샅샅이 살펴보도록 했다. 그러나 이것도 헛수고로 끝났다.

그래서 프렌치 경감은 암스테르담에서 가져온 팬덜캠프의 사진을 지배인에게 건네주며 이 사람을 본 일이 있느냐고 물어보았다.

이번에는 성공이었다. 무슈 마르셀은 얼굴을 빛냈다. 그는 몇 번이나 고개를 끄덕이며 외쳤다.

"본 일이 있고말고요, 무슈. 그분이라면 4, 5일 동안 여기에 묵으셨습니다. 2주일 전쯤에 떠나셨지요. 무슈 해리슨은 영국 중부지방의 어느 도시에서 오신 분이지요. 그 도시 이름을 들어서 알고 있었는데, 그만 잊어버렸군요."

프렌치 경감은 아주 기뻐하며 소리쳤다. 이 뜻하지 않은 전개가 말할 수 없이 기뻤던 것이다.

"그 사람입니다. 나는 그 사람을 뒤쫓아 온 겁니다. 숙박부에 기재된 것을 좀 보여주시겠습니까?"

　다시 기록을 뒤져보고 나서 프렌치 경감은 완전한 승리의 기쁨을 맛보았다.

　그는 지배인이 가리키는 '영국, 해더스필드, J. 해리슨'이라고 씌어진 것과 스홉스가 준 팬덜켐프의 필적을 비교해 보았는데, 틀림없이 둘 다 같은 사람의 손으로 씌어진 것이었다. 역시 팬덜켐프였던 것이다! 이쯤 되고 보면 그가 범인임에 틀림없다.

　그는 잠시 묵묵히 이 발견의 의미를 생각하고 있었다. 팬덜켐프가 해리슨이라는 가짜 이름으로 범행 이틀 뒤 정오 무렵 이 보 스주르 호텔에 와 닿아 1주일쯤 머무른 뒤 어디론가 사라진 것이 이제 뚜렷해졌다.

　그러나 일은 그것으로 끝나지 않았다. 갑자기 연극 같은 몸짓을 하며 지배인이 좀더 이야기하고 싶은 게 있음을 나타냈다.

　그는 말했다.

　"그러고 보니 생각나는 일이 있습니다, 무슈. 나는 그 무슈 해리슨으로부터 화폐를 바꿔달라는 부탁을 받았습니다. 정말이지 그때의 일을 낱낱이 기억하고 있습니다.

　그분의 계산서는 그럭저럭 4, 500프랑이나 되었는데, 그것을 모두 영국의 10파운드짜리 지폐로 지불했습니다. 요즘 환산율로 따지면 300프랑쯤 거슬러드려야 하는데, 마침 그때 10파운드 지폐를 또 한 장 바꿔달라고 하셔서 나는 모두 1,000프랑쯤 내드렸습니다. 그러고 보니 혹시…… 분명히 말씀드릴 수는 없습니다만, 혹시……"

　그는 어깨를 으쓱하고 두 팔을 벌려 보이며 비록 어떤 우연으로 만일의 경우 일이 생기더라도 그것은 자기 때문이 아니라 운명 탓이라는 듯 매우 캐묻고 싶어하는 표정으로 방문자의 얼굴을 바라보았다.

　프렌치 경감은 뛸 듯이 기뻤다. 이제 가까스로 이 사건에도 결말이 닥쳐왔다. 암스테르담에서 팬덜켐프가 범인이 아닐까 의심할 만한 이유를 발견했었는데, 이제 여기서 움직일 수 없는 증거를 잡은 것이다.

그는 팬덜켐프에게 불리한 사건의 요점을 대강 떠올려 보았다. 팬덜켐프는 범행에 필요한 특별지식을 모두 갖추고 있다.

그는 다이아몬드 컬렉션에 대해 알고 있었고 런던 본사 사무소 사정에 밝았으며 직원들의 성격과 버릇도 잘 알았다. 그는 결코 유복하지 못했으므로 이런 지식은 더없이 큰 유혹이 되었으리라. 여기까지가 일반적인 근거다.

그리고 이번에는 세부사항이다. 사건을 일으키기 위해서는 그를 런던으로 불러들이는 편지나 또는 그 비슷한 공작을 할 필요가 있었을 것이다. 그런데 그 편지가 실제로 존재하고 있다. 더욱이 그것을 타이프한 기계는 팬덜켐프의 손이 미치는 곳에 있었다.

그는 스홉스에게 살인사건이 일어난 뒤 런던에 닿을 터인 열차로 출발한다고 말해 두고서 실제로는 그보다 일찍 떠났음에 틀림없다. 그렇다면 범행을 저지를 시간이 충분했을 것이다.

이러한 것들은 상황 증거긴 하지만 꽤 유력했다. 여기에 덧붙여 팬덜켐프가 아무 설명도 없이 회사에서 모습을 감추고 살인 이틀 뒤에는 샤머니에 닿아 가짜 이름과 가짜 주소를 숙박부에 기재했으며 더욱이 듀크 씨의 금고에서 도둑맞은 지폐 가운데 두 장을 지불했으므로 그의 유죄는 이미 움직일 수 없는 굳건한 사실이 된다. 그의 죄를 믿지 않을 수 없었다.

사실 프렌치 경감은 이처럼 명백한 사건에 맞닥뜨린 적이 없었다. 이제는 다만 팬덜켐프를 찾아내어 체포하면 된다.

그러나 이 승리의 흥분 한복판에서 그의 운은 또다시 꺾여버렸다. 그 사나이는 1주일 전 보 스주르를 떠나버렸으며 지배인은 그가 어디로 갔는지 전혀 짐작할 수 없다는 것이었다. 프렌치 경감은 자신의 질문이 계기가 되어 지배인이 무언가 생각해 내줄지도 모른다고 여겨 이것저것 되풀이 물어보았지만 헛일이었다.

그러나 지배인은 조금이라도 그 사나이와 접촉이 있었던 사람을 프렌치 경감 앞으로 쾌히 불러모아주었다. 그리하여 여기서도 그는 철두철미하게 조사한 덕분에 실로 그가 알고 싶어했던 힌트를 얻을 수 있었다.

한 사람 한 사람 부딪쳐보았지만 도무지 신통한 결과가 나올 듯싶지 않아 이제 그만 돌아가려는 순간 프렌치 경감은 아무도 팬덜켐프가 떠난 날 그의 방에서 짐을 날라다 주었다고 말한 사람이 없음을 깨달았다.

그는 단도직입적으로 누가 짐을 날라다 주었느냐고 물어보았다. 이리저리 조사한 끝에 담당급사가 없어서 여느 때에는 식당일을 돕고 있는 사나이가 대신 날라다 주었음을 알았다.

그 사나이는 팬덜켐프의 슈트케이스 위에 붉은 꼬리표를 보았다고 말했다. 그것은 바르셀로나의 어느 호텔 앞으로 되어 있었다. 그는 호텔 이름은 생각나지 않지만 도시 이름은 틀림없다고 자신 있게 말했다.

프렌치 경감은 지배인에게 고맙다고 인사하고 급사에게 팁을 준 다음 짐꾼 우두머리의 도움을 받아 샤머니로부터 바르셀로나로의 여행 준비를 마쳤을 때 이로써 사보아에서의 일은 끝났다고 생각했다.

프렌치 경감은 기분 좋게 잠자리에 들어 다음날 아침 일찍 떠나는 기차를 타고 스페인을 향해 출발했다.

바르셀로나의 호텔

 플리머스나 뉴캐슬까지의 짧은 나들이쯤을 큰 여행으로 여길 만큼 나다니기 좋아하지 않는 프렌치 경감으로서는 얀 팬덜캠프의 뒤를 쫓아 남서 프랑스 국경을 넘어가는 여행은 자신이 살며 그 위를 움직여 다니고 있는 지구라는 크나큰 존재의 개념을 눈앞에 펼쳐 보여준 것으로 그는 얼마쯤 외경심에 사로잡혔다.

 사보아로부터 스페인으로의 여행은 끝없는 여로로 여겨지고 믿을 수 없을 만큼 거리가 멀어보였으며 그 자신과 고향 사이의 넓이가 헤아릴 수 없이 멀리 느껴졌다. 몇 시간이나 기차 안에 앉아 있노라니 그동안 떡갈나무와 사시나무 모습이 사라지고 대신 실삼나무와 올리브 나무가 나타났으며, 사과나무는 포도나무와 바뀌었고 밀밭 대신 옥수수 밭이 나타났다. 그러는 가운데 이틀째 날이 저물고 기차는 바르셀로나의 프랑시아 역으로 미끄러져들어갔다.

 샤머니의 보 스주르 호텔 짐꾼이 영어가 통할 듯한 호텔 이름을 두세 군데 적어주었으며 프렌치 경감은 역에서 나오자 택시 운전기사에게 그 종이쪽지를 내밀었다.

운전기사는 처음에 수상쩍은 듯이 종이쪽지를 흘끗 곁눈질해 보았으나, 그 뜻을 알아차리자 싱긋 웃으며 알아들을 수 없는 말로 뭐라고 지껄여대더니 택시 문을 열고 손님을 맞아들여 시동을 걸고 밤거리로 달려 나갔다.

프렌치 경감은 지금까지 본 적도 없는 넓고 휘황한 가로등이 늘어섰으며 한복판에 종려나무 가로수가 있는 거리를 달리고 있음을 느꼈다. 택시가 한복판에 기념비 같은 것이 서 있는 커다란 광장으로 들어가 그곳을 지나서 이번에는 좀 좁은 가로수 길로 접어들어 이윽고 보도 옆에 멈춰 서자 프렌치 경감은 목적한 오리엔트 호텔에 닿아 있었다.

다행히 짐꾼 우두머리는 영어를 할 줄 알았다. 프렌치 경감은 운전기사와의 이야기를 통역해 주도록 그에게 부탁했다. 호화로운 목욕과 식사 덕분에 여행의 피로를 잊었다.

하루 몫의 일은 이미 충분히 했다는 기분이 들었으므로 엽궐련을 피워 물고 잠시 쉰 뒤 호텔 앞 아크 등이 밝게 빛나는 가로수 길로 나섰다. 그는 이때 이 느릿하게 비탈져 있는 거리가 런던의 피커딜리며 파리의 샹젤리제며 뉴욕의 5번 거리같이 세계적으로 이름난 랑블라 거리임을 알지 못했다. 한 시간쯤 산책하고 나서 피곤한 몸으로 오리엔트 호텔로 돌아온 그는 몇 분 뒤 꿈도 꾸지 않는 깊은 잠에 빠져들었다.

다음날 아침 일찍 그는 역시 영어를 할 줄 아는 지배인과 마주 앉았다. 그러나 지배인도 급사도 프렌치 경감이 알고 싶어하는 것을 알려주지 못했으므로 오리엔트 호텔에 관한 한 잘못 짚었음을 인정할 수밖에 없었다.

곧 그는 다른 호텔을 탐색하기 시작했다. 큰 호텔부터 시작하여 카타르나 광장의 콜론 호텔과 쿠아트로 나시오네스 호텔 등을 다녀보고 그보다 더 작은 호텔에도 가보았다. 네 번째 호텔에서 뜻밖의 광경을 본 그는 흠칫 걸음을 멈추었다.

그 호텔은 그가 어젯밤 택시를 타고 달린 해안거리에서 좀 옆으로 들어간 조그만 거리에 있었으며 문을 들어서자 바로 휴게실로 되어 있었다. 그 안에 점심 식사를 기다리는 듯한 사람이 대여섯 명쯤 앉아 있었다. 한 사람만 빼고는 모두가 분명 스페인 사람이었으며, 그 단 한 사람의 예외야말로——프렌치 경감은 맹세해도 좋다고 생각했는데——바로 그 사진의 주인공이었다.

이 만남이야말로 그가 애타게 기다렸던 것이었으나 경감은 저도 모르게 흠칫 뒷걸음질쳤다. 그러나 망설임도 한순간뿐이었다. 그는 곧 휴게실 뒤의 조그만 사무실로 가서 영어로 물었다.

"점심 식사를 하고 싶은데 곧 됩니까?"

검은 눈에 검은 머리의 어린 아가씨가 나왔다. 애교 넘치는 얼굴이었으나 당황한 듯 고개를 내저으며 뭐라고 중얼거리는 것으로 보아 아마 무슨 말인지 알아들을 수 없다는 뜻인 듯했다.

프렌치 경감은 큰 목소리로 또박또박 말을 이었다.

"영어를 모르오, 아가씨? 나는 점심 식사를 할 수 있느냐고 물었소. 식사가 곧 되오?"

아가씨가 여전히 머리를 젓는 것을 보고 프렌치는 휴게실 쪽을 돌아보았다.

그는 그곳에 있는 사람들에게 호소했다.

"죄송합니다만, 영어 아시는 분 안 계십니까? 이 아가씨가 내 말을 못 알아듣는군요."

이 조그만 계략은 맞아 들어갔다. 팬덜캠프와 닮은 사나이가 벌떡 일어섰다.

"내가 영어를 압니다, 뭘 바라십니까?"

프렌치 경감은 대답했다.

"점심 식사를 하려고요. 곧 되는지 알고 싶습니다."

"내가 대신 물어드리지요."

그는 아가씨에게 사정을 설명하고 나서 말했다.

"점심 식사는 5분이면 준비된답니다. 외부손님도 언제든지 환영한다는군요."

프렌치 경감은 마치 지껄이기 좋아하는 사람 같은 태도로 말했다.

"고맙습니다. 나는 오리엔트 호텔에 묵고 있습니다. 거기에는 영어를 아는 사람이 두셋 있기 때문인데, 볼일이 있어 여기까지 나왔다가 점심 식사를 하러 일부러 돌아가기도 뭣해서요. 아, 정말이지 말이 안 통한다는 건 난처한 일이군요. 무언가 좀 물어보고 싶은 게 생기면 딱하게 되거든요."

상대방은 고개를 끄덕였다.

"정말 그렇습니다. 큰 호텔에서는 프랑스어와 영어가 통하지만 작은 호텔에서는 어림도 없지요. 이 호텔에도 프랑스 말을 조금 할 줄 아는 급사가 하나 있지만 영어나 이탈리아어나 독일어는 못합니다. 스페인어조차 제대로 못하는 사람이 있으니까요."

프렌치 경감은 더 큰 문제에 마음을 빼앗기고 있었지만 이 말에 흥미를 느꼈다.

그는 되물었다.

"스페인어도 못한다고요? 그게 무슨 뜻입니까? 스페인어가 아니면 무슨 말을 쓰지요?"

"카탈로니아 말입니다. 아시다시피 여기는 카탈로니아이므로, 인종과 언어가 스페인의 다른 지방과 다릅니다. 이곳 사람들은 남쪽 사람들보다 활기 있고 진취적이지요."

"아일랜드 사람과 좀 비슷하군요. 나는 벨파스트와 남부에 가본 적

있는데, 역시 같은 말을 했지요. 물론 더블린이 훌륭한 도시임에 틀림없습니다만."

시계바늘이 정오를 가리켜 식사 시간이 될 때까지 그들은 인종과 언어에 대해서, 그리고 어느 나라에서나 북쪽 지방 주민이 부지런하다는 이야기를 주고받았다. 이때 프렌치 경감은 기다리고 기다리던 계기를 잡았다. 처음 만난 사나이가 식사를 함께 하자고 말해 온 것이었다. 경감은 줄곧 붙임성 있는 태도로 대하며 식사가 끝나자 휴게실의 호젓한 구석에서 커피를 마시며 엽궐련을 피우도록 상대방에게 권했다. 그리하여 이제 상대의 경계심이 풀렸으리라 여겨질 즈음 이야기가 잠시 끊어진 틈을 타서 새로운 화제를 꺼냈다.

그는 커피를 두 잔째 따르며 감개 어린 듯이 말했다.

"세상에는 참으로 여러 가지 직업이 있지요. 만일 당신이 내 직업이 무엇이며 무슨 일로 여기 왔는지 알아맞히신다면 10파운드 지폐를 한 장 걸어도 좋습니다."

상대방은 웃었다. 그는 털어놓았다.

"실은 나도 지금 그것을 생각하고 있었습니다. 내기를 하면 지겠는데요. 도무지 모르겠으니까요."

"좋습니다. 그럼, 말씀드리지요. 우리 직업은 대개 좀처럼 남에게 알리지 않지만, 나는 런던 경찰국의 경감입니다."

프렌치 경감은 이야기하면서 상대방의 얼굴을 살펴보았다. 만일 그가 찾고 있는 사나이라면 프렌치 경감이라는 말을 듣는 순간 어떤 감정이 얼굴에 나타나리라고 확신했기 때문이었다.

그러나 이 추측은 빗나간 것 같았다. 그의 새로운 친구는 또다시 웃음을 터뜨렸다.

"역시 내가 졌습니다. 그런 직업이라고는 꿈에도 생각지 못했으니까요."

프렌치 경감은 줄곧 그를 관찰하며 이번에는 좀더 엄숙한 태도로 말을 이었다.

"정말입니다. 나는 지금 아주 중대한 볼일로 여기에 왔지요. 런던의 옛시가지에서 일어난 살인 강도사건의 범인을 쫓고 있는 중입니다. 정말이지 끔찍한 사건이었지요. 해튼 가든의 다이아몬드 회사 지배인을 살해하고 금고 안에 든 현금과 몇만 파운드어치의 보석을 훔쳐 달아났답니다."

경감의 이야기가 처음 시작될 무렵 이 낯선 사나이의 흔히 나타내는 호기심에 지나지 않는 기분으로 그의 이야기를 듣고 있었는데, 해튼 가든의 다이아몬드 회사라는 데 이르자 흠칫 고쳐 앉으며 귀를 기울였다.

그는 되물었다.

"해튼 가든이라고요? 그거 참, 기묘한 일치로군요. 사실 나는 해튼 가든의 다이아몬드 회사에 근무하고 있습니다. 그곳 사람들이라면 모두 알고 있지요. 그래, 누가 살해되었습니까?"

프렌치 경감은 도무지 까닭을 알 수 없었다. 이 사나이가 팬덜켐프임에는 의심할 여지가 없었지만, 아무래도 그는 진범인이 아니든가 또는 뛰어난 명배우이든가 둘 가운데 하나였다. 그의 반응을 좀더 탐색해 볼 생각으로 그는 대답을 슬쩍 피했다.

그는 놀란 듯이 물었다.

"당신은 몰랐습니까? 언제부터 편지를 못 받았지요?"

"사무소를 떠나온 뒤 편지 같은 건 한 통도 받지 못했습니다. 그럭저럭 3주일 전부터지요. 정확하게 말하면 지난달 25일부터입니다."

"25일? 아니, 이것도 우연의 일치로군요. 가엾은 게싱 노인이 살해된 건 바로 그날 밤입니다."

팬덜켐프는 갑자기 몸을 굳히며 의자팔걸이 위에서 두 손을 불끈 쥐었다. 그는 소리쳤다.

"뭐라고요? 설마 듀크 앤드 피보디 회사의 찰스 게싱은 아니겠지요?"

이제는 숨기려 하지도 않고 상대방의 표정을 가만히 지켜보던 프렌치 경감은 그 물음에 고개를 저어 보였다.

"아니, 그 사람입니다. 그럼, 당신은 피해자를 알고 계십니까?"

"알고말고요, 그곳은 우리 사무소입니다. 놀랍군요, 그 게싱 노인이 살해되다니. 그런데 당신은 방금 금고 안에 든 것을 도둑맞았다고 했지요? 설마 듀크 씨의 다이아몬드 컬렉션을 도둑맞은 건 아니겠지요?"

"모두 도둑맞았습니다. 그리고 돈도, 모조리 가져가버렸습니다."

팬덜켐프는 괘씸한 듯 휘파람을 불더니 욕설을 퍼부었다.

"그 일을 이야기해 주십시오."

프렌치 경감은 점점 더 알 수 없어졌다. 외무담당 사원의 태도, 그의 얼굴에 나타난 감정, 질문 등——어느 것이나 모두 죄 없는 사람처럼 보였다. 그는 마음속에 의혹이 떠오르는 것을 느꼈다. 여기에는 어쩌면 무슨 까닭이 있을지도 모른다. 그는 대답을 삼가고, 어떻게든 상대방을 놀라게 하여 털어놓게 할 방법이 없을까 궁리했다.

그러나 팬덜켐프는 무슨 생각에 잠긴 듯 갑자기 몹시 걱정스러워하는 얼굴이 되었다. 그는 무언가 말하고 싶은 듯한 몸짓을 해보였으나 잠시 머뭇거렸다. 그의 눈에 조심스러운 빛이 떠올랐다. 그리고 헛기침을 하더니 종전과 전혀 다른 말투로 물었다.

"그 일은 몇 시쯤 일어났습니까?"

프렌치 경감은 문득 몸을 앞으로 기울여 상대방을 똑바로 바라보며 긴장된 낮은 목소리로 말했다.

“그것은 내가 묻고 싶은 말입니다, 팬덜켐프 씨.”

그 사나이는 소스라치게 놀랐다. 그는 대답하지 않았다. 조심스러운 눈초리가 어쩔 줄 몰라 하는 걱정으로 바뀌더니 시간이 흐를수록 점점 깊어져갔다.

이윽고 그는 입을 열었다.

“경감님, 지금 그 말씀을 듣고보니 여기서 당신을 만난 건 내가 처음에 생각했던 것처럼 우연한 일이 아니었군요. 당신은 나를 범인으로 여기시는 겁니까?

나는 사건이 어떻게 이루어졌으며 어떤 증거로 내게 혐의가 씌워졌는지는 모르지만, 나에게 결코 죄가 없다는 것은 지금 당장 말씀드릴 수 있으며 무엇보다도 지금 당신으로부터 이야기 듣기 전까지는 그런 범죄가 일어난 것조차 모르고 있었습니다.

나는 자신의 결백을 밝히기 위해 무엇이든지 말씀드리고 어떤 질문에든지 대답하겠습니다. 당신이 믿어줄지 어떨지는 모르겠습니다만…….”

프렌치 경감은 고개를 끄덕였다. 만일 이 사나이가 정말로 범인이라면 그야말로 보기 드문 명배우일 것이다. 그러나 적어도 이 사나이가 범인이 아닐지도 모른다는 가능성을 완전히 배제할 수는 없다.

프렌치 경감은 대답했다.

“나는 당신이 범인이라고 말하는 건 아닙니다, 팬덜켐프 씨. 그러나 설명이 필요한 의심스러운 상황이 있습니다. 당신이 그런 상황을 깨끗하게 설명만 해 준다면 일은 잘 풀릴 것으로 생각합니다.

여기서 잠깐 주의해 둡니다만, 만일 설명하지 못하는 경우에는 당신을 체포할 수도 있습니다. 그 경우 당신이 이제부터 하는 말은 모두 당신 자신에 대한 증거로써 쓰여질지도 모릅니다.”

팬덜켐프는 그때까지 몹시 침착성을 잃고 있었다. 그의 얼굴은 핼쑥했으며 초췌한 표정을 짓고 있었다. 잠시 그는 묵묵히 생각에 잠겼다. 그러더니 갑자기 걱정하고 있어봐야 어쩔 수 없다고 말하는 듯한 태도로 이야기하기 시작했다.

그는 결심한 듯이 말했다.

"내가 알고 있는 일을 모두 말씀드리겠습니다, 경감님. 당신이 나를 체포하려 하고 있는데, 그런 일을 하는 것이 과연 좋을지 나쁠지 나는 모르겠습니다. 그러나 이것만은 맹세코 말씀드립니다만, 나는 말 그대로 진실합니다."

그는 경감을 보았다.

경감은 알았다는 듯이 고개를 끄덕였다. 그리고 말했다.

"물론 나는 당신에게 이러니저러니 간섭할 수는 없습니다, 팬덜켐프 씨. 그러나 나는 당신이 현명한 일을 하고 있다고 생각합니다."

팬덜켐프가 말했다.

"난처하군요, 나는 당신이 아는 일을 거의 아무것도 모르거든요. 그러니 오히려 당신이 내게 물어주시는 편이 낫지 않을까요?"

"질문은 하겠지만 그전에 당신 이야기를 듣고 싶습니다. 나는 당신 이름과 회사에서 맡고 계신 지위 등을 알고 있습니다. 그리고 듀크 씨가 지난달 21일 스웨덴에서 중대한 일이 있으니 당신을 런던으로 보내라는 한 통의 편지를 스홉스 씨가 받았다는 것도 알고 있습니다. 24일 밤 8시 30분 당신이 킨켈스트라트의 하숙집을 나왔다는 사실도 알고 있습니다.

그 뒤 당신이 취한 행동에 대해서도 몇 가지 더 알고 있지만 지금 단계에서는 이야기할 필요가 없겠지요. 지금 내가 당신에게 바라는 것은 하숙집을 나온 뒤부터 지금까지의 당신 행동을 자세히 이야기해 달라는 겁니다."

팬덜켐프는 어떻게 해서든 자신의 결백을 밝히려고 열성어린 목소리로 말했다.

"말씀드리지요. 하지만 내가 꼭 말해 두어야 할 일로 시간적인 문제에 대해 다른 것보다 먼저 이야기해 둘 사실이 하나 있습니다. 아마 듀크 씨로부터 이미 들으셨을 줄 압니다만, 아무튼 내 쪽에서도 이야기해 두지요. 그러니까 내가 런던으로 가는 데 대한 추가 지시입니다…… 개인적인 지시였지요. 당신도 그것을 보셨겠지요?"

언제나 조심스러운 프렌치 경감은 확실한 대답을 하지 않았다. 그는 상대방이 무슨 말을 하는지 알지 못했으므로 다만 이렇게 대답했다.

"펜덜켐프 씨, 내가 그것을 보지 않은 셈 치고 이야기를 계속해 주십시오. 아무튼 당신의 진술을 내가 가지고 있는 자료와 대조해 봐야 한다는 것은 분명하니까요."

"그럼, 당신은 아마도 이미 그 일을 알고 있으리라 생각합니다만 나는 런던으로 가는 데 대한 추가 지시를 받았음을 이야기해 두겠습니다. 듀크 씨는 내 하숙으로 개인적인 편지를 보내 이렇게 명령했습니다…… 그 편지가 여기 있으니 직접 보십시오."

그는 수첩 속에서 봉투를 하나 꺼내 프렌치 경감에게 건네주었다.

봉투 속에는 스홉스 앞으로 와 있던 가짜 편지와 거의 똑같은 모양의 편지가 들어 있었다. 그 글귀는 회사의 값싼 메모지 위에 똑같은 활자, 똑같은 리본 빛깔로 타이프되어 있었다.

확대경으로 살펴보니 n과 g에 똑같은 결함이 있고 서명도 분명 가짜였다. 세게 힘주어 타이프라이터의 키를 두들겼기 때문에 글자가 종이 뒷면에까지 도드라져 있었다. 그 두 통의 편지는 분명 같은 사람이 해튼 가든의 타이프라이터로 친 것임에 틀림없었다.

내용은 다음과 같이 씌어 있었다.

팬덜켐프 앞

머리말 줄이옵고,

이달 26일 수요일 오전 중 당신을 이리로 보내달라고 스홉스 씨에게로 보낸 통신에 대한 추가 지시인데, 당신에게 부탁하려던 용건이 처음에 내가 생각했던 것보다 급하게 되었으니 당신을 만나는 시간을 앞당기고 그 뒤 곧 런던에서 파리로——스톡홀름이 아니오——출발해 주기 바라오.

나는 이달 25일 화요일 밤 식사를 끝내고 사무소로 돌아갈 터이므로 당신이 그날 오후 8시 30분쯤 와주셨으면 하오. 그 자리에서 용건을 설명하겠소. 그 시간이면 사우댐턴과 르 아브르 경유 파리행 9시 30분 기차를 탈 수 있을 거요.

이번 용건은 특히 비밀을 요하므로 이 계획 변경에 대해서 아무에게도 말하지 않도록 거듭 부탁하는 바이오.

R.A. 듀크

프렌치 경감은 크게 흥미를 느꼈지만 이 편지가 증거자료로서는 몹시 애매모호한 것이 안타까웠다.

팬덜켐프의 말대로 이 편지가 듀크 씨로부터 그에게 보내진 것이라면 그는 범인이 아닐지도 모르고, 만일 그 자신이 쓴 거라면 그가 범인임에 틀림없다.

이번에는 분명히 런던 동부 중앙우체국 소인과 정확한 날짜가 찍힌 봉투가 있지만, 그렇다고 해서 이것이 정말로 그 편지가 들었던 봉투라는 증거는 없다.

이런 점들이 경감의 머릿속을 스쳤으나 그는 그 일들을 나중에 천천히 생각하기로 하고 다시 상대방에게 말을 건넸다.

"이 편지를 빌려가도 괜찮겠지요? 이야기를 계속해 주십시오."

팬덜켐프는 다시 이야기를 시작했다.

"나는 이 편지의 지시대로 했습니다. 시간이 바뀌었으므로 24일 밤 기차로 암스테르담을 떠나야 했습니다. 그리하여 다음날은 런던의 호텔에서 잠을 잤지요.

밤 8시 30분 나는 여행가방을 들고 해튼 가든에 이르렀습니다. 바깥 사무소는 컴컴했지만 안쪽 방으로부터 불빛이 새어나오고 있었습니다.

그 방 안에는 게싱 씨가 혼자 있었습니다. 그분이 내게 들어와 문을 닫으라고 하기에 나는 시키는 대로 하고 손님용 팔걸이의자에 앉았습니다. 게싱 씨는 듀크 씨 책상 앞에 앉아 있었습니다."

"금고가 열려 있었습니까?"

"아닙니다. 그리고 내가 있었던 동안에도 금고문은 열리지 않았습니다. 게싱 씨는 듀크 씨가 직접 와서 나와 이야기 나눌 예정이었으나 마지막 순간에 갑자기 올 수 없게 되어 자기가 대신 왔다고 말했습니다.

듀크 씨는 콘스탄티노플의 어느 믿을 만한 브로커를 통해 제정 러시아의 옛귀족이었던 사람이 유서 깊은 가보인 보석들을 가지고 볼셰비키의 손을 피해 나와 지금 그 보석을 모두 알맞은 값으로 처분하려 한다는 정보를 얻고 있었습니다.

그 옛귀족은 본디 우랄 지방에 영지를 가졌던 셀기우스 공작으로 ──그 지명은 2층에 있는 내 수첩에 적혀 있습니다──지금은 프란시스코 로트라는 이름의 폴란드 사람으로 행세하고 있다고 했습니다. 그의 보석 컬렉션은 아주 훌륭한 것 같았으며 듀크 씨는 본디 가격의 3분의 1이나 또는 그보다 더 싼값으로 사들일 수 있다고 믿고 있었습니다. 듀크 씨는 브로커를 통해 그 공작에게 접근하여 거래를 청했습니다.

그런데 난처하게도 소련 정부가 공작의 망명 사실을 알고 체포하려 했습니다. 소련 정부의 앞잡이는 유럽 구석구석까지 찾아다니고 있었으므로 로트 씨는 안절부절못했습니다. 아무튼 들키면 끝장이니까요.

게싱 씨도 분명히 말했습니다만, 만일 내가 보석을 사들이는 데 성공한다 하더라도 그 보석을 본사로 탈 없이 날라올 때까지는 내 목숨이 바람 앞의 등불 같았지요. 그런 까닭으로 듀크 씨도 내 수수료를 아주 많이 올려줄 마음으로 있다고 게싱 씨는 말하며, 이 일을 맡겠느냐고 물었습니다."

"그래서 맡았습니까?"

"당신은 어떻게 생각합니까? 물론 나는 승낙했습니다. 그리고 좀 더 자세한 이야기를 들려 달라고 부탁했습니다. 게싱 씨는 설명해 주었습니다.

내 자신과 로트 씨의 안전을 위해 나는 전에 없이 조심하지 않으면 안 되었습니다. 내 이름은 온 유럽의 업자들 사이에 꽤 널리 알려져 있었으므로 소련 정부 앞잡이들도 알고 있을 게 틀림없었습니다. 그래서 나는 가짜 이름을 쓰기로 했습니다. 해더스필드의 양철 제조업자 존 해리슨으로 둔갑했지요.

무언가 연락할 일이 생기면 본사로 직접 하지 말고 햄스테드의 듀크 씨 집 가까이에 사는 친구 허버트 라이언즈 씨를 통해 하기로 정했습니다. 편지를 쓸 경우에는 필체를 되도록 주의 깊게 써서 만일 내가 의심받아 편지를 도둑맞는 일이 있더라도 거래에 영향이 미치지 않도록 경고받았습니다. 나에 대한 명령은 해리슨 앞으로 보내되 회사 이름이 인쇄되지 않은 여느 종이를 사용하며 지금 말씀드린 바와 같이 세심하게 주의를 기울여 글귀를 작성하도록 되어 있었습니다.

게싱 씨는 흥정된 금액을 전보로 보내기 위한 암호표를 주었습니다. 돈은 특별히 고른 심부름꾼이 내게 갖다 주기로 되어 있었지요. 물론 그것은 거래에 성공했을 경우의 이야기입니다만."

팬덜켐프는 말을 멈추고 경감을 바라보았다. 그러나 상대방이 입을 다문 채 가만히 있었으므로 이야기를 계속했다.

"로트 씨는 콘스탄티노플에 몸을 숨기고 서방세계로 달아날 기회를 엿보고 있는 듯했습니다. 그는 그러기 위해 육로로 가는 게 좋을지 배를 타는 게 좋을지 망설이고 있었습니다.

육로인 터키로 탈출하면 다뉴브 강을 거슬러 올라 오스트리아에서 스위스로 들어가 마지막에 샤머니의 보스주르 호텔에 이를 수 있지요. 그것이 불가능한 경우에는 배로 탈출하는 수밖에 없습니다. 이탈리아 제너럴 해운회사의 어느 배에 편승하여 제네바로 가 거기서 바르셀로나로 와서 고메스 호텔, 즉 이 호텔로 오게 됩니다.

그는 콘스탄티노플에 있는 그 브로커를 통해 듀크 씨에게 만일 자기가 4일까지 샤머니에 모습을 나타내지 않으면 올가미에 걸렸거나 또는 배를 타고 바르셀로나로 향한 거라고 전해왔습니다.

그래서 내 임무는 먼저 샤머니로 가서 보스주르에 묵으며 4일까지 프란시스코 로트라는 이름의 키 크고 살빛이 희며 머리가 검은 남자가 나타나기를 기다리고 그날까지 그 사나이가 나타나지 않을 경우에는 그곳을 떠나 여기로 오는 것이었습니다. 여기서 2주일 동안 기다리다가 그래도 그 사나이가 나타나지 않으면 콘스탄티노플로 가서 듀크 씨의 브로커를 만나 로트 씨가 어떻게 되었는지 알아보기로 되어 있었습니다."

"그래서 그 임무를 실행에 옮겼습니까?"

"그렇습니다. 나는 샤머니로 가서 1주일 있었습니다. 그러나 찾는 사람이 나타나지 않았으므로 이곳에 와서 이처럼 기다리고 있었던 것입니다. 나는 내일쯤 콘스탄티노플로 갈 생각이었습니다."

프렌치 경감은 엽궐련 꽁초를 버리고 새것을 집어 들었다. 그는 조용히 말했다.

"그런 여행에는 돈이 들 텐데요. 그것은 어떻게 마련했지요?"

"게싱 씨가 10파운드 지폐로 100파운드를 주었습니다. 2장은 샤머니에서 바꾸었고, 나머지 8장은 그대로 주머니에 있습니다."

"그것을 보여주시겠습니까?"

팬덜켐프는 곧 그 말에 따랐다. 경감이 생각한 대로 그 8장의 지폐는 금고에서 없어진 지폐의 일부였다. 그는 다시 질문을 던졌다.

"당신은 해튼 가든의 사무소에 8시 30분쯤 닿았다고 말했지요?"

"그렇습니다. 그리고 9시쯤 사무소를 나왔습니다. 내 용건은 반시간도 안 걸렸지요."

"게싱 씨밖에 없었다고 했지요?"

"그 말고는 아무도 없었습니다."

프렌치 경감은 어쩌면 자신이 체포하게 될지도 모르는 사나이에게 엽궐련을 한 개비 권하고 입을 다문 채 깊은 생각에 잠겼다.

망명 러시아 귀족 이야기가 처음부터 끝까지 꾸며낸 것임에는 의심할 여지가 없었다. 이야기 자체가 의혹투성이일 뿐 아니라 그 출처에서 이미 허점을 드러내고 있다. 팬덜켐프의 말에 의하면, 게싱 씨는 듀크 씨로부터 그 이야기를 들은 것으로 되어 있다. 그리하여 처음에는 듀크 씨 자신이 팬덜켐프에게 그 이야기를 할 예정이었으나 무언가 뜻하지 않은 사정이 생겨 그렇게 할 수 없게 되었다고 한다. 이것도 틀림없이 꾸며낸 이야기였다.

그러나 그런 말을 이야기 속에 끼워 넣은 까닭은 뚜렷했다. 그런 말이 없으면 이 이야기의 권위가 없어져버린다. 듀크 씨 이름을 꺼낸 것은 스홉스와 팬덜켐프에게 보낸 지시 편지에 그의 글씨체를 흉내내어 서명할 필요가 있었던 것과 마찬가지로 이 계획의 중요 부분이었다.

여기까지는 프렌치 경감도 자신의 가정이 틀림없다는 기분이 들었지만, 더 앞으로 나아가면 그 가짜 편지 때와 마찬가지로 난관에 부딪쳐 움쭉달싹할 수 없었다.

게싱이 범인으로, 팬덜켐프에게 의혹을 돌리기 위해 이런 복잡한 이야기를 꾸며낸 것일까? 아니면 팬덜켐프가 범인으로, 이런 꾸며낸 이야기도 모두 범행 뒤 교묘하게 몸을 숨기기 위한 계략인 것일까? 그것은 실로 어려운 문제였다.

프렌치 경감은 가만히 앉은 채 어떤 좋은 시험방법이 없을까, 포획물이 빠져나갈 수 없는 함정이 있지 않을까 생각에 잠겨 있었다.

잠시 좋은 지혜가 떠오르지 않았지만, 이윽고 한번 해 보아도 좋을 듯한 묘안이 머리에 떠올랐다. 두 통의 가짜 편지를 친 타이프라이터에서 어떤 실마리가 잡힐지도 모른다.

팬덜켐프는 타이프를 칠 줄 알까? 만일 할 줄 안다면 그는 키를 가볍게 두드릴까, 세게 두드릴까?

프렌치 경감은 상대 쪽으로 돌아앉았다.

"범행이 있었던 날 밤 런던에서의 당신 행동을 짧막하게 문장으로 만들어 주시겠습니까. 당신이 간 곳을 모두 말하고 그곳에 닿은 시간과 떠난 시간 등을 기록해 주십시오. 타이프칠 줄 압니까?"

팬덜켐프는 핏기 없는 얼굴에 빙긋 웃음을 떠올렸다.

"할 수 있습니다. 나는 4개 나라 말로 타이프와 속기도 할 줄 압니다. 그러나 여기에 타이프라이터를 가져오지 않았는데요."

프렌치 경감은 그의 솜씨를 칭찬한 다음 말했다.

"사무실에서 빌리면 됩니다."

그것을 빌리러 일부러 사무실까지 가야 했지만 팬덜켐프는 경감의 변덕스러운 기분에 따를 수밖에 없었으므로 사무실에 버티고 있는 우수어린 검은 눈의 미녀가 망설이는 것을 가까스로 설득하여 타이프라이터를 옆에 끼고 의기양양하게 돌아왔다.

10분 뒤 프렌치 경감은 그의 발자취가 기록된 시간표를 손에 들고 있었다.

그는 팬덜켐프가 아주 솜씨 좋은 타이피스트임을 곧 알았다. 가볍고 확실한 터치로 또렷하게 글자판을 두드렸으며 종이가 파이지 않았다. 이것은 팬덜켐프에게 유리한 점이었다. 이것만으로 단정내릴 수는 없지만, 이 사실을 결코 무시할 수는 없었다.

프렌치 경감은 고개를 갸우뚱했다. 그의 경험으로 보아 이 세상에는 평범하고 당연해 보이는 명백한 일이 곧잘 일어나곤 한다. 범행시간으로 추정되는 시각에 범행현장을 은밀히 방문했고, 그 뒤 있을 법하지도 않은 어떤 불가사의한 사명——그것을 명령했다는 장본인이 그 사실을 부정하고 있는——을 띠고 출국했으며, 더욱이 범행현장에서 도둑맞은 지폐가 주머니 속에 있는 사람이 있다면 그는 여느 산문적인 일상생활에서는 당연히 범인으로 보여질 것이다. 이것은 상식적인 생각이라고 프렌치 경감은 생각했다. 그리고 상식이란 99퍼센트는 옳은 것으로 여겼다.

그러나 나머지 1퍼센트의 기회는 언제나 있는 법이다. 불가능해 보이는 일이나 우연의 일치가 실제로 일어나는 것이다. 만일 이 경우가 법칙 그 자체를 증명하는 예외적인 예임을 알 수 있다면, 그는 그 자리에서 당장 얼마든지 내기를 걸어도 아깝지 않았으리라.

그는 자신이 세운 두 번째 해석에 얼마쯤 무리한 점은 있지만 완전히 맞지 않는다고 할 수도 없다는 생각이 들었다. 정말로 팬덜켐프가 교묘하게 기만당하고 있는 것인지도 모른다. 진범이 따로 있어 팬덜

켐프에게 지금 받고 있는 혐의를 뒤집어씌워 범행 흔적을 없앨 목적
으로 그에게 이런 얼토당토않은 사명을 안겨주었을지도 모른다.

쨌 많은 사실이 그것을 나타내고 있다. 가짜 편지를 보낸 일, 스홉
스에게 그 거래를 숨긴 일, 러시아 귀족이 어느 약속 장소에도 나타
나지 않은 일, 가짜 이름으로 여행한 일, 그리고——이것은 가벼이
볼 수 없는 일인데——그와 이야기하는 동안에 보인 팬덜켐프의 태
도 등은 모두 이 외무담당 사원이 하나의 거대한 거짓 단서를 만들어
내는 데 이용되었다는 생각을 뒷받침해 주고 있었다.

만일 그렇다면 그 얼마나 잔인한 올가미를 이 사람 좋은 불행한 사
나이에게 씌운 것일까. 프렌치 경감은 무엇 때문에 그런 일이 꾸며졌
는지 알 듯했다.

팬덜켐프는 이 수수께끼의 여행 도중——콘스탄티노플의 듀크 씨
대리인에게로 가면 분명——살인사건이 일어났음을 알게 될 것이다.
그때 그는 어떤 희생의 제물로 바쳐졌는지 깨달으리라. 자세히 알면
알수록 자신이 얼마나 감쪽같이 함정에 빠졌는지 느끼게 될 것이다.
그는 영국으로 돌아가 진상을 밝혀본들 자신의 억울한 혐의를 벗길
수는 없다고 체념할 것이다. 그리하여 그는 지금까지의 꾸며진 도피
행각을 실제로 행하고 그렇게 함으로써 자신이 진범임을 암암리에 영
원히 인정하는 결과가 되리라. 이 얼마나 교묘하게 꾸며놓은 함정인
가.

이것이 실로 지금까지 풀 수 없었던 모든 수수께끼의 뒷면이라고
한다면, 그것을 생각해 낸 인간의 성격과 두뇌의 정도 또한 미루어
짐작할 수 있었다.

프렌치 경감은 그 이야기가 진실된 것이라고는 도저히 여겨지지 않
았다. 그러나 전체적으로는 분명히 이 외무담당 사원의 체포와 인도
를 요구해도 좋을 만큼 증거가 모아졌지만 될 수 있는 대로 그런 수

단을 취하지 않는 편이 좋겠다고 생각했다. 만일 그가 모습을 감추려 한다면 이 고장 경찰이 곧 체포할 것이다.

이런 까닭으로 프렌치 경감은 다시 팬덜켐프에게 말하기 시작했다.

"팬덜켐프 씨, 나는 당신 말을 믿고 싶은 심정입니다. 그러나 당신도 세상일에 밝은 분이니 당신 이야기를 그대로 승인하기 위해서는 좀더 완전한 조사가 필요하다는 것을 이해해 주시리라 여깁니다.

그래서 문제는 당신이 나와 함께 런던으로 돌아가 진상을 밝히는 데 협력해 주실 수 있느냐 하는 것입니다. 영국에 닿자마자 당신이 체포되지 않는다는 약속은 할 수 없지만 당신이 공정하게 다루어져 자신의 무죄를 밝히기 위한 온갖 기회와 도움을 받게 되리라는 것만은 약속하겠습니다."

팬덜켐프는 서슴지 않고 곧 대답했다.

"좋습니다. 나는 당신이 만일 그럴 생각만 있다면 스페인 경찰에 의뢰하여 이 자리에서 나를 체포할 수도 있다는 것을 잘 압니다. 그러므로 나로서는 멋대로 고집부릴 수도 없지요. 아무튼 당신과 함께 가겠습니다. 나는 법에 비추어 꺼림칙하거나 부끄러운 짓을 한 적이 없습니다. 따라서 나의 결백이 밝혀질 때까지 마음이 가라앉지 않을 겁니다."

프렌치 경감은 크게 고개를 끄덕였다.

"다시 한번 말해 두지만, 당신이 취한 행동은 현명하다고 생각합니다. 그럼, 오늘 밤 파리 행 급행열차로 떠납시다. 그전에 우체국까지 함께 가서 경찰국으로 전보치는 일을 도와주시겠습니까?"

이틀 뒤 아침, 두 사람은 런던에 닿았다.

듀크 씨는 이야기를 듣고 당연히 어이없어했으나 상세한 사정을 알자 팬덜켐프가 알 수 없는 한 사람 또는 몇 사람의 인물에 의해 보기 좋게 농락당한 거라고 의견을 말했다. 프렌치 경감의 직속상관인 마이클 수사과장도 그와 같은 의견인 것이 무엇보다도 다행이었다.

　이리하여 팬덜켐프에게는 밤낮으로 미행이 딸려졌지만 체포되지는 않았다. 프렌치 경감은 그의 생활과 환경을 조사해 보고 좀 고개가 갸우뚱해지는 어두운 면도 없지 않았지만 범행증거가 될 만한 건 아무것도 없음을 알았다. 그뿐 아니라 없어진 보석이 단 하나도 그로부터 나오지 않았으며 도둑맞은 지폐도 그가 진술한 것 말고는 한 장도 발견되지 않았다.

　또다시 어떤 새로운 사실도 나타나지 않는 가운데 하루하루 시간이 흘러 프렌치 경감은 초조와 낙담에 사로잡혔다.

　그때 지금까지와는 전혀 다른 방향으로 그의 주의를 돌리게 한 사건이 일어나 그는 다시 새로운 단서를 잡고 새로운 희망과 열의로 사건에 맞서게 되었다.

결혼식을 둘러싸고

프렌치 경감은 사건 수사가 완전히 막다른 골목에 몰렸다고 느껴질 때면 늘 모든 상황을 아내에게 남김없이 이야기해 주고 있었다.

가엾은 아내는 그녀 영혼의 즐거움, 집안이라는 신성한 임무로부터 떠나 내키지 않는 듯 바느질감을 들고 긴 의자 한구석에 조용히 앉는다. 그러면 그녀의 남편이요, 군주인, 프렌치 경감은 큰 걸음으로 방 안을 왔다 갔다 하며 사건의 전체를 늘어놓고 가차 없는 논리를 적용하며 토론을 펼치고 적잖이 제스처를 섞어가면서 자신이 쥐고 있는 자료를 체에 걸러 정리한 뒤 그것을 다시 처음부터 논술하는 것이었다.

……때로 이야기 도중에 그녀가 입을 여는 적도 있고, 또 아무 말 하지 않는 적도 있었다. 그녀는 늘 피아노 옆 조그만 테이블을 걸어 차 넘어뜨리지 말도록 남편에게 잔소리하며 마음속으로는 언제나 카 펫 위를 서성거리는 남편이 아직 닳지 않은 곳만 골라서 밟았으면 하고 조마조마해 했다. 그러나 남편의 말에 열심히 귀 기울이며 때때로 정리된 의견을 내놓기도 했다.

프렌치 경감의 표현에 따르면, 그녀는 '그런 견해를 갖는' 것이었다. 지금까지 그런 견해가 문제점에 새로운 빛을 던져, 적어도 두 가지 사건에서 올바른 수사방향을 지시하여 마침내는 수수께끼를 푸는 열쇠가 돼주었다.

스페인에서 돌아온 다음날 밤, 경감은 해튼 가든 사건의 요약이라고 하면서, 요약은커녕 요란한 장광설만 아내에게 늘어놓았다. 그녀는 여느 때보다 주의 깊게 귀 기울이고 있었는데, 이윽고 그는 아내가 하나의 '견해를 가진' 것을 알았다.

그녀는 잘라 말했다.

"나는 그 가엾은 노인이 나쁜 일을 하려 했다고는 생각지 않아요. 죽었다고 해서 그분의 사람됨을 낮춰보는 것은 부끄러운 일이에요."

프렌치는 방 안을 서성거리던 걸음을 멈추고 휙 돌아보았다. 그는 등 뒤로부터 기습당한 데 대해 화내며 대꾸했다.

"나는 그 노인의 인격을 무시하는 게 아니오, 에밀리. 나는 다만 알고 있는 범위 안에서 그 노인이 열쇠 모양을 본뜰 수 있었던 오직 하나의 인물이었음을 말하고 있을 뿐이오. 만일 그렇다면 그는 금고 안의 것을 훔치려 했던 게 되오."

"그럴까요. 나는 아무래도 당신이 잘못 생각하고 있다고 여겨져요."

그녀는 잘라 말하고, 그와 똑같은 가차 없는 논법으로 말을 이었다.

"아무튼 만일 그 노인이 금고 안의 것을 훔치려 했다면, 그는 당신이 지금 말한 것 같은 그런 사람이 아닐 거예요. 그러므로 그는 금고 안의 것을 훔치려 했던 게 아니에요. 나는 그렇게 생각해요."

프렌치 경감은 조금 동요를 느꼈다. 그것은 그가 처음부터 인정하고 있던 난점이었는데 지금까지 그 점을 깊이 생각해 본 적이 없었던 것이다. 그러나 지금 그녀로부터 그녀가 언제나 자기 의견을 이야기할 때의 방식인 타협을 허용치 않는 노골적인 말투로 그 점을 지적받아 갑자기 중대한 사실을 지나쳐본 듯한 생각이 들었다.

사실 그녀의 말은 옳았다. 거기에 바로 모순이 있었다. 만일 게싱 노인이 정말로 그를 아는 모든 사람들이 말하는 그런 성격의 인물이었다면 결코 도둑은 아닐 것이다.

그는 침착치 못한 동작을 그만두고 책상 앞에 앉아 수첩을 펼쳐 죽은 사람에 대해 지금까지 실제로 알아낼 수 있었던 사실을 다시 한번 검토하기 시작했다. 검토해 가는 동안 그는 점점 아내의 말이 옳다고 믿게 되었다. 이토록 많은 증인들이 놀랍게도 하나같이 눈뜬장님이 아닌 한 게싱 노인은 결백했다는 말이 된다.

그는 딜레마의 또 다른 방향으로 관심을 돌려보았다. 만일 게싱 노인이 결백하다면 누가 그 열쇠 모양을 본떴을까? 은행에 맡겨둔 열쇠에서 본뜬 게 아니라면 듀크 씨가 가지고 있는 열쇠에서 본떴음에 틀림없다. 그렇다면 누가 했을까?

듀크 씨가 어지간한 실수를 저지르지 않은 한 사무실 직원은 아닐 것이다. 이 점에 대해서 프렌치 경감은 듀크 씨가 그런 실수를 저질렀으리라고는 결코 믿어지지 않았다. 이런 중대한 일로 그의 일상적인 습관이 깨졌다면 거의 틀림없이 머릿속에 남아 기억되었을 것이다. 아니 프렌치 경감은 그 점에 관한 한 듀크 씨의 진술을 믿어도 좋다고 느꼈다.

그러나 가족 가운데 아무도 열쇠에 손댄 일이 없었을 거라는 듀크 씨의 주장은 아무래도 근거가 빈약하다고 생각되었다. 일이 일이니만큼 이 다이아몬드 상인은 집안사람에 대해 사업상의 관계자들보다 마음을 터놓고 있었을 것이다. 집에 있을 때는 긴장이 풀린 상태에서 저도 모르게 조금의 주의로도 충분하다고 안심했으리라. 아무도 열쇠에 손대지 않는다는 그의 기분이 실제로 아무도 열쇠에 손대지 않았다는 진술의 근거가 되어버린 건 아닐까?

바로 이런 점을 자신이 지나쳐보고 있었는지 모른다고 프렌치 경감은 생각했다. 이런 결론이 나온 순간 사람은 자신의 실패를 만회할 방법을 생각하기 마련이다.

처음에 그는 듀크 씨에게 사실을 털어놓고 어떤 구실을 붙여 그의 집에 들어갈 편의를 얻어내야겠다고 생각했지만 마침내 이 노신사는 자기의 계획을 전혀 모르는 편이 낫다고 고쳐 생각했다. 그렇지 않으면 범인일지도 모르는 사람에게 부주의하게도 경고를 해주는 결과가 되어 버릴지도 모른다.

같은 이유로——그러니까 듀크 씨에게 알려질 두려움이 있었으므로——그는 자신이 그 일을 맡지 않는 편이 현명하다고 결정했다.

그 대신 그는 이 일에 꼭 알맞은 사나이를 알고 있었다. 그는 패트릭 노런 형사부장으로, 적잖이 바람둥이 기질이 있어 여자를 유혹하는 데 여간 아닌 재능을 지닌 사나이였다. 그는 어떻게든 듀크 씨 집 하녀들을 사귀어 친하게 되면 얼마 지나지 않아 그녀들이 알고 있는 사실을 모조리 알아낼 것이다.

다음날 아침, 경감은 노런 형사부장을 불러 자기 생각을 설명했다. 상관에게 두말없이 복종하는 노런 형사부장은 '네, 알겠습니다'라고 대답하고 물러갔다.

이튿날 형사부장은 첫 번째 보고를 가지고 돌아왔다. 그는 능숙한 전기 기술공 차림으로 연장 한 벌을 들고 전기배선을 점검하러 왔다며 그 집에 들어간 듯했다.

실비어 듀크는 마침 외출 중이었는데, 제법 예쁘장한 하녀가 문을 열더니 방문자의 인상 좋은 생김새에 매혹되어 서슴없이 안으로 들여

보내주었다. 그는 온 집 안을 돌아다녔으며 특히 듀크 씨의 침실을 주의 깊게 살폈다.

정오가 되자 그는 가져간 수프 통조림을 부엌의 불에 데워달라고 부탁하여 승낙받았다. 기회를 놓치지 않고 그는 저택을 나오기 전에 그 예쁘장한 하녀로부터 내일 밤 저녁 식사와 영화구경을 함께 하기로 약속을 받아냈다.

형사부장은 결론 내리듯 말했다.

"조금만 마음을 사면 그녀가 알고 있는 사실을 모두 알아낼 수 있습니다. 하기야 그리 많은 건 알아내지 못하겠지만요."

프렌치 경감은 인정했다.

"거기까지는 잘했네. 그래, 실제로 알아낸 게 무엇인가?"

"글쎄요. 먼저 가족 관계인데, 그 집에는 아버지 듀크 씨와 실비어라는 외동딸만이 살고 있습니다. 어머니는 살아 있지만 오랫동안 정신병원에 들어가 있으며 회복될 가망이 없답니다. 레이철——그 하녀의 이름입니다만——의 말에 의하면 실비어 양은 아름답고 마음씨 고운 아가씨인 것 같습니다.

그리고 그 밖에도 고용인이 있습니다. 지금 말씀드린 레이철 말고 애니라는 또 한 아가씨와 세러라는 요리사와 먼리라는 운전기사가 있습니다. 그 사나이 모습은 눈에 띄지 않았지만 여자들은 모두 잘해나가고 있는 것 같았으며 금고 열쇠를 노릴 듯한 사람은 아무도 없었습니다."

"집은 어떻던가?"

"꽤 큰 집으로 가구며 살림도구들이 지금은 비록 낡았지만 한창 때에는 최고급품이었음에 틀림없습니다. 듀크 씨 침실은 건물 왼쪽 끄트머리에 있고 따님 침실은 정면에 있습니다. 그러므로 다른 사람 눈에 띄지 않고 듀크 씨 침실에 들어갈 수 있지요. 예를 들면 듀크 씨가 목욕하기 위해 방을 비울 경우 방 안에 열쇠를 두고 들어간다면 누구든지 그 모양을 본뜰 수 있을 겁니다.”

“혹시 자네 같은 수리공이나 장사꾼이 저택 안에 들어가 머물러 있을 수 있는 가능성은 없을까?”

형사부장은 고개를 저었다.

“거기까지는 모르겠습니다. 하루치 일로는 좀 너무 많이 한 듯한 기분이 들어서요. 나중에 내가 왔던 일을 수상쩍게 여길지도 모른다는 생각이 드는군요. 하지만 그 일은 내일 밤 레이첼로부터 알아내겠습니다.”

“그 먼리라는 운전기사를 만나보는 편이 좋겠군. 아니, 그 사람은 내가 만나지. 자네는 지금 하는 일을 계속해 주게. 그 밖에 또 뭐가 있을까?”

“아니, 없습니다. 지금 그녀들은 실비어 양의 약혼 이야기로 한창입니다. 그녀는 옛시가지에 사는 남자친구와 약혼한 사이로 이달 말에 결혼할 예정이었던 듯한데 사정이 나빠져 연기된 것 같습니다. 파혼한 것은 아닌 듯합니다만.”

“그런가? 그래, 그 까닭은 이야기하지 않던가?”

“해주지 않았습니다. 하지만 그 문제에 대해 알고 싶으면 역시 레이철을 통해 알아낼 수 있으리라 생각합니다만…….”

“아니, 무리하게 알아내라는 말은 아닐세. 그러나 알아낼 수 있는 한은 무엇이든지 알아봐주게. 속임수를 써서라도 말일세. 자네는 그 젊은이가 누군지 알고 있나?”

“아니, 모릅니다. 그녀들이 가르쳐주지 않았거든요.”

프렌치 경감은 수첩을 꺼내 살펴보더니 중얼거렸다.

“그 문제에 대해서는 자네보다 내가 더 많이 알고 있는 것 같군. 그 젊은이는 듀크 씨 사무소에 근무하는 사원으로 이름을 해링턴

…… 스탠리 해링턴일세. 살인사건이 일어난 다음날 사무소에서 다른 사람들과 함께 그를 만났을 때 약혼 이야기를 하더군. 그때만 해도 잘 진행되어 나가는 것 같았는데 언제 연기되었을까?”

“그것도 못 들었습니다.”

“그럼, 그것도 함께 알아보게. 지금 단계에서는 그 정도면 되겠지.”

그날 밤 프렌치 경감은 일자리를 잃은 직공으로 꾸미고 듀크 씨 집 부근에 잠복해 있었다. 얼마 기다리지 않아 노신사가 사무소에서 돌아오는 것이 보였다.

한 시간 뒤 경감은 운전기사가 차고를 나와 에스터 거리에서 좀 들어간 좁은 골목의 한 집으로 들어가는 것을 확인했다. 다시 한 시간쯤 끈질기게 기다린 보람 끝에 마침내 노리던 먹이가 모습을 나타내어 거리를 지나 ‘장미와 엉겅퀴’ 술집으로 들어가는 것을 보았다. 그곳이야말로 경감이 노리고 있던 장소였으므로 몇 분 뒤에는 그도 술집으로 들어갔다.

가까이 접근하는 것은 아주 간단했다. 프렌치 경감은 일자리를 잃은 자동차 수리공 신분으로 어떤 운전기사와도 이야기를 주고받을 수 있는 예비지식을 갖추고 있었으므로 맥주 두 잔을 비우기도 전에 처음에는 이 부근에 일자리가 있느냐는 이야기로부터 시작하여 다음에는 교묘하게 새로 사귄 이 술친구가 하는 일의 내용이며 듀크 집안의 내막에 대해 자세히 알아낼 수가 있었다.

그러나 조금이라도 의심스러운 일이나 흥미 가는 이야기는 전혀 들을 수가 없었다. 더욱이 그 운전기사는 정직하고 악의 없는 사나이로 자진하여 금고 열쇠에 손댔으리라고는 도저히 생각할 수 없는 미련퉁이였다.

그로부터 하루 종일 수사는 전혀 진척되지 않았다. 그러다가 마침내 노런 형사부장이 새로운 보고를 가져왔다. 그 보고로 경감의 눈은 완전히 다른 방향으로 돌려지게 되었다. 노런은 먼저 그 예쁘장한 하녀 레이철을 데리고 영화를 본 다음 대중식당에서 식사를 함께 한 것 같았다. 형사부장의 표현에 따르면, 레이철은 그야말로 말솜씨 좋은 아가씨라 이따금 때맞춰 화제를 던져주기만 하면 곧 많든 적든 그에 관련된 정보를 모조리 그의 귀에 들려준다는 것이었다.

노런 형사부장은 맨 먼저 요즘 누군가가 밤이나 새벽녘에 듀크 씨 방으로 들어가지 않았는지 확인하려 했다. 한참 뒤 알게 된 바로는 그가 그 집에 가기 전까지 이미 몇 달째나 수리공이 드나들지 않은 듯했다. 게다가 꽤 오래 전부터 밤에 묵고 간 손님은 실비어 듀크의 약혼자 스탠리 해링턴 단 한 사람뿐이었다.

두 젊은이는 이 고장의 아마추어 연극단체가 공연하는 연극연습에 열중해 있었는데, 막이 오르기 전 나흘 밤 동안 실비어는 약혼자가 하숙과 그녀의 집 사이를 왔다 갔다 하는 시간낭비를 없애기 위해 집에 머무르게 했다는 것이다.

이것은 살인사건이 일어나기 한 달 전의 일이었는데, 그때 해링턴은 듀크 씨 침실 맞은편 방에서 잤다고 한다. 따라서 듀크 씨가 금고 열쇠를 방에 두고 나갔을 경우 그는 언제든지 손쉽게 모양을 본뜰 수 있었을 것이다.

노런은 또한 결혼을 뒤로 미룬 사정에 대해 듣고 와서 보고했는데, 프렌치 경감은 그 이야기를 듣고 면밀히 고찰해 볼 필요가 있다고 느꼈다. 어떤 성질의 일인지는 알 수 없지만, 두 약혼자는 갑작스럽게 사이가 벌어진 것 같았다. 더욱이 살인사건 다음날의 일이었다.

레이철의 말에 의하면 범행이 있었던 날 밤 듀크 씨는 집에서 식사하지 않았다. 그러나 해링턴이 찾아왔다. 그와 실비어는 함께 식사했다. 그리고 그때는 모든 일이 장밋빛이었다.

식사가 끝난 뒤 두 사람은 나란히 외출했다. 실비어는 10시가 지나서 돌아와 그대로 잠자리에 들었다. 그러므로 그녀는 그날 밤 듀크가 사무소에 간 사실을 알지 못한 것이 확실하다.

다음날 그녀는 아버지와 아침 식사를 들며 그 자리에서 비극의 소식을 들었던 듯하다. 아침 식사가 시작되고 채 5분도 지나지 않아 그녀는 방에서 나와 전화를 걸었으며 듀크 씨가 출근하자마자 자기도 옷을 갈아입고 집을 나섰다. 20분쯤 뒤 돌아오자 곧장 침실로 들어가 머리가 아프다며 하루 종일 나오지 않았다.

레이철이 그 방에 들어갔을 때 그녀는 누워 있었으나 몇 시간이나 방 안을 또박또박 걸어 다니는 발소리가 들렸던 만큼 자기 생각으로는 그녀의 병이 육체적인 것이기보다 정신적인 것으로 짐작된다는 것이었다. 그날 오후 4시쯤 해링턴이 찾아왔다. 실비어는 그녀의 거실에서 그를 만났는데, 이때 심한 말다툼을 했음에 틀림없었다.

해링턴은 반시간쯤 뒤 돌아갔는데, 그때 문을 열어준 레이철의 말에 따르면 마치 사형선고를 받은 사람 같은 표정이었다고 한다. 그의 얼굴에는 크나큰 당혹과 슬픔의 빛이 떠올라 있었으며 마치 몽유병자처럼 어떤 무서운 재난에 맞닥뜨려 넋 나간 사람 같아 보였다고 한다. 여느 날 돌아갈 때면 하녀에게 상냥한 말 한마디 던져주곤 했는데, 이날 밤에는 레이철이 거기 있는지도 모르는 듯 장님처럼 손으로 더듬으며 밖으로 나가 비참하게 짓눌린 사람처럼 비틀비틀 걸어갔다는 것이다.

그날 밤 늦게 하녀는 실비어를 흘끗 보았는데, 그녀의 눈가에 새빨개지도록 운 자국이 있었다. 그 뒤로 실비어는 완전히 달라져버렸다. 그녀는 입을 다물고 우울에 잠겼으며 침울해졌다. 게다가 여위고 나이 들어 보였으며 식사도 제대로 하지 않았다. 어떻게든 손쓰지 않으면 가슴병이라도 앓게 되리라는 것이 레이철의 의견이었다.

이러한 보고를 듣고 프렌치 경감은 적지않은 흥미를 느꼈다. 찰스 게싱 살해사건과 결혼 연기 사이에 어떤 관련이 있다고 지레짐작하기는 어려웠지만 여러 상황의 사실 가운데 그 선을 가리키는 것도 몇 가지 있었기 때문이었다.

만일 실비어가 아침 식사 때 아버지로부터 처음 그 비극소식을 들었다면 그 일을 안 것이 전화를 건 이유였을까? 그렇다면 대체 누구에게 전화를 걸었을까? 20분 동안 집을 비웠는데 그녀는 그동안 무엇을 했을까?

이런 의문의 해답이 나오기 전까지는 결코 그냥 덜어둘 수 없다고 프렌치 경감은 마음속으로 다짐했다. 그 해답을 찾아내기 위해서는 그 시간에 실비어가 무엇을 했는지 조사하는 수밖에 없다는 생각이 들었다.

한참 동안 경감은 책상에 앉아 갖가지 방법과 수단을 이모저모로 생각해 보았다. 마침내 다시 한번 노런 형사부장을 전화로 불렀다.

형사부장이 나타나자 프렌치 경감은 말했다.

"그 하녀로부터 알아낼 일이 또 한 가지 있네. 언제 다시 그 아가씨를 만나기로 했는가?"

바람둥이 형사는 대답했다.

"일요일입니다. 다시 한번 쓸모가 있을 것 같아서 완전히 손을 끊지 않았지요."

"오늘은 금요일이지. 그럼, 기다릴 수밖에 없겠구먼. 이번 일요일에 그녀를 만나거든 지금부터 내가 말하는 순서대로 물어봐주게.

첫째, 범행이 일어난 날 밤 실비어 양은 어떤 자동차로 친구들이 경영하는 숙녀 클럽에 갔는가. 둘째, 어떤 자동차로 돌아왔는가. 셋째, 그날 밤 돌아온 뒤 다음날 해링턴이 찾아올 때까지 어떤 편지나 전갈을 받지 않았는가. 물론 실비어 양이 전화 걸었을 때부터 아침 식사 뒤 집을 비운 사이에 걸쳐 레이철이 보고 들은 일을 모조리 듣고 오게. 알겠나?"

노런은 알았다고 하며 방에서 나갔다. 프렌치 경감은 이래저래 늦어진 일상적인 일에 주의를 기울였다.

그 다음 월요일 아침, 노런 형사부장이 보고해 왔다. 그는 일요일 오후 예쁜 애인을 유혹하여 템스 강 상류로 가서 한껏 정보를 끌어냈다는 것이었다.

실비어와 해링턴은 8시 조금 전 듀크 씨의 자동차를 타고 집에서 나갔다. 운전기사 먼리가 레이철에게 이야기해준 바에 따르면, 그의 젊은 여주인은 아버지가 밤늦게 클럽에서 집으로 돌아올 때 자동차가 필요할 테니 자기를 기다릴 것 없다고 말했다고 한다.

그녀는 10시쯤 택시를 타고 돌아와서 허둥지둥 집 안으로 들어와 부리나케 방으로 들어가버렸다. 레이철이 아는 한 그때부터 이튿날 약혼자가 찾아올 때까지 질문에 관계없는 사항을 빼고는 아무도 그녀를 찾아오지 않았으며 편지도 전갈도 없었다는 것이다.

프렌치 경감은 자신이 실비어의 행동을 조사하고 있다는 사실을 비밀에 붙여두고 싶었기 때문에 이 문제에 대해서는 운전기사에게 묻지 않기로 했다. 이미 해링턴의 입을 통해 숙녀 클럽의 위치를 알아두었으므로 거기에 가서 조사하면 알고 싶은 일을 알아낼 수 있으리라 생각했다.

한 시간 뒤 경감은 셔드월 지구의 더럽고 음침한 집들이 늘어서 있는 좁은 길가에 자리잡은 황폐한 교회의 부속학교 앞에 서 있었다. 학교 문은 닫혀 있었지만 이웃집에 물어보아 관리인이 47번지에 살고 있음을 알았다.

47번지로 가보니 핼쑥한 얼굴을 한 가난에 찌든 젊은 여자가 갓난 아기를 팔에 안고 있었으므로 잠깐 이야기할 게 있다고 말하자 들어

오라고 하며 그리 깨끗하지 못한 부엌으로 안내했다.

그녀는 그의 물음에 대답하여 그 클럽은 에이미 레스트레인지 양을 비롯한 많은 부인들에 의해 운영되고 있다고 말했다. 클럽은 밤마다 문을 열지만 자기는 거기에 참석하는 일 없이 방청소만 한다. 그러나 남편은 관리인이어서 밤마다 클럽에 얼굴을 내밀므로 그 젊은 아가씨가 클럽에 와 닿았을 때 혹시 그 자리에 있었을지도 모르지만 확실한 것은 알 수 없다. 그러나 남편이 가까운 공장에서 일하고 있으며 반 시간쯤 뒤 식사하러 돌아올 터이니 만일 상관없으면 기다려달라고 말했다.

프렌치 경감은 나중에 다시 찾아오겠다고 말하고 음침한 거리를 천천히 빠져나왔다.

45분 뒤 47번지로 되돌아가보니 마침 관리인이 돌아온 참이었다. 프렌치 경감은 그에게 식사를 계속하도록 말하고 그동안 곁에 앉아 있었다. 그 사나이는 이 사건으로 돈이 생기리라고 여긴 듯 알고 있는 사실을 남김없이 지껄여댔다.

문제의 날 밤, 그는 클럽에 있었던 듯하다. 프렌치 경감이 그 젊은 남녀에 대해 묻자 그는 두 사람이 클럽에 닿았을 때의 일을 기억하고 있었다. 그처럼 훌륭한 자동차가 이토록 음침한 뒷거리의 요새로 침입해 들어오는 것은 드문 일이었으므로 그 자동차가 나타난 일과 두 사람 모습이 그의 기억에 남아 있었다는 것이다.

신사가 먼저 자동차에 내려 커티스 스트리트 클럽이 여기냐고 묻더니 함께 온 여자를 도와 내려주었다. 그녀는 운전기사에게 기다릴 필요없으며 마중오지 않아도 좋다고 말했다. 그리고 신사를 남겨두고 그녀는 클럽으로 들어갔다.

9시 30분쯤 그 신사가 택시를 타고 와서 내리더니 관리인에게 해링턴 씨가 밖에서 듀크 양을 기다리고 있다는 말을 전해달라고 부탁했다.

잠시 뒤 그녀는 클럽 회장인 레스트레인지 양과 함께 나왔다. 세 사람이 잠시 이야기를 나눈 뒤 낯선 두 사람은 택시를 타고 가버렸다고 한다.

프렌치 경감은 관리인에게 담배를 권하며 말했다.

"좋은 아가씨지요, 그 듀크 양이라는 분은, 언제 보아도 방그레 웃고 있는 상냥한 아가씨입니다."

그 사나이는 눈을 가늘게 뜨고 파이프에 담배를 담으며 대답했다.

"정말이더군요, 굉장히 아름다웠습니다."

프렌치 경감은 만족스러운 듯이 고개를 끄덕였다.

"1파운드 걸어도 좋지만, 틀림없이 그녀는 올 때나 갈 때나 애교 있게 싱긋 웃었겠지요, 그녀는 언제나 그러니까요."

"그렇고말고요, 내기를 걸었다면 이길 뻔했는데요, 하지만 나리, 그 아가씨처럼 돈이 남아돌 만큼 많으면 애교도 저절로 나오겠지요, 안 그렇습니까?"

프렌치 경감은 일어섰다.

"아마 그렇겠지요, 하지만 우리와 마찬가지로 그들에게도 그 나름대로 괴로움은 끊임없이 있을 겁니다."

그리고 그는 그 사나이의 기다리고 있는 손 안에 반 크라운짜리 금화를 쥐어주었다.

만일 관리인의 말대로 실비어가 클럽에서 나올 때 기분이 좋았었다면 그것이 어떤 일인지는 알 수 없지만——그 갑작스러운 사태의 변화가 그때는 아직 일어나지 않았던 셈이다. 따라서 다음에 할 일은 당연히 두 젊은이가 햄스테드로 타고 돌아간 택시를 찾아내어 도중에 어떤 이상한 일이 일어나지 않았었는지 알아보는 것이었다.

프렌치 경감은 경찰국으로 돌아가 부하 몇 사람을 불러 문제점을 설명했다. 그러나 그가 처음부터 인정했듯이 이번 수사 첫째날에 바람직한 정보를 재빨리 손에 넣을 수 있었던 것은 지휘를 잘해서라기보다 운이 좋았기 때문이라고 하는 편이 옳았다.

그날 밤 두 젊은이를 태워다준 택시 운전기사는 제임스 톰킨스라는 사나이였다. 이 운전기사는 이미 5시 전부터 경찰국에 와서 프렌치 경감이 부르기를 기다리고 있었다.

실비어와 해링턴

운전기사 톰킨스는 여윈 사나이로 무뚝뚝하고 언제나 잘 투덜거릴 듯한 인상이었으나, 지금은 엄청난 사건에 말려들었다고 생각되었는지 프렌치 경감의 질문에 되도록 똑똑히 대답하려고 애쓰는 것 같았다.

그는 그날 밤 일을 잘 기억하고 있었다. 리버풀 거리 가까이에서 한 신사가 불러 세우더니 커티스 스트리트 클럽으로 가자고 말했다. 그곳에 닿아 잠시 기다린 뒤 한 젊은 여자를 태웠다고 한다.

프렌치 경감이 물었다.

"어디까지 가자고 했소?"

그 사나이는 머리를 긁적이며 천천히 대답했다.

"잘 생각나지 않습니다. 햄스테드의 어디인 것 같은데 잘 모르겠습니다."

"햄스테드의 시더즈가 아니었소?"

"그렇습니다, 나리. 바로 거기입니다."

"그래, 두 사람이 함께 타고 갔소?"

"네, 또 한 여자 분은 배웅만 했습니다."

"그럼, 집으로 돌아가는 동안 누구를 만난 일은?"

"타고 있는 동안에는 아무도 만나지 않았습니다."

"신문을 샀다든가 그 밖의 다른 일로 택시에서 내리지는 않았었
소?"

"한 번 멈추었습니다. 그리고 두 분이 잠깐 동안 내렸었지요. 신문
을 사러 갔는지 아니면, 다른 볼일이 있었는지는 모릅니다만."

"택시를 멈추었다고? 그곳이 어디였소?"

"홀번 거리였습니다. 해튼 가든의 한 모퉁이를 조금 돌아간 곳이지
요."

"뭐라고?"

너무도 놀란 나머지 프렌치 경감은 여느 때의 침착하고 위엄 있는
태도를 완전히 잃고 저도 모르게 목소리를 높였다.

"그 이야기를 자세히 해주시오."

운전기사는 감각이 둔한데다 어딘지 경계하는 듯한 표정이었지만
마침내 자세한 사실을 털어놓았다.

홀번 거리를 따라 탄탄한 길을 한참 달려 문제의 지점에 왔을 때
젊은이가 전성관(傳聲管)을 통해 그를 불렀다.

"잠깐 멈춰주시오, 운전기사. 여기에 빨리 세워주시오."

운전기사는 택시를 길가에 갖다댔는데, 차가 미처 멈춰서기도 전에
젊은이는 급히 뛰어내려 부리나케 큰길을 가로질러 갔다. 여자도 내
려 톰킨스에게 잠시 기다려달라고 말하고 그 뒤를 따라갔다.

톰킨스는 처음에 요금을 안 내고 달아난 게 아닐까 생각했으나 2분
도 채 안 되어 두 사람이 돌아와 여자만 다시 올라탔다. 그녀는 젊은
이에게 작별인사를 했고, 운전기사 톰킨스는 그를 길가에 남겨둔 채
여자만 태우고 달렸다.

햄스테드에 이르자 여자는 요금을 치르고 집 안으로 들어갔다. 운전기사가 보기에 두 젊은이 가운데 어느 쪽도 흥분했거나 정신이 혼란한 것 같지는 않았다고 했다.

이 이야기를 듣고 프렌치 경감은 생각에 잠겼다. 살인사건이 일어난 다음날 아침 해링턴의 진술을 들을 때 그 젊은이가 무언지 숨기고 있는 듯한 인상을 받았는데, 아마도 경감의 육감이 들어맞은 것 같았다.

그 젊은이는 살인사건이 일어난 시간과 거의 같은 무렵 현장에서 겨우 몇 미터밖에 떨어지지 않은 곳에 있었다는 사실을 말하지 않은 것이다. 그는 실비어를 집까지 바래다주었다고 말했는데, 지금 이 진술을 듣고 보니 그것은 사실이 아니었으며 그는 도중까지밖에 가지 않았던 셈이다. 프렌치 경감은 자신의 육감이 좀처럼 빗나가지 않는 데 만족스러움을 느꼈다.

더욱이 이 새로운 소식은 실비어도 사건에 대해 무언가 알고 있지 않을까 하는 차츰 깊어지는 그의 의혹을 뒷받침해 주었다. 범행 현장 가까이에서 갑자기 택시를 멈춰 세운 일, 그녀 자신과 해링턴의 정신적 곤혹, 그리고 결혼식을 미룬 일 등과 그 비극이 우연히 일치한다고 하기에는 지나친 것 같았다. 어떤 관련이 있을까 하는 문제에 이르러서도 그로서 상상할 수 없었지만 적어도 무언가 관련이 있다는 사실만은 믿지 않을 수 없었다.

너무 늦어지기 전에 이 점을 확인해 봐야겠다고 여겨져 그는 해튼가든의 사무소로 자동차를 타고 달려가 해링턴에게 면회를 청했다. 젊은이는 정중하게 그를 맞이했으나 프렌치 경감은 그 태도에서 어색함을 느꼈다.

간단한 인사를 나눈 뒤 그는 곧바로 요점으로 들어갔다. 그는 입을 열었다.

"해링턴 씨, 당신에게 한 가지 물어볼 일이 있습니다. 사건 다음날 아침의 말에 따르면 당신은 전날 밤 실비어 양을 집까지 바래다주었다지요. 해튼 가든까지밖에 바래다주지 않았으면서 왜 그렇게 말했지요?"

젊은이는 얼굴이 새파래졌다. 놀란 표정이 아니라 오랫동안 예상하고 있었던 위기에 드디어 맞닥뜨려 체념한 듯한 모습이었다. 그는 서슴없이 대답했지만, 당황하여 혼란된 모습을 보이지 않으려고 애쓰는 것을 잘 알 수 있었다.

"내가 해튼 가든 가까이에서 실비어와 헤어진 것은 말씀대로입니다만, 그것이 당신에게 말씀드린 것과 크게 다르다고는 생각지 않습니다. 분명히 말씀드리지만 나는 당신을 속일 생각은 없었습니다."

프렌치는 엄하게 말했다.

"모르겠군요, 해링턴 씨. 실비어 양을 집까지 바래다준 것과 그렇지 않은 것에는 큰 차이가 있습니다."

젊은이는 얼굴을 붉혔다.

"나는 택시를 불러 타고 실비어를 맞으러 클럽으로 가서 그녀를 태우고 집까지 가는 거리의 대부분을 바래다주었습니다. 그러므로 나는 그녀를 집까지 바래다주었다고 말해도 상관없으리라 생각합니다."

"그 말뜻에 대한 우리의 해석은 서로 꽤 다른 셈이군요. 그렇다면 설명해 주기 바라는데, 왜 당신들 두 분은 해튼 가든 가까이에서 택시를 내렸으며 그 뒤 실비어 양만 태워보냈습니까?"

이번에는 해링턴도 몹시 놀란 모습이었다. 그러나 그는 곧 정신을 가다듬고 제법 그럴듯한 대답을 했다.

"그 일에는 아무 비밀도 없고 이상한 것도 없습니다. 달리는 택시 안에서 갑자기 실비어가 눈에 잘 띄는 번쩍거리는 파란 레인코트를 입은 키 큰 여자를 가리키며 저 사람에게 볼일이 있으니 택시를 세워달라고 말했습니다.

나는 운전기사에게 큰소리로 택시를 세워 길가에 대게 하고 뛰어내려 그 여자의 뒤를 쫓아갔습니다. 안타깝게도 그녀의 모습은 이미 보이지 않고 여기저기 찾아보았으나 끝내 눈에 띄지 않았습니다.

돌아와보니 실비어도 택시에서 내려 있더군요. 내가 그 친구의 모습을 잃어버렸다고 말하자 그녀는 다만 '괜찮아요, 하는 수 없지요'라고 대답했습니다. 그녀가 다시 택시에 올라탔으므로 나도 뒤따라 타려 하자 그녀가 말리며 너무 멀리 돌아가게 되어 미안하니 혼자 가겠다고 말했습니다. ”

"당신은 그 친구라는 여자를 아십니까 ? ”

"아닙니다. 실비어는 누구인지 가르쳐주지 않았습니다. ”

"그녀의 특징을 말해 주시겠습니까 ? ”

"잘 모르겠습니다. 키가 크고 레인코트를 입었으며 우산을 들고 있었다는 것밖에 모릅니다. 둘레가 어둡고 가로등 불빛으로 흘끗 보았을 뿐이니까요. 그녀는 빠른 걸음으로 옥스퍼드 거리 쪽으로 가고 있었습니다. ”

"실비어 양이 택시를 타고 가버린 뒤 당신은 무엇을 했습니까 ? ”

"전에 말씀드렸던 대로 집으로 돌아갔습니다. ”

프렌치 경감이 그로부터 알아낸 사실은 이것이 전부였다. 무엇을 물어보아도 젊은이는 이 이야기에서 한 걸음도 벗어나지 않았다.

다음으로 실비어 듀크의 진술을 들어야만 했으므로 프렌치 경감은 시더즈로 자동차를 몰았다. 경감은 해링턴이 실비어에게 전화로 주의 주는 것을 막기 위해 함께 가자고 했는데, 듀크 씨 집에 닿자 그는 차가운 웃음을 싱긋 떠올리며 작별인사를 했다.

실비어는 집에 있었다. 프렌치 경감이 안내된 식당에 얼마 뒤 그녀가 모습을 나타냈다.

그녀는 균형잡힌 얼굴 생김새로 좀 뚱뚱한 듯싶었지만 아름답고 상냥하며 건강한 느낌을 주는 여자로, 보기에도 사람 마음을 따사롭게 감싸줄 것 같은 데가 있었다.

그러나 그녀의 얼굴은 핼쑥하고 괴로워 보이는 표정이었다. 이번에 그녀가 겪은 일은 그것이 어떤 일이었든지간에 그녀에게 퍽 큰 충격을 주었나보다고 프렌치 경감은 생각했다.

"번거롭게 해드려 죄송합니다만, 실비어 듀크 양, 나는 얼마 전 아버님 사무소에서 일어난 범죄사건을 수사하고 있는 사람으로 두세 가지 물어볼 말이 있어서 찾아왔습니다."

경감은 이야기하며 실비어를 날카롭게 관찰했는데, 그녀의 맑은 눈에 한순간 불안의 그림자가 드리워지는 것을 보고 직감적으로 무엇인가를 느꼈다.

그녀는 굳은 표정으로 빙긋 웃음 지으며 프렌치 경감에게 의자를 권했다.

"앉으세요."

그는 천천히 자리에 앉으며 말을 이었다.

"내 질문은 아마도 개인적인 문제에 관련되어 실례가 되리라 생각합니다만, 아무래도 묻지 않을 수 없습니다. 머리말은 이쯤 해두고 곧 질문으로 들어가겠습니다. 먼저 사건 다음날 당신이 몹시 흥분한 것은 무엇 때문이었습니까?"

그녀는 놀란 듯이 그를 바라보았으나 그 표정에는 좀 마음 놓은 듯한 빛이 보였다. 그녀는 큰소리로 말했다.

"어머나, 무슨 말씀이시지요? 그런 소식을 들으면 누구나 흥분하지 않을까요? 더욱이 나는 가엾은 게싱 노인과 오래 전부터 친하게 지내왔고 그분은 나에게 참으로 친절하셨어요. 나도 그분을 진심으로 좋아하고 존경했지요. 그런데 그처럼 끔찍스럽게 살해되었다는 말을 갑자기 들은 거예요. 정말 무서운…… 무서운 일이에요. 분명히 나는 흥분했지만, 어떻게 흥분하지 않을 수 있겠어요?”

프렌치 경감은 고개를 끄덕였다.

“잘 알겠습니다, 실비어 양, 정말 그렇습니다. 그러나 감히 말씀드린다면 당신의 오랜 친구가 비극적인 죽음을 당했다는 사실 이상의 무언가가 당신 감정 속에 있지 않았습니까? 좀더 절박하고 개인적인 관계가 있는 무언가가 말입니다. 자, 실비어 양, 그 점에 대해서는 어떻습니까?”

또다시 불안한 그림자가 그녀의 눈을 스쳤지만 이번에도 뭔지 마음 놓은 듯한 빛이 보였다.

그녀는 침착하게 대답했다.

“다이아몬드가 없어진 문제 말이로군요. 나도 아버지를 위해 그 일을 슬퍼했어요. 하지만 아까도 말씀드렸듯이 내가 흥분한 것은 다만 게싱 노인이 돌아가셨기 때문이었어요. 다이아몬드는 없어도 살아갈 수 있지만 그 가엾은 노인에게는 다시 생명이 되돌아오지 못하니까요.”

“나는 없어진 다이아몬드 이야기를 하는 게 아닙니다, 실비어 양. 그 일보다도 좀더 개인적인 무언가가 있지 않느냐는 말입니다. 그 이야기를 해주셔야만 합니다.”

그녀가 눈에 띄게 침착성을 잃자 프렌치 경감은 더욱 수상쩍게 느껴졌다. 그러나 그녀는 아무것도 털어놓지 않았다.

그녀는 더욱 낮은 목소리로 말했다.

“당신은 오해하고 계시는군요. 내가 흥분했던 것은 그분이 살해되었다는 소식 때문이었어요. 정말로 그뿐이에요.”

프렌치 경감은 고개를 저었다.

"그 대답이 과연 옳을까요. 다시 한번 생각해 봐주십시오. 그 밖의 이야기는 없습니까?"

"아무것도 없어요. 내가 드릴 말씀은 그것뿐이에요."

"좋습니다. 그 일은 그렇다고 해두지요. 그럼, 당신이 해링턴 씨와의 결혼을 연기한 까닭을 말씀해 주시겠습니까?"

그녀는 얼굴이 새빨개졌다. 그리고 발끈 화난 시늉을 해보이며 잘라 말했다.

"경감님, 그런 질문에는 대답할 수 없어요. 당신에게 그런 질문을 할 권리가 있나요? 그것은 해링턴 씨와 나 두 사람만의 문제예요."

"말씀하시는 대로입니다, 실비어 양. 그러나 어쩌면 당신이 오해받을 수도 있지 않을까요. 당신은 그 질문에 대한 대답을 절대로 하지 않겠다고 말씀하시는 겁니까?"

"그래요! 어떤 여자라도 그런 대답은 거절할 거예요. 그런 질문을 하시다니 실례예요."

프렌치 경감은 차갑게 말했다.

"그렇다면 무리하게 요구하지는 않겠습니다…… 지금으로서는. 다음 문제로 옮겨갑시다. 당신은 사건이 일어난 날 밤, 커티스 스트리트 클럽에서 집으로 돌아오던 중 해튼 가든에서 왜 택시를 멈추게 했습니까?"

한순간 그녀는 너무나 놀라 대답도 하지 못할 듯해 보였으나 이윽고 화내며 말했다.

"프렌치 경감님, 너무하시는군요. 당신은 내가 범죄에 관련이 있다고 생각하고 계세요?"

프렌치는 엄격한 말투로 받아넘겼다.

“그런 말이 아닙니다. 하지만……. ”

그는 몸을 앞으로 내밀며 날카롭게 그녀를 쳐다보았다.

“나는 당신이 그 범죄에 대해 무언가 알고 있다고 생각합니다, 실비어 양. 당신은 그럴 마음만 있다면 내게 범인을 가르쳐줄 수 있는 게 아닙니까 ? ”

“아니에요, 아니에요, 절대로 그렇지 않아요 ! ”

실비어는 처절하게 부르짖으며 그런 무서운 생각을 눈앞에서 떨쳐버리려는 듯 손을 내저었다.

“어떻게 그런 말씀을 하시지요, 부끄럽고 끔찍스러운 일이에요. ”

“물론 싫으면 대답하지 않아도 괜찮습니다, 실비어 양. 그러나 알고 있는 사실을 숨기기 전에 다시 한번 잘 생각해 보는 게 좋지 않을까요 ? 만족스러운 대답을 하지 못할 경우에는 법정에서 똑같은 질문을 받고 싫든 좋든 대답하지 않을 수 없게 될 테니까요. 그러므로 다시 한번 묻겠습니다. 당신은 왜 해튼 가든에서 택시를 내렸습니까 ? ”

그녀는 좀 떨리는 목소리로 말했다.

“아무 근거도 없이 어떻게 그런 말씀을 하시지요 ? 내가 택시를 멈추게 한 데에는 아무 비밀도 없고 그 사실을 숨길 생각도 없어요. 어째서 그 일이 그토록 중대한지 도무지 모르겠군요. ”

그녀는 입 다물고 잠시 망설여지는 마음을 뿌리치는 듯한 몸짓을 해보이며 말을 이었다.

“사실대로 말씀드리면, 택시를 타고 집으로 돌아오는 도중 뜻밖에도 전부터 만나고 싶었던 여자가 걸어가는 것을 보았어요. 나는 택시를 멈추게 하고 해링턴 씨에게 그녀를 뒤쫓게 했지만 그는 놓치고 말았어요. ”

“그녀란 누구였습니까 ? ”

“몰라요. 모르기 때문에 더욱 만나고 싶었어요. 모든 것을 다 말해야 하나요?”

그녀는 상대방을 업신여기듯 머리를 들더니 대답도 기다리지 않고 말하기 시작했다.

“올여름 피서 갔던 턴브리지에서 런던으로 돌아오는 열차 콤파트먼트 안에 나와 그녀만 타고 있었어요. 우리는 이야기를 주고받으며 친해졌지요. 차표를 검사하러 왔을 때 나는 내 차표가 없어진 것을 알아차렸어요. 승무원이 내 이름을 적어가려고 했는데 그녀가 나서서 찻삯을 치러주었지요.

나는 나중에 그 돈을 갚아주려고 그녀의 이름과 주소를 종이에 적어 받았는데 집에 돌아와보니 그 종이가 보이지 않았어요. 메모해둔 것만 믿고 그 이름과 주소를 기억해 두지 않아서 돈을 돌려줄 길이 막혀버렸지요. 그녀는 나를 어떻게 생각할까요? 그러니 택시 안에서 그녀 모습을 보았을 때 내가 얼마나 반가워했는지 알 수 있겠지요?”

“그러나 당신은 왜 찻삯을 이중으로 치렀습니까? 승무원에게 당신 이름과 주소를 알려주기만 하면 되었을 텐데요.”

그녀는 인정했다.

“그랬겠지요. 하지만 그땐 이런저런 사정을 설명하고 역으로 편지를 내는 등 수고하느니 요금을 한 번 더 치르는 편이 낫다고 생각했어요.”

프렌치 경감은 분해 마지않았다. 본능적으로 그는 이 이야기를 의심하고 있었다. 그러나 실비어는 그의 질문에 허점을 드러내지 않고 대답했으며, 그녀가 이 꾸며낸 이야기를 고집하는 이상 어쩔 수 없다는 생각이 들었다. 시일이 상당히 지나버린데다가 실비어가 그 여행 중에 사귀었다는 여자를 찾아낼 길이 없으니 이 이야기가 사실인지 확인하거나 또는 다른 상황을 물어보는 일은 거의 불가능했다.

그는 이 진술에 대해서는 비평하지 않고 다음 질문으로 옮아갔다.

"살인사건 다음날 아침 식사 뒤 누구에게 전화 걸었지요?"

실비어는 경감이 온갖 일을 다 알고 있는 데에 놀란 듯했으나 곧 대답했다.

"해링턴 씨에게 걸었어요."

"무슨 이야기를 했습니까?"

"앞으로 남편 될 사람과 개인적으로 나눈 이야기 내용까지 당신에게 보고해야 하나요. 그저 할 이야기가 있으니 곧 와달라고 했어요."

"그 이야기란 어떤 성질의 것이었습니까?"

드디어 실비어는 얼굴이 새빨개졌다. 그녀는 소리쳤다.

"정말이지 항의하지 않을 수 없군요. 우리의 개인적인 용건과 당신 직무와 무슨 관계가 있지요?"

"그것은 당신의 잘못도 있어요, 실비어 양. 당신이 내게 사실대로 모두 말해 주지 않았으므로 의심이 깊어져가는 겁니다. 나는 당신이 숨기고 있는 일을 알고 싶으며 또 반드시 밝혀낼 것입니다. 당신은 왜 그토록 갑작스럽게 해링턴 씨와 만나지 않게 되었습니까?"

실비어는 몹시 당황하는 것 같았다. 그녀는 나직한 목소리로 말했다.

"굳이 알고 싶다면 말씀드리지요. 결혼 연기에 대해 의논했어요, 아시겠어요? 우리는 전날 밤 그 일을 서로 이야기했었는데, 그때는 아무 결론도 내리지 못했어요. 그러나 하룻밤 지내면서 생각한 끝에 나는 아무래도 연기하는 게 좋겠다고 마음먹었지요. 그래서 해링턴 씨에게 그 사실을 빨리 알려드리려고 생각했던 거예요."

"하지만 어째서 그토록 서두르셨습니까? 아침부터 그럴 게 아니라
좀더 기다릴 수는 없었습니까?"

"가만히 기다리고 있을 기분이 아니었어요. 우리 두 사람에게는 중
대한 문제니까요."

"그럼, 연기 이유를 말해 주시겠습니까?"

"이야기할 수 없어요. 당신에게 그런 것까지 물을 권리는 없는 거
예요."

"그래서 그날 아침 해링턴 씨를 만났습니까?"

"네."

"어디서요?"

"핀칠리 거리 지하철 입구에서요."

"왜 당신은 해링턴 씨에게 와달라고 하지 않고 직접 나갔습니까?"

"회사 출근시간이 늦어지면 미안하다고 생각되어서예요."

그때 불현듯 프렌치 경감은 사건 다음날 아침 사건 현장인 사무소
에 있을 때 해링턴이 출근하여 듀크 씨에게 지각한 데 대한 변명을
늘어놓았던 일이 떠올랐다. 프렌치 경감은 그때 무심히 들어 넘겼지
만 듀크 씨가 해링턴에게 비극을 알릴 때 그는 이미 알고 있다고 대
답했던 것이 문득 생각났다. 그럼, 어디서 그 소식을 들었을까?

프렌치 경감은 지금 그 점을 곰곰이 생각하고 있었다. 아침신문을
읽고 안 데 지나지 않을까? 아니면 실비어로부터 들었을까? 또는
이것은 더욱 절박한 의문인데, 그 두 사람 모두 전날 밤부터 그 사건
을 알고 있었던 게 아닐까?

별안간 한 가지 그럴듯한 가설이 머릿속에 떠올라 경감은 잠시 묵
묵히 앉은 채 그것을 생각하고 있었다. 해튼 가든에서 택시를 멈춰
세웠을 때 해링턴이 어떤 볼일로 사무소에 들러봐야겠다고 말했다고
가정해 보자. 아니면 실비어가 그에게 그런 부탁을 했고 그 때문에

그녀와 헤어졌다고 가정해 보자. 다음날 아침 식사 때 그녀는 아버지로부터 살인 소식을 듣고 해링턴의 일로 큰 충격을 받는다. 그녀는 만일 그가 살인이 일어난 날 밤 사무소에 간 일을 인정하면 용의자가 될지도 모른다고 생각한다. 그래서 그녀는 그가 사무소에 닿기 전에 주의를 주려고 그를 불러낸다.

또는 이럴지도 모른다. 해링턴이 사무소로 갔다고 가정하여 실비어 자신이 그를 의심하며 설명을 들으려고 될 수 있는 대로 빨리 그를 만나기 위해 불러낸 것은 아닐까?

프렌치 경감은 이러한 가정에 만족하지 못했지만 어떻든 이 두 사람이 모두 어떤 중대한 사실을 숨기고 있다는 확신을 더욱 굳혔다.

그는 몹시 우울한 기분으로 그 집을 나와 다시 해튼 가든으로 돌아가서 해링턴을 만났다. 그는 이 젊은이를 철저하게 신문하여 사건이 일어난 날 밤 사무소에 있었던 게 아니냐고 드러내놓고 다그쳐보았지만 해링턴이 완강하게 부인하여 아무것도 캐낼 수가 없었다.

경감은 사건이 일어난 날 밤, 그의 행적에 대해 다시 물어보았으나 이미 알아낸 사실 말고는 더 이상 밝혀낼 수가 없었다. 해링턴은 실비어와 헤어지자 자기 하숙으로 돌아갔다고 말했는데, 그의 진술이 진실인지 거짓인지 직접적인 증거는 아무것도 발견되지 않았다.

문득 또 한 가지 가설이 머릿속에 떠올랐지만, 깊이 생각해 본 끝에 아무래도 버리는 게 좋겠다고 그는 느꼈다.

만일 팬덜켐프가 범인이라고 한다면 이런 수수께끼가 모두 풀린다.

해링턴은 외숙부에게 깊은 감사의 마음과 애정을 느끼고 있는 것 같다. 실비어도 그런 마음을 지니고 있는지 또는 지니려 애쓰고 있는지는 알 수 없지만, 그녀가 그런 기분을 느끼고 있다 해도 이상할 것은 없다.

그리하여 만일 그와 실비어가 이스트엔드에서 택시를 타고 돌아가던 도중 해튼 가든 언저리에서 팬덜켐프를 보았다면 어떻게 했을까? 더욱이 팬덜켐프의 모습에 어딘지 사람 눈을 피하는 듯한 데가 있고 여느 때와 다른 이상한 점이 보여 두 사람의 주의를 끌었다면 어떻게 했을까? 이 점과 또 하나——그 외무담당 사원이 그 즈음 암스테르담에 있어야만 했던 사실을 더불어 생각하고 해링턴은 내키지 않더라도 자동차를 세워 외숙부에게 말을 건네려 했을 것이다. 그러나 그가 길에 내려서자 팬덜켐프의 모습은 사라져버렸다.

그때는 이 일을 두 사람 다 마음에 두지 않았었는데, 다음날 아침 식사 때 실비어가 살인 이야기를 듣고 일의 중대성을 뚜렷이 깨달았을 것임에 틀림없다. 그녀는 팬덜켐프가 죄를 저질렀다고는 믿지 않았을지도 모르지만 앞뒤 상황으로 보아 어떤 설명이 필요하다고 생각했으리라. 그때 문득 해링턴에게 연락해야겠다는 생각이 떠올랐을 것이다. 자칫하면 그가 무심코 범행현장으로부터 그리 멀지 않은 곳에서 외숙부를 만났다고 말해 버릴지도 모르기 때문이었다.

사랑하는 사람이 하숙을 나서기 전에 붙잡으려고 그녀는 곧 전화를 걸었으리라. 전화로는 용건을 이야기할 수가 없었으므로 그녀는 그와 만나기로 마음먹었을 것이다. 그녀는 사무소 일이 어떻게 되어 있는지 알고 싶었으므로 될 수 있는 대로 빨리 자기에게로 와달라고 부탁한다. 그리하여 그는 그날 오후 그녀를 찾아갔고, 두 사람은 의논 끝에 상황이 불확실하니 결혼식을 미루자고 결정했을 것이다. 팬덜켐프가 달아난 듯 보인 것이 더욱 두 사람의 의혹을 불러일으켜, 그 때문에 두 사람은 그토록 흥분해 있었던 것이리라.

이 가설이 꽤 그럴듯해 보였으므로 다음날 프렌치 경감은 다시 해링턴과 실비어를 만나 그들이 본 사람은 팬덜켐프가 아니었느냐고 단도직입적으로 물어보았다. 그러나 그들은 그것을 부정했다.

프렌치 경감은 초조하고 다급해져 또다시 유망한 단서가 물거품처럼 사라지는 것을 안타깝게 지켜볼 뿐이었다. 그 두 사람에게 미행을 붙여 오랫동안 탐색시켜 보았지만 아무 성과도 없었다.

  하루가 지나고 1주일이 지나며 시간은 흘러갔으나 이 수수께끼는 과연 언제 풀릴지 암담할 뿐이었다.

피츠버그의 루트 부인

해튼 가든의 살인사건이 일어난 지 6주가 되던 날 아침, 프렌치 경감은 수사과장에게 불려갔다.

"여, 프렌치, 게싱 사건으로 몹시 쩔쩔매고 있나보군. 더 이상 시간낭비하고 싶지 않은데, 지금 무엇을 하고 있나?"

여느 때의 기세가 어디로 갔는지 프렌치 경감은 열없어 어쩔 줄 몰라 하며 지금 하는 일이 없음을 인정하고, 정말 하기 어려운 말이었지만 지금은 전혀 아무것도 하는 일 없이 움쭉달싹 못하고 있다고 털어놓았다.

과장이 말했다.

"그럴 줄 알았네. 그렇다면 자네 콕스퍼 거리의 윌리엄스 앤드 데이비스 회사라는 고리대금업자를 찾아가볼 시간은 있겠구먼. 방금 그곳에서 전화가 걸려와 얼마 전 다이아몬드를 몇 개 손에 넣었는데 그것이 듀크 앤드 피보디 회사에서 도둑맞은 것과 비슷하다고 하더군. 이 문제를 조사해 주게."

15분 뒤 콕스퍼 거리에 있는 스트레이커 하우스의 윌리엄스 앤드 데이비스 사무실로 가는 프렌치 경감은 완전히 다른 사람처럼 활기찬 모습이었다. 피로와 낙담과 풀죽은 모습은 어디론가 사라져버리고 그 대신 전처럼 명랑한 낙천주의자가 되어 빙긋 웃음 띤 얼굴이 자신만만하고 발걸음도 힘차 보였다.

그는 회전문을 밀고 들어가 어린 급사 소년에게 마치 인자한 아버지 같은 태도로 윌리엄스 씨를 만나고 싶다고 말했다.

사장은 마침 바쁘지 않았으므로 프렌치 경감은 2분 뒤 좁고 어두컴컴한 방으로 안내되었다. 그곳에는 키가 훤칠하고 옷차림이 단정한 신사가 앉아 있었다. 수염이 하얗고 꼼꼼해 보였으며 어딘지 현학적인 느낌을 주는 사람이었다.

프렌치 경감이 자기소개를 끝내자 그는 말했다.

"경찰국으로부터 당신이 오실 거라는 전화를 받았습니다, 경감님. 일부러 찾아오셨는데 헛수고가 되지 않기를 바랍니다. 하지만 우리로서는 아무래도 조사를 부탁드려야 한다고 생각돼서요."

프렌치 경감은 그의 주의를 환기시켰다.

"나는 아직 사정을 잘 모르니, 무언가 쓸모 있는 정보를 제공해 주신다면 물론 더없이 기쁘겠습니다."

윌리엄스 씨가 설명했다.

"전화상으로 자세한 말씀을 드려도 괜찮을지 어떨지 몰라서요. 누군가가 도청하고 있을지도 모르잖습니까. 나는 예전에 어떤 여자가 결혼신청을 거절하는 내용도 들은 적이 있답니다.

그런데 이렇게 와주십사고 한 것은 다름 아니라 6주일쯤 전 미국 사람으로 보이는 촌시 S 루트 부인이라는 여자가 가게에 와서 우리 회사 중역 가운데 한 사람에게 이야기하고 싶은 게 있다고 말했습니다.

그 부인은 내게로 안내되어 와 자신은 비츠버그의 부유한 강철업자 촌시 S 루트 씨의 아내라고 소개했습니다. 그녀는 휴양하기 위해 유럽에서 올림픽 호를 타고 대서양을 건너와 전날 밤 런던에 막 닿았다고 말했습니다. 그런데 불운이 겹쳐 딱한 처지에 놓였으니 도와달라는 것이었지요.

먼저 그녀는 바보스럽게도 항해 도중 노름판에 끼어들어 그녀의 말을 빌면 '모조리 잃은' 듯했습니다. 그녀는 귀에 아주 거슬리는 미국식 말투를 썼지만, 그와 달리 퍽 똑똑하고 머리가 좋아보였습니다. 잃은 돈이 몇 백 파운드나 된다고 말했지만, 정확한 액수는 이야기하지 않았습니다. 그리하여 현금을 모두 써버린데다 몇 장의 증서까지 써준 듯했습니다.

하지만 그런 것은 그 액수의 몇 배나 되는 신용장을 가지고 있으므로 문제될 게 없었는데, 사우댐턴에서 더 큰 재난을 만났다고 합니다. 사우댐턴 부두의 혼잡함 속에서 현금과 서류가 든 핸드백을 날치기 당했으므로 빈털터리가 된 데다 신용장이며 패스포트며 그 밖의 신분증명이 될 만한 것들을 모조리 잃어버렸던 겁니다.

그녀는 물론 경찰에 신고했지만, 경찰에서는 고개를 갸우뚱하며 할 수 있는 한의 일은 해주겠다고 약속했답니다. 그녀는 여행 도중 사귄 사람으로부터 20파운드 지폐를 빌려 가까스로 런던까지 왔으나 지금은 글자 그대로 한 푼도 없는 빈털터리라고 말했습니다.

그러므로 그녀는 도박 빚을 갚고 새로이 신용장이 와 닿을 때까지 런던에 머무를 비용으로 3,000파운드를 빌리고 싶다고 했습니다. 다행히도 솜씨 좋다고 소문난 런던 보석상에서 세공을 부탁하려고 가져온 다이아몬드 컬렉션이 있으니 그것을 담보로 하고 싶으며, 이자는 우리가 바라는 대로 주겠다는 것이었지요. 그런 조건으로 돈을 빌려줄 수 없겠느냐는 말이었습니다."

"그녀는 왜 남편에게 전보를 치지 않았을까요?"

"나도 그렇게 물어보았습니다. 그랬더니 그녀는 루트 씨가 도박을 매우 싫어하며 지금까지 몇 번이나 그녀의 도박 버릇으로 성가신 일이 일어났으므로 도저히 그런 말을 할 수가 없다고 했습니다.

사실 부부 사이가 꽤 아슬아슬한 단계에 놓여 있어 그녀는 두 번 다시 노름을 하지 않겠다고 약속했으며, 지금 그런 부탁을 하면 끝장이라고 말했습니다. 핸드백에 들어 있던 돈은 꽤 많은 액수였기 때문에 도둑맞았다고도 말할 수 없는 것 같았지요. 그래서 그녀는 자신의 사무 일을 봐주는 사람에게로 편지를 보내 자기가 가지고 있는 주식을 모두 현금으로 바꿔줄 때까지 빚을 얻어 지내겠다고 했습니다.

그래서 나는 말해 주었습니다.

'우리 가게에서는 빚의 담보로 보석이며 장신구 등을 흔히 맡곤 하므로 당신의 요청을 일단 받아들이겠습니다만, 아무래도 부인은 처음 만난 분이므로 거래를 하기 전에 당연히 당신의 성의를 증명할 만한 어떤 증거물건이 필요하다. '

그러자 그녀는 물론 그럴 거라고 대답하며 자신은 서류를 잃었고 더욱이 패스포트까지 없으니 어떤 종류의 증거가 필요하리라는 것은 충분히 잘 알고 있다면서, 어떤 종류의 조사를 해보든 아무 상관없지만 돈이 급히 필요하니 될 수 있는 대로 빨리 해달라고 부탁했습니다. 그리고 시간이 얼마나 걸리겠느냐고 물어서 24시간쯤이라고 대답하자 그 정도는 어쩔 수 없다고 인정했지요.

그녀는 만일 거래를 하게 된다면 그 보석을 런던에서 가장 이름난 보석상에 보내 감정을 받아보도록 하라고 말했습니다. 나는 그 말을 받아들여 본드 스트리트의 허스트 앤드 스트론지 회사의 스트론지 씨에게 전화를 걸어 감정을 부탁했습니다. 이 사람은 당신도 아마 알고 계시겠지만 세계에서도 손꼽히는 보석 감정 전문가입니다. 그가 승낙해 주었으므로 우리는 감정료를 합의했습니다.

이리하여 만일 신원 조사 결과가 만족스러울 경우 그녀는 다이아몬드를, 나는 수표장을 가지고 다음날 아침 10시 30분 허스트 앤드 스트론지 회사에서 만나기로 이야기가 됐습니다. 나는 다이아몬드 값의 6분의 5를 그녀에게 내주기로 했습니다. 그녀는 4주일 뒤쯤 빚을 갚게 될 거라고 말하며 거기서 알맞은 이자를 정했습니다."

윌리엄스 씨는 잠깐 사이를 두고 상대방이 자기 이야기에 어울리는 열성을 가지고 듣고 있는지 어떤지 확인하려는 듯 프렌치 경감의 얼굴을 보았다. 그리고 프렌치 경감이 귀 기울여 듣고 있는 듯한 모습을 보고 마음 놓으며 말을 이었다.

"우리 쪽의 조사로는 모든 것이 만족스러웠습니다. 나는 사보이 호텔에 묵고 있는 루트 부인에게 전화하여 거래에 응하겠다고 알리고 지정된 시각에 허스트 앤드 스트론지 회사에서 만났습니다. 스트론지 씨는 자신의 개인 사무실에서 우리를 맞아주었고, 루트 부인은 거기서 보석주머니를 꺼내보였습니다. 대부분 다이아몬드였으나 그 밖에 에메랄드 조금과 커다란 루비가 한 개 있었으며, 모두 세공되지 않은 것이었습니다. 값으로 치면 40파운드에서 400파운드까지 평균 200파운드 내지 220파운드쯤 되는 보석이 16개나 있었습니다.

스트론지 씨가 아주 꼼꼼히 감정하여 우리는 꽤 오랫동안 기다린 끝에 겨우 감정 결과를 알게 되었습니다. 모두 약 3,300파운드어치가 된다고 해서 나는 계약한 대로 루트 부인에게 2,750파운드의 수표를 끊어주겠다고 말했습니다.

부인은 내 말이 옳긴 하지만 아무래도 3,000파운드가 필요하다고 했으므로 잠시 이야기 나누고 나서 나는 부인이 바라는 대로 주기로 동의하고 그 액수의 수표를 끊었습니다. 그러나 부인은 어느 은행에서도 자신의 신원조사를 하지 않고는 돈을 지불하지 않을 터이니 은행까지 함께 가서 자신이 그 수표의 수령인임을 증명해 달라고 했습니다.

나는 승낙하고 런던 앤드 카운티즈 은행 피커딜리 지점으로 갔습니다. 거기서 우리는 지점장을 만나고, 그 뒤 그녀와 헤어졌습니다. 나는 사무실로 돌아와 보석을 내 금고 안에 넣어두었습니다.”

“지점장은 당신의 신원보증에 만족했습니까?”

“네, 그렇습니다. 나는 지점장과 개인적으로 아는 사이여서 아무 곤란도 없었습니다. 아무튼 나로서는 일단 용건이 끝났으므로 그 뒤 4주일이 지날 때까지 그 일에 대해서는 전혀 생각지 않았습니다.

그런데 5주일이 지나도 그 부인으로부터 아무 연락이 없어 나는 비로소 이상한 생각이 들었습니다. 사보이 호텔로 전화해 보니 그녀는 거래가 이루어진 그날 곧 떠났다는 게 아니겠습니까. 그러나 나는 부인이 유럽을 여행 중이려니 여기며 설마 옳지 못한 일이 있으리라고는 꿈에도 생각지 않았습니다.”

“그런데 어째서 의심을 품게 되었습니까?”

윌리엄스 씨는 좀 차갑게 대답했다.

“지금 그 이야기를 드리려던 참입니다. 나는 오늘 아침 어떤 볼일로 나를 찾아온 내 개인적인 친구며 다이아몬드 상인인 스프라울이라는 사나이에게 무심코 그 보석을 보여줬습니다. 물론 그것이 내 손에 들어온 경위도 이야기해 주었습니다.

그는 그 보석을 보고 아주 흥분하며 어디서 손에 넣었느냐고 물었습니다. 나는 그가 왜 그런 것을 물을까 생각하며 잘 들어보니, 이 보석이 듀크 앤드 피보디 회사에서 도둑맞은 것과 똑같다는 거였습니다. 그는 듀크 앤드 피보디 회사에 알려야 한다고 주장했지만, 나는 우선 경찰에 신고하는 편이 옳다고 생각했던 겁니다."

"아주 잘하셨습니다. 그편이 확실히 올바른 조치였습니다. 지금 이 시점에서 우리가 맨 먼저 해야 할 일은 친구 분인 스프라울 씨의 추측이 과연 옳았는지 어떤지 조사해 보는 것입니다. 내 주머니 속에 도둑맞은 다이아몬드 명세서가 들어 있습니다만, 나는 보석감정 전문가가 아니니 듀크 씨를 모셔오는 게 좋을 것 같군요. 전화를 써도 괜찮겠습니까?"

듀크 씨는 당연히 새로워진 상황을 알고 싶어했으므로 채 30분도 안 되어 윌리엄스 씨 사무실로 달려와 자리를 같이했다.

프렌치 경감은 상황을 설명한 다음 매듭짓듯 말했다.

"자, 듀크 씨, 이것이 당신 금고에서 도둑맞은 보석인지 살펴봐주시겠습니까?"

다이아몬드 상인은 몹시 흥분한 태도로 곧 검사를 시작했다. 그는 확대경으로 보석을 세밀하게 살펴보고 가져온 정밀측량기로 무게를 달아보는 등 여러 가지 방법으로 검사를 되풀이했으며, 함께 자리한 두 사람은 마른침을 삼키며 그 모습을 지켜보고 있었다. 하나하나 감정을 끝냈는데, 모두 그의 금고에서 없어진 것이었다. 지금 여기에 있는 것은 도둑맞은 다이아몬드 가운데에서도 가장 작고 값싼 16개 전부였다.

그 결과 세 사람 모두의 느낌은 저마다 달랐다. 듀크 씨의 이익은 곧 윌리엄스 씨의 손해이므로 그에 따른 만족과 낭패의 표정이 서로의 얼굴에 뚜렷이 나타나 있었다. 한편 프렌치 경감은 기쁨을 감추지 못하는 표정이었지만 여우에게 홀린 듯한 기분도 없지 않았다.

윌리엄스 씨는 놀라움과 흥분으로 떨리는 목소리로 외쳤다.

"큰일 났군! 보기 좋게 당했어! 3,000파운드나 사기당한 거야!"

그는 마치 악한이라도 바라보듯 경감을 노려보았다.

"이 보석이 이분 것으로 판가름 나면 내가 손해 봐야겠지요? 내게는 도저히 그럴 힘이 없습니다."

프렌치 경감은 안됐다는 듯이 말했다.

"그렇게 되지 않기를 바랍니다. 운 좋게 당신이 돈을 도로 찾을 수 있게 되기를 바랍시다. 하지만 지금은 우물쭈물할 때가 아닙니다. 나는 먼저 은행에 가서 돈을 모두 찾았는지 어떤지 조사해 보겠습니다. 윌리엄스 씨, 같이 가주시겠습니까? 듀크 씨, 당신에게는 사건의 수사 경위를 낱낱이 알려드리겠습니다. 물론 정해진 절차를 거치는 대로 보석은 당신에게로 돌아갈 것입니다."

윌리엄스 씨는 마음을 돌려 보석을 금고에 넣고 잠갔다. 세 사람은 사무실을 나와 거리로 나섰다. 프렌치 경감이 듀크 씨에게 작별인사를 하자 그는 마지못한 태도로 헤어져 돌아갔다. 남은 두 사람은 은행 쪽으로 걸어갔다.

잠시 기다린 뒤 두 사람은 지점장실로 안내되었다.

미처 자리에 앉기도 전에 윌리엄스 씨가 이야기를 꺼냈다.

"스컬릿 씨, 나는 지독한 꼴을 당했습니다. 3,000파운드를 사기당했음을 방금 알았습니다. 이분은 경찰국의 프렌치 경감입니다. 우리는 이 사건으로 당신의 도움을 받으러 왔습니다."

스컬릿 씨는 유행에 따른 옷차림을 하고 말씨가 부드러운 훌륭한 중년신사로, 몹시 걱정스러운 듯한 표정을 지었다. 그는 프렌치 경감과 악수를 나누고 고객의 손해에 대해 짤막하게 동정의 뜻을 나타내며 도움이 될 수 있으면 다행이겠다고 말했다.

윌리엄스 씨는 초조하게 서두르며 말했다.

"당신은 기억하고 계시겠지요. 6주일쯤 전 내가 한 부인과 함께 와서 미국 피츠버그에서 온 루트 부인이라고 소개한 일을? 내가 끊어준 수표를 가진 그 부인을 당신에게 소개해 드렸었지요."
지점장은 그때의 일을 생각해 냈다.
"그 돈은 대부금으로, 그 부인은 다이아몬드를 담보로 내놓았습니다. 나는 허스트 앤드 스트론지 회사 스트론지 씨의 감정을 받아 그 가치 이하의 돈을 마련해 주었지요. 나로서는 충분히 조심했다고 여겼는데, 지금……."
윌리엄스 씨는 힘없이 절망에 찬 표정을 지어보였다.
"지금에 와서 그 보석이 모두 도난품임이 밝혀졌답니다."
스컬릿이 놀라며 되물었다. "도난품이라고요? 그거 큰일 났군요. 정말 안됐습니다만 너무 늦게 알아차리셨습니다. 당신 수표는 거의 모두 현금으로 찾아갔습니다."
윌리엄스 씨는 분명 나쁜 소식을 예기하고 있긴 했지만 저도 모르게 나직한 신음 소리를 냈다. 그가 뭐라고 말하려는데 프렌치 경감이 끼어들었다.
"그렇습니까? 우리는 그 일을 알아보려고 왔습니다. 그 경위를 되도록 자세히 이야기해 주시겠습니까?"
스컬릿 씨는 대답했다.
"물론 이야기해 드리지요. 그런 일을 말씀드려 봐야 그리 도움될 것 같지는 않습니다만."
그는 책상 위에 놓인 전화를 집어 들고 지시했다.
"플렌티어스를 이리로 불러주게."
금발의 젊은이가 들어오자 스컬릿 씨는 말을 이었다.
"이 사람이 그 거래를 모두 맡았던 플렌티어스입니다. 윌리엄스 씨가 말씀하셨듯이 윌리엄스 씨와 부인이 찾아오신 것은……."
그는 일기장의 페이지를 뒤적여 찾았다.
"11월 26일 목요일 정오 무렵이었습니다. 윌리엄스 씨는 그녀를 피츠버그의 촌시 S 루트 부인이라고 소개하며, 그녀가 자신이 끊은 수표의 수취인임을 증명하러 왔다고 말씀하셨습니다. 부인은 3,000파운드의 수표를 꺼내보였고 윌리엄스 씨는 그것이 자신이 끊은 수표임을 인정했지요. 부인이 고맙다고 말하자 윌리엄스 씨는 돌아가셨습니다.

이때 부인은 임시로 계좌를 만들겠다고 1,500파운드를 현금으로 찾고 나머지는 예치했지요. 다음날 그 잔액에서 몇 실링만 남기고 모두 찾아갔습니다. 그 몇 실링은 아마 지금도 남아 있을 겁니다. 그렇지, 플렌티어스?"

금발의 젊은이는 대답했다.

"그렇습니다. 말씀하신 대로입니다. 잔액의 정확한 숫자는 지금 곧 알 수 있습니다."

프렌치 경감이 입을 열었다.

"고맙습니다, 플렌티어스 씨. 그러나 잠깐만 기다려주시오. 그전에 당신과 그 부인이 방에서 나간 뒤 두 분 사이에 어떤 일이 있었는지 설명해 주시겠습니까?"

젊은이는 상관의 얼굴을 흘끗 보고 나서 대답했다.

"루트 부인은 나에게 3,000파운드 수표를 건네주며 반을 예금하고 싶다고 말했습니다. 나는 필요한 서류를 만들어 부인의 서명을 받은 뒤 예금통장을 건네주었습니다. 모든 일을 여느 때의 관례대로 했습니다.

그리고 부인은 나머지 1,500파운드를 소액지폐로 달라고 말했습니다. 부인은 런던에 처음 왔지만 영국 은행권을 잔돈으로 바꾸기가 어렵다는 것을 이미 잘 알고 있다고 했습니다. 한 번은 잔돈이 없어 어느 가게에서 20파운드 지폐를 내놓았더니 바꿔주지 않았으며 이웃 은행에 부탁하자 출납계원이 거래관계가 없는 분에게는 바뀌줄 수 없다고 정중하게 거절했다고 합니다. 그래서 큰 돈을 헐어 쓰기 위해 일부러 호텔까지 돌아가야 했다더군요.

그러므로 10파운드가 넘는 지폐는 필요없다면서 10파운드짜리 100장과 5파운드짜리 100장으로 달라기에 그대로 마련해 드렸습니다. 부인은 지폐를 가지고 온 핸드백에 챙겨 넣었습니다. 내가 그런 큰돈을 가지고 다니면 위험하다고 말했으나 부인은 웃으며 이 속에 돈이 들어 있는 줄 아무도 알아차리지 못할 거라고 했습니다. 그리고 나서 돌아갔는데 그 뒤로는 다시 만나지 못했습니다. ”

“그녀의 태도며 행동에 어떤 이상한 점은 없었나요 ? ”

“전혀 없었습니다. ”

“예금을 나중에 모두 찾았다고 했지요, 그 일을 이야기해 주시겠소 ? ”

“찾아갔다는 것은 거의 예치금 전액에 해당되는 금액의 수표를 끊었다는 뜻입니다. 부인은 두 번 다시 여기에 오지 않았으며 계좌도 그대로입니다. 아직 잔금이 조금 남아 있습니다만. ”

프렌치 경감은 고개를 끄덕였다.

“그렇습니까, 잘 알겠소. 그럼, 그 장부와 수표를 보여 주실까요 ? ”

몇 초 뒤 사무원은 커다란 장부를 안고 돌아왔다. 그는 헬런 세이디 루트의 계좌가 있는 곳을 펼쳤다. 거기에는 몇 줄밖에 씌어 있지 않았다. 대출란에 1,500파운드라고 적혀 있을 뿐이었으며, 반대쪽 난에는 200파운드 10실링부터, 1,495파운드 7실링까지 6줄이 씌어 있었다. 지불이 끝난 6장의 수표는 그 기입과 들어맞았다.

프렌치 경감은 그것을 살펴보면서 그 수표가 모두 런던에서 유행의 첨단을 가는 보석가게 앞으로 되어 있는 것을 알고 흥미를 느꼈다.

그는 그 수표를 가리키며 물었다.

"이것을 빌려주시겠소?"

사무원은 머뭇거렸으나 그때 스컬릿 씨가 끼어들었다. 그는 곧 대답했다.

"좋습니다. 다만 감사역에게 주기 위한 수령증을 써주십시오."

이 일은 곧 끝나고 그 밖에 두세 가지 질문을 한 뒤 프렌치 경감과 윌리엄스 씨는 은행에서 나왔다.

프렌치 경감은 상대방이 입을 열기 전에 힘차게 말했다.

"자, 이제부터 나는 그 여섯 군데의 보석가게를 돌아다녀볼 작정입니다. 하지만 그전에 당신에게 좀더 묻고 싶은 점이 있으니 당신 사무실까지 함께 좀 가실까요?"

윌리엄스 씨는 기꺼이 승낙했다. 그는 냉정한 신사다움을 잃고 초조한 듯 과연 일이 잘 되어나가겠느냐는 뜻의 질문을 마구 퍼부어댔다. 프렌치 경감은 여느 때의 그 쾌활하고 낙천적인 말투로 대답해주었지만, 두 사람이 윌리엄스 씨의 개인 사무실에 다시 자리잡고 앉은 뒤부터는 태도가 완전히 달라져 빈틈없고 유능한 런던 경찰국의 경감이 되어 있었다.

그는 수첩을 꺼내며 잘라 말했다.

"우선 당신에게서 그녀의 인상을 듣고 싶습니다. 아무튼 그녀는 겉모습이며 태도가 매력 있고 아주 아름다웠던 것 같은데, 당신도 그렇게 느꼈습니까?"

윌리엄스 씨는 잠시 망설였다.

"네, 그건 그랬습니다."

그는 인정했는데, 어딘지 변명하는 데가 있는 듯하다고 프렌치 경감은 생각했다.

"확실히 좀 색달랐습니다. 여느 손님과는 다른 데가 있었지요. 그녀의 태도 자체에는 조금도 이상한 데가 없었습니다만."

프렌치 경감은 부드럽게 말했다.

"여자 사기꾼은 대개 예쁜 얼굴을 하고 있습니다. 그것이 그들의 자본인 셈이지요. 그럼, 인상을 될 수 있는 대로 자세히 이야기해 주시겠습니까?"

그녀는 보통 키에 머리칼은 새카맸으며 눈은 금빛에 가까운 갈색이었다고 한다. 코는 위로 조금 들리고 조그만 입이 달걀 모양의 얼굴에 잘 어울렸다. 얼굴빛은 놀라울 만큼 파리했으나 병적으로 보이지는 않았다. 머리칼은 귀를 뒤덮을 만큼 풍부했으며 웃으면 보조개가 파였다.

윌리엄스 씨는 그런 상세한 점들을 그야말로 자세히 기억하고 있었으므로 프렌치 경감은 속으로 쓴웃음을 짓지 않을 수 없었으나 겉으로는 엄숙한 표정으로 그 특징들을 하나하나 수첩에 적어 넣었다. 이 대금업자는 그녀의 옷차림에 대해 전혀 기억하지 못했으나 스컬릿 씨가 그 점에 대해서는 잘 관찰하고 이미 수첩에 적어두었으므로 문제될 게 없었다.

"윌리엄스 씨, 다음에는 그녀가 자기 신원에 대해 어떤 말을 했고 또 당신이 그녀의 말을 확인하기 위해 어떤 조사를 했는지 말씀해 주시겠습니까? 그녀는 패스포트를 잃어버렸다고 했지요?"

"그렇습니다. 나는 그 점에 대해 그녀가 어떻게 말했는지, 아니, 무슨 말을 했는지는 이미 이야기했습니다. 그녀는 명함을 꺼내주고 피츠버그에서 온 몇 통의 편지 봉투를 내보였습니다. 그리고 올림픽 호에서 많은 사람들과 함께 찍은 사진도 몇 장 보여줬습니다. 그 가운데 그녀도 찍혀 있었지요. 그리고 출범한 지 사흘째 되는 날의 식사 메뉴도 꺼내보였습니다. 다만 귀국할 때의 배표는 패스포트와 함께 날치기 당했으므로 보여줄 수 없다고 하더군요."

프렌치 경감은 반박했다.

"하지만 그런 것은 확실한 증거가 못 됩니다. 그런 증거는 모두 엉터리일지도 모르니까요."

"말씀하신 대로입니다. 그때 나도 그렇게 생각했습니다. 그래서 나는 그것만으로는 마음 놓을 수 없어 당신도 알고 계시겠지만 저 사립탐정 대시포드에게 조사를 의뢰했습니다. 나는 피츠버그에 있는 그 탐정사 대리인에게 루트 부인의 인상서와 부인이 올림픽 호로 영국에 건너왔는지 어떤지 조사하여 전보로 알려달라고 부탁했지요. 여기에 그 회답이 있습니다."

그는 서류철에서 종이 한 장을 빼내 프렌치 경감에게 건네주었다. 위쪽에 'JT 대시포드 사립탐정사무소'라고 인쇄되어 있었으며, 그 내용은 다음과 같았다.

촌시 S 루트 부인에 대해.

어제 부탁하신 일에 대해 피츠버그에 있는 본사 대리인에게 전보로 조회한 결과 다음과 같은 회신을 받았으므로 알려드립니다.

촌시 S 루트, 그곳 철강회사 중역. 부유층, 아내 미모, 보통 키, 머리 검은색, 흰 살빛, 갸름한 얼굴, 작은 입, 태도 쾌활, 매력 만점. 올림픽 호를 타고 유럽으로, 가족 OK.

JT 대시포드 사립탐정사무소

프렌치는 생각에 잠기며 휘파람을 불었다. 그는 천천히 말했다.

"지나칠 정도로 충분하군요. 나는 대시포드 탐정사무소의 탐정들을 좀 알고 있는데, 그들은 이런 일에 관한 한 충분히 믿을 만합니다. 그런데 이것은 어쩐지 가짜 같은 냄새가 나는데요."

윌리엄스 씨가 외쳤다.

"아니, 가짜라고요! 설마 그럴 리야."

그는 잠시 사이를 두고 나서 말을 이었다.

"하지만 나로서는 아무래도 있을 수 없는 일로 여겨집니다. 나는 대시포드에 의뢰했을 뿐 아니라 화이트 스타 기선에도 전화했습니다만, 루트 부인은 역시 실제로 항해한 것으로 되어 있었습니다. 나는 사보이 호텔에도 전화해 보았는데, 그곳 이야기로는 부인이 내게 말한 시간에 올림픽 호의 꼬리표가 달린 트렁크를 가지고 호텔에 닿았다고 말했습니다.

더욱이 나는 좀더 자세히 확인하려고 사우댐턴 경찰에 전화하여 핸드백을 날치기 당한 일이 정말인지 어떤지 문의했습니다. 그 일 역시 루트 부인이 말한 대로였습니다. 이만큼 조사해 보았으므로 나는 결코 틀림없다고 여겼었는데……"

프렌치 경감은 인정했다.

"당신이 그렇게 말씀하시는 것도 전혀 무리가 아닙니다. 사람들은 대개 그것으로 만족하겠지요. 하지만 지금으로서는 사정이 완전히 달라지지 않았습니까? 이미 의혹이 솟아나고 있으니까요.

그 부인이 당신을 찾아왔을 때의 사정에는 그녀 이야기를 의심할 만한 게 아무것도 없었던 셈이군요. 나는 당신에게 진심으로 동정합니다. 그리 도움되어 드리지는 못할 테지만…… 그러나 당신도 이제는 물론 아셨겠지만 당신이 수집한 정보는 어느 하나도 확실한 것이 못 되었습니다.

나는 올림픽 호를 타고 유럽으로 건너온 피츠버그의 촌시 S 루트 부인이라는 여자가 있다는 것, 그리고 일반적으로 말해서 그 부인이 당신의 여자친구와 닮았으리라는 사실은 의심하지 않습니다. 그러나 그 부인이 과연 빚돈을 신청한 그녀인가 하는 점에 대해서는 큰 의문을 느낍니다. 아시다시피 진짜 신분증명서…… 다시 말해 그녀의 이름이 적힌 패스포트며 귀국 배표 등이 없었습니다. 게다가 그녀는 루트 씨가 의논한 일을 거절했잖습니까?

아니, 여기 나타났던 부인은 아무리 생각해도 루트 부인이 아니었습니다. 그러나 그녀는 루트 부인은 아니지만 루트 부인과 개인적으로 잘 아는 사이거나 또는 그녀에 대해 잘 알고 있는 누군가임에 틀림없습니다. 당신은 이 점을 어떻게 생각합니까?"

"그럴지도 모르겠군요, 확실히 그럴는지도 모릅니다, 경감님. 당신 말씀대로라고 생각합니다. 하지만 만일 그렇다면 내 돈을 되찾을 방법이 과연 있을까요?"

프렌치 경감은 머리를 저었다.

"아무래도 전망이 그리 밝다고 할 수는 없습니다. 그러나 지금으로서는 알 수 없습니다. 물론 우리는 그녀를 체포하기 위해 노력하겠지만, 어쩌면 돈을 모두 써버렸을지도 모릅니다. 그 밖에 더 할 이야기가 없다면 나는 이제부터 사보이 호텔과 그녀가 수표를 지불한 보석가게들을 둘러보겠습니다."

프렌치 경감은 천천히 콕스퍼 거리를 걸어갔다. 그의 머리는 이 뜻밖의 발전에 얼마쯤 멍해져 있었다. 루트 부인이 가짜리라는 것은 쉽게——또는 비교적 쉽게——이해할 수가 있었다. 그런 일은 조금쯤 영리한 여자라면 어렵지 않게 해내리라 생각했다. 더욱이 사우댐턴 경찰에 신고까지 한 것은 놀라울 만큼 사려 깊은 책략임에 틀림없었다.

그러나 경감이 도무지 이해할 수 없는 일은 그녀가 대체 어떻게 듀크 씨의 다이아몬드를 손에 넣었을까 하는 점이었다.

가짜 루트 부인 행세를 하는 일은 범행을 해치우기 전에 꾸며져 있었던 게 분명하다. 그렇다면 이것은 경감이 상상도 못했던 대규모 범죄라는 말이 된다. 그리하여 이 범죄에는 적어도 한 사람 이상의 공모자가 있다고 볼 수 있다. 이것은 수수께끼의 부인이 실제로 살인을 한 건 아니라는 이야기인데, 프렌치 경감은 그녀가 하수인이라고는 도저히 믿어지지 않았다.

그는 눈앞에 기다리고 있는 단서를 생각하며 만족스러운 듯 빙긋 웃었다. 아무튼 이로써 지금까지 완전히 손상되었던 면목을 되찾을 수가 있는 것이다.

그는 갑자기 실비어의 일이 생각났다. 그 아가씨와 수수께끼의 부인 사이에 어떤 관계가 있는 게 아닐까? 루트 부인이란 그 레인코트를 입을 여자였던 게 아닐까? 그녀는 실비어 자신이 아니었을까? 이것은 크나큰 의문이었다. 이러한 문제를 생각하며 그는 이럭저럭 며칠 동안 일거리에 궁색하지는 않겠다고 여겼다.

몇 장의 담요

점심 식사를 하는 짧은 시간 동안에도 프렌치 경감은 윌리엄스 씨 이야기로부터 곧바로 제기되는 문제, 앞으로의 조사를 어떤 관점에서 해나가는 게 가장 좋을까 하는 문제를 깊이 생각하고 있었다.

모든 사실에 대해 자세히 조사해야 한다는 것은 뚜렷했다. 그는 이 범죄에 대한 포괄적인 가설을 세우기 전에 이 조사를 여느 때와 같이 계통적인 방식으로 정확하게 해나가야 한다고 느꼈다.

그는 먼저 루트 부인이라는 수수께끼의 여인에 대해 될 수 있는 대로 자세히 조사해야 했다. 그러기 위해서는 피츠버그로 조회해 보고, 화이트 스타 기선회사며 사우댐턴 경찰이며 사보이 호텔이며 수표를 받은 여러 보석가게를 모두 조사할 필요가 있다.

될 수만 있다면 루트 부인 또는 가짜 루트 부인을 찾아내야 한다. 그 일이 해결되면 이번에는 그 찾아낸 여자와 실비어 듀크의 관계, 또는 어떻게 해서든 그녀와 듀크 씨 보석의 관계며 더 나아가서는 찰스 게싱 살해사건과의 관계를 캐기 위해 힘을 기울일 수도 있다.

식사를 끝낼 즈음 그는 작전의 시작으로 맨 먼저 사보이 호텔을 조사해 보기로 마음먹었다.

10분 뒤 그는 사보이 호텔 가운데뜰로 들어가 사무실로 가서 지배인에게 면회를 청하고 있었다.

프렌치 경감은 번듯한 용모의 지배인에게 차근차근 용건을 설명했으나, 그는 어떤 요구를 받고 있는지 잘 알면서도 고개를 가로저으며 어떻게 해야 좋을지 가르쳐달라고 프렌치 경감에게 부탁하는 형편이었다.

프렌치 경감은 설명했다.

"먼저 첫째로 숙박부를 보여주시오."

"그야 쉬운 일이지요."

지배인은 프렌치 경감을 사무실로 안내하여 아름다운 접수구 아가씨에게 소개했다. 그리고는 숙박부를 한참 들춰보더니 이윽고 크게 소리쳤다.

"이분 같군요, 경감님."

거기에는 다음과 같이 씌어 있었다.

11월 24일. 촌시 S 루트 부인. 피츠버그, 미국, 137호실.

프렌치 경감은 윌리엄스 씨로부터 받은 수표를 꺼내 주의 깊게 서명을 살펴보았다.

"이것입니다. 틀림없이 같은 필적이군요. 그런데 문제는 이 아가씨가 그 부인을 기억하고 있느냐는 겁니다."

접수구 아가씨는 우물쭈물했다.

"그날은 미국인 손님이 아주 많았거든요."

그녀는 천천히 말하며 숙박부 위로 눈길을 달렸다.

"손님들을 일일이 기억하는 건 쉬운 일이 아니에요. 더욱이 6주 전

일이니까요.”

그녀는 말을 멈추고 고개를 저었다.

“좀처럼 생각나지 않아요.”

프렌치 경감은 유도해 보았다.

“그것은 올림픽 호가 사우댐턴에 입항한 날이오. 그 특별여객선에서 내린 손님이 많았을 거요.”

그는 다시 숙박부를 들여다보았다.

“흠, 이토록 미국인이 많았었군요. 뉴욕, 보스턴, 뉴욕, 뉴욕, 필라델피아, 그 밖에…… 이들이 모두 그 특별여객선의 승객들이었군요. 그런데…….”

경감은 잠시 사이를 두었다가 숙박부 끄트머리로 손가락을 움직여 갔다.

“호, 이거 재미있군. 루트 부인의 이름은 이 사람들 가운데에서 눈에 띄지 않는군요. 자, 보시오. 명단 맨 아래에 있지요. 이것은 즉 그녀가 오후 늦게 왔다는 뜻이오. 안 그렇소? 그렇다면 뭔가 생각나는 일이 없소, 피어슨 양?”

그는 기다렸지만 아무 대답이 없었으므로 다시 말을 이었다.

“그럼, 방에 대해 기억이 없소? 137호실이라는 것에서 뭔가 생각나는 일이 없소?”

아가씨는 귀엽게 머리를 저었다. 지배인이 힌트를 주었다.

“장부를 보오, 피어슨 양.”

그녀가 큼직한 장부를 한 권 가져와 세 사람은 그 기록을 살펴나갔다. 137호실은 침실과 욕실과 거실이 이어져 있는 방으로 루트 부인은 11월 24일, 25일, 26일 사흘 동안 빌려 쓰고 대금을 치른 모양이었다. 그녀는 호텔에 와 닿은 날 밤의 저녁 식사와 나머지 이틀 동안의 아침 점심 저녁 등 모두 합해 일곱 번 호텔에서 식사한 것으로 되어 있었다. 식사는 모두 자기 방으로 날라다 먹은 듯했다.

프렌치 경감은 생각했다.

'사람 눈을 피한 것일까.'

그리고 입을 열어 물었다.

"그럼, 떠난 날 아침 식사는 하지 않았소?"

이 말에 피어슨 양이 크게 소리질렀다.

"이제 생각났어요. 이야기를 듣고 있는 동안에 생각났어요. 그래요. 그 부인은 그날 아침 식사를 하지 않았어요. 전날 밤에 떠났으니까요. 그때의 일들이 이제 모두 생각나요. 그분은 밤에 와 닿았어요."

그녀는 숙박부를 들여다보았다.

"24일 밤이었어요——꽤 늦게——7시에서 8시 사이였다고 생각해요. 그리고 욕실과 거실이 딸린 방을 3, 4주일 빌리고 싶다고 말했어요. 머리칼이 검고 얼굴빛이 파리한 분으로 말씨에 강한 미국식 액센트가 있었어요. 나는 그분에게 137호실 방을 드렸는데, 식사를 방으로 갖다 달라고 했어요.

이틀 뒤 8시 조금 못 되었을 때 접수구로 오더니, 파리에서 급한 전보가 와서 그날 밤 안으로 떠나게 되었다고 말했어요. 1주일 뒤 다시 돌아올 것 같지만, 확실한 것을 모르니 일단 방을 해약하고 싶다고 했지요. 나는 계산서를 만들어드렸는데, 규칙상 그날 밤의 숙박비도 받게 되어 있었어요.

그런 일이 있어서 생각난 거예요. 그러나 부인은 조금도 언짢아하지 않았지요. 그런 경우 으레 못마땅해 하시는 분이 많거든요. 그때 떠난 뒤 부인을 다시 만나지 못했어요."

아름다운 접수구 아가씨의 이야기는 이것이 모두였으므로, 프렌치 경감은 그날 밤 137호실 당번이었던 하녀를 불러달라고 부탁했다.

그는 처음에 그 하녀로부터 아무것도 들을 수가 없었다. 15분쯤 기억나게 하려고 무척 애썼지만 잘 되지 않았다. 그런데 그때 접수구 아가씨 경우와 마찬가지로 어떤 우연한 일을 계기로 빛이 비쳐졌다. 올림픽 호의 꼬리표가 달리고 루트 부인이라는 이름이 씌어진 짐을 본 기억이 있느냐고 물었을 때 하녀는 문득 그 일을 생각해 냈던 것이다. 그녀는 신문에서 같은 이름의 유명한 미국인에 대한 기사를 읽은 적이 있었으므로 루트 부인의 이름에 관심을 가졌으며, 이 짐주인이 그 사람과 어떤 관계일까 생각했었다고 했다.

그녀는 그 짐에 대해 잘 기억하고 있었다. 크고 새것인 듯한 미국식 트렁크 2개에는 올림픽 호의 꼬리표가 붙어 있었으며 루트 부인이라고 씌어 있었다. 그렇다, 확실히 촌시라는 이름이었다. 미국인에게나 있을 듯한 어쩐지 기묘하게 들리는 외국식 이름이었다. 그러나 그녀는 짐에 대해서는 기억했지만 그 부인에 대해서는 아무것도 생각해 내지 못했다.

그 밖에도 호텔 종업원 몇 사람을 불러 물어보았지만 아무 효과도 없었으므로 프렌치 경감은 사람 기척이 없는 라운지 한구석에 앉아 곰곰이 이 문제를 생각해 보았다. 이윽고 문득 그 트렁크가 하나의 단서가 되지 않을까 여겨졌다. 트렁크를 나르려면 택시가 필요하다. 택시로 운반했다면 그 택시를 찾아낼 수 있지 않을까?

그는 짐꾼 우두머리를 찾아가서 질문을 시작했다. 택시는 대개 이 가까이에 줄지어 서 있는 것을 불러다 준다고 한다. 물론 그때 지나가는 택시를 잡아주는 경우도 있지만 열 번 가운데 일곱 번은 거리에 멈춰서 있는 것을 불러다 준다는 것이었다.

프렌치 경감은 호텔을 나와 택시가 줄지어서 있는 곳으로 느릿느릿 걸어 맨 앞의 택시 운전기사에게 말을 건넸다.

그 사나이는 그곳에 늘어서 있는 택시는 모두 메트로폴리탄 교통회사라는 한 회사의 차라고 가르쳐주었다. 운전기사는 하루 종일 택시를 몰고 다닌 뒤 운전일지를 기록하므로 빅토리아 거리의 사무소에 가면 그 일을 알 수 있을 거라고 말했다.

프렌치 경감은 사무소에 가보기로 했다. 그리하여 15분 뒤에는 그곳 지배인과 이야기를 나누고 있었다. 그러나 그 신사는 바라는 대로의 정보를 제공해 줄 수 있을지 어떨지 염려스러워 보였다.

이 사무소에는 분명 꽤 완전한 주행기록이 보존되어 있고 그것은 미터기의 기록이며 납입된 요금과 대조할 수 있도록 되어 있었지만, 승객 이름이나 인상 등은 씌어 있지 않았다. 따라서 11월 26일 밤 7시 45분쯤 사보이 호텔에서 빅토리아 역까지 손님을 태워다준 택시가 있는지 어떤지는 알아볼 수 있으나 어떤 손님이 탔는지는 알 수 없었던 것이다.

프렌치 경감은 말했다.

"그럼, 7시 40분부터 8시 10분 사이에 목적지는 어디든 상관없이 그 호텔에서 손님을 태운 택시의 기록을 보여주시겠습니까? 나는 그 운전기사들을 한 사람 한 사람 만나보겠습니다. 어쩌면 그녀를 기억하는 사람이 있을지도 모르니까요."

지배인은 승낙했다.

"그것을 적어드리지요. 하지만 시간이 좀 걸릴 겁니다."

그는 전화로 사무원을 불러 필요한 지시를 내리고 의자에 기대앉으며 이야기를 좋아하는 듯 물었다.

"무슨 일이 있었습니까? 물어봐도 될까요?"

프렌치 경감은 부드러운 웃음을 빙긋 지으며 상대방을 안심시켰다.

"천만에요. 모두 말씀드리지요. 내가 찾고 있는 여자는 아무래도 굉장한 악당인 듯싶습니다…… 다이아몬드 도둑 같으니까요. 그녀는 자신이 대부호인 미국 철강왕의 부인이라고 하며 다녔으나, 우리는 새빨간 거짓말로 믿고 있습니다.

　그런데 그녀는 그날 밤 트렁크 2개와 작은 짐 몇 가지를 가지고 빅토리아 역 8시 20분발 파리 행 열차를 타기 위해 그 호텔을 나와 간 곳을 알 수 없게 되어버렸습니다. 그래서 지금 그녀의 뒤를 쫓고 있는 셈이지요."

지배인은 호기심을 느끼는 듯했다.

"그렇습니까? 지금 말씀하신 것은 꽤 좋은 단서가 아닙니까? 우리 회사 운전기사는 짐을 기록해 두게 되어 있습니다. 다시 말해 바깥에 싣는 짐은 요금을 받기 때문이지요. 그러므로 바깥에 트렁크 2개를 실은 택시를 찾아내면 되니 범위가 훨씬 좁혀지는군요."

프렌치 경감은 시인했다.

"그것도 하나의 방법이겠군요. 아주 좋은 방법입니다. 그러나 나는 그녀가 커다란 트렁크 2개와 작은 짐을 가지고 있었다는 것밖에 모릅니다. 따라서 자동차 밖에 실은 짐이 2개 이상일지도 모릅니다."

"그럴 리 없습니다. 여자분 혼자였다면 작은 짐은 틀림없이 들고 탔을 테니까요. 자, 여기 기록이 있습니다."

지배인이 가져오게 한 기록에 의하면 그날 밤 7시 40분부터 8시 10분 사이에 사보이 호텔에서 손님을 태우고 나온 택시는 28대였다. 그 가운데 20대는 여기저기 극장으로 갔고 나머지 8대 가운데 2대는 유스턴 역으로, 1대는 킹스 크로스 역으로, 1대는 햄스테드로, 1대는 켄징턴 역으로, 그리고 3대는 빅토리아 역으로 간 것으로 되어 있었다.

지배인은 빅토리아 역으로 간 두 번째 택시를 가리키며 말했다.

"보십시오. 특별요금란 밑에 '짐 2개'라고 씌어 있지요. 이게 당신이 찾고 있는 택시입니다."

지배인의 말이 옳은 것 같았다. 빅토리아 역으로 간 택시 가운데 첫 번째 자동차는 바깥에 짐을 싣지 않았고 세 번째 자동차는 손님을 다섯이나 태웠다. 두 번째 택시는 손님 한 사람과 짐 2개를 싣고 7시 55분 호텔을 떠난 것으로 되어 있었다.

프렌치 경감은 고개를 끄덕였다.

"퍽 희망적이군요. 이 택시 운전기사가 어디 있는지 가르쳐주시면 고맙겠습니다. "

"존 스트레이커입니다. "

지배인은 전화를 집어 들었다.

"존 스트레이커는 지금 어디 있나? "

그리고는 곧 프렌치 경감에게 말했다.

"그는 지금 근무 중입니다. 그의 대기 장소는 사보이 호텔 옆이므로 거기서 기다리면 돌아오겠지요. 편지를 써드릴 테니 이것을 보여주면 모든 이야기를 해줄 겁니다.

좀 괴팍한 색다른 사나이로 깨끗이 면도한 여위고 핼쑥한 얼굴을 하고 있습니다. 매부리코로 눈은 검지요. 곧 알아볼 수 있을 겁니다. 그 사나이의 운전일지를 가져가는 게 좋겠지요. 그것을 보면 생각날 테니까요. "

프렌치 경감은 지배인에게 고맙다고 인사하고 주차장으로 돌아갔다.

운전기사들의 얼굴을 보며 택시 줄을 따라 걸어가노라니 택시 한 대가 들어와 줄 끄트머리에 멈춰 섰다. 그 운전기사의 생김새가 방금 이야기로 들은 사나이와 똑같았다. 그가 엔진을 끄고 한가로워지자 프렌치 경감은 가까이 다가가서 용건을 꺼냈다.

한참 동안 그는 머리를 긁적이기도 하고 자신의 운전일지를 뒤적이기도 하더니 마침내 프렌치 경감의 얼굴을 쳐다보았다.

그는 말했다.

"그때 일이 생각납니다. 이상하게도 그 주일에 빅토리아 역으로 간 것은 그때뿐이었거든요. 여느 때라면 자주 갔는데 말입니다. 그래서 그날 밤 일을 기억하고 있습니다. 여자 손님으로 커다란 트렁크를 2개 가지고 있었지요. 자동차 안에 싣기에는 너무 컸으므로 뚜렷이 기억하고 있습니다. 물론 나는 잘 실어 드렸지요."

"어디로 갔소?"

"빅토리아 역 본선 개찰구 쪽이었던 것 같습니다. 확실히 생각나지는 않습니다만."

프렌치 경감은 기쁜 듯이 말했다.

"그것만 알면 되오! 그럼, 그 여자에 대해 이야기해 주겠소?"

그러나 이것은 운전기사로서는 무리한 일이었다. 그는 그녀를 특별히 주의 깊게 보지 않았고 짐을 날라온 짐꾼이 누구였는지도 기억하지 못했다. 그러나 프렌치 경감은 그런 것까지는 기대하고 있지 않았으므로 이 운전기사가 이야기해 준 일만으로도 충분히 놀라고 기뻤다.

그때로부터 다음날 거의 온종일 걸려 그는 빅토리아 역의 짐꾼이며 감독이며 개찰계원 및 그 밖에 혹시 그녀를 보았을지도 모르는 직원을 모두 만나보았다. 그러나 그는 전혀 아무것도 알아내지 못했다. 미지의 여자는 여전히 알 수 없는 채였다.

문제를 끊임없이 머릿속에서 되풀이 생각하고 있는 동안 트렁크에 대한 또 하나의 단서가 있음을 문득 깨달았다. 그 트렁크는 2개 다 매우 컸으므로 콤파트먼트에는 실을 수 없었을 것이다. 그렇다면 화물로 보냈을 게 거의 확실했다. 그 기록이 혹시 남아 있지 않을까?

그는 수화물 접수처에 가서 물어보았다.

"네, 기록은 있습니다만 잠시 보관해 두었다가 없애버리지요. 11월 26일자 뉴 헤븐 행 기선 연락열차 수화물 기록이라면 쉽게 찾아낼 수 있을 겁니다. 경감님을 위해서라면 기꺼이 찾아드리지요."

그러나 그 기록을 꼼꼼히 살펴보았지만 루트 부인의 이름도 없었고, 누군가가 그 열차에 커다란 트렁크 2개를 맡긴 사실도 씌어 있지 않았다.

프렌치 경감은 트렁크를 수하물로 맡기지 않고 달리 부치는 방법이 있느냐고 물어보았다. 물론 있기는 하지만 여간해서는 그런 방법을 쓰지 않는다고 했다. 아무튼 그렇게 하면 세관이 그대로 지나쳐보지 않을 거라고 사나이는 말했다. 그리고 세관에서 그런 일이 있었는지 조사하려면 시간이 좀 걸린다고 했다.

프렌치 경감은 말했다.

"그렇게까지 할 필요는 없소, 적어도 지금으로서는."

프렌치 경감이 믿고 있듯이 이 여자 악당이 루트 부인으로 변장했었던 거라면 다이아몬드가 처분되는 대로 곧 자신의 본디 모습으로 돌아가지 않았을까. 만일 그렇다면 성가신 트렁크를 처분해 버리지 않았을까. 그녀는 정말로 트렁크가 필요했었던 것일까, 아니면 빅토리아 역에 닿았을 때 트렁크는 이미 필요없어진 게 아닐까?

그는 이 생각에 한 가닥 희망을 걸어보기로 했다. 만일 그녀가 트렁크를 없애버리려고 했다면 그녀는 어떤 방법으로 목적을 이루었을까?

몇 가지 방법이 있지만 가장 간단하고 좋은 방법은 임시보관소에 맡겨버리는 것임을 깨닫고 프렌치 경감은 만족스러워했다. 무언가 문제가 생길 때까지는 오랫동안 그대로 있을 터이며, 문제가 생기더라도 철도청에서 트렁크를 열어보고 속에 든 것을 경매에 붙여버리고 만다.

프렌치 경감은 임시보관소로 가서 물어보았다. 거기서 그는 곧 뜻밖의 기쁜 소식을 듣게 되었다.

소개된 담당 직원이 상냥하게 웃으며 서류를 뒤적이더니 한곳을 가리켰다.

미국식 대형 트렁크 2개. 화이트 스타 기선회사 올림픽 호 꼬리표 달림. 촌시 S 루트 부인. 사우댐턴 항 손님.

그는 말했다.

"운이 좋으셨습니다. 오늘 마침 이 리스트를 조사하고 있었습니다. 그때 이 항목에 눈길이 닿았지요. 저 2개의 트렁크는 지난달 26일에 맡겨진 채 아직 찾아가지 않고 있습니다."

"그것을 열어 보고 경찰국으로 가져가고 싶은데요."

필요한 권한이 곧 인정되어 프렌치 경감은 그를 따라 안으로 들어갔다. 온갖 종류의 짐들을 넣어두는 커다란 방이었다. 담당직원이 짐꾼을 불러 두 사람은 2개의 트렁크가 있는 한구석으로 안내되어 갔다.

프렌치 경감은 꼬리표를 보고 그것이 찾고 있는 트렁크가 틀림없음을 확인했다.

담당직원이 지시했다.

"그 트렁크를 꺼내게, 조지. 이분이 열어 보고 싶어하니까. 경우에 따라서는 가져갈 듯싶네. 그렇지요, 경감님?"

프렌치 경감은 혼자 남겨지자 먼저 꼬리표의 필적과 수표의 필적이 같음을 확인했다. 그리고 주머니에서 열쇠다발을 꺼내 트렁크를 열었다. 곧 2개 다 열렸다.

잠시 그는 어처구니없는 얼굴로 그 속을 들여다보고 있었다. 모두 담요였다! 새것이긴 하지만 아주 값싼 보잘것없는 담요였다. 담요는 차곡차곡 개켜져 트렁크에 가득 차도록 들어 있었다.

그는 담요를 꺼내 한 장 한 장 펼쳐 흔들어보며 그 속에 무언가 조그만 것이 숨겨져 있지 않을까 자세히 살폈다. 그러나 아무것도 들어 있지 않았다.

빈 트렁크 속에는 지문이 남아 있음직한 반들반들한 표면도 없었다. 안은 즈크 천으로 되어 있었는데 질은 좋았지만 지문이 묻기에는 너무 거칠었다.

프렌치 경감은 보기 좋게 한 방 먹었음을 알았다. 대체 이 담요는 무엇 때문에 여기 들어 있는 것일까? 그리고 이 담요를 가지고 다닌 여자는 대체 어디로 사라져버린 것일까?

여기서부터 그녀에 대한 수사는 한 발자국도 더 나아가지 못했다. 그녀는 프랑스로 건너갔는지, 남쪽으로 가는 기차를 타고 어디론가 가버렸는지, 아니면 다만 이 역에서 밖으로 걸어 나가 런던이라는 황야 속으로 삼켜져버린 것인지, 그녀는 나타났을 때와 마찬가지로 도무지 그 행방을 알 수 없었다.

트렁크 발견이라는 뜻밖의 수확이 이처럼 보잘것없는 소득만 가져다주다니 이 얼마나 운 나쁜 일인가. 그러나 한 가지 뚜렷한 사실이 있었다. 즉 가짜 신분 문제가 해결된 것이다. 다른 어떤 가설로도 트렁크를 내버린 사실은 설명될 수 없었기 때문이다.

그때까지 이미 생각하고 있었던 일이 다시 그의 머리에 되살아났다. 만일 수수께끼의 여자가 루트 부인으로 변장하고 있었던 거라면, 그녀는 루트 부인과 서로 아는 사이거나 또는 그녀에 대해 잘 알고 있는 사람임에 틀림없다. 그러므로 어쩌면 루트 부인이 그 수수께끼의 여자를 알고 있을지도 모른다.

프렌치 경감이 이 수수께끼의 여자를 마음속으로 X부인이라고 부르고 있었는데, 이 부인이 실제로 올림픽 호를 타고 대서양을 건너온 것도 거의 확실한 일인 듯했다. 그렇지 않다면 그녀는 어떻게 꼬리표며 식사 메뉴를 손에 넣을 수 있었을 것인가. 이 두 가지 불가능성을 인정한다면, 진짜 루트 부인과 X부인은 배 위에서 처음으로 만났음에 거의 틀림없다.

그렇다면 루트 부인을 만나볼 가치가 있지 않을까? 그녀는 소거법(消去法)을 써서 이 간악한 계책을 꾸며낼 만한 인물을 한두 사람쯤 지적해주어 프렌치 경감에게 또 한 가지 공격점을 주게 될지도 모른다.

이 점을 조사해 볼 가치가 있다고 여긴 그는 런던 경찰국으로 돌아가 피츠버그 경찰로 전보를 보내서 루트 부인이 지금 어디 있는지 알려달라고 의뢰했다.

그는 시계를 보았다. 아직 5시가 되지 않았다. 퇴근하기 전에 또 한 군데 찾아가볼 곳이 있다고 그는 생각했다. 15분 뒤 그는 스트랜드 끄트머리의 서포크 거리에 있는 대시포드 탐정사무소 문을 밀고 들어섰다.

"파커 씨 계십니까?"

경감은 접수구에 나타난 예쁜 아가씨에게 묻고, 그녀의 물음에 답하여 자기 이름을 댔다.

"런던 경찰국의 프렌치 경감입니다. 파커 씨의 옛 친구니 이대로 들어가게 해주십시오."

그녀가 수상하게 바라보고 있는 가운데 그는 그 앞을 걸어서 사무실을 지나 그 맞은편 벽에 난 문을 노크했다. 그는 대답도 기다리지 않고 안으로 들어가 등 뒤의 문을 닫았다.

몸집이 크고 완강해 보이는 사나이가 방 한가운데에 놓인 책상 앞에 앉아 무언가 쓰고 있었다. 그는 쳐다보지도 않고 성급하게 중얼거렸다.

"뭐야?"

프렌치 경감은 상대방의 말투를 흉내 내어 중얼거렸다.

"자네는 뭘 하고 있나?"

몸집 큰 사나이는 고개를 들었다. 불그레한 얼굴에 빙긋 웃음이 떠올랐다. 그는 천천히 일어나 커다란 손을 내밀었다.

"여, 조 아닌가! 잘 왔네. 오랜만이군. 의자를 난로 앞으로 끌고 오게. 뭘 물으러 왔나?"

프렌치 경감은 '그 말대로'라고 하며 대답했다.

"경기가 좋군, 톰. 바쁘겠지?"

"자네와 이야기도 할 수 없을 만큼은 아니네. 경찰국 쪽은 어떤가?"

"뭐, 늘 그렇지. 언제까지나 늘 그 모양일세. 자네가 일찌감치 그만두고 길을 바꾼 게 현명한 일이었다고 여긴 적이 한두 번이 아니라네. 자네는 한 나라 한 성의 주인 노릇을 하겠지, 그렇지 않나?"

몸집 큰 사나이는 고개를 저었다.

"글쎄……."

그는 경감에게 담배 케이스를 건네주며 천천히 말을 이었다.

"어떨는지…… 하기야 성주 노릇쯤은 하네만 그만큼 고생도 많지. 일거리가 없으면 목구멍에 풀칠하기도 어렵거든. 저축의 이자 말고는 정년이 되어도 연금 한푼 없지. 나는 사직한 뒤 몇 번이나 연금 생각을 했는지 모른다네."

프렌치 경감은 파이프에 담배를 채우며 쾌활하게 말했다.

"그만두게! 연금을 생각하기에는 아직 젊잖나. 실은 1주일쯤 전 자네를 만나러 왔었는데, 그때 경찰국에 갔던 모양이더군."

"음, 그 먼로 사건 때문이었네. 먼로 영감을 어떻게 좀 도와줄까 하고 말일세. 어떻게 잘될 것 같네."

“그럴 테지.”

화제는 점점 엉뚱한 곳으로 빗나가고 있었다. 그래서 프렌치 경감은 슬그머니 자기 용건 쪽으로 이야기를 되돌렸다.

“나는 요즘 자네도 손을 좀 댄 사건을 수사하고 있네. 그래서 자네로부터 그 사건에 대해 어떤 도움을 받을 수 있지 않을까 물으러 온 걸세. 사건이란, 6주일쯤 전 콕스퍼 거리의 윌리엄스 앤드 데이비스 회사에서 자네 사무소에 의뢰한 피츠버그의 루트 부인에 대한 것일세. 그녀의 인상과 올림픽 호로 대서양을 건너왔는지 어떤지 등을 조사해 달라는 부탁을 받았었지?”

몸집 큰 사나이는 고개를 끄덕였다.

“그렇네. 하지만 그건 이미 끝난 일일세. 내가 직접 조사했었지.”

“그것이 왜 필요한지에 대해 들었나?”

“아니, 그냥 부탁해 왔을 뿐일세.”

“그것이 바로 사고의 원인이었네. 자, 들어보게. 한 여자가 윌리엄스 씨를 찾아와 자기는 루트 부인으로 올림픽 호를 타고 건너왔다고 말했네. 핸드백을 날치기당해 패스포트도 배표도 없고 돈도 떨어졌다면서 트렁크 속 다이아몬드를 담보로 3,000파운드만 빌려달라고 했지.”

“그런데 그것이 뭐 잘못되었나?”

“거기까지는 그런대로 좋았네. 윌리엄스 씨는 자네의 보고를 받고 그녀를 루트 부인으로 믿고 돈을 빌려주었지.”

프렌치 경감은 말을 끊고 빙긋 웃었다. 상대방이 소리쳤다.

“제기랄! 빨리 말해 보게! 그 보석이 모조품이었나?”

“천만에, 허스트 앤드 스트론지 회사의 스트론지 씨에게 감정받은 결과 모두 진짜로 3,300파운드의 값어치가 있음이 밝혀졌네. 그런데⋯⋯.”

프렌치 경감은 말을 끊더니 아주 강한 말투로 덧붙였다.

"보석들은 모두 그 전날 밤 듀크 앤드 피보디 회사에서 도둑맞은 것들이었던 걸세."

몸집 큰 사나이의 얼굴빛이 달라졌다. 그는 프렌치 경감을 마치 이 철학자가 자기 눈앞에서 루트 부인으로 둔갑이라도 한 듯이 뚫어지게 쳐다보았다. 그리고 나서 그는 자기의 넓적다리를 탁 쳤다.

그는 천천히 말했다.

"저런…… 제기랄! 그 전날 밤이라고! 굉장한 여자로군. 그래, 그 다음 이야기를 들려주게."

"그것으로 이야기는 끝일세. 그녀는 올림픽 호를 타고 왔다면서 전날 밤 8시쯤 사보이 호텔에 들어 묵고, 다음날 밤 그곳을 나가 행방을 감춰버렸네. 지금까지 아무런 단서도 잡히지 않는군. 나는 단서를 더듬어 빅토리아 역까지 가보았지만 거기서부터 발자취가 사라져버렸네."

몸집 큰 사나이는 깊은 생각에 잠겼다.

"하지만 윌리엄스 앤드 데이비스 회사에서 그 일로 우리에게 불평한다면 터무니없는 일일세. 그쪽에서 우리에게 물어왔고, 우리는 정확하고 재빠르게 회답해 주었을 뿐이니까."

프렌치 경감은 동의했다.

"그건 알고 있네. 윌리엄스 씨의 문의방법이 잘못되었던 거야. 루트 부인 행세를 한 사람이 있었던 거지. 적어도 나는 그렇게 보고 있네. 그런데 내가 자네에게 묻고 싶은 것은 자네가 그 정보를 어디서 손에 넣었느냐 하는 걸세. 우리끼리 이야기네만, 자네는 그것으로 만족하고 있었나?"

몸집 큰 사나이는 소탈하게 주먹을 휘둘렀다.

"여보게, 젊은 친구, 몹시 정색한 얼굴이로구먼. 좋아, 이야기해주지."

그리고 얼른 진지한 말투로 이야기를 계속했다.

"핀커튼 사무소를 통해 알아보았네. 우리는 그들과 협정을 맺고 있지. 나는 그곳 뉴욕 사무소로 전보를 쳐서 그쪽으로부터 정보를 받았네."

프렌치 경감은 대답했다.

"어련히 잘했으리라고 생각하네만 나는 자네가 어떤 방법으로 그것을 했는지 알고 싶었던 걸세."

두 사나이는 잠시 더 이야기를 주고 받았으며 이윽고 프렌치 경감은 작별인사를 했다.

30분 뒤 그는 자기 집에 이르러 있었다. 그는 자신의 슬리퍼와 팔걸이의자를 생각하고 후유 한숨을 내쉬며 집 안으로 들어갔다.

보석거래

프렌치 경감의 낙천적인 자신감은 눈앞의 수사방침에 아무 불안도 없을 때 가장 강하게 발휘된다. 무엇을 해야 하는지 뚜렷이 알게 되면 그는 언제나 용감하고 거침없이 그 일에 뛰어들어 해내고 만다.

그럴 때면 어떤 곤란이나 불쾌한 일에도 머뭇거리지 않았다. 자기 일을 해내어 훌륭한 성과를 얻을 수 있음을 알 때는 언제나 그러했다.

이 사나이가 우울에 잠기는 것은 대체로 앞으로의 전망을 알 수 없을 때로 정해져 있는데, 그럴 때는 마치 두통을 앓는 곰 같아지므로 그의 부하들은 자신의 임무가 허용하는 한 그로부터 멀리 떨어져 있으려 했다.

탐정사무소의 몸집 큰 사나이와 이야기 나눈 다음날 아침, 그는 더 없이 쾌활했다. 그날의 계획이 만족스럽게 짜여져 있을 뿐 아니라 그 계획의 훌륭함에 어떤 의문도 그의 마음을 흐리게 하지 않았기 때문이었다.

그는 맨 먼저 X부인이 수표를 지불한 보석가게를 찾아가 거기서 새로운 공격점이 나타나지 않을 경우 화이트 스타 기선회사 사무소로 가서 조사를 벌이려 생각하고 있었다. 그때쯤이면 피츠버그에서 회신 전문이 와 닿을 것이다.

경찰국에서 늘 하는 보고서를 제출할 때 그는 수표를 꺼내들고 방문할 곳을 적어두었다. 처음 두 군데는 피커딜리에 있었으므로 우선 버스를 타고 그곳으로 가기로 했다.

오후 1시 프렌치는 여섯 군데를 모두 둘러보고 클랜번 거리의 조그만 프랑스 레스토랑에서 점심 식사를 하며 조사하여 알아낸 일들을 머릿속으로 음미했다.

어느 가게에서나 곧 X부인을 응대한 점원을 찾아낼 수 있었다. 여섯 사람 모두 그녀를 기억하고 있었으며, 그녀와의 거래는 어디서나 비슷했던 모양이었다. 그녀는 머지않아 결혼할 친한 친구에게 줄 선물이라고 하며 간소하고도 고급스러운 장신구를 하나 보여 달라고 말했다고 한다. 다이아몬드 반지라든가 보석을 박은 팔찌 등 젊은 아가씨가 기뻐할 만한 좀 값나가는 물건을 찾았다는 것이었다.

한 가게에서 그녀가 사간 물건은 대체로 2, 300파운드쯤 되었으며 모두 수표로 지불했다. 그리고 이 가게에 처음 왔으니 자신의 수표를 곧 받아줄 수 없을 거라면서 누구든 은행으로 보내 알아보고 올 때까지 기다리겠다고 자진하여 말한 듯했다.

그녀를 맞은 점원들은 모두 그렇게까지 할 필요는 없다고 말하면서도 주의를 게을리하지 않아 정중하게 그녀를 응대하여 붙들어두었던 것 같았다. 그러는 동안에 은행으로부터 전화가 걸려와 염려 없다고 했으므로 그들은 그녀에게 보석을 건네주었다. 단 한 사람도 이 거래에 이상한 점이 있다고 생각지 않았으며 또 의심하지도 않았다. 모든 일이 잘 되었다고 여기며 모두 만족스러워했던 것이다.

프렌치 경감은 그 쇼핑 행위가 무엇을 뜻하는지 풀이해 보려고 애썼는데, 커피 한 잔의 자극으로 그럴듯한 가설이 머리에 떠올랐다.

여섯 군데의 다른 가게에서 값은 나가지만 아주 흔해빠진 보석들을 사들인 일도 듀크 씨의 보석 16개를 돈으로 바꾸기 위한 계획의 일부가 아니었을까?

그 일을 생각하는 동안 프렌치 경감은 어렴풋하게나마 계획의 전모를 알 수 있을 듯한 기분이 들었다. 윌리엄스 씨도 허스트 씨도 첫 번째 방문에는 아무 의혹도 있을 수 없었다. 그때는 아직 도난사건이 일어나지 않았으니까.

여기서 프렌치 경감은 깨달았다. 때마침 사무원 오처드가 사무소로 되돌아가지만 않았더라면 두 신사는 두 번째 방문을 받았을 때도 도난사건에 대해 전혀 알지 못했을 것이다. 범인의 입장에서 보면 아주 현명한 처사였다. 아무튼 X부인의 술책은 보기 좋게 들어맞았고 그녀는 자기 보석, 아니, 듀크 씨의 보석을 윌리엄스의 수표와 감쪽같이 바꾸는 데 성공했던 것이다.

그러나 그녀는 분명 수표를 모두 현금으로 바꾸는 데 두려움을 느꼈다. 프렌치 경감은 그 까닭을 이해할 수 있을 듯한 기분이 들었다. 다시 말해 계좌를 열어 1,500파운드를 예치한 것은 아주 영리한 방법으로, 그 목적은 3,000파운드를 모두 소액지폐로 바꿀 경우 일어날지도 모르는 의혹을 미리 막기 위한 데 있었던 것이다.

한편 이토록 온갖 예방책을 다 취했기 때문에 그녀는 자신의 예금을 끌어낼 연구를 해야만 했다. 그리하여 이 장신구를 사들인 것임을 프렌치 경감은 깨달았다. 그녀는 지금 사들인 그 물건들을 팔려고 하지 않을까? 만일 팔 수 있다면 3,000파운드를 모두 꼬리 잡힐 염려 없는 지폐로 바꿔버리는 셈이 된다.

물론 샀다 팔았다 할 때마다 손실이 있으리라. 맨 먼저 보석을 담보로 맡길 때 손실이 있었다. 스트론지 씨는 보석을 3,300파운드로 감정했지만 윌리엄스 씨는 그녀에게 3,000파운드밖에 주지 않았다. 피커딜리와 리전트 거리에서 산 장신구를 다시 팔면 손실은 더 커질 것이다. 게다가 은행에 남겨둔 조금의 예금도 손해가 된다. 그럼에도 그녀의 계획은 한 번 해볼 만한 가치가 있었다. 이 방법으로 그녀는 아마 보석 가치의 70 내지 80퍼센트에 해당되는 돈을 손에 넣었으리라. 그러나 이름난 장물아비에게 팔 경우에는 겨우 15 내지 20퍼센트밖에 받지 못할 것이다.

더욱이 이 계획은 안전했다. 지금껏 그녀는 자신의 신원을 감쪽같이 숨기고 있는데 만일 장물아비에게 부탁했다면 그로부터 위협받거나 또는 중개를 부탁한 브로커로부터 협박받게 되었을지도 모른다. 그녀는 그런 방법을 택하지 않을 것이다. 그녀가 한 방법이 훨씬 간단하고 유리했다. 그러므로 프렌치 경감의 끝없는 낙천주의에도 그녀가 교묘하게 달아나버릴지도 모른다는, 떨칠 수 없는 한 가닥 불안이 마음 밑바닥에 깃들어 있었다.

그러나 만일 이 가설이 옳을 경우 그녀가 어디서 보석을 팔았는지 밝혀내기만 하면 꼬리잡히지 않는 X부인을 추적하는데, 하나 또는 그 이상의 단서를 얻을 수 있을 것이다. 따라서 그의 다음 문제는 X부인이 장신구를 팔았는지 어떤지, 또 팔았다면 그 경로를 더듬을 수 없을까 하는 것이다.

그는 다시 여섯 군데의 보석가게를 찾아가 그녀에게 판 물건의 자세한 특징을 알아냈다. 경찰국으로 돌아오자 경감은 옛시가지의 주소록과 자신의 지식을 바탕으로 이런 거래를 함직한 장사꾼들의 리스트를 만들었다. 그리고 여섯 명의 사복형사를 동원하여 그들을 찾아가 그 물건 가운데 하나라도 팔러 오지 않았는지 조사하도록 시켰다.

이 수배를 끝냈을 때 전보 한 통이 프렌치 경감에게 건네졌다. 전날 밤 그가 보낸 전보에 대한 회답이었다. 내용은 다음과 같았다.

촌시 S 루트 부인. 이달 말 무렵까지 뮈렌 시 벨가르드 호텔에
묵을 예정임.

뮈렌 시? 스위스의 도시 아닌가? 그는 지도와 대륙 철도안내서를
펼쳐놓고 살펴보았다. 분명 스위스의 도시였다. 더욱이 그 도시는 경
감이 얼마 전에 갔었던 지방에서 그리 멀지 않은 곳이었다. 그 아름
다운 물빛의 토운 호수를 지나 인터라켄과 베른 고지에 이르는 전부
터 그가 가보고 싶어 한 고장이었다.

그는 아주 흥분에 들떠 루트 부인을 만나야 할 이유를 머릿속에서
정리하여 이만하면 문제없다는 자신이 서자, 상관의 방으로 들어갔
다.

상관이 그 말을 듣고 납득해 주었으므로 프렌치 경감은 기쁨으로
가슴을 두근거리며 다음날 밤에 떠날 차비를 서둘렀다.

다음날 아침, 그는 경찰국으로 가는 도중 화이트 스타 기선회사에
들러 문제의 항해 때 올림픽 호에 탔던 승객 명단 사본을 손에 넣었
다. 사흘 뒤 바다로 나가 다음 주 수요일 사우댐턴에 들어오게 되어
있었다.

그는 승객들의 필적 견본도 얻을 수 있다는 말을 들었다. 배표를
사거나 짐을 통관시킬 때 서류를 기입하고 신고서에 서명하므로 기선
회사의 사우댐턴 지사나 세관에 가보면 그런 것을 조사할 수 있으리
라는 것이었다.

프렌치 경감은 루트 부인과의 면담이 만족스럽지 못하게 끝날 경우
이 충고에 따르리라 마음먹었다. 그리고 이왕 갈 바에는 올림픽 호가
사우댐턴에 입항했을 때 찾아가 승무원들도 만나보기로 했다.

경찰국으로 돌아오니 이미 몇 가지 정보가 들어와 있었다. 6명의
사복형사 가운데 한 사람이 행운을 잡았던 것이다.

맨 먼저 찾아간 옥스퍼드 거리의 롭슨 보석가게에서 그는 그 여자
가 사갔다는 것과 똑같은 반지를 찾아냈다. X부인이 은행에 계좌를
연 다음날 오후 어떤 부인이 팔러 왔었다는 것이었다.

그가 그 반지를 판 루이스 앤드 토태넘 회사로 가져가 보였더니,
틀림없이 루트 부인이라는 여자가 수표로 지불하고 사간 것이었다.
롭슨은 그것을 190파운드로 사들였는데, 루이스 앤드 토태넘 회사에
서 판 가격은 225파운드였다. 그녀는 이 거래에서 꽤 큰 손해를 본
셈이다. 그녀는 소액지폐로 받아가 지폐번호는 알 수 없었다.

부인을 맞이했던 롭슨 보석가게의 점원은 그녀가 어떤 모습을 하고
있었는지 기억하지 못했다. 실제로 그는 장부를 들춰보고서야 겨우
그런 일이 있었음을 생각해 냈다. 그래도 그 손님이 미국 여자인 것
만은 확실하며, 그리 나이 들지도 젊지도 않은 아무튼 특별히 눈에
띄는 여자는 아닌 듯 여겼다고 그는 말했다.

프렌치 경감은 이 보고에 기뻐했다. 이것으로 그의 가설이 옳았다
는 게 거의 의심할 나위 없이 증명된 셈이다. 그런 장신구들을 사들
인 것은 훔친 다이아몬드를 꼬리잡히지 않고 현금으로 바꾸기 위한
술책의 한 수단에 지나지 않았던 것이다.

더 나아가 이 사실은 그녀가 택시를 타고 빅토리아 역으로 간 날
밤 프랑스로 건너가지 않았을지도 모른다는 그의 추측이 옳았음을 보
여준 것이기도 했다. 그 다음날도 그녀는 아직 런던에 머물러 있었던
것이다.

하지만 이 발견도 수수께끼의 여자를 찾아내는 데에는 아무런 도움
도 되지 못했다. 보석가게 점원은 그녀의 인상을 기억하지 못했고 그
녀의 뒤를 밟아갈 만한 실마리는 아무것도 남겨져 있지 않았다. 실제
로 이 유망해 보이는 단서도 어쩌면 용두사미로 끝나버리는 게 아닐
까? 혹시 그렇게 끝날지도 모른다는 생각이 들면서 분함이 솟구쳐

모처럼 기쁨으로 부풀었던 마음이 다시 시들해져갔다.

오전 중 다른 사복형사가 또 한 가지 정보를 알아왔고 점심때까지 세 번째 거래도 드러났다.

안타깝게도 이 두 경우 역시 첫 발견 때와 마찬가지로 별다른 수확을 가져다 주지 못했다. 프렌치 경감이 직접 두 가게로 찾아가 가게 사람들을 끈질기게 물고 늘어졌지만 아무에게서도 그 이상의 정보를 끌어낼 수는 없었다.

그날 밤 경감은 뮈렌 시로 떠났다. 예정시각에 베른에 닿아 열차를 갈아타고 슈피츠를 거쳐 니센의 커다란 원추형 구름 밑을 지나 토운 호수를 지난 다음 인터라켄에 들어섰다. 그곳에 하룻밤 묵고 이튿날 아침 남쪽을 향해 베른 고지의 거대한 산 속을 뚫고 들어가는 협궤 열차를 탔다.

마터호른, 아이가, 멘히, 융프라우 등의 산들이 잇달아 하늘에 우뚝 솟아 있는 광경은 그를 압도했다. 그리고 열차가 좁은 계곡을 따라 비스듬히 산 속으로 들어갈 때 그는 커다란 산이 양쪽에서 자신을 덮쳐오는 듯한 위압감을 느꼈다.

라우터브룬넨에서는 케이블카로 뮈렌 고원에 올라갔고 거기서부터 전차를 타고 유명한 휴양지로의 여행을 계속했다.

뮈렌에 이르러 벨가르드 호텔 쪽으로 걸어갈 때 그는 황홀하여 융프라우의 웅대한 산허리를 바라보았다. 은빛 산봉우리가 이윽고 또 다른 산봉우리로 이어져 위로위로 뻗어 물빛 하늘을 향해 솟아 있었다.

여행 중에 사귄 한 사람이 눈 속을 싫도록 헤매다 이제 겨우 속세의 숲 맛을 보게 되었다고 기쁜 듯이 말했지만 그 말씀으로는 프렌치 경감을 좀처럼 지상으로 되돌아오게 할 수 없었다. 그는 그 새로운 친구와 함께 벨가르드 호텔 바로 가서 스카치 위스키를 두 잔 마셨다. 그러자 산의 마법이 서서히 사라지고 루트 부인과의 만남이 이곳을 찾은 이유임을 깨닫게 되었다.

숙박부를 살펴보니 사보이 호텔에서와 마찬가지로 미국 피츠버그 시 촌시 S 루트 부인이라는 이름이 눈에 띄었지만, 이번에는 필적이 전혀 달랐다.

사무실에서 나오며 프렌치 경감은 생각했다.

'이번에는 진짜 루트 부인이다.'

그는 그 부인을 점심 식사 뒤에 만나기로 마음먹었는데, 지배인에게 부탁하여 그녀가 식당으로 들어왔을 때 바로 저 부인이라는 귀띔을 받았다.

어느 모로 보나 미국 탐정사무소가 알려준 인상서 그대로였고 또한 윌리엄스가 가르쳐준 인상과도 꼭 들어맞았다. 그러나 부인을 찬찬히 뜯어보며 경감은 그 인상기록이 얼마나 믿을 게 못 되는 불충분한 것이었는지 절실히 느꼈다. 그런 인상서에 맞는 여자라면 몇백 명이라도 있을 것 같았다.

점심 식사가 끝난 뒤 경감은 라운지에서 그녀에게 말을 건넸다. 방해드려 죄송하지만 자신은 이러이러한 신분의 사람이니 부디 회견을 허락하고 될 수 있으면 어떤 정보를 제공해 주기 바란다고 말했다.

그녀는 승낙했다.

"좋아요, 그럼, 내 거실로 가시지요."

그때 프렌치 경감은 미국 말고는 이 지구 위 어느 나라에 가더라도 이런 사투리는 들을 수 없으리라고 생각했다.

이 호텔에서도 가장 훌륭한 스위트룸의 거실에 자리잡고 앉아 프렌치 경감은 입을 열었다.

"당신은 촌시 S 루트 부인이시지요? 이야기를 시작하기 전에 당신의 패스포트를 보여주시면 고맙겠습니다. 그 까닭은 나중에 설명드리지요. ”

팔걸이의자에 등을 기댄 채 담배에 불을 붙여둔 그녀가 말했다.

“먼저 그 까닭을 말씀해 주세요. ”

프렌치 경감은 빙긋 웃었다.

“바라신다면 말씀드리지요, 부인. 실은 미국 피츠버그 시의 촌시 S 루트 부인이라는 이름의 두 부인이 올림픽 호로 바다를 건너 사우댐턴에 와 닿았습니다. 나는 어느 쪽이 진짜 루트 부인인지 확인하기 위해 경찰국에서 파견되어 온 것입니다. ”

부인은 믿을 수 없는 표정을 지었다.

“어머나, 어떻게 그처럼 기묘한 일이 일어났을까요? 나는 분명 올림픽 호를 타고 왔지만, 그런 이름을 가진 분은 그 배에 타고 있지 않았어요. ”

“그런데 올림픽 호를 타고 왔다는 촌시 S 루트 부인이라는 또 한 여자가, 배가 리버풀에 닿은 날, 사보이 호텔에 나타나 런던에 사는 한 남자로부터 3,000파운드를 사기했습니다. 설마 당신이 그 부인일 리 없다고 믿습니다만, 나의 상관을 납득시킬 만한 증거가 필요합니다. ”

호기심과 놀라움이 뒤섞인 나직한 외침을 지르며 그녀는 일어나 핸드백을 열어 서류를 꺼냈다.

“이 여권을 보세요! 참 재미있는 이야기로군요. 어서 그 이야기를 들려주세요. ”

프렌치 경감은 서류를 살펴보았다. 그러는 동안 마지막 의심도 사라졌다. 그의 눈앞에 있는 사람은 진짜 루트 부인이었다. X부인은 여전히 X부인인 것이다.

이 이야기를 비밀로 해달라고 부탁하고 그는 윌리엄스 씨를 찾아왔던 수수께끼의 방문자에 대해 자신이 알고 있는 일을 아주 자세히 들려주었다.

"그러니 루트 부인, 내가 어떤 일로 당신의 도움을 받으려 하는지 아시겠지요. 누군가가 당신 행세를 하고 있습니다. 아마도 당신과 같은 배를 타고 뉴욕에서 바다를 건너온 여자라고 여겨집니다.

여기 선객 명단 사본이 있습니다. 부디 서두르지 마시고 배 안에서 만난 사람들을 차근차근 생각해 보십시오. 당신이 믿을 수 있다고 생각되는 분은 빼고 그렇지 않은 사람들 이름 위에 표를 해주십시오. 내가 바라는 게 무엇인지 아시겠습니까?"

"잘 알겠어요. 하지만 당신이 생각하시는 것만큼 간단하지 않아요. 같은 배를 타고 뉴욕에서 런던으로 건너온 사람들을 모두 기억할 수는 없으니까요."

"그러시겠지요. 하지만 아무튼 그리 많지는 않을 겁니다. 우리 주문에 맞는 여자는 몇 안 될 테니까요. 첫째 그녀는 대체로 부인과 키가 비슷하고 생김새도 많이 닮았습니다…… 물론 똑같지는 않지만 대체로 그렇다는 겁니다. 머리빛깔이며 얼굴색은 아무래도 관계없습니다. 그런 건 화장으로 얼마든지 속일 수 있으니까요. 그러나 눈빛은 다르지요. 그녀의 눈은 금갈색이었습니다. 그런 눈을 가진 여자가 생각나지 않습니까?"

루트 부인은 고개를 저었다.

프렌치 경감은 말을 이었다.

"그리고 그녀는 머리 좋은 여자임에 틀림없습니다. 머리 좋고 용기와 결단력이 있으며 연극도 좀 할 줄 압니다. 그만한 일을 감쪽같이 해낸 여자이므로 그 정도의 인물일 것임에 틀림없습니다."

프렌치 경감은 입을 다물고 자신의 말이 상대방에게 침투되기를 기다렸다. 그리고 다시 입을 열었다.

"더욱이 그녀는 당신에 대해 잘 알고 있습니다. 당신의 모습을 관찰하고 있었을 뿐만 아니라 뭔가 당신에 대해 연구하고 있었던 듯합니다. 그렇지 않으면 질문받을 경우 난처해질 테니까요.

지금 말씀드린 점으로 누군가 마음에 떠오르는 사람이 없습니까, 루트 부인? 부디 도와주십시오. 당신이 아무것도 마음에 짚이지 않는다고 하시면 솔직히 말해서 나는 다음으로 어떤 일을 해야 할지 도무지 막막합니다.”

“그렇겠지요. 나도 해드릴 수 있는 한 힘껏 도와드리고 싶지만, 지금은 전혀 짐작이 가지 않아요.”

그녀는 방을 가로질러가 다시 핸드백 속을 뒤적였다.

“여기 코닥 카메라로 찍은 사진이 몇 장 있어요. 이걸 보시면 혹시 뭔가 도움이 될지 모르겠군요.”

배 위에서 찍은 승객들의 사진이 두 다스도 넘게 있었다.

루트 부인은 그 사진을 하나하나 꼼꼼하게 살피기 시작했다. 여자 승객을 한 사람 한 사람 손가락으로 짚으며 그녀는 자신이 알고 있는 점을 경감에게 낱낱이 이야기했다.

“제프스 부인…… 이분은 아닐 거예요. 너무 뚱뚱하니까요. 그리고 이 사람은 아가씨로, 이름이 생각나지 않아요. 하지만 아무튼 키가 컸어요. 나보다 머리 절반쯤은 컸지요.

다음은 헤이디 스퀸스. 컨솔리레이티트 석유회사 스퀸스 노인의 따님이에요. 내가 철들 무렵부터 사귀어온 사이지요. 그리고 이 사람은…… 누구였더라? 아, 그래, 딘스모어라는 아가씨. 아일랜드 인이었다고 생각해요. 이 아가씨도 아니에요. 아주 엷은 푸른 눈이었거든요. 그 다음은 퍼스 부인…….”

이렇게 시간은 난로 위의 전기 시계로 25분이나 흘렀다.

프렌치 경감은 능률적으로 일을 처리하는 부인의 솜씨에 아주 기뻐했지만 그 일의 성과는 비참하리만큼 보잘것없었다. 사진에 찍힌 여자 가운데 여덟 사람이 체크되고 그 가운데 루트 부인이 이름을 기억하고 있는 것은 다섯 사람이었다. 이 다섯 사람 가운데 루트 부인이 배 안에서 처음 사귄 워드 부인이 몇 가지 까닭으로 가장 유력했다.

그녀는 루트 부인보다 튼튼해 보였으나 키는 거의 비슷했고 부인의 말에 의하면 엷은 갈색눈이었던 듯하다. 그녀는 루트 부인과 친하게 지냈는데, 그러고 보니 어딘지 캐묻기 좋아하는 성미였다고 한다. 그러나 이 여자는 국적 때문에 제외되었다. 그녀는 스스로 영국인이라고 말했는데, 루트 부인 역시 그녀가 영국인이라는 점에 대해 조금도 의심을 품지 않았다는 것이었다.

프렌치 경감은 루트 부인에게 수표를 내보였다. 그녀는 그런 필적을 본 기억이 없다고 대답했다.

그런데 그녀는 프렌치 경감에게 쓸모 있을지도 모를 힌트를 한 가지 주었다.

그녀의 선실에서 시중들어 주었던 스튜어디스는 아주 총명하고 날카로운 관찰력을 지닌 여자였다. 이 스튜어디스가 그녀를 비롯한 선객들의 일을 아주 잘 알고 있는데 루트 부인은 몇 번이나 놀랐을 정도였다는 것이다.

루트 부인은 그녀가 스파이 짓을 했다고 나무라는 것은 아니지만, 어느 누구보다도 프렌치 경감의 질문에 잘 대답해 줄 수 있으리라 생각한다고 덧붙였다. 부인은 그녀의 이름을 기억하지 못했지만 꽤 눈길을 끄는 미인으로 검은 눈에 젊고 싱싱한 얼굴을 하고 있으며 밝은 금발머리이므로 곧 알 수 있을 것이라고 했다.

루트 부인은 이 사건에 큰 흥미를 보이며 사건의 진전 상황을 자주 알려달라고 경감에게 부탁했다. 그는 쾌히 약속하고 헤어졌다.

이리하여 프렌치 경감에게는 다음번 올림픽 호가 입항할 때 사우댐턴에 가봐야 할 이유가 또 한 가지 늘어난 셈이었다. 그는 이튿날 아침 귀로에 올라 화요일 오후 런던으로 돌아왔다.

경찰국에서 그는 그 수수께끼의 부인이 거래한 나머지 세 가지가 밝혀졌음을 알았다. 그러나 운 나쁘게 어느 가게에서도 그녀의 신원이 드러날 단서는 나오지 않았다.

이 세 가지 발견으로 그녀가 산 1,200파운드어치의 장신구가 처분되었음을 알았다. 이 거래로 그녀가 받은 금액은 1,090파운드였고 손해는 9퍼센트쯤에 지나지 않았다.

그는 모든 일을 제쳐놓고 윌리엄스 씨를 찾아가 루트 부인이 준 사진 속에 수수께끼의 여자가 있는지 물어보았다. 그러나 이 대금업자는 명확한 대답을 하지 못했다. 그는 잠시 대답하지 않고 도무지 잘 모르겠다는 듯 사진을 뒤적거리고 있더니 마침내 워드 부인을 가리켰다.

그는 애매한 말투로 대답했다.

"이 사람을 닮았는데요. 하지만 틀림없이 이 사람이라고 단정할 수는 없습니다. 만일 이 사람이 그 여자라면 사진이 몹시 잘못 나온 것 같군요."

그는 한참 동안 사진을 들여다보고 있었다. 그리고 천천히 말했다.

"이상하군요. 나는 이 여자를 전에 본 적이 있습니다. 당신이 워드 부인이라고 말씀하신 이 여자 말입니다. 기묘한 이야기지만, 나는 그녀가 다이아몬드를 가져왔을 때에도 그런 느낌이 들었습니다. 전에 어디선가 본 듯한 기분이 들었지요. 하지만 그때는 워드 부인만큼 뚜렷이 느껴지지는 않았습니다. 그녀를 언제 어디선가 본 적이 있습니다. 어디서였는지는 잘 생각나지 않습니다만……."

프렌치 경감은 얼마쯤 초조한 목소리로 말했다.

"생각해 보십시오. 그렇게 해주시면 수사가 훨씬 쉬워지니까요."

그는 무뚝뚝하게 대답했다.

"나는 어떻게든 3,000파운드를 돌려받고 싶어 생각을 쥐어짜보는 데도 떠오르지가 않는군요. 아무래도 생각나지 않아요. 아무리 생각해봐도 헛일입니다. 기차 안이나 식당에서라도 본 여자인가 봅니다. 말을 주고받은 여자는 아닌 것 같은데요."

프렌치 경감은 이어 런던 앤드 카운티즈 은행 피커딜리 지점으로 가서 스컬릿 씨와 사무원 플렌티어스를 만났다.

두 사람 모두 애매한 표정으로 워드 부인을 골라내 이 사람이 그 수수께끼의 부인과 닮았다고 지적했지만, 둘 다 확실한 자신은 없는 듯했다. 윌리엄스 씨와 마찬가지로 지점장도 사진 속의 여자 얼굴이 낯익으나 서로 알고 지낸 기억은 없다고 증언했다. 프렌치 경감은 이 정도로 만족하는 수밖에 없었다.

오후 내내 그 구름을 잡는 듯한 X부인이 보석을 사고판 가게와 대리점을 자동차를 타고 돌아다녔다. 그녀를 응대한 11명의 점원 가운데 7명이 워드 부인이 그 여자 같다고 증언했지만 4명은 그녀의 모습을 기억하지 못했다.

이 증언은 모두 프렌치로서는 만족스럽지 못했으나, 아무래도 워드 부인이 그가 찾고 있는 여자 같다는 느낌이 들었다.

그리하여 경감은 얼마 전보다는 희망을 품으며 수요일 오후 사우댐턴으로 갔다. 다음날 올림픽 호가 와 닿게 되어 있었기 때문이다.

신출귀몰하는 X부인

　프렌치 경감은 시내 역 가까이에 있는 호텔에서 묵고 다음날 아침 일찍 화이트 스타 기선회사 사무소에 모습을 나타냈다.

　여기서 올림픽 호가 곧 와 닿을 참이라는 이야기를 들었으므로, 그는 서둘러 부두로 나가 이 거대한 배가 정박하는 광경을 바라보았다. 거대한 선체가 서서히 정해진 위치로 다가가 안벽에 가로닿아 닻을 내리는 과정을 지켜보는 것은 아주 인상적인 경험이었다.

　현문이 열리고, 그 안에서 지난 1주일 동안 배 위에서 지낸 선객들이 줄지어 나왔다. 어떤 사람은 벌써부터 일을 생각하며 기차 시간에 늦지 않도록 걸음을 재촉했고 어떤 사람은 느긋하게 택시나 자동차를 기다리고 있었다. 마중 나온 친구들과 함께 정다운 인사말을 나누는 사람도 있고 배 안에서 사귄 이들과 작별 인사를 하는 사람도 있었다.

　모든 선객들이 차츰 뿔뿔이 흩어져갔으며, 어떤 사람이 서 있던 자리를 다른 사람이 옮겨와 서고 그 자리에 또 다른 사람이 들어오는……… 이 끝없는 인파의 흐름이 언제 끝날지 짐작할 수 없었지만 한참 기다리는 동안 어느새 그 북적거림이 가라앉았으므로 프렌치 경감은 배 위로 올라가 사무장을 찾았다.

배의 입항에 관련된 급한 용건 때문에 사무장은 곧 프렌치에게 올 수 없어 급사를 시켜서 그를 선실로 맞아들였다.

잠시 뒤 사무장이 그곳에 모습을 나타냈다. 그는 사과했다.

"오래 기다리셨습니다, 경감님. 11월 끝 무렵쯤의 귀국 항해에 대해 자료를 요구하셨지요?"

"그렇습니다. 이 여덟 여자분들의 이름과 주소, 그리고 이분들에 대해서 알고 있는 일을 자세히 들려주셨으면 합니다."

"좀 어려운 일이군요. 항해기록은 그때그때 육지의 사무소에 제출하므로 여기에는 이번 항해기록밖에 없습니다. 그러나 그 부인들의 이름을 기억하는 승무원이 있을지도 모릅니다. 이름이 밝혀지면 육지 사무소에서 그분들의 소재지를 조사할 수 있겠지요."

"그거 참 고맙군요. 여기 선객 명단 사본이 있습니다. 쓸모가 있을 것 같아서요."

"그렇습니까. 기억을 되살리는데 도움이 되겠지요. 좀 보여주십시오. 내가 알지도 모르니까요. 내가 모르면 기억해 낼 만한 사람을 불러오지요."

그는 사진을 지그시 들여다보았다.

프렌치 경감은 그의 등 뒤로 가서 어깨 너머로 들여다보며 말했다.

"그분이 루트 부인입니다. 그녀는 다섯 사람의 이름을 기억해 내주었는데, 정확한지 확인하고 싶습니다. 나머지 세 사람의 이름은 생각나지 않는 듯했습니다."

사무장은 고개를 끄덕이며 사진을 뒤집어보았다.

"이분은 폽즈 부인입니다."

그는 손으로 가리켰다.

“그리고 이분은 그레이슨 양, 혹은 그레이브즈 양이라는 이름이었
습니다. 얼굴은 거의 기억합니다만, 이름은 아무래도……. ”
“폽즈 부인과 그레이슨 양은 루트 부인이 말한 이름과 맞습니다. ”
사무장은 조용하면서도 단호한 태도로 사진을 내려놓았다. 아마도
그런 인물됨인 듯했다.
“내가 아는 이름은 그뿐인 것 같습니다. ”
그는 벨을 눌렀다.
“호프 부인을 불러주게. ”
그리고 프렌치 경감 쪽을 보며 말했다.
“호프 부인은 주임 스튜어디스입니다. 그녀에게 이것저것 물어보십
시오, 바라시는 걸 알 수 있을 겁니다. ”
호프 부인은 유능해 보이는 여자로 금방 사정을 이해했다. 그녀는
프렌치 경감을 자기 방으로 안내하여 거기서 사진을 살펴보았다. 그
녀는 여섯 부인을 직접 기억해 냈고, 나머지 두 사람 이름도 부하에
게로 달려가 재빨리 알아봐주었다.
프렌치 경감은 다섯 선객에 대한 루트 부인의 기억이 정확한 것을
알고 기쁨을 느꼈다. 그 커다란 기선을 떠나면서 그 여덟 여자 가운
X부인이 끼어 있을 것 같다는 루트 부인의 직감이 부디 들어맞기를
진심으로 빌었다. 만일 그렇다면 그 구름을 잡는 듯한 X부인의 신원
도 마침내 밝혀질 것이다.
그는 화이트 스타 기선회사 사무소로 돌아가 그가 가진 선객 명단
위에 표시된 여덟 여자의 세례명과 주소 및 그 밖의 세세한 사항을
가르쳐달라고 부탁하고 그들 저마다의 필적 견본도 보여 달라고 말했
다.
그는 오직 한 가지 결정적인 시험은 필적 조사라 믿고 있었다. 여
덟 여자 가운데 X부인의 수표에 씌어진 것과 똑같은 필적이 있다면

사건은 이미 해결된 거나 다름없다. 만일 필적 조사가 기대한 성과를 거두지 못하면 그는 올림픽 호로 건너온 모든 여자승객들의 신고서를 샅샅이 뒤져보리라고 굳게 마음먹었다. 그러면 혹시 찾고 있는 것이 발견될지도 모른다.

그를 접대하도록 지시받은 사무원이 서류를 한아름 안고 왔다. 그는 미안해하며 말했다.

"죄송합니다만 직접 조사해 주실 수 없을까요? 오늘은 바쁜 날이어서 일거리가 산더미처럼 쌓여 있습니다. 방법은 간단합니다. 이 승선신고서에서 필요한 항목을 쉽게 찾아낼 수 있으니까요, 선실 등급마다 알파벳순으로 배열되어 있어 알고 싶은 사항을 곧 찾을 수 있지요."

프렌치는 마음대로 할 수 있게 되어 오히려 기뻤다.

"좋습니다. 내 걱정은 하지 마십시오, 혼자 어떻게 해보지요, 모르는 게 있으면 물으러 가겠습니다."

경감은 8명의 신고서를 살펴보며 이름과 주소와 국적, 그 밖의 특징을 기록하고 그들의 필적을 수표에 씌어진 X부인의 필적과 비교해 보면서 '혼자 어떻게' 해보았다.

그는 필적감정 전문가는 아니지만 가짜 필적일 경우 글씨에 남겨지는 갖가지 특징을 알아보는 기술은 충분히 터득하고 있었다. 그러므로 그는 아주 끈기 있게 철저한 조사를 해나가되 얼른 보기에 수표의 서명과 비슷하지 않은 것도 결코 소홀히 넘기지 않았다. 자신이 배워 익힌 규칙에 비춰 하나하나 확인하고 분명히 다른 손으로 씌어졌다는 것이 밝혀지기 전까지는 만족하지 않았다.

그럭저럭하는 가운데 마침내 리스트의 여덟 번째 부인 이름에 이르렀다. 그리고 루트 부인이 가장 수상하다고 점찍은 워드 부인의 신고서를 보았을 때 그는 갑자기 솟구치는 기쁨을 누를 수 없었다. 수표의 필적이었다. 틀림없이 같은 손으로, 더욱이 아무 잔재주도 부리지 않고 쓴 것이었다! 이것이다! 일리저버스 워드 부인, 나이 39살, 영국인. 요크 시 서스크 거리 오클랜드 거주 등등…… 마침내 목적지에 이른 것이다!

그러나 그는 곧 불안해졌다. 루트 부인이 워드 부인의 이름을 댔지만 국적 면에서 그녀를 제외했었다. 그녀의 말에 의하면 워드 부인은 영국인이었다. 그런데 X부인을 만난 적어도 17, 8명의 증인들은 그녀를 미국인으로 인정하고 있었다. 혹시 루트 부인이 잘못 안 게 아니었을까 여겨졌었지만, 신고서에도 역시 영국인으로 기재되어 있었다.

프렌치 경감은 이해하기 어려워 다시 올림픽 호로 돌아가 승무원들에게 확인해 보리라 마음먹었다.

그런데 그들은 모두 루트 부인과 같은 의견이었다. 워드 부인은 영국인이었다. 틀림없는 영국인이었다는 것이다. 급사와 스튜어디스들은 그런 일에 경험이 많으므로 틀림없다고 했다. 몇 번이나 워드 부인과 이야기한 적 있는 듯한 선의(船醫)에게도 물어보았지만, 그 역시 같은 의견이었다.

배에서 내리려 할 때 루트 부인이 만나보도록 권한 여자와 딱 마주쳤다. 그 눈이 검고 머리 빛깔이 밝은 아름다운 스튜어디스였다. 그는 멈춰 서서 그녀에게 이야기를 건넸다.

유감스럽게도 그녀는 그리 할 이야기를 가지고 있지 못했다. 그녀는 워드 부인의 이름과 생김새를 기억하고 있었지만 직접 시중들지는 않았던 것이다. 그러나 항해가 끝나갈 무렵 워드 부인에게 그녀의 주의가 쏠리게 된 어떤 사건이 일어났다.

점심 시간에 복도를 지나갈 때 그녀가 맡은 어느 선실 문이 살그머니 열렸다. 안에서 한 부인이 나오더니 남의 눈에 띄지 않았을까 확인하듯 주위를 둘러보았다. 그 선실은 미국인 루트 부인의 방이었으며 나온 사람은 워드 부인이었다.

왠지 남의 눈을 피하는 듯한 수상쩍은 태도가 의심스러워진 그녀는 다른 선실에 숨어 일의 형편을 지켜보았다.

워드 부인은 아무 눈에도 띄지 않았다고 만족해 하는 듯 식당으로 돌아가 자기 자리에 앉았다. 그녀는 워드 부인으로부터 눈을 떼지 않았는데, 식사가 끝나자 워드 부인은 루트 부인에게 가서 무슨 부탁의 결과를 보고하듯 말을 건넸다.

이로써 그녀의 의심은 거의 풀렸지만, 그녀는 확인삼아 루트 부인 방으로 가서 뒤진 흔적이 있지 않나 살펴보았다. 보기에 아무 이상이 없었고, 루트 부인도 누군가가 자기 물건에 손댔다고 항의해 오지 않았으므로 무사히 넘어갔다는 것이었다.

워드 부인을 수상쩍게 여기고 있던 프렌치 경감은 이 이야기를 듣자 확증을 잡은 듯한 기분이 들었다. 의심할 나위도 없이 그녀는 루트 부인으로 변장하기 위해 옷가지며 소지품 등을 살펴본 것이다. 게다가 그녀가 필요한 경우 위조문서를 만들기 위해 봉투며 그 밖의 서류를 사진으로 찍었을지도 모른다.

그러나 아직 그녀의 국적이 문제로 남아 있다. 외국인의 악센트나 태도를 흉내 내는 것은 그리 어려운 일이 아니다. 그러나 그런 어설픈 연극으로 많은 사람들——더욱이 그 길의 전문가를 속일 수 없다고 프렌치 경감은 생각했다. 하지만 이것은 일반적인 아주 작은 문제로, 요크 시 서스크 거리의 일리저버스 워드 부인을 찾아내야 한다는 그의 다음 일을 방해하지는 못했다.

그는 배에서 내리자 전화국으로 들어가 요크 시 경찰서장에게 전보를 보내 그런 이름의 부인이 그런 주소에 살고 있는지, 또 살고 있다면 지금 그 부인이 그 주소에 있는지 알려달라고 부탁했다.

다음 볼일은 경찰에 대한 것이었으므로 그쪽으로 갔는데, 어떤 일이 문득 생각나 대서양 항로의 하물검사소에 들러보았다.

세관원 몇 사람이 아직 그곳에 남아 있었으므로, 그는 뚜벅뚜벅 걸어가 한 직원에게 이야기를 건넸다.

그 젊은이는 놀라며 대답했다.

"아, 그 일로 오셨다니 참 이상한 이야기로군요. 참으로 우연인데요. 나는 그 트렁크를 살펴본 사나이를 알고 있습니다. 그때 그 트렁크 이야기를 해주었지요. 미국에서 트렁크에 담요를 가득 넣어온 아주 바보스러운 이야기를요. 함께 가시지요. 그를 찾아드리겠습니다. 그래, 그 부인이 무슨 나쁜 짓이라도 했습니까?"

그리고 그는 "여, 잭!" 하고 그의 동료를 불렀다. 비슷한 타입의 단정하고 재주 있어 보이는 젊은이였다.

"자네에게 손님이 찾아오셨네. 올림픽 호가 두세 항해 전 돌아왔을 때 자네가 이야기해 주었던 그 담요 든 트렁크 일로 물어볼 게 있다고 하네. 그때 일을 알아보러 온 것은 정말 우연의 일치야. 아주 이상한 이야기가 아닌가!"

두 번째 사나이가 프렌치 경감에게 말했다.

"당신은 잘 꿰뚫어보셨군요. 나는 그 트렁크와 주인인 부인에 대해 잘 기억하고 있습니다. 담요를 가득 넣은 트렁크를 들고 대서양을 건너오다니 도무지 그 속셈을 알 수 없었으니까요. 그런 사람은 지금까지 본 적이 없습니다."

프렌치 경감이 물었다.

"당신은 그 점에 대해 아무 말도 하지 않았소?"

"나는 아무 말도 안 했지만, 그 부인이 먼저 이야기하더군요. 미국에서 담요를 가득 담아온 트렁크 같은 건 지금까지 본 일이 없을 거예요, 라고. 물론 나도 처음에는 이상하게 여겨져서 꽤 세밀하게 살펴보았습니다. 그래서 나는 이런 트렁크는 본 적이 없다고 말해 주었지요.

그러자 그 부인은 조그맣고 값비싼 도자기 장식품을 몇 개 가지고 돌아갈 예정이므로 그것을 쌀 담요라고 했습니다. 어차피 트렁크를 가지고 와야 하니 그럴 바엔 속에 채울 것을 넣어오면 일부러 살 필요가 없다고 생각했다고 합니다. 나는 아무래도 이상한 이야기로 여겨졌지만 그 속에 다른 과세 품목도 들어 있지 않은데다 간섭하는 것은 내 임무가 아니니까요. 무슨 나쁜 일이라도 생겼습니까?"

프렌치 경감은 그에게 말했다.

"잘은 모르지만 그 부인은 악당인 것 같습니다. 그러나 그 담요에 대해서는 전혀 모릅니다. 그런데 그 부인이 이 가운데 있습니까?"

젊은이는 서슴없이 사진 속의 워드 부인을 가리켰다. 프렌치 경감은 세관원에게 물을 것은 모두 물어보았다고 생각하고 다시 경찰서 쪽으로 걸음을 옮기기 시작했다.

실제로 이 담요를 넣은 트렁크가 무엇을 뜻하는지 그는 의심스러웠다. 그리하여 공허한 눈길로 길을 내려다보며 걷노라니 문득 그럴듯한 설명이 머리에 떠올랐다.

그 트렁크는 분명 사기행위에 따르는 소도구로 필요했던 것이다. 루트 부인은 피츠버그의 부호 부인이므로 사보이 호텔에 닿았을 때 미국의 트렁크를 가지고 있지 않으면 이상하게 여겨지리라. 그러나 자취를 감출 때는 그 트렁크가 방해되었을 게 틀림없다. 어디에든 처분해 버려야만 한다. 그리고 실제로 처분해 버렸던 것이다.

처분할 경우 트렁크 속에 소유주에 대한 단서가 될 만한 부인의 소지품이나 개인적인 물건이 들어 있어서는 난처하다. 그렇지만 무언가 채워 넣지 않으면 안 된다. 텅 빈 트렁크는 너무나 가벼워 하녀에게 눈치 채이고 호텔 종업원들 사이에 소문이 퍼져 지배인 귀에 들어갈지도 모른다. 그렇게 되어서 윌리엄스 씨가 호텔로 문의 전화를 걸기라도 하면 형편이 좋지 않게 된다.

그러나 담요라면 안성맞춤이다. 실제로 프렌치 경감은 담요보다 더 이 목적에 알맞은 물건은 없다고 생각되었다. 담요라면 트렁크가 알맞게 무거워지고 추적당할 단서도 남지 않는다. 값이 싸고, 세관원들이 의심스러워 해도 뭐라고 말할 구실이 있다.

그렇다, 하고 프렌치 경감은 생각했다. 이로써 담요에 대한 설명은 충분히 된 셈이다.

경찰서에 이른 프렌치 경감은 자기 이름을 대고 서장을 만나고 싶다고 부탁했다.

헤이즈 서장은 이곳으로 오기 전 런던에서 근무한 적이 있으며 프렌치 경감과는 아는 사이였다. 그는 경감을 다정하게 맞아 편안한 의자를 권하고 질 좋은 엽궐련을 내놓았다.

그리고 설명했다.

"트리니더드 산입니다. 그곳에 아는 사람이 있어 직접 보내주었지요. 그런데 뭐 재미있는 일이라도 있습니까?"

두 사람은 한참 동안 옛 이야기를 나누었으며 이윽고 프렌치 경감이 용건을 꺼냈다.

"재미있는 사건이 일어났습니다."

프렌치 경감은 그 이야기를 자세히 들려주고 말을 이었다.

"그녀는 상당한 지능범임에 틀림없습니다. 시치미 뚝 떼고 패스포트를 잃어버렸다고 늘어놓으며 윌리엄스 씨를 골탕 먹였거든요. 그러나 그런 경우 경찰에 신고까지 하다니 어이가 없습니다."

서장도 고개를 끄덕였다.

"배짱이 좋군요. 하지만 그렇게 할 필요가 있었겠지요. 윌리엄스 씨가 패스포트가 없는 것을 의심할 게 틀림없으므로 의심받지 않도록 해둘 필요가 있었던 겁니다. 그런 귀중한 것이 든 핸드백을 도둑맞고도 경찰에 신고하지 않았다면 이상하게 여길 터이므로 신고한 거지요. 윌리엄스 씨가 재빨리 경찰에 물어보리라는 걸 알고 있었던 겁니다. 윌리엄스 씨는 실제로 조회했다지요? 그러니 그녀로서는 당연히 우리 경찰서에 찾아오지 않을 수 없었지요. 당연히 해둬야 할 대비책이었으니까요."

프렌치 경감이 대답했다.

"말씀대로입니다. 하지만 굉장한 배짱이지요. 이를테면 사자 입에 머리를 들이밀었을 뿐만 아니라 내 머리가 그 입속에 들어가 있다고 사자에게 가르쳐주는 셈이었으니까요.

어찌 됐든 나는 그녀를 찾아내야 하니 자세한 사항을 말해 주실 수 없습니까? 올림픽 호에 가서 조금 듣기는 했지만 될 수 있는 한 많은 정보를 수집할 생각입니다."

서장은 전화로 부하를 불러 일렀다.

"매커피 형사부장을 불러오게."

키 크고 혈색 나쁜 사나이가 들어오자 서장은 프렌치 경감에게 그녀의 사건을 다룬 사나이라고 소개했다.

"매커피 형사부장은 리버풀 경찰서에 있다가 얼마 전 이곳으로 전임되었지요. 거기 앉게, 매커피. 프렌치 경감님은 7주일쯤 전 올림픽 호에서 내리다가 핸드백을 날치기 당했다고 신고한 부인에 대해 자세히 듣고 싶어 하시네. 그건 자네가 다루었었지? 자네는 피츠버그의 루트 부인이라는 여자를 기억하겠나?"

그는 대답했다.

"네, 잘 기억하고 있습니다."

벨파스트 사투리를 쓴다고 프렌치 경감은 생각했다.

"그러나 올림픽 호에 내리다가 잃어버린 게 아닙니다. 부두에서 날치기당한 건 확실합니다만, 배에서 내리고 한참 지난 뒤의 일입니다."

형사부장은 수첩을 꺼내들었다.

"다른 수첩에 기록되어 있군요. 필요하다면 그것을 가져오겠습니다."

그는 잠시 뒤 돌아와 앉더니 몹시 낡고 귀퉁이가 접힌 수첩 페이지를 뒤적이며 마치 법정에서 증언하는 듯한 말투로 이야기하기 시작했다.

"지난해 11월 24일 오후 3시쯤 나는 바깥 부두의 사람들 속을 지나가고 있었는데, 그때 한 부인의 외침 소리가 들렸습니다. 그녀는 도둑이야, 도둑이야 하고 소리쳤습니다. 그리고 내 쪽으로 달려와 팔을 잡았습니다.

그녀는 보통 키에 몸이 여위고 얼굴빛이 파리했으며 머리가 검었습니다. 말투에 미국식 사투리가 섞여 있었지요. 몹시 당황하고 흥분한 태도였습니다. 그녀는 숨을 헐떡이며 방금 핸드백을 날치기당했다고 말했습니다.

나는 그녀에게 어디서 어떻게 당했으며 그 속에 무엇이 들어 있었느냐고 물었습니다. 그녀는 지금 그 자리에서, 우리가 서 있는 그 지점에서 당한 지 3초도 지나지 않았다고 주장했습니다. 손에 들고 걸어가다가 날치기당했다는 것이었습니다. 그녀가 주위를 둘러보니 마침 혼잡한 속을 헤집고 달아나는 한 남자의 뒷모습이 보여서 소리치며 그 뒤를 쫓았지만 놓치고 말았다는 겁니다.

나는 어떤 핸드백이었느냐고 물었습니다. 그녀는 금장식 달린 조그맣고 네모진 갈색 가죽 핸드백이라고 말했습니다. 나는 그 부근에 있던 두 경관에게로 가서 까닭을 설명하고 출구를 지켰지만, 그런 물건은 나오지 않았습니다. ”

매커피 형사부장은 우울한 얼굴로 머리를 저으며 다음과 같이 결론 내렸다.

“그토록 혼잡한 곳에서 금장식 달린 가죽 핸드백 같은 걸 들고 다니지 말아야 했던 겁니다. ”

서장이 맞장구쳤다.

“그건 사실일세, 형사부장. 그런데 그 물건은 끝내 나오지 않았나? ”

“네. 나는 그녀를 경찰서로 데려와 이름과 그 밖의 것들을 물었습니다. 이것이 그 보고서입니다. ”

그는 종이를 한 장 펴서 서장의 책상 위에 놓았다.

보고서에는 그 부인에 대한 사항을 비롯하여 날치기 당한 핸드백과 그 속에 든 물건, 그리고 수사 수배상황 등이 자세히 기록되어 있었다. 전당포로 통지가 나가고 도난품이 거래됨직한 장물아비나 그 밖의 루트에도 특별감시가 배치되었다.

이런 상세한 사항을 파악하고 나서 프렌치 경감은 다시 그 사진을 꺼내 형사부장에게 건네주었다.

“이것을 봐주시오, 형사부장. 이 가운데 당신이 본 부인이 있소? ”

형사부장은 윌리엄스 씨와 스컬릿 씨를 비롯한 런던의 여러 관계자들처럼 미심쩍어하는 표정으로 사진을 찬찬히 들여다보더니 이윽고 그들과 똑같이 애매하게 망설이며 워드 부인을 가리켰다.

그는 천천히 말했다.

“이 부인인 것 같습니다. 이 가운데 그 부인이 있다면 말입니다. 그리 닮지는 않았지만 역시 이 여자 같군요. ”

“분명치는 않은 셈이로군요? ”

“분명치는 않습니다. 그러나 역시 이 여자 같은 생각이 듭니다. ”

프렌치 경감은 고개를 끄덕였다. 형사부장의 진술은 윌리엄스 씨와 스컬릿 씨 및 그 밖의 여러 사람들 진술과 확실히 일치되어 있어 어느 모로 보나 단 한 가지 해석밖에 성립되지 않았다. X부인이 워드 부인임에 틀림없으나 이들을 만나기 전에 아마도 루트 부인으로 변장했으리라는 것이었다. 이들이 워드 부인과 닮았다고 진술한 것은 사실상 그녀임에 틀림없으므로 당연한 일이지만 의혹을 품는 것은 그들이 루트 부인으로 변장한 그녀를 보았기 때문인 것이다.

경감은 앞으로 몸을 내밀어 손가락 끝으로 그 사진을 톡톡 쳤다.

그는 힌트를 주었다.

"이렇게 생각할 수는 없겠소, 형사부장? 이 사진에 찍혀 있는 게 그녀의 본디 모습이라고 말이오. 그리하여 당신이 그녀를 만나고 있었을 때는 다른 사람으로 변장한 것이었다고. 어떻게 생각하시오?"

매커피 형사부장의 흐릿하던 눈이 갑자기 빛났다.

"그러고 보니 그렇군요."

그의 태도에 비로소 이야기에 흥미를 느끼는 표정이 나타났다.

"분명히 그럴 겁니다. 그런 게 틀림없습니다. 얼굴 생김새는 사진과 닮았지만 화장 때문에 달라보였던 거지요."

그는 납득된다는 듯이 몇 번이나 고개를 끄덕여 보였다.

"좋소."

프렌치 경감은 자신의 활에 될 수 있는 대로 많은 시위를 마련해 두기 좋아했다.

"그럼, 그녀를 뒤좇는 데 도움될 듯한 단서가 있으면 가르쳐주시오."

그러나 그것은 매커피 형사부장으로서는 할 수 없는 일이었다. 그녀는 런던의 사보이 호텔과 피츠버그의 루트 부인 집 두 곳의 주소를 남겼는데, 둘 다 아무 쓸모가 없었다. 그리고 그곳에 그 밖의 자료는 하나도 없었다.

경감은 친구인 경찰서장과 점심 식사를 하고 호텔 라운지로 돌아와 조용히 담배를 피워 물고 여러 가지 상황을 머릿속으로 되새겨보고 있었다.

그곳으로 급사가 전보를 한 통 가져왔다. 요크 시 경찰로부터 온 회답이었다.

귀하 전보 받음. 물어온 이름, 번지 없음.

프렌치 경감은 화가 치미는 듯 욕설을 내뱉었다. 물론 가짜 이름일지 모른다고 생각하고 있었지만, 그러나 적어도 이 점만은 부디 밝혀졌으면 좋겠다고 한 가닥 희망을 걸고 있었던 것도 사실이었다. 그런데 역시 지금까지와 똑같이 진상에서 멀리 떨어져 있지 않은가!

도무지 종잡을 수 없는 여자——경감은 마음속으로 그녀에 대해 좀더 심한 다른 형용사를 쓰고 있었지만——을 뒤쫓기 위해 그는 출발점부터 다시 시작해야만 한다. 지금 그는 윌리엄스 씨의 사무실을 나왔을 때로부터 수사 자료가 조금도 늘지 않았다는 것을 깨달았다.

이 얼마나 울화 치미는 사건인 것일까. 그토록 유망해 보이는 단서가 여기저기 있는데도 막상 더듬어 가보면 모조리 헛일이 되고 만다. 마치 징검다리로 냇물을 건너려고 발을 내디디는 순간 그 돌이 무너져버리는 것과도 같았다.

수사과장이 이 사건을 그리 중요시하지 않는 듯한 눈치여서 더욱 화를 돋구었다. 과장은 요즘 이 사건 처리에 대해 그리 좋은 얼굴을 보여주지 않았다. 그러므로 이 새로운 막다른 골목에 대해서도 결코 동정적인 견해를 보이지 않으리라고 프렌치 경감은 생각했다.

그러나 불평을 늘어놔봐야 어쩔 수 없다고 체념하며 프렌치 경감은 애써 생각을 자기 문제로 되돌리려고 했다. 그 문제를 생각하고 있는 동안 문득 어떤 일이 떠올랐다.

처음 사보이 호텔에 갔을 때부터 프렌치 경감은 문제의 부인이 왜 올림픽 호의 다른 승객들보다 그토록 늦게 와 닿았을까 이상스럽게 여겼었는데, 이제야 비로소 그 까닭을 알아차렸다.

그 핸드백 사건은 배가 와 닿고 4시간이나 지나서 일어났다. 특별 열차가 이미 떠나버린 뒤였다.

그러므로 X부인——그녀는 여전히 X부인이라고밖에 부를 수 없다 ——은 오후 기차, 아마도 웨스트 역 5시 26분발이든가 6시 22분발 열차에 탔을 것임에 틀림없다. 그렇다면 런던에 6시 58분이나 8시 20분에 닿았을 것이다. 하지만 왜 그토록 늦어졌을까? 이 네 시간 동안 그녀는 무엇을 하고 있었던 것일까?

해답을 찾아내는 데 시간은 오래 걸리지 않았다. 그것은 변장하는 시간과 기회를 얻기 위해서가 아니었을까? 그는 틀림없이 그럴 것이라고 생각했다.

그 부인은 배 위에서——이름이야 어떻든——본디의 자기 모습으로 있었던 게 분명하다. 그리하여 변장할 기회를 얻지 못한 채 그 모습 그대로 세관을 통과했다. 그러므로 배승무원들과 세관원들은 사진에서 그녀 모습을 한눈에 알아본 것이다.

그러나 사우댐턴 경찰에 출두하기 전 그녀는 이미 루트 부인으로 변장하고 있었던 게 틀림없다. 그리하여 매커피 형사부장이며 런던 사람들이 그녀를 알아보는 데 시간이 걸린 것이다. 그러므로 그녀는 세관을 나선 것이 11시였다고 하고 그때부터 3시에 형사부장을 불러 세울 때까지 변장할 수 있었던 게 분명하다. 이 4시간 동안 그녀는 어디에 있었을까?

프렌치 경감은 자신을 그녀의 입장에 두고 보았다. 그녀와 같은 문제에 맞닥뜨린 경우 그라면 어떻게 했을까? 두말없이 곧장 호텔로 들어가 변장하기 위해 방 하나를 빌렸으리라. X부인은 그날 오후 사우댐턴의 어느 호텔에서 침실을 하나 빌리지 않았을까?

이런 생각을 하는 동안 다른 여러 가지 가능성이 떠올랐다. 그 부인은 호텔의 침실로 들어갈 때와는 전혀 다른 여자의 모습으로 나왔으리라. 그러니 호텔이 크면 클수록 변장을 꿰뚫어볼 기회가 적어질 게 틀림없다. 많은 이들 가운데 한 사람으로 그녀는 접수구로 가서 몇 시간 쉬고 싶다고 하며 방을 하나 빌려 그 자리에서 지불을 끝낸다. 그리고 변장한 다음 아무 눈에도 띄지 않게 오가는 사람들 속으로 섞여 들어간다.

그렇다, 프렌치 경감은 분명 지금 자신이 더듬고 있는 수사선이 옳다고 느꼈다. 새로운 힘이 솟아난 그는 자리에서 벌떡 일어났다. 파이프의 재를 떨어버리고 그는 호텔 건물을 나왔다.

맨 처음 사우스 웨스턴 호텔로 가서 물어보았으나 여기서는 헛일이었다. 돌핀 호텔도 마찬가지였다. 그러나 폴리건 호텔에서 경감의 예측이 맞아떨어졌다.

숙박부를 뒤적여보던 접수구 직원이 그때 일을 기억해 냈다. 그날 정오쯤 한 미국인 부인이 들어와 5시 26분 런던행 기차를 탈 때까지 몇 시간 쉬고 싶다고 하며 몇 층이든 상관없으니 조용한 침실을 달라면서 그 시간까지 방을 빌렸다.

그녀가 숙박부에 기입했다고 하므로 프렌치 경감이 보니 기쁘게도 수표에 씌어진 것과 같은 필적이었다. 이 숙박부에 그녀는 매사추세츠 주 보스턴 시 힐드라이브의 사이러스 R 클럽 부인이라고 가짜 이름을 써넣었는데, 프렌치 경감은 그 필적의 버릇을 익히 알고 있었으므로 전에 본 이름이 그대로 씌어 있었다면 오히려 더 놀랐을 것이다.

 처음에 그는 자신의 가설이 아주 보기 좋게 입증된 데 기쁨을 느꼈
지만 질문해 나가는 동안 만족감은 사라지고 또다시 분함과 우울함이
덮쳐왔다. 접수구 직원은 방을 빌려준 사실 말고는 아무것도 생각해
내지 못했으며, 호텔 종업원 가운데 누구도 그녀에 대해 기억하는 사
람이 없었던 것이다.

 프렌치 경감은 그 특유의 끈질김으로 그녀와 접촉했음직한 사람들
을 붙잡고 하나하나 물어보았으나 그 가운데 어느 누구로부터도 도움
을 받을 수가 없었다.

 X부인이 이 호텔에서 가짜 사기극의 곡예를 연출하기 위해 변장하
고 나갔다는 것은 뚜렷했으며, 그녀가 아무 단서도 남기지 않고 호텔
에서 자취를 감추었다는 것 또한 분명했다.

 가장 난처한 것은, 이제부터 어떻게 해야 좋을지 전혀 알 수 없게
된 일이었다. 그가 끈질기게 쌓아올린 건물 밑바탕이 되는 특별한 단
서가 모두 헛되고 말았으므로, 이제 다시 그 사진이라는 일반적인 단
서로 되돌아갈 수밖에 없어졌음을 그는 느꼈다.

 프렌치 경감은 사진 가운데 특히 잘 찍혀진 것을 골라 X부인의 모
습만 확대하여 경찰서마다 배포하기로 결심했다. 그 사진을 보고 누
군가가 부인을 발견해 내줄지도 모른다는 가냘픈 희망을 가졌던 것이
다. 분명 그리 뛰어난 방법은 아니지만, 달리 어쩔 도리가 없었다.

 그는 오후 기차로 웨스트 역을 떠나 2시간 뒤 지치고 울적한 마음
으로 집에 이르렀다.

프렌치 부인 의견

저녁 식사를 끝내고 자신의 기호에 맞춰 특별히 배합한 담배를 파이프에 담아 불을 붙여 물 즈음, 프렌치 경감은 꽤 느긋한 기분이 되어 있었다.

그는 기차 안에서 생각하고 있었던 대로 일찌감치 침대 속으로 들어가는 대신 참을성 많은 프렌치 부인에게 자신의 문제를 대충 들려주고 싶은 기분이 들었다. 어쩌면 그로서도 그럴듯하게 여겨지는 생각을 떠올려줄지도 모른다.

저녁 식사 뒤 설거지가 끝날 무렵을 눈여겨 보아 그는 아내에게 자신의 어려운 문제를 함께 연구해 보자고 부탁했다. 그녀가 늘 앉는 팔걸이의자에 자리잡고 조용히 뜨개질을 시작하자 그는 자신의 고충을 털어놓았다.

윌리엄스 앤드 데이비스 회사에 찾아가서 처음으로 수수께끼의 X 부인 이야기를 들은 것부터 시작하여 그날 몇 군데의 방문에 이르기까지 자신이 쏟은 온갖 노력을 남김없이 천천히 털어놓은 다음 마지막으로 그 여자와 워드 부인이 동일인물일 거라는 자신의 신념을 말하고, 그녀를 뒤쫓으며 자신이 어떤 곤경에 빠져 있는지 설명했다.

프렌치 부인은 잠자코 듣고 있다가 남편의 이야기가 끝나자 앞으로 어떻게 할 생각이냐고 물었다.

경감은 조바심 나는 듯이 쏘아붙였다.

"그게 문제란 말이오. 그것만 알면 무엇 때문에 구태여 이런 고생을 하겠소. 당신은 어떻게 생각하오?"

그녀는 고개를 저으며 몸을 앞으로 숙인 채 뜨개질에 온 신경을 쏟고 있는 듯이 보였다. 그러고 있어도 아내가 자기 말에 관심두지 않는 게 아님을 프렌치 경감은 알고 있었다. 그것이 그녀의 버릇이었다. 그러므로 그는 조그만 희망을 품고 기다렸다.

한참 뒤 그녀가 질문이 시작되자 그의 희망은 더욱 커졌다.

"루트 부인과 그 밖의 다른 선객들이 그녀를 영국인으로 생각하고 있다고 하셨지요?"

"그렇소."

"그녀를 영국인으로 생각한 사람이 많았나요?"

프렌치 경감은 고개를 끄덕였다.

"그렇소. 루트 부인과 올림픽 호의 의사와 사무장과 식당급사 그리고 적어도 4명의 스튜어디스가 그렇게 생각하고 있소. 모두들 같은 견해였소. 더욱이 다른 선객과 승무원들도 틀림없이 그렇게 보고 있었소. 그렇지 않았다면 그녀가 영국인인가 아닌가로 옥신각신했겠지. 그런데 당신은 대체 무엇을 생각하고 있는 거요?"

프렌치 경감은 문답을 그만두려고 하지 않았다. 그녀는 끈질기게 물었다.

"그래서 당신은 그녀가 영국인이라고 생각하세요?"

경감은 당혹했다. 자신은 어떻게 생각하는 것일까? 확실히 애매모호했다. 증거는 뚜렷이 보인다. 그러나 그녀가 미국인이라는 증거도 마찬가지로 강하다 아니, 더욱 뚜렷하다고 할 수 있었다. 예컨대 윌리엄스 씨는……

프렌치 부인이 입을 열었다.

"모르시는군요. 잘 생각해 보세요. 윌리엄스 씨는 그녀가 미국인이었다고 말했지요?"

그녀의 남편이 말했다.

"그렇소. 그는 그렇게 말했소……"

"은행 지배인과 사무원은 그녀가 미국인이었다고 말했지요?"

"그렇소. 하지만……"

"그리고 그녀가 보석을 산 가게에서도, 사보이 호텔에서도, 사우댐턴 경찰에서도 모두 그녀를 미국인으로 여겼지요?"

"그렇소. 하지만 우리는……"

"그럼 거기에 틀림없이 무슨 까닭이 있지 않을까요?"

"이를테면 그 두 여자가 자매이기라도 하다는 말이오? 물론 나도 그런 생각을 한 번 해봤었소. 그러나 필적을 보니 그렇지 않았소."

"나는 자매라고 말하는 게 아니에요. 다시 한번 잘 생각해 보세요."

프렌치 경감은 자세를 바로했다.

"그게 무슨 뜻이오, 에밀리? 무엇을 생각하고 있는지 나로서는 모르겠구려."

그의 아내는 이 말을 묵살했다. 그녀는 말을 이었다.

"계산에 넣어야 할 일이 또 하나 있어요. 그 윌리엄스라는 사람은 그녀를 본 적이 있다고 말했지요. 그는 나이가 몇 살쯤 되었지요?"

프렌치 경감은 대체 무슨 까닭인지 전혀 알 수 없게 되고 말았다. 그는 옴짝달싹 못하는 얼굴로 되물었다.

"몇 살쯤이냐고? 잘 모르겠는걸. 아마 60살쯤 되지 않았을까?"

그녀가 말했다.

"그럴 테지요. 그리고 또 한 분 스컬릿 씨도 그녀를 전에 본 적이 있다고 말했다지요? 그분은 몇 살쯤 되었나요?"

프렌치 경감은 초조한 듯이 몸을 움직거렸다. 그는 항의했다.

"그만해 두오, 에밀리! 무슨 생각을 하고 있는지 가르쳐주오. 당신 말뜻을 도무지 알 수가 없소."

프렌치 부인이 반박했다.

"머리를 쓰세요. 그 스컬릿 씨는 몇 살쯤 되었지요?"

"비슷한 나이지…… 55살에서 60살 사이일 거요. 그런데 대체 그게 어쨌다는 거요?"

"그런데 그 젊은 은행원은 전에 그녀를 본 적이 없다고 했지요?"

"그렇소. 하지만……."

"이제 그만하면 아실 텐데요…… 바보 아저씨! 다른 여자로 변장할 수도 있고 영국식 영어며 미국식 영어도 척척 하는데다 나이든 런던 사람들에게 낯익은 여자가 누구인지, 그 정도는 어린아이도 알 수 있을 거예요. 왓슨 씨!"

전부터 프렌치 부인이 남편을 위대한 셜록 홈즈의 친구 이름으로 부르는 데에는 두 가지 뜻이 있었다. 첫째는 그녀가 프렌치 경감의 말을 빌면 '아주 흐뭇해 하고' 있다는 뜻이고, 둘째는 남편이 미처 깨닫지 못했거나 알아차리지 못한 듯싶은 사실을 빤히 꿰뚫어보고 몹시 신이 나 있다는 뜻이었다. 그러므로 대화가 이런 식으로 진전되면 그는 언제나 기뻐했다. 그런 때는 대개 어떤 좋은 생각이 떠오르기 마련이기 때문이다.

그러나 이번 경우에는 아내의 말이 채 끝나기도 전에 그 뜻을 알아차렸다. 그렇다! 대체 왜 그 사실을 깨닫지 못했던 것일까? 그녀는 여배우였던 것이다. 런던의 옛 여배우였던 것이다! 그렇다면 납득이 간다.

여배우였음이 밝혀지기만 하면 체포도 시간문제다. 배우 클럽의 사무원이며 조수며 극장관계 소개소며 사교계 신문편집자 등 그녀를 아는 사람이 비로 쓸어 모을 만큼 많을 것이다. 그녀의 이름과 경력을 알아내는 것은 그야말로 굉장히 쉬운 일이리라.

그는 아내를 덥석 끌어안고 키스했다.

"놀랍소, 에밀리! 당신은 참으로 굉장한 여자요."

경감은 기뻐 소리쳤지만, 그녀는 여전히 아무렇지도 않은 얼굴로 뜨개바늘을 움직이며 남편에 대한 애정과 존경심을 숨기지 않고 점잖은 나이에 주책없이 왜 이러느냐고 잔소리 아닌 잔소리를 늘어놓았다.

이튿날 아침 프렌치 경감은 자신만만한 계획을 가슴에 품고 기운차게 뛰어나갔다. 연극관계 중개업자의 리스트를 만들어 그쪽을 먼저 둘러보고, 수확이 신통치 못할 경우에는 극장을 훑어 분장실 스탭들에게 캐묻고, 거기서도 소득이 없으면 배우 출신의 나이 많은 지배인이며 연출가를 비롯하여 정보를 얻어낼 수 있을 만한 사람들을 샅샅이 찾아 부딪쳐 볼 작정이었다.

그러나 수사는 예상보다 훨씬 간단히 끝났다. 처음에 찾아간 세 군데 중개업 사무소에서는 간부인 젊은 부인들이 사진을 들여다보고 그 예쁜 머리를 가로저을 뿐 경감이 들고 온 곤란한 문제에 아무런 빛도 던져주지 못했지만, 네 번째 사무소에서 젊은 여사무원이 반가운 소식을 들려주었다.

그녀가 말했다.

"글쎄요. 그런 사람은 모르겠어요. 전에 무대를 떠났으면 내가 알리 없지요. 나는 여기 온 지 2년밖에 안 됐거든요. 게다가 우리 사

무소는 문을 연 지 그리 오래되지 않았으니까요. 하지만 좋은 생각
이 있어요.”

그녀는 갑자기 무슨 생각이 떠오른 듯한 말투로 덧붙였다.

“안에 로머 씨가 계세요. 그분이라면 런던 사람들이 아는 일을 거
의 모두 알고 있지요. 나오시면 물어보세요.”

호러스 로머 씨! 노장 연출가였다! 만나본 적은 없지만 프렌치
경감도 그 이름을 잘 알고 있었다. 그는 아가씨에게 고맙다는 인사를
하고 그 자리에 앉아 기다리기로 했다.

한참 뒤 그녀가 불렀다.

“저기 오시네요.”

프렌치 경감은 뚜벅뚜벅 앞으로 나아가 키 작고 뚱뚱하며 어딘지
유대인 같아 보이는 한 신사가 층계 쪽으로 걸어가는 것을 보았다.
그는 로머 씨 뒤를 쫓아가 자기소개를 하고 사진을 꺼내 보이며 물었
다.

이름난 연출가는 사진을 들여다보더니 빙긋 웃었다.

“네, 잘 알지요. 나는 알고 있지만 저 사람들은 모를 겁니다.”

그는 사무소와 그곳에 있는 직원들을 턱으로 가리켜보였다.

“저 사람들에게는 한 세대 전의 여배우니까요. 그렇고말고요. 이
사람은 명배우라고 일컬어졌던 시시 윈터입니다. 적어도 한때는 명
배우가 될 소질이 있었던 여자지요. 12, 3년 전 옛날에는 팬턴 극
장의 주연 여배우였습니다. ‘오, 조니!’며 ‘공작부인’이며 ‘여사무
원’ 등 그녀가 출연했던 연극을 많이 기억하고 있지요. 그 무렵에
는 굉장히 인기 있던 히트작들이었는데, 이제는 흘러간 명작이 되
어버렸습니다. 그런데 그녀가 무슨 섣부른 짓을 한 건 아니겠지
요?”

프렌치 경감은 대답했다.

"다이아몬드 도난사건이 있었습니다. 그러나 그녀가 범인인지 어떤지는 알 수 없습니다. 잠깐 몇 가지 물어보려고 왔을 뿐이지요."

"그녀가 무슨 일을 저질렀다면 마음 아프군요. 나도 한때는 그녀를 높이 평가하고 있었거든요. 영화계로 제멋대로 뛰쳐나가 잘못되어 버렸지만요……."

"왜 그랬습니까?"

"남자 때문이지요. 어느 남자와 함께 살았답니다. 아내가 있는 꽤 나이든 남자였지요. 적어도 그 무렵에는 그런 소문이 나돌았었지요. 나도 그만한 일을 이해하지 못하는 사람은 아니라 무대만 잘 지켜주면 아무 말 하지 않을 생각이었습니다. 그런데 그렇게 되지 못했습니다. 그대로 파묻혀 버렸지요. 뛰어난 배우가 되었을지도 모르는 여자였는데, 앞날이 유망한 여자를 아깝게 놓쳐버린 겁니다. 정말 아까운 일이었지요."

"그녀의 일로 뭔가 마음에 짚이는 바가 없습니까?"

연출가는 어깨를 으쓱해 보였다.

"없는데요. 나는 그녀가 살아 있는지조차 모르고 있었으니까요."

"어느 극장에 출연했었습니까?"

"여기저기였지요. 그러나 가장 좋은 역을 맡았던 곳은 코미디 극장이었을 겁니다."

"그럼, 그곳으로 가봐야겠군요."

"가보는 건 괜찮지만, 그리 기대하지 않는 편이 좋을 겁니다. 연극계 동료란 자주 바뀌고 옛일을 잘 기억하지 못하기 마련이거든요. 코미디 극장에서 신통치 않거든 잭을 찾아가 보십시오. 아시겠지요, 연출가 리처드 잭 말입니다. 아까 내가 말했던 연극을 연출한 사람입니다. 그러면 누가 연출했는지 가르쳐줄 겁니다."

프렌치 경감은 굉장히 기뻤다. 이제야 겨우 운이 트였다. 그의 가설이 옳았던 것이다. 프렌치 경감은 이미 아내의 공적 따위는 깨끗이 잊어가고 있었다. 그는 뛰어난 추리력을 움직인 끝에 이제 그 추리가 적중했음을 알게 되었다. 어김없이 목적지에 이를 단서가 잡힌 것이다. 다음에 할 일은 코미디 극장으로 찾아가는 것이다. 거기서도 운이 따라준다면 그녀의 발자취를 한눈에 꿰뚫어 볼 수 있는 자료가 손에 들어오리라.

중개업 사무소를 나와 거리를 걸어가고 있을 때 누군가의 손이 프렌치 경감의 어깨를 툭 쳤다. 듀크 씨였다. 노신사는 부드럽게 인사말을 한 다음 그 뒤의 수사 진척상황을 물었다. 그리고 말했다.

"이 부근에서 커피라도 마실까 하던 참이었습니다."

그는 눈앞에 있는 어떤 고풍스럽고 조용한 레스토랑을 가리켰다.

"함께 한잔 마시지요. 오랜만에 만나 뵌 데다 그 뒤로는 이야기를 듣지 못했으니까요."

프렌치 경감은 자신의 발견에 신이 나 있었으므로 자기 활약을 들려줄 알맞은 상대자가 나타난 것으로 여겨 기꺼이 그 요청을 받아들였다.

이리하여 조용한 한구석에 자리잡은 프렌치 경감은 의기양양하게 자신의 공훈담을 이야기하기 시작했다. 뭐렌 시로의 여행, 루트 부인이 준 사진, 좀처럼 발자취가 잡히지 않는 그 여자를 뒤쫓아 사우댐턴까지 갔던 일, 그녀가 옛 배우였음을 추리하게 된 경위, 그리고 행운이 따라주어 마침내 그녀의 신원을 확인하게 된 이야기 등을 이야기했다.

그는 혼자 지껄여대고 있는 동안 듀크 씨는 그런 프렌치 경감이 아주 기분 좋아질 만큼 열심히 귀 기울여 듣고 있었다. 듀크 씨는 그 여배우의 이름을 기억하고 있었지만 그 밖에는 그녀에 대해 잘 알지 못했다.

그는 말했다.

"팬덜켐프에게는 좋은 소식이군요. 그에게 곧 이야기해줘야겠습니다. 감시는 풀렸지만, 실제로 아직 혐의가 벗겨진 게 아님을 그도 알고 있으니까요. 이 이야기를 들으면 퍽 기뻐할 겁니다. 그런데 그 밖에 무슨 다른 소식은?"

그리고 다시 귀 기울였지만 프렌치 경감의 이야기는 그것으로 끝이었으며, X부인이 좀처럼 잡히지 않듯 시시 윈터의 행방도 아직 전혀 모른다는 말을 듣자 거의 절망에 가까운 깊은 실망의 표정을 지어보였다.

"안됐군요, 경감님! 행여나 하는 기대를 갖게 하고 실제로는 아직 거의 한 걸음도 나아가지 못했다니, 정말 너무하잖습니까."

그는 탄식했다. 그리고는 목소리를 낮추어 천천히 말을 이었다.

"가까운 시일 안에 무엇이든 발견되지 않으면 나는 어떻게 해야 좋을지 모르겠군요. 옴짝달싹 못하게 되었습니다. 이제는 현금도 딸리기 시작하고 있습니다. 보험회사에서도 아직 보험금을 지불해 주지 않고 있습니다…… 지금 단계에서는. 보석을 되찾을 수 있을지도 모른다는 거지요. 좀더 기다려 달라는 겁니다. 그러나 내 채권자들은 기다려주지 않는단 말입니다."

그는 말을 끊고 공허한 눈길로 앞쪽을 바라보았다. 프렌치 경감은 새삼스레 상대방을 주의 깊게 관찰해 보고 이 사나이가 완전히 늙고 기진맥진해 있는 데 놀라움을 느꼈다.

잠시 뒤 듀크 씨는 다시 말을 이었다.

"보험회사가 전액을 지불해 준다 해도 결손을 메울 수 있을지 어떨지 알 수 없습니다. 이미 파멸이 바로 눈앞에 다가와 있지요. 나는 내 자신을 꿋꿋하게 어떤 곤란에도 쓰러지지 않는 사나이로 생각해 왔었는데 실은 그렇지 못하군요, 경감님. 그렇지 못합니다. 나는 이미 옛날의 내가 아닙니다. 이번 사건으로 나는 뿌리째 흔들리고 있습니다."

이 갑작스러운 고백에 프렌치 경감은 적이 당혹했지만 비교적 혜택 받고 성공한 생애의 늘그막 가까이에서 실패와 궁핍에 맞닥뜨린 노인을 진심으로 가엾게 여겼다.

그는 어떻게든 그를 위로해 주고 싶어 X부인의 신원이 밝혀진 이상 틀림없이 곧 좋은 결과가 나타날 것이며 그처럼 세상에 널리 얼굴이 알려진 여자이므로 오래도록 숨어 있을 수는 없을 거라는 말을 늘어놓았다.

듀크 씨는 대답했다.

"정말이지 당신 말씀대로입니다. 이처럼 못난 꼴을 보여드려 정말 부끄럽습니다. 아무튼 잘 부탁드리겠습니다, 경감님."

그는 애원하듯 상대방을 바라보았다.

"한시바삐 사건을 해결해 주십시오. 나는 당신이……."

그는 빙긋 웃었다.

"최선을 다하고 계시다는 것을 알고 있습니다. 그러나 이것은 내게 있어 생사가 걸린 문제입니다. 부디 귀찮게 군다고 여기지는 말아 주십시오. 이처럼 곤란한 문제에 맞닥뜨려서도 당신이 훌륭한 활동을 벌이시는데 대해 나는 정말로 고맙게 여기고 있습니다."

프렌치 경감은 자신 있게 말했다.

"내 자신도 다른 사람과 마찬가지로 이 수수께끼가 빨리 풀리기를 바라고 있습니다. 그러니 아무 걱정하실 것 없습니다. 그 목적을 위해 최선을 다할 테니까요."

두 사람은 다정하게 인사를 나눈 뒤 헤어졌다.

경감은 코미디 극장으로 발길을 돌렸다. 한창 연습 중으로, 극장 문이 열려 있었다.

그는 분장실로 가서 그곳을 지키는 사람에게 말을 건넸다.
사나이는 정중하게 대답했다.
“모르겠는데요, 나리. 나는 여기 온 지 얼마 안 되어서요. 이제 겨우 아홉 달째니까요.”
“당신이 오기 전에는 누가 있었소?”
“대우즈라는 노인이 있었습니다. 나이가 많아 일을 감당하지 못하게 되었지요. 그래서 그만둔 겁니다.”
“그 노인이 어디 사는지 가르쳐주겠소?”
“사무소에서 알고 있을 겁니다. 틀림없이 주소가 기록되어 있을 테니까요. 이 복도 끄트머리에서 오른쪽으로 구부러지면 됩니다.”
한참 헤맨 끝에 프렌치 경감은 사무소로 통하는 길을 찾아냈다. 책상 앞에 몸을 숙이고 있던 젊은이가 고개를 들고 기운차게 물었다.
“어떻게 오셨습니까?”
프렌치 경감은 용건을 이야기했다.
“옛 여배우 시시 윈터의 행방을 찾고 있는데, 어디를 가도 알 수가 없소. 전에 분장실지기로 일했던 대우즈 노인이 혹시 알고 있을지도 모르니 그 사람 주소를 알려줄 수 없겠소?”
빈틈없어 보이는 그 사나이가 되물었다.
“시시 윈터라고요? 들은 기억이 나는군요. 하지만 내가 이곳에 왔을 때는 이미 은퇴한 뒤였지요. 언제 어떤 작품에 출연했는지 아십니까?”
“무대를 떠난 것은 12, 3년 전이었다고 들었소. 출연한 작품은 ‘여사무원’ ‘공작부인’ ‘오, 조니!’ 등이랍니다.”
젊은이는 자리에 앉아 생각에 잠겨 있더니 나직이 휘파람을 불었다. 이윽고 그는 말했다.
“그녀에 대해서는 역시 알 수 없군요. 12, 3년 전의 기록은 여기에 남아 있지 않거든요. 그러나 대우즈 노인의 주소는 알 수 있습니다. 그만둘 무렵의 주소라면은요."

"미안하오."

젊은이는 방을 가로질러가 책장에서 장부를 한 권 꺼내들고 페이지를 넘겼다.

"버브콕 거리 29번지입니다. 체링 크로스 거리를 남쪽으로 구부러져 30분쯤 가면 왼편에 있습니다. 이사 가지 않았다면 그곳에 살 겁니다."

프렌치 경감은 주소를 수첩에 적어 넣고 나가려 했다.

젊은이가 말했다.

"잠깐만 기다려주십시오. 나는 잘 모릅니다만, 당신이 말씀하신 연극을 연출했던 사람은 리처드 잭이었다고 생각합니다. 그분에게 물어보면 가장 잘 알 겁니다. 그분은 새로 사들인 피커딜리의 앨러딘 극장에서 일하고 있습니다. 그곳에 가서 물어보십시오."

프렌치 경감은 새 친구에게 고맙다고 인사하고 큰 건물의 끝없이 긴 복도를 지나 다시 거리로 나왔다.

버브콕 거리 29번지의 문을 열어준 사람은 인품이 나빠 보이지 않는 부인으로, 남편 피터 대우즈는 집에 있다고 말했다. 그는 건강이 좋지 않아 누워 있지만 들어오면 만날 수 있다는 것이었다.

프렌치 경감은 좁은 응접실에 앉아 기다렸다.

이윽고 복도에서 발소리가 나고 문이 천천히 열리더니 키 작고 뚱뚱하게 살찐 사나이가 나타났다. 프렌치 경감이 일어나서 인사말을 하는 동안 그는 조그만 눈을 깜박거리며 수상쩍은 듯이 손님을 살펴보았다.

"잘 오셨습니다, 정말 잘 오셨습니다."

그는 숨을 몰아쉬며 방을 가로질러가 의자에 몸을 파묻었다. 그리고 쉰 목소리로 말했다.

"천식 증세가 있어서요. 해마다 이맘때쯤이면 악화된답니다."

그는 말을 끊고 가쁘게 숨을 쉬더니 다시 이었다.

"무슨 일로 오셨지요?"

프렌치 경감은 고개를 끄덕였다.

"네, 천식 증세가 악화되어 안됐군요. 뭔가 치료법이 없습니까?"

경감은 오랜 경험으로 환자와 병에 대한 이야기를 나누며 시간 보내는 일이 결코 헛수고로 그치지 않는다는 것을 알고 있었다. 그가 주는 기쁨은 환자의 마음을 어루만지고 감정을 부드럽게 해주며 나중에 용건으로 옮겨갔을 때 자신이 바라는 대로 이야기가 쉽게 풀려나가도록 하는 효과가 있다.

그렇다고 해서 그가 철저한 위선자인 것은 아니었다. 이것은 직무 수행에 필요한 기교의 일부였으며, 그와 더불어 그는 남에게 기쁨을 주는 데 진심으로 즐거움을 느끼는 마음 착한 사나이였던 것이다.

그는 천식증과 그 치료법에 대해 몇 분 동안 이야기를 나눈 다음 서서히 시시 윈터에 대한 이야기를 꺼냈다.

그러나 이번 경우에는 그가 의심할 나위 없이 좋게 만들어둔 인상이 조금밖에 이익을 가져다주지 못했다. 뚱뚱한 늙은 분장실지기는 시시 윈터를 잘 기억하고 있어 사진을 보이자 금방 그녀임을 인정했지만, 그녀가 지금 어떻게 지내고 있는지에 대해서는 아무것도 알지 못했던 것이다.

그녀는 어떤 사나이와 사랑에 빠져 달아났는데, 그 남자가 분장실에 드나들 무렵 자기와는 실없는 말을 주고받던 사이였으므로 그에 대해서도 잘 기억하고 있다고 말했다. 키 크고 건장한 몸집의 중년사나이로, 어떤 전문 종사자나 상인 같은 인상을 주었다고 한다. 이름은 분명 베인이었지만 확실치는 않다고 말했다.

그녀가 그 사나이 또는 다른 어떤 사나이와 사랑에 빠져 달아났다는 사실을 어떻게 알았느냐고 묻자, 실은 잘 모르지만 그 무렵에는 그런 소문이 나돌았다는 대답이었다. 사나이의 주소는 듣지 못했지만 돈 씀씀이가 큰 사람으로 팁도 잘 주었다고 했다. 벌써 13년이나 전의 일로, 그 뒤에는 두 사람에 대해 들은 적도 본 적도 없다고 말했다.

이 노인은 그녀에 대해 준엄한 혹평을 했다. 얼마나 훌륭한 여배우였는지는 모르지만 성미가 까다롭고 심술궂은 데다 입이 거칠었다는 것이었다. 대체 그런 여자의 어디가 좋은지 그 사나이는 그녀에게 완전히 반해 있었다고 한다.

프렌치 경감은 이런 자질구레한 일까지 모두 끌어낸 뒤 이 늙은 분장실지기로부터는 더 이상 알아낼 게 없음을 깨닫고 그 집을 나와 이번에는 다음 목적지인 피커딜리의 앨러딘 극장으로 갔다.

리처드 잭은 극장에 있었지만 몹시 바쁜 듯 프렌치 경감은 거의 2시간도 넘게 초조히 기다린 끝에 겨우 그에게로 안내되어 갔다. 만나 보니 기다리기를 잘했다는 생각이 들었다. 이 위대한 연출가와 만나 본 대부분의 사람들과 마찬가지로 프렌치 경감도 사람 마음을 끄는 그의 개성과 매력적인 태도에 금방 사로잡히고 말았다.

노신사는 오래 기다리게 한 데 대해 정중히 사과하고 실은 까다로운 리허설이 있었기 때문이라고 변명한 다음 프렌치 경감의 말에 주의 깊게 귀 기울였다.

그러나 그도 결국 특별한 이야깃거리를 가지고 있지는 못했다. 그는 시시 윈터를 기억하고 있었으며 한참 걸려서 낡은 기록을 조사하여 그녀의 경력에 대한 세세한 사항을 몇 가지 들려주었다.

지금으로부터 16년 전 뉴욕 티볼리 극장에서 처음 그녀를 보았는데, 그때 그는 그녀의 연기에 경탄했다고 했다. 그녀는 누구로부터 들었는지 그 극장에 그가 와 있다는 것을 알고 있었고, 호텔까지 쫓아와 영국의 무대에 서고 싶다며 그가 지금 손대고 있는 연극에 어떤 역으로든 출연시켜 달라고 간청했다. 그가 승낙하자 그녀는 뉴욕의 계약이 끝나는 대로 곧 그의 뒤를 쫓아 영국으로 건너왔다는 것이다.

이리하여 그는 그녀를 '오, 조니!'를 비롯하여 그 무렵 상연된 몇몇 연극무대에 출연시켜 주었다. 그녀는 모두 합해 7편의 작품에 출연했는데 잭 씨는 그녀의 능력을 높이 평가하고 있었다고 말했다.

3년이 지난 뒤 그녀는 잭에게 현재의 계약이 끝나는 대로 무대를 떠나고 싶다는 뜻을 밝혔다. 잭은 그처럼 훌륭하고 유망한 장래를 아낌없이 내동댕이칠 셈이냐고 그녀를 타일렀으나 결혼하기 위해서라고 하며 완강히 뜻을 굽히지 않았다고 한다.

특별히 깊은 까닭이 있었던 것은 아니지만, 그는 그 말을 터무니없는 엉터리로 믿고 있었다. 널리 퍼진 뜬소문에 따르면 그녀가 아내 있는 남자와 사랑에 빠져 달아났다고 하는데, 왜 그런 소문이 났는지 그 자신으로서는 알 수 없었다는 것이다.

아무튼 그녀는 완전히 모습을 감춰버렸다. 그녀가 이 극장을 떠난 것은 지금으로부터 13년 전 일이며 당시 나이는 29살, 그 무렵의 주소는 첼시 스탠포드 거리 17번지였다.

프렌치 경감이 말했다.

"유감스러운 일입니다만, 그녀는 아마도 악의 길로 발을 들여놓은 것 같습니다."

경감은 그녀가 루트 부인으로 변장한 일을 대강 이야기했다.

잭은 대답했다.

"나는 물론 사정을 잘 모릅니다만, 그런 성질의 계획이라면 시시원터만큼 안성맞춤인 여자도 없을 겁니다. 그녀는 두뇌와 배짱 그리고 지식 이 세 가지를 고루 갖추고 있으니까요.

시시가 나쁜 짓을 저질렀다니 유감스럽기 그지없습니다만, 경감님께서 그녀를 상대로 싸우신다니 참고 삼아 말씀드리는데 그녀는 결코 호락호락 다룰 수 있는 여자가 아닙니다.”

프렌치는 힘없이 빙긋 웃으며 자리에서 일어났다. 그리고 고개를 끄덕이며 말했다.

“그 점은 잘 알고 있습니다. 하지만 이미 이만큼 알아냈으니 체포는 시간문제지요.”

잭은 악수를 청하며 말했다.

“당신의 행운을 빌어드려야 할 텐데 나로서는 도무지 그럴 수가 없군요. 예전에 높이 평가했던 여배우였으므로 이런 꼴이 된 게 가엾어서요.”

프렌치 경감은 뉴욕 경찰에 전보를 쳐서 이 여배우의 젊은 시절 경력을 조사해 달라고 부탁한 다음 스탠포드 거리 17번지로 걸음을 옮겼다.

그곳은 고급 하숙집이었다. 그러나 프렌치 경감은 이 집에서 아무것도 얻어들을 수 없었다. 예전 주인은 이미 세상을 떠났고, 지금 있는 사람들은 아무도 여기 온 지 13년이 넘지 않았으므로 시시 윈터라는 이름을 듣지도 못했다고 했다.

그는 다시 낙망하며 경찰국으로 돌아가 처음 계획을 실행에 옮기기로 했다. 될 수 있는 대로 세밀히 그린 그녀의 인상서와 지명수배 중이라는 글이 씌어진 그녀의 사진을 다음 호 ‘경찰신보’에 싣도록 수배했다. 그리 탐탁한 방법은 못 되었지만, 달리 어쩔 수가 없었던 것이다.

비극

　　며칠 뒤 프렌치 경감은 또다시 과장에게 불려갔다.

　　과장은 몹시 초조해 하고 있는 듯 프렌치 경감이 들어가자 곧 이야기를 시작했다.

　　"이것을 보게, 프렌치."

　　이 말이 인사였다.

　　"자네가 골치 앓고 있는 게싱 사건의 새로운 진전이야. 읽어 보게."

　　프렌치 경감은 책상 앞으로 다가가 과장이 내미는 전보를 받아들었다. 그것은 네덜란드 곳의 경찰서장으로부터 온 것으로, 보낸 시각은 오전 8시 20분이었다.

　　기선 팔케스턴 호 선장의 보고에 따르면, 키 크고 수염이 없으며 머리가 센 듀크라는 남자가 어젯밤 하위치에서의 항해 중 자살했다고 함. 외투, 슈트케이스, 햄스테드 시더즈 거리의 듀크 양 앞으로 쓴 유서가 발견됨. 자세한 내용은 다시 통보하겠음.

프렌치 경감은 이 전보를 읽고 크게 놀랐다. 그 노인에 대해 진심으로 친근감을 느낀 적은 한 번도 없었지만, 부하에 대한 친절한 보살핌이며 재산의 손실 앞에서 나타낸 스포츠맨다운 태도를 보고 경감은 그를 존경하고 있었던 것이다.

그 노인은 겉보기보다 강한 타격을 받고 있었던 듯하다. 프렌치 경감은 지난번 만났을 때의 일이 생각났다. 그 상인의 실의에 찬 근심스러운 얼굴, 피로에 지친 곤궁한 표정, '옴짝달싹 못하게 되었으며 이미 파멸이 바로 눈앞에 다가와 있다'던 절망적인 말 등.

그때는 그런 탄식을 무심히 흘려들었는데, 그것이 지금 이처럼 중대한 문제로 발전된 것이다. 도둑맞은 다이아몬드가 돌아오지 않는 한 어쩔 도리가 없는 곤경에 빠져 있었음은 분명하다. 하지만 지금까지 자신은 할 수 있는 노력을 다 기울여왔으며, 그 이상은 어떻게도 할 수 없었다고 여기지 않을 수 없었다.

과장이 물었다.

"뜻밖인가? 사건 수사 그 자체에는 관계가 없겠지만."

프렌치 경감은 뒤쪽 말에 먼저 대답했다.

"네, 관계는 없습니다. 하지만 나는 그리 뜻밖으로 여기지 않습니다. 뜻밖의 일이기도 하고 아니기도 하다고나 할까요. 다시 말씀드려서 듀크 씨만한 인물이 어려운 처지에서 벗어나기 위해 그런 방법을 택했다는 건 놀랍지만, 그분이 곤경에 빠져 있다는 사실은 알고 있었으니까요."

과장은 눈썹을 치켜 올렸다.

"그런 말은 못 들었네."

"사실은 그 노신사의 말을 심각하게 듣지 않았었지요. 지난번 피커딜리에서 만났을 때 그는 수사 진행상황을 알고 싶어하며 함께 차나 마시자고 권하더군요. 꽤 타격을 받은 모습으로, 현금도 딸리기 시작하여 옴짝달싹 못하게 되었다고 말했습니다. 갑자기 퍽 늙어버린 듯 보였지요, 늙어서 시들어버린 인상을 받았습니다.”

과장은 못마땅한 듯한 얼굴이 되었다.

“아무튼 그런 이야기는 못 들었네. 하지만 따님 생각을 해주어야만 하네. 자네가 그녀를 만나보지 않겠나? 신문을 보기 전에 먼저 알려주지 않으면 난처해질 걸세.”

“그렇겠지요, 그럼, 다녀오겠습니다.”

달갑지 않은 일이지만 하는 수 없었다. 경감은 급한 볼일이 생겨 지금 곧 찾아가겠다고 실비어에게 전화를 건 다음 떠났다.

그가 가져온 소식이 그녀를 놀라게 한 것은 분명했다. 그를 맞은 그녀의 볼은 핼쑥했고 눈빛은 겁에 질려 있었다. 또다시 그는 틀림없이 뭔가 숨기는 일이 있으며, 그 때문에 그가 찾아온 것을 두려워하고 있다고 느꼈다.

그러나 그가 말하기 어려운 듯 거북스럽게 그 일을 이야기하자 그녀는 그 엄청난 사태에 넋을 잃었다. 확실히 그 소식은 그녀가 예상하고 있었던 일과는 전혀 다른 것이었으므로, 가엾은 그 아가씨는 완전히 울상이 되어 나직이 비명 지르며 주저앉더니 공포어린 눈을 크게 뜨고 그를 바라보았다. 엄청난 충격으로 그만 넋이 나간 것 같았다.

그러나 프렌치 경감은 그녀의 감정 속에서 안도의 한숨을 내쉬는 듯한 빛이 조금 서려 있음을 느끼지 않을 수 없었다.

그는 마음속으로 그녀를 동정했지만 의심은 그대로 남았다.

이윽고 그녀는 이야기하기 시작했다. 힘없이 나직한 목소리로 아버지가 요즘 몹시 괴로워하며 불행해 보였다는 것, 애써 아무렇지도 않은 척했지만 아버지의 이야기를 듣고 경제적인 곤란이 괴로움의 원인임을 충분히 알 수 있었다는 것 등을 이야기했다. 아버지는 언젠가

“보험회사에서 지불해 주기만 하면 어떻게 될 텐데” 하고 말했는데, 그런대로 활기 있어 보였으므로 설마 이처럼 심각한 정도에까지 이르렀을 줄은 꿈에도 몰랐다는 것이었다.

그녀가 물었다.

“자세한 것은 언제 알게 되지요? 제가 가보는 편이 좋을까요?”

프렌치 경감은 대답했다.

“가봐야 어쩔 수 없을 겁니다. 마음만 더 아플 테지요. 물론 가지 않는 편이 낫다고 말할 수는 없습니다. 가봐야 마음이 풀린다면 가십시오. 그러나 어찌 됐든 편지로 연락이 올 때까지 기다리는 게 좋지 않을까요? 또 네덜란드 경찰 당국에서 오지 말라고 할지도 모르니까요.”

그녀는 잠시 생각하더니 그의 말에 동의했다. 프렌치 경감은 내일 아침 첫배로 관계서류가 와 닿을 테니 곧바로 햄스테드로 가져오겠다고 그녀에게 약속했다.

그는 진심으로 우러나오는 친절한 목소리로 말을 이었다.

“그런데 실비어 양, 물론 쓸데없는 참견일지는 모르겠습니다만 누구든 여기로 와서 함께 있는 게 좋지 않을까요. 여자친구든 숙모님이든 사촌이든? 또는 해링턴 씨라도? 바라신다면 내가 연락하거나 전보를 쳐드리지요.”

그녀는 눈물이 글썽한 눈으로 그에게 고맙다고 인사하며 회사로 전화하여 해링턴을 불러달라고 부탁했다. 그녀에게는 가까운 친척이 없는 것 같았다. 아버지와 단둘뿐이었는데, 이제 그 아버지가 세상 떠난 것이다. 어머니는 죽느니만 못한 나쁜 상태로 오터럼의 정신병원에서 즐거움 없는 나날을 보내고 있다는 사실을 프렌치 경감은 알고 있었다.

볼일이 끝났으므로 프렌치 경감은 그 집을 나왔다. 비극의 상세한 내용이 와 닿을 때까지는 이제 할 일이 아무것도 없었다.

지하철을 타고 경찰국으로 돌아가면서 경감은 실비어와의 면담을 충분히 이용하지 못한 게 아닐까 하는 생각으로 불안했다.

그는 실비어를 위로하는 데 최선을 다했다. 이것은 물론 인간으로서 당연한 친절한 행위였다. 하지만 그것이 그의 의무였던 것일까? 오히려 이 소식을 이용하여 그녀에게 기습을 가해 숨기고 있는 듯싶은 정보를 끌어냈어야 옳지 않았을까?

이 유망한 단서를 헛되이 함으로써 그는 직무를 게을리했고, 또한 자신에게 상처를 입힌 것이다. 더욱이 그의 상관은 바보가 아니다. 상관은 틀림없이 그런 기회가 있었음을 알고 프렌치 경감이 그것을 어떻게 이용했는지 물으리라.

그러나 이래저래 마음이 차분하지 못했지만 그는 자신의 방식을 후회하지는 않았다. 그는 본디 마음 착하고 상상력이 풍부한 사나이였으므로, 자신을 그녀의 처지에 두고 생각하며 그 슬픔을 더 깊게 해주지 않은 것을 기쁘게 여겼다.

이튿날 아침 네덜란드로부터 보고가 왔다. 실비어 듀크 앞으로 쓴 편지도 도착해 있었다. 보고서는 비극에 대해 아주 세밀하게 기록한 긴 서류였다.

요점은 대강 다음과 같았다.

1월 4일.

이날 7시 21분 네덜란드 곳의 하위치 기선회사 부두 사무소로부터 해협을 건너오던 도중 선객 한 사람이 실종되었는데 여러 가지 상황으로 미루어 자살인 듯하다는 전화연락이 있었다. 이에 판 빈 경감을 파견하여 조사시킨 결과 다음과 같은 사실이 밝혀졌다.

배가 부두에 닿기 직전 관습대로 급사가 선객들을 깨우기 위해 일등선실을 순회했다. 좌현의 전용 일등선실을 노크했으나 대답이 없어 급사 존 월슨은 거듭 노크한 다음 방 안을 들여다보았다.

선실은 비었지만 사람이 있던 흔적이 남아 있었다. 침대에는 자지는 않았지만 사람이 누웠던 자국이 남았고 커다란 슈트케이스가 바닥에 놓여 있었다. 남자용 세면도구 한 벌이 그 둘레에 흩어져 있었다.

급사는 이 선실 손님이 머리가 하얗게 센 노인임을 기억하고 있었는데, 아마도 갑판에 나가 있으려니 여기고 그냥 지나쳐버렸다.

반시간쯤 뒤 다시 들여다보니 방 안 상황이 아까 그대로였다. 급사는 잔교에 이를 때까지 바빠서 선객들이 상륙한 뒤에야 그 선실로 되돌아가보았는데, 그때도 상황은 전과 같았다.

그는 미심쩍은 생각이 들어 급사장에게 보고했다. 급사장은 그를 따라 N선실로 가서 조사해 보았다. 세면기 위 선반을 살펴보니 큰 컵 뒤에 종이쪽지 한 장과 단단히 봉한 편지 한 통이 세워져 있었다. 종이쪽지에는 다음과 같이 씌어 있었다.

경제적인 핍박으로 더 살아갈 수 없어 오늘 밤 목숨을 끊습니다. 바다로 몸을 던지기만 하면 죽음은 빠르고도 쉽겠지요. 이 편지를 부쳐주시기 바랍니다.

R.A. 듀크

편지는 '런던 시 햄스테드 시더스 거리 듀크 양' 앞으로 되어 있었다. 유서와 편지를 함께 보낸다.

이 항로에서 승선권은 다음과 같이 다루어진다. 배에 탈 때 선객들이 현문으로 들어오는 시간을 지체시킬 염려가 있으므로 부두에서는 선객을 점검하지 않는다. 선객들은 배에 탄 뒤 급사장의 사무실로 가서 승선권을 건네주거나 펀치로 확인받는다. 상륙표는 선객들이 상륙할 때 거둬들이는데, 이로써 선객들이 모두 운임을 지불했는지 어떤지 확인되는 셈이다.

그 항해에서는 187장의 상륙표가 발행되었는데, 거둬 들인 것은 186장밖에 되지 않았다. 따라서 하위치에서 배에 오른 선객 가운데 한 사람이 곳에 상륙하지 않은 셈이다.

배 안을 샅샅이 살펴보았지만 그 남자의 모습은 발견되지 않았다. 또한 전날 밤 그 선객이 복도를 걸어가는 모습을 본 사람도, 갑판에 있는 그를 본 사람도 없다. 급사장은 그 인물이 침대를 신청한 일을 기억하고 있었는데, 이 침대는 전부터 예약되어 있었던 것이었다. 그는 노인이 방심 상태였으며, 심한 마음속 흥분으로 괴로워하는 듯한 모습이었다고 기억하고 있다.

슈트케이스에는 세면도구와 옷가지 등 3, 4일 동안의 여행에 필요한 물건이 들어 있었으며, 이 비극과 관련이 있다고 추측되는 건 아무것도 발견되지 않았다. 이 슈트케이스를 런던 경찰국으로 보낼 터이니 그 소유권자로 여겨지는 실비어 듀크 양에게 돌려주기 바란다.

그 보고서를 읽고 난 프렌치 경감은 듀크 씨의 편지에 주의를 기울였다. 네모난 봉투로, 종이는 질 좋은 것이었다. 겉봉 글씨는 듀크 씨의 필적이었다.

프렌치 경감은 앉은 채 편지를 만지작거리고 있었다. 그는 망설였다…… 이런 일을 하면 안 된다고 여겼지만 다음 순간 마땅히 해야 한다는 생각이 들었다. 바로 여기에 힌트를 얻을 만한 무언가가 있을지 모르는 것이다…….

그는 서랍에서 안전 면도칼을 하나 꺼내 풀칠한 부분 밑에 끼워 넣고 앞뒤로 움직여 보았다. 봉투는 곧 열렸다. 그는 편지를 꺼내 조심스럽게 폈다. 그것 역시 듀크 씨의 필적으로 내용은 다음과 같았다.

　사랑하는 실비어
　네가 이 편지를 받아볼 때는 내가 이제부터 하려는 일을 이미 들었을 것이다. 나는 자신의 행동을 구태여 변명하고 싶지는 않다. 아마 나는 좀더 용감하게 끝까지 싸워야 했겠지. 그러나 눈앞에 닥쳐온 파멸과 불명예를 이겨낼 수가 없구나. 도난사건이 일어나기 전에도 회사 일은 그리 잘 되지 않았었다. 너도 알다시피 전쟁은 무엇보다도 우리 장사에 혹심한 타격을 주었단다. 따라서 보험회사에서 보험금을 지불해 준다고 해도 회복될 수 없었을 테지. 그렇다 해도 몇천 파운드의 빚이 남을 테니까.
　실비어, 부디 나를 원망하지 말아다오. 나는 견뎌낼 수가 없구나. 지위도 친구도 가족도 모두 잃어버려야 하다니…… 더욱이 이 나이가 되어서, 이것은 나로서는 견디기 어려운 일이다.
　무엇보다도 마음 아픈 것은, 너까지 이 속에 휩쓸리게 된 일이었다. 하지만 이렇게 하면 너만은 면할 수 있을 테지. 네 어머니의 미망인 재산에는 누구도 손대지 못한다. 그것은 네 어머니 것이며 또한 네 것이기도 하지. 어머니의 비용을 지불하고, 그 나머지는 네 것이다. 집은 물론 남의 손에 넘어가겠지. 그러나 살아가는 데는 충분할 게다.
　이제 너는 결혼하겠지. 그것도 빠른 시일 안에. 너에 대한 마지막 부탁이며 마지막 지시인데, 네가 고른 사람과 될 수 있는 대로 빨리 결혼하려무나. 나와 의견이 맞지 않은 일도 있었지만, 너는 언제나 좋은 딸이었다.
　사랑하는 실비어, 이번 일로 너무 슬퍼하지 말아다오. 나는 아무 불안도 없이 미래와——그것이 미래라는 것이라면——마주 서 있단다. 내가 가는 길이 겁쟁이의 길일지도 모르지만, 우리 모두를 위해서는 이것이 가장 쉽고 좋은 방법이다.

잘 있거라, 사랑하는 딸아. 만일 신이 계신다면 신께서 너를 지켜주시기를.

너를 사랑하는 아버지
R.A. 듀크

이 불행한 편지를 접으며 프렌치 경감은 적이 부끄러움을 느꼈지만, 솜씨 좋게 기계적으로 접어서 도로 봉투에 넣고 풀칠하여 봉했다.

편지 가운데 쓸모 있는 자료가 아무것도 없는 데 실망하고 탄식하며 그는 이 소식을 가지고 햄스테드로 갔다.

실비어와 해링턴이 프렌치 경감이 오기를 애타게 기다리고 있었다. 그는 보고서와 편지를 둘 다 실비어에게 넘겨주며 다른 방에서 읽고 싶으면 이곳에서 기다리고 있을 테니 가서 읽어보라고 말했다.

그녀는 침착하고 단정한 태도였으나, 핼쑥한 볼과 눈 밑에 생긴 검푸른 그늘은 그녀가 얼마나 긴장해 있는지 입증해 주었다. 그녀가 한마디 변명을 하고 다른 방으로 가자 해링턴도 그 뒤를 따랐다.

프렌치 경감은 가만히 앉아서 만일 지금 불쑥 사정없는 질문을 두 사람에게 퍼붓는다면 어느 한쪽이든 놀란 나머지 이때까지 숨겨왔음에 틀림없는 비밀의 열쇠를 뜻밖에도 털어놓을지 모른다는 생각이 들었다.

그러나 반시간이 지나 두 사람이 다시 돌아왔을 때 실비어가 편지를 건네주었으므로 그는 흠칫 놀라지 않을 수 없었다.

그녀가 말했다.

"읽어보셔도 좋아요. 읽고 싶으실 테고, 특별한 비밀 이야기도 아니니까요."

한순간 그는 안전면도칼로 뜯어본 일을 털어놓을까 하는 유혹에 사로잡혔지만, 일부러 경찰의 비행을 드러낼 필요는 없다고 생각하여 편지를 받아 읽은 다음 고맙다는 말과 함께 돌려주었다.

그는 물었다.

"아버님께서 네덜란드로 가신다고 말씀하셨습니까?"

"네. 여느 때처럼 암스테르담 지점으로 가신다고 하셨어요. 하지만 지금 생각해 보니, 떠나시기 전에 이미…… 그 일을 각오하고 계셨던 거예요. 아버지는 잘 있으라 하시고는……."

그녀는 입술을 바르르 떨며 부르짖더니 갑자기 소파에 몸을 던지며 솟아오르는 눈물을 참지 못했다. 그녀는 목메어 외쳤다.

"아, 바다에서 돌아가시다니! 생각만 해도 못 견디겠어요. 바다에서 돌아가시다니……."

그녀는 가슴이 터질 듯 흐느껴 울었다.

프렌치 경감은 이런 상태에서 계획대로 하는 것은 무리라고 체념했다. 이런 상태에서는 미묘한 질문으로 유도할 수 없다. 이쯤 되면 잠자코 물러갈 수밖에 없다고 여겨져 경감은 실비어를 해링턴에게 맡기고 될 수 있는 한 조용히 그 집에서 빠져나왔다.

그는 듀크 씨가 죽었으니 이제 누가 그 자리를 이을까 생각해 보았다. 도둑맞은 다이아몬드를 추적, 수사가 성공할 경우 싫든 좋든 그 사람과 교섭을 가져야 하므로 아무튼 사무소로 가서 사정을 살펴봐야겠다는 생각이 들었다.

그는 옛 시가지행 지하철을 탔으며 반시간쯤 뒤 해튼 가든의 그 사무소 층계를 올라가고 있었다.

스홉스 씨가 이미 후임이 되어 그를 고인이 쓰던 사장실로 안내했다. 그는 이 회사 경영권이 실비어 듀크 소유가 되리라 믿고 있었다.

하기야 그렇게 말할 만한 특별한 이유는 없었지만.

그러나 링컨즈 인의 팅즐리 앤드 셔프 법률사무소의 팅즐리 씨가 고인의 변호사였으니 그곳으로 가보면 좀더 자세한 이야기를 들을 수 있을 거라고 말했다.

스홉스 씨는 설명했다.

"나는 어젯밤에 왔으며, 임시로 회사를 맡고 있을 뿐이지요. 그러니 무언가 볼일이 있으면 나나 팅즐리 씨에게 말씀해 주십시오."

"고맙습니다. 그럼, 무슨 일이 있으면 당신에게 부탁드리지요."

"오늘은 하루 종일 문을 닫고 있었습니다. 그래서 이 기회에 듀크 씨의 서류를 훑어보아 경영실태가 어떤지 알아두려 했지요. 해링턴 씨가 중역으로 승진되어 있었다면 이것은 그의 임무일 텐데, 지금으로서는 모든 일을 내가 할 수밖에 없군요."

프렌치 경감은 적당히 대답하고 돌아가려다가 문득 걸음을 멈추고 말했다.

"그 노인이 이렇게 되시다니, 정말 뜻밖이잖습니까? 그런 분이리라고는 꿈에도 생각지 못했는데요."

스홉스 씨는 정말 안됐다는 듯한 표정을 지었다. 그리고 맞장구치며 말했다.

"그런 사람이 아니었습니다. 하지만 그러고 보니 그런 면이 있었던 것 같군요. 지난 1, 2주 동안 그분을 만났는지 모르겠습니다만, 그야말로 지쳐 있었으니까요. 몹시 침울해 했는데, 그것이 날이 갈수록 심해졌지요. 좋은 상태라고는 생각되지 않았습니다…… 건강이 나빠지고 그것이 심리적으로 영향을 미쳤나봅니다. 재산상의 손실에 대해 신경 쓰고 계셨거든요."

"정말로 파산했습니까?"

스홉스 씨는 자세한 것은 모르지만 그럴 염려가 충분히 있다고 말했다.

"실비어 듀크 양의 앞날이 염려됩니다. 우리 직원들도 역시 앞으로
의 일을 걱정하고 있지요. 나이 들어서 직장을 잃고 다시 새 출발
해야 하다니, 도무지 견디기 어려운 일입니다. 이게 모두 뿌리를
더듬어 올라가면 전쟁 때문이지요. 경감님, 당신도 전쟁의 영향을
입지 않았다고는 할 수 없잖습니까?"

"큰아들을 잃었습니다."

프렌치 경감은 무뚝뚝하게 대답하고 다시 세상 떠난 사장에 대한
이야기로 화제를 돌렸다.

듀크 씨는 여느 때처럼 업무상의 볼일로 암스테르담에 가려 했던
모양이었다. 보석은 전혀 가지고 있지 않았으므로 자취를 감춘 까닭
은 아무래도 자살 말고는 생각할 수 없다.

프렌치 경감은 네덜란드 경찰이 내린 결론을 전혀 의심하지 않았
다. 만일 값비싼 물건을 지닌 사람이 갑자기 죽었다면 그 죽은 원인
에 의문이 있게 마련이지만, 다행히도 이 경우에는 그런 일이 전혀
없었기 때문이다.

다음으로 방문할 곳은 링컨즈 인의 팅즐리 앤드 셔프 법률사무소였
다.

팅즐리 씨는 살아 있는 단 한 사람의 중역이었다. 프렌치 경감은
곧 안으로 안내되어 들어갔다.

듀크 씨는 실비어를 위해 될 수 있는 대로 모든 방책을 세워둔 것
같았다.

팅즐리 변호사가 말했다.

"그렇긴 하지만, 가엾게도 그래봐야 대단한 액수가 못 됩니다. 내
가 유언집행인으로 지정되어 있으니, 앞으로 도난사건에 대한 용건
이 있으면 내게로 가져오십시오.

듀크 씨와 나는 오랜 친구입니다. 참으로 오래된 일입니다만, 그의 결혼식에 들러리까지 서준 사이지요. 죽기 사흘 전에 찾아갔을 때는 그의 모습이 어찌나 심하게 달라졌는지 깜짝 놀라고 말았습니다. 얼굴빛이 나쁘고 풀이 죽어 '아무래도 상태가 좋지 않네, 팅즐리. 심장이 나쁜 듯해. 게다가 돈 걱정으로 울적하다네'라고 말하고는 '만일의 경우에는' 실비어의 일을 잘 부탁한다며 나에게 약속을 받았지요.

지금 생각하니 그때 이미 자살하는 것이 가장 간단한 해결방법이라고 각오하고 있었던 듯합니다. 나는 그 말을 듣고 깜짝 놀랐습니다만."

"이해하겠습니다. 그럼, 무언가 새로운 사실을 발견하면 이리로 알려드리지요."

그는 경찰국으로 돌아가 보고를 끝냈다. 산더미처럼 쌓인 하루 일과에 손대기 시작했을 때는 이미 퇴근시간이 되어 있었다.

세인트 존스 우드의 집

프렌치 경감이 입버릇처럼 하는 말은, 자기 같은 입장에 있는 사람에게는 휴식이 너무 모자라다는 것이었다.

하루 종일 생쥐처럼 움직이며 돌아다니다가 가까스로 집으로 돌아와 오늘 밤이야말로 파이프 담배를 피우며 책을 펴들고 긴 밤을 기분 좋게 보내려 생각하면 저녁 식사도 채 끝나기 전에 경찰국에서 어떤 갑작스러운 사태를 알려와 그의 계획은 모두 무너지고 국가의 법률을 어기는 적과 싸우기 위해 끌려나가는 형편이었다.

8시간 근로제니 초과근무 수당이니 청구지불이니 지역수당이니 경비니…… 하는 것은 그와 인연이 없었다. 그의 입장으로는 직무수행이 당연한 일로, 섣부른 행동은 승진 기회 탈락은 물론 지금의 지위마저 잃게 하는 것이었다.

그는 늘 투덜거렸다.

"내 할 일을 완수했다고 해서 누구 한 사람 고마워하는 법 없고, 실수 한 번 하면 1시간도 채 지나기 전에 벼락이 떨어지지."

그런 말을 늘어놓으면서도 그의 눈은 언제나 빛났으며, 그의 동료

들 가운데 프렌치 경감이 자신의 직무를 더없이 즐기고 있다는 것과
그의 상관이 가까운 장래에 그를 좀더 보수 많은 윗자리로 승진시키
려 하고 있다는 사실을 모르는 이는 거의 없었다.

그러나 이날 밤만은 굳이 그를 편들어 하는 말은 아니지만 여느 때
의 그 불평이 절묘하게 그대로 실행된 격이었다.

저녁 식사 자리에 앉기가 무섭게 현관 벨이 울리고 콜드월 순경이
찾아왔음을 하녀가 알려왔다.

프렌치 부인이 남편을 앞질러 대답했다.

"잠깐 기다리시라고 해요. 거실로 모셔 들이고 저녁신문을 갖다드
려요, 일라이저."

프렌치 경감은 반쯤 일어서려다가 다시 자리에 앉아버렸다.

"무슨 급한 일인지 물어봐주오."

물러가는 하녀 뒤에서 이렇게 말한 것은 반은 정말로 호기심이 있
어서였고, 반은 자기 집에서는 자기야말로 자기 행위의 주인이라는
좀 기묘한 일을 하녀에게 납득시키기 위해서였다.

프렌치 부인이 머뭇거리지도 않고 같은 말을 되풀이했다.

"당신의 저녁 식사만큼 급한 일은 아닐 거예요. 좀 기다리게 해줘
요, 1, 2분 늦어도 괜찮아요."

조금 뒤 그녀의 말은 찾아온 순경에 의해 확인되었다.

문가로 온 일라이저가 보고했다.

"급한 일은 아닌 듯해요. 준비되실 때까지 기다리겠다는데요."

일이 잘 되어간 데 마음 놓으며 그는 하녀에게 말했다.

"잘됐소. 그럼, 기다려달라고 하오."

그로부터 15분 동안 경감은 시장기를 달래느라고 한눈팔지 않고
식사를 했다.

식사를 끝내자 천천히 파이프를 꺼내들고 손님이 있는 방으로 걸음

을 옮겼다.

"잘 있었나, 콜드월? 이런 시간에 웬일인가?"

콜드월은 키가 크고 어딘지 둔해 보이는 얼굴의 중년 사나이로 어설프게 일어나서 경례를 했다.

그가 말했다.

"경감님이 내신 수배사진에 대해서입니다만, 그 여자가 발견되었습니다."

"정말인가!"

프렌치 경감은 파이프에 담배를 채워 넣던 손을 멈추고 마치 먹이에 덤벼드는 듯한 표정을 지었다.

"어떤 여자인가?"

콜드월은 주머니에서 수첩을 꺼내 손때 묻은 페이지를 천천히 들춰나갔다. 그의 신중한 태도가 성미 급한 상관을 조바심나게 했다.

프렌치 경감이 잔소리를 했다.

"빨리 하게, 콜드월. 그런 문제를 그 알량한 수첩을 안 보면 생각해 내지 못하나?"

"여기 있군요."

그는 수첩을 들여다보며 말을 이었다.

"그녀의 이름은 헨리 베인 부인. 세인트 존스 우드 거리의 조그만 외딴집에 살고 있어요. 클루 장이라는……."

프렌치 경감은 기쁜 듯이 말했다.

"좋아! 확실하겠지?"

"확실하다고 생각합니다. 나는 그 사진을 세 쌍의 저마다 다른 사람들에게 보여주었는데, 모두들 그녀라고 확인했으니까요."

이것은 아주 가망성 있는 듯이 들렸다. 특히 코미디 극장의 분장실 지기였던 대우즈가 시시 윈터의 숭배자가 베인이라는 이름이었다고 말했음이 생각나 더욱 그렇게 여겨졌다. 프렌치 경감은 순경을 자리에 앉게 하고 담배를 권하며 자세한 이야기를 들려달라고 부탁했다.

콜드월 순경은 조용히 의자에 앉아 권하는 대로 담배를 집어 들었다.

"고맙습니다. 그럼, 사양하지 않겠습니다."

그는 천천히 담뱃가루를 파이프에 채우고 불을 붙이더니 큼직한 엄지손가락으로 꾹꾹 눌러댔다.

"이렇게 된 일입니다. 나는 오늘 오후 비번이므로 그 수배사진을 주머니에 넣고 퇴근하려 했습니다. 집으로 가는 길에 우연히 친구를 만났습니다. 젊은 여자였지요. 그래서 나는 그녀와 함께 걸었습니다.

그런데 솔직히 말씀드려 할 말이 그리 없었으므로 무심히 그 사진을 보여주었지요. 물론 처음부터 어떤 기대를 가지고 있었던 것은 아닙니다. 그 사진을 본 순간 그녀가 말했습니다.

'나는 이 여자 분을 알고 있어요.'

'뭐라구요?'하고 나는 말했습니다. '알고 있다고요? 그래, 누구지요?'

'이 사람은 곧잘 가게에 왔어요. 하지만 이름은 잘 생각나지 않아요. 들은 적은 있는데……'

나와 이야기하고 있었던 그녀는 지금은 그만뒀지만 2주일 전까지 옷감가게에서 일했었답니다.

나는 말했습니다.

'그렇소? 그 사람 이름을 알고 싶은데 기억해 내주겠소?'

'생각나지 않아요'라고 그녀는 대답했는데, 정말로 생각나지 않는 것 같았습니다. 한 번 무심히 흘려들었을 뿐이었다는 겁니다."

순경이 이야기를 그치려 하는 것 같았으므로 프렌치 경감은 재촉하

듯 중얼거렸다.

"그래서?"

"나는 만일 그녀가 기억하지 못한다면 다른 사람이라도 생각해 낼 지 모른다고 말해 주었습니다. 알아내주면 찻집과 영화관에 데려가 주기로 약속했는데, 처음에는 곧이듣지 않고 가버리려 했습니다. 그러나 내 말이 진심임을 알고 나를 전에 일했던 가게로 데려가 주었지요.

서너 아가씨들에게 물어보았는데, 그 가운데 한 사람이 그녀를 잘 기억하고 있어서 '베인 부인이에요'라고 말해 주었습니다. '그녀 는 세인트 존스 우드에 살고 있어요. 클루 장이라는 집이지요. 나 는 몇 번이나 그분의 짐을 싸드렸으므로 잘 알고 있어요.'"

프렌치 경감은 기쁜 목소리로 다시 한번 칭찬했다.

"좋아."

순경은 그 느릿하고 둔중한 목소리로 말을 계속해 나갔다.

"그래서 내가 가서 확인해 보는 게 좋을 것 같아 나는 스온 양— —나와 함께 간 여자였습니다——에게 나와 함께 그곳으로 가보자 고 했습니다.

그곳은 베이커 거리 끄트머리에서 가까운 곳으로 아주 외진 조그 만 저택이었습니다. 내가 그곳으로 가서 직접 묻는 것은 좋지 않으 리라 여겨져 스온 양에게 그 이웃집에 가서 베인 부인을 만나고 싶 다고 말해 보도록 시켰지요.

그녀가 가서 묻자 그건 옆집이라고 대답하더랍니다. 즉 그 옆집 이 클루 장이었던 겁니다. 나는 확실히 그 집임을 확인했으므로 오 늘 밤은 영화구경도 집어치우고 곧장 알려드리려고 이리로 달려왔 습니다."

프렌치 경감은 얼굴 가득 웃음을 띠고 그를 바라보았다.

"잘 알았네, 콜드월. 정말이지 나라도 그보다 더 잘하지 못했을 걸세. 이 일에 대한 사례는 틀림없이 섭섭지 않게 하겠네. 내가 준비를 끝낼 때까지 담배를 더 피우고 있게. 그리고 택시를 불러주게. 곧 함께 가보세."

경감은 전화로 런던 경찰국을 불러내 자질구레한 준비를 부탁했다.

그 결과 경감이 콜드월 순경과 함께 커다란 경찰국 건물에 닿았을 때는 사복경관 두 명이 대기하고 있었다. 그들 가운데 한 사람이 프렌치 경감에게 조그만 보따리 하나와 워드 부인——즉 미국 피츠버그 시에 사는 루트 부인——다시 말해 베인 부인에 대한 체포영장을 건네주었다.

네 경관을 통조림처럼 가득 태운 택시는 세인트 존스 우드 거리로 달렸다.

화이트 홀 쪽으로 택시가 접어들었을 때 마침 의사당의 큰 시계가 9시 30분을 알렸다. 맑은 밤이었지만 달은 없었고 가로등이 만들어내는 동그란 빛무리 말고는 칠흑같이 어두웠다.

프렌치 경감이 사복경관들에게 오늘 밤의 임무를 짤막하게 설명해준 뒤 네 사나이는 침묵 속에 앉아 있었다. 경감과 콜드월은 둘 다 흥분을 억누르지 못하고 있었다. 프렌치 경감으로서는 이 어려운 문제가 빨리 해결될지도 모른다는 희망이 있었고, 콜드월로서도 이번 원정이 성공하면 승진 가능성이 있기 때문이었다. 나머지 두 사복경관은 이 일을 한낱 여분의 일거리쯤으로밖에 여기지 않았으므로 사태의 진전에 대해 전혀 무관심한 표정이었다.

세인트 존스 우드 거리에 이르러 택시에서 내린 경감은 콜드월 순경의 안내를 받으며 거리와 저택을 구분 짓는 높은 돌담이 둘러쳐진 마찻길 문으로 가까이 다가갔다. 문 위 가로지른 나무에 '클루 장'이라고 씌어 있었다.

오른쪽에 작은 문이 있었지만 그것도 큰 문도 굳게 잠겨 있었다. 담 안으로 울창한 나무들이 보이고 그 사이로 마찻길이 나 있으며, 나뭇가지 사이로 새어나오는 가로등 불빛을 받아 조그만 집의 박공이 어렴풋이 눈에 들어왔다. 창문으로는 불빛이 흘러나오지 않았다.

잠시 망설이다가 프렌치 경감이 작은 문을 열었고 네 사나이는 안으로 들어갔다.

경감이 소곤거렸다.

"파이와 프랭클랜드는 이 나무숲 속에서 기다려 주게. 콜드월, 자네는 나와 함께 가세."

마찻길은 짧아 겨우 40미터도 못 가서 곧 집의 전체 모습이 드러났다. 처음에 본 것보다 작았지만 꽤 단단해 보이는 건물로 박공지붕, 아치 모양의 창문, 여닫이 유리문이 달린 복도가 있었다. 대도시 중심부에 이토록 가까이 있는데도 불구하고 이곳은 놀랄 만큼 한적했고, 나무숲과 담과 여기저기에 상록수 떨기나무덤불이 있어 큰길이며 이웃집에서는 전혀 보이지 않게 되어 있었다.

건물 정면은 캄캄했다. 두 사나이는 본능적으로 발소리를 죽이며 집 옆으로 돌아갔다. 그곳에도 빛이 없었다. 천천히 걸어가 한 바퀴 빙 돌아서 다시 본디의 정면 문 앞으로 나왔다.

벨을 누르며 프렌치 경감이 중얼거렸다.

"비어 있나보군."

몇 번이나 눌렀지만 대답이 없었다. 저택 안은 쥐죽은 듯 고요에 잠겨 있었다.

프렌치 경감은 콜드월 순경을 돌아보았다.

"저 두 사람을 불러오게."

이윽고 파이는 정면과 옆쪽 모퉁이에, 프랭클랜드는 그 맞은편 모퉁이에 배치되었다. 둘은 남의 눈에 띄지 않게 숨어서 들어오는 사람은 내버려둬도 좋지만 나가는 사람은 하나도 놓치지 않도록 하라는 명령을 받았다.

프렌치 경감은 한 손에 손전등을 들고 문과 창문을 신중히 살펴보기 시작했다. 복도문을 열기로 하고 콜드월에게 손전등을 들도록 한 다음 처음에는 여벌쇠 다발로 열려고 했다. 하지만 뜻대로 되지 않아 짧은 철사로 열어보았다. 몇 분이나 걸려서 드디어 찰카닥 소리를 내며 자물쇠가 열리자 손잡이를 돌려 밀어열고 두 사람은 조심조심 안으로 들어가 등 뒤의 문을 닫았다.

그곳은 호화로운 가구를 갖춘 아담한 거실로, 틀림없이 여자의 방이었다. 가구는 고상한 취미보다 사치를 목적으로 한 듯 모든 것이 요란스럽고 화려했으며 허세를 부린 듯 보였다.

인기척은 없었지만 바로 얼마 전까지 누군가 있었던 듯 난로에 재가 남아 있고 그 언저리에 책이 놓여 있었으며, 한 권은 의자 위에 엎어둔 채였다. 조그만 테이블 위에는 오후의 차도구가 늘어 놓여 있었고 컵 하나에 마신 흔적이 남아 있었다.

프렌치 경감은 그리 자세히 살펴보지도 않고 조그만 복도로 나갔다. 복도를 따라 방이 세 개 있고 위층으로 가는 층계도 있었다. 층계 밑에 한 줄로 나란히 있는 옷걸이에 남자 옷 서너 벌과 모자 2개, 그리고 코트 두 벌과 레인코트 하나가 걸려 있었다.

그는 재빨리 다른 방을 들여다보았다. 첫 번째 방은 끽연실로 차분한 색채의 가죽을 씌운 의자와 어두운 빛깔의 떡갈나무를 붙인 벽 등 아무리 보아도 남자 방이었다.

다음 방은 식당으로 역시 조그마했지만 값진 은그릇이 즐비했다. 네 번째 방은 부엌으로 조리대와 식료품 찬장이 있고 가운데뜰로 통해 있었다. 이곳에도 바로 얼마 전까지 사람이 있었는지 부근이 몹시 지저분하게 어질러지고 여기저기 식료품이 흩어져 있었다.

프렌치 경감은 아래층에 사람이 없음을 확인하고 위층으로 올라갔다. 분명히 집 여주인의 방인 듯한 가장 큰 침실은 극심한 혼란상태였다. 장롱이며 옷장이 모두 열리고 그 안이 뒤적거려져 뒤죽박죽되어 있었다. 바닥에는 드레스와 구두와 우아하고 아름다운 여자용 옷가지들이 너저분하게 흩어져 있었다.

이 혼란한 광경을 보고 프렌치 경감은 나직이 빌어먹을, 하고 내뱉았다. 이것을 보니 이미 새는 날아가 버린 뒤인 듯했다. 그러나 언제 누가 올지 모르므로 그는 부리나케 수사를 진행했다.

다음 방은 남자용 화장실과 침실이었다. 화장실은 흐트러진 흔적이 없었고 옆 침실도 가지런했다. 그러나 다음의 하녀 방에 들어가 보니 그곳에는 바로 얼마 전에 떠난 흔적이 뚜렷이 남아 있었다. 옷장 서랍은 열려진 채였고 벽에 만들어 단 벽장문도 열려 있었다. 종이 조각이며 낡은 옷들이 바닥 가득 흩어져 있었는데, 값나가는 물건이 하나도 없다는 점에서 여주인의 방과는 그 모습이 완전히 달랐다.

프렌치 경감은 다시 빌어먹을, 하고 내뱉었다. 아무래도 너무 늦게 온 것 같았다. 베인 부인, 즉 X부인은 바람같이 사라져버린 것이다. 그런데 어떻게 자신에게 닥쳐온 신변의 위험을 알아차린 것일까?

그는 마구 어질러진 방 안에 우뚝 버티고 선 채 잠시 생각에 잠겨 있었다. 이렇게 되었으니 다음에는 어떤 수단을 강구하면 좋을 것인가.

우선 이 베인 부인이 틀림없이 그가 찾고 있는 여자라는 절대로 확실한 증거를 잡아야 했다. 다음에는 그녀가 정말로 행방을 감추었는지 어떤지 알아내야만 한다. 그리고 행방을 감추었다면 그 까닭이 무엇이며 더 나아가 할 수만 있다면 어디로 갔는지도 알아내야 한다. 만일 그녀가 달아난 것이라면 누가 어떻게 그녀에게 경고해 주었는지 캐내야만 한다. 그런 뒤 그녀의 은신처를 알아내고, 그녀를 체포해야 하는 것이다.

물론 베인 부인뿐만 아니라 그녀의 남편도 찾아내야 한다. 만일 그녀가 도둑맞은 다이아몬드를 받은 X부인이며 혹시 게싱 노인을 살해한 범인일지도 모른다고 가정하면 그 남편도 분명히 그 일에 관련되어 있을 것이다. 그가 사건에 말려들어가지 않았으리라고는 도저히 믿을 수 없는 것이다.

그러므로 프렌치 경감이 맨 먼저 해야 할 일은, 클루 장의 수수께끼 같은 주인에 대해 철저히 조사하는 것이었다. 알기 쉬운 수사선이 몇 가지 있었다. 우선 이 집 자체였다. 사람이란 자기가 사는 집에 지울 수 없는 개성의 흔적을 남기게 마련이므로 이 집을 세밀히 살펴보면 베인 부부에 대한 꽤 많은 자료를 얻을 수 있을 것이다.

그리고 고용인들이다. 만일 그들을 찾아낼 수만 있다면 그들의 증언은 귀중한 것이 되리라. 이웃 사람들이나 부동산업자로부터는 그리 많은 것을 기대하지 않았지만, 그들로부터도 쓸모 있는 정보를 조금은 얻을 수 있을 것이다.

그 밖에 저택관리인도 있다. 그들에게도 뭔가를 알아낼 수 있을 것임에 틀림없다.

시각은 이미 밤 11시 가까이 되었으나, 비록 철야근무를 하게 되더라도 지금 곧 가택수사를 벌이는 것이 자신의 의무라고 경감은 각오를 굳혔다. 그리하여 우선 이런 일에 익숙한 파이와 프랭클랜드를 불러들이고 콜드월 순경을 집 안 순찰자로 남겼다.

그로부터 더없이 정밀한 수사가 시작되었다. 세 사나이는 각 방의 가구며 책이며 종이 조각이며 옷가지 등 온갖 것에 대해 하나하나 세심한 주의를 기울이며 살펴보았다. 점점 피로가 쌓이고 배가 고팠지만 수사는 쉴 새 없이 계속되어 아침 6시 30분쯤에야 끝났다.

주위가 서서히 밝아오는 가운데 런던 경찰국의 세 사나이는 하나씩

거리로 빠져나가 길모퉁이에서 만났다. 가까운 지하철역까지 걸어가 저마다의 집으로 아침 식사를 하러 갔다.

프렌치 경감은 첫 번째 갈아타는 역에서 경찰국으로 전화를 걸어 클루 장에 남기고 온 콜드월과 교대 근무할 사람을 하나 보내달라고 부탁했다.

아침 식사를 끝내고 경찰국으로 나가기 전에 프렌치 경감은 파이프를 피워 물고 수사 도중 깨달은 사항을 수첩에 간단히 적었다. 베인 부인을 체포하는 데 단서가 될 만한 것은 하나도 없었지만 참고가 됨직한 것은 몇 가지 있었다.

첫째로 그녀가 갑작스럽게 집을 떠난 것은 예기치 않은 가운데 취해진 행동이었음이 분명했다. 침실은 마구 어질러졌으며 거실에 사람이 머물렀던 흔적이 있는가 하면 읽던 페이지를 잊어버리지 않으려고 엎어놓은 책이 있고 거실의 난로와 화덕에 재가 남아 있으며 마시던 차도구가 그대로 테이블에 놓여 있었다.

부엌의 상태만 보아도 그 증거는 충분했다. 부엌에서는 막 요리를 할 참이었던지 레인지 위에 프라이팬이 몇 개나 놓여 있었고 식탁에는 갖가지 재료들이 요리하기 위해 늘어 놓여진 채로였다. 부엌과 찬장에는 갖가지 식료품이 그득했고 식당의 벽장에는 포도주며 위스키 등이 몇 병이나 있었다.

그런데 이 집 남자주인은 서둘러 떠난 흔적이 조금도 없었다.

떠난 날짜는 식료품 상태로 보아 대강 짐작할 수 있다고 프렌치 경감은 생각했다. 사발 하나와 물잔 2개에 든 우유는 시큼해지기는 했으나 아직 굳어 있지 않았다. 찬장에 달아놓은 신선한 쇠고기도 아직 상하지 않은 채였다. 빵은 좀 마르고 딱딱해져 있었다. 조리대 선반에 놓인 상추는 시들었지만 거실 꽃병에 꽂힌 국화는 아직 싱싱했다.

전체적으로 보아 이들 부부가 달아난 것은 나흘 전쯤이라고 그는 생각했는데, 이 추정은 그가 얻은 또 한 가지 증거로써 뒷받침되었다.

복도 문 뒤에 설치된 우편함 속에서 '세인트 존스 우드 거리 크루장 베인 부인' 귀하로 되어 있는 편지 한 통이 발견되었는데, 그 소인으로 보아 사흘 전 런던에서 부쳐졌음이 밝혀진 것이다. 그러므로 이 편지가 배달된 것은 3일 저녁 또는 4일 아침이었을 것이다. 그런데 오늘은 8일이므로 그녀는 적어도 나흘 전에 떠난 셈이 된다.

프렌치 경감은 편지 내용 그 자체에 깊은 흥미를 느꼈다. 그것은 단순한 주식매매표에 지나지 않았으나 거래량이 엄청나게 많고 금액도 몇 천 파운드에 이르렀다. 거래 날짜가 적혀 있지 않고 첨부된 편지도 없었으며 발신자 이름도 밝혀져 있지 않았다. 누군가가 복잡하고 재정적인 조작을 하고 있음에 틀림없는데, 그 남자 또는 여자의 정체를 밝혀주는 것은 아무것도 없었다.

그 집의 일반적인 설비로 보아 베인 부부가 적어도 넉넉하게 살림을 꾸려나가고 있었음은 확실한 듯했다. 가구며 살림도구들이 모두 무게 있고 값나가는 것들이었다.

앞에서도 말했듯이 거실은 자그마했으나, 거기에 깔린 카펫만 해도 120파운드를 밑돌지는 않으리라고 프렌치 경감은 계산하고 있었다. 베인 부인의 드레스는 고급 비단이었으며, 보석이라고 이름 붙일 만한 것은 하나도 없었으나 그래도 꽤 값진 장신구와 화장도구들이 남아 있었다. 게다가 끽연실에 있던 반쯤 빈 엽권련 상자에는 코로나가 들어 있었다. 차고며 자동차는 없었지만 가까운 어딘가에 자동차를 세워 두었으리라고 쉽게 상상할 수 있었다.

얼른 보아 이 부부는 한 해에 2, 3,000파운드의 생활비를 쓰고 있는 것 같았다. 베인 부인의 거래은행이 그녀의 서류 속에 발견되면 은행에 조회하여 그런 일쯤 쉽게 밝혀낼 수 있을 것이다.

경감이 미심쩍어한 것이 또 한 가지 있었다. 이 집 주인도 그 아내도 문학적 취미라고는 조금도 없는 사람들 같다는 점이었다. 끽연실 책꽂이에 훌륭히 장정된 '일류 작가의 작품'은 그 보존 상태로 보아 순전히 실내장식의 일부임이 뚜렷했다. 끽연실에는 실제로 읽혀진 책이 한 권도 없었다. 거실에는 그보다 훨씬 가벼운 성질의 소설책이 많이 있었으며, 그 밖에 프랑스 말 또는 스페인 말로 씌어진 아주 노골적이고 음란한 표지의 책도 많았다. 그런 책들 가운데 마치 닭무리 속의 한 마리 학처럼 어울리지 않게 신판 콘사이스 옥스퍼드 사전이 한 권 놓여 있었다.

상감 세공된 부인의 조그만 책상에는 낡은 계산서가 몇 장 들어 있었으나, 그녀가 요즘 거래한 상점의 이름 말고는 전혀 알아볼 수 없었다. 거실에는 잘 찍은 한 부인의 캐비닛판 사진이 장식되어 있었는데, 루트 부인이 배에서 스냅으로 찍은 것 같았다. 프렌치 경감은 그 사진을 조끼주머니에 집어넣었다.

수첩의 메모를 끝내고 파이프 재를 떨어버리자 프렌치 경감은 그날의 일을 하기 위해 집을 나왔다. 세인트 존스 우드 거리로 돌아가 콜드월과 교대한 에슬러 순경을 만나본 결과 아직 아무도 이 집에 가까이 온 사람이 없음을 알 수 있었다.

경감은 이웃집과 가게들을 돌아다니며 탐문했다. 그는 어느 집에 가서나 베인 부인을 만나고 싶은데 문이 잠겨 있다며, 혹시 그녀의 거처를 모르느냐고 물었다.

사실 대도시에서는 이웃끼리 전혀 서로 사귀지 않고 몇 십 년씩 지내는 경우가 많았다. 때문에 그도 그리 많은 것을 기대하지 않았으며, 실제로 처음 찾아간 두 집에서는 아무 성과도 거두지 못했다.

그러나 세 번째 집에서는 운이 트였다. 문을 열어준 하녀가 그 집에 대해 무언가 알고 있는 듯한 눈치였던 것이다. 그러나 프렌치 경감을 수상쩍은 사람으로 여겼는지 그 질문을 하자 드러내놓고 싫은 표정을 지으며 입을 다물어버렸다.

프렌치 경감은 애써 시치미를 떼며 태연스럽게 말을 이었다.

"나는 링컨즈 인의 힐 앤드 루이섬 법률사무소 사람인데, 베인 부인이 전에 살던 캔터베리 가까이의 토지소유권에 대해 부인께 물어보려고 왔소. 베인 부인 소유의 토지 경계선에 대한 것인데 그리 대단한 것은 아니오. 부인을 만나 뵈면 5실링 받기로 되어 있소. 내게 뭐든 알려주면 그 몫을 당신에게 드리리다."

그녀는 마음이 움직인 듯했다. 복도 쪽을 돌아보고 나서 현관으로 나왔다. 등 뒤의 문을 닫더니 조급하게 입을 열었다.

"잘은 모르지만 아는 대로 이야기해 드리지요."

그녀의 말에 따르면, 지난주 금요일 그러니까 닷새 전에 베인 부인은 남편이 뉴욕에서 사고로 생명이 위독할 만한 중상을 입었으니 곧 오라는 전보를 받았다고 한다. 베인 부인은 서둘러 짐을 챙기고 집단속을 한 다음 리버풀행 기선 연락열차 시간에 맞추기 위해 자동차를 타고 떠났다는 것이었다. 그녀는 베인 씨에 대해서는 전혀 아는 바가 없었다.

그녀는 그 남자를 이웃집의 한낱 부속품쯤으로 밖에 여기지 않는 눈치였다. 그는 좀처럼 집에 없었고 있어도 여간해서는 얼굴을 보이지 않았다는 것이었다.

어떻게 그처럼 그 집에 대해 잘 아느냐고 묻자, 주인집 아들의 모형 비행기가 담을 넘어 클루 장으로 날아들어 갔을 때 어떻게 해야 좋을지 몰라 당황하고 있는데 그 집 하녀가 그것을 찾아준 적이 있었다고 설명했다. 이 일로 두 아가씨는 가까이 지내게 되었고, 서로 자기네 주인집에 대한 이야기를 주고받았다는 것이었다.

그 금요일 아침에는 베인 부인의 하녀가 미리 약속된 신호로 그녀

를 담 밑으로 불러내 부인이 갑자기 미국으로 가게 되었다면서, 집단
속을 하고 있는데 그녀와 요리사는 해고되었다고 이야기하더라는 것
이었다.

"마님은 기선 연락열차를 타기 위해 바쁘게 서두르고 있으므로 집
　단속이 되는 대로 우리는 먼저 나가게 되어 있어요."

그렇게 말한 하녀는 급히 작별 인사를 하고 나서 모습을 감추었다
고 한다.

프렌치 경감은 이 사실을 듣고 기뻐했으나, 그 일은 반드시 그가
알고 싶어했던 것이 아니었다. 만일 뉴욕의 남편 이야기가 정말이라
면 그의 가설은 와르르 무너져버린다. 그러나 베인 부인이 정말로 그
날 배를 탔는지 어떤지는 쉽게 조사할 수 있는 일이었다.

그는 다시 하녀에게 말했다.

"당신 친구라는 그 아가씨를 만나보고 싶군요. 그녀의 이름과 주소
　를 일러주지 않겠소?"

그녀의 이름은 수전 스콧이지만 주소는 알 수 없다고 했다. 프렌치
경감은 잠시 어떻게 해야 할지 몰랐으나 이것저것 물은 끝에 수전의
말투가 런던 사람 같았으며, 에지웨어 거리 가까이 있는 직업소개소
에 자주 드나들지도 모른다는 것 등을 끌어낼 수 있었다.

경감은 덧붙여 말했다.

"또 한 가지 묻겠는데, 클루 장의 소유주나 관리인의 이름을 모르
　겠소?"

그녀는 유감스럽게도 알지 못했다.

프렌치 경감은 끈질기게 물었다.

"그럼, 이 집은? 이웃이니 혹시 소유주가 같을지도 모르지요."

하녀는 그것도 모른다고 대답했지만, 주인나리는 혹시 알지 모르며
지금 집에 있다고 덧붙였다.

프렌치 경감은 그에게 면회를 청하여 자기 신분을 밝히고 물었다. 그 결과 두 집의 관리인이 헤이 마켓 뒤 거플즈 거리에 있는 핀드레이터 앤드 하인드 사무소에 있음을 알아냈다.

알아낼 만큼 들었다고 생각되었으므로 프렌치 경감은 하녀에게 5실링을 쥐어주고 그 집을 나왔다.

계획의 두 번째 항목은 윌리엄스 씨를 찾아가는 일이었다.

그리하여 20분 뒤 그는 콕스퍼 거리의 사무소 문을 들어서고 있었다. 윌리엄스 씨는 그 나름대로의 열의를 보이며 프렌치 경감을 맞아주었다.

그는 소리쳤다.

"안녕하십니까, 경감님. 잘 오셨습니다. 무슨 좋은 소식이라도?"

프렌치 경감은 자리에 앉아 주머니에서 베인 부인의 거실에서 찾아낸 그녀의 캐비닛판 사진을 꺼냈다.

경감은 침착하게 물었다.

"자, 어떻습니까. 윌리엄스 씨, 이 사진을 보고 뭐 생각나는 게 있습니까?"

그는 외쳤다.

"오! 찾아냈습니까, 드디어? 루트 부인이군요!"

"그것을 물어보고 싶었습니다. 이 여자가 확실히 루트 부인입니까?"

"확실하냐고요? 절대로 확실합니다. 이름이 무언지는 모르지만 내 돈 3,000파운드를 가져간 건 이 여자입니다. 이 여자를 찾아냈습니까?"

프렌치 경감은 대답했다.

"아직 찾아내지 못했습니다. 그러나 가망성은 있습니다."

"대체 어떻게 된 겁니까?"

"유감스럽지만 그리 할 말이 없습니다. 이 여자가…… 즉 이 사진의 여자가 지난주 금요일 뉴욕으로 떠났다는 말을 들었습니다. 사실인지 아닌지는 아직 모릅니다. 사실이라면 미국 경찰이 배에서 그녀를 체포해 주겠지요."

윌리엄스 씨는 자세한 설명을 듣고 싶어했지만 프렌치 경감은 아무 말도 하지 않았다. 그러나 헤어질 때 앞으로의 수사 결과를 알려주겠다고 약속했다.

콕스퍼 거리에서 핀드레이터 앤드 하인드 사무소까지는 아주 가까웠다.

프렌치 경감은 하인드를 만나 이 사무소가 클루 장을 관리하고 있다는 사실을 확인했다. 그 밖에는 흥미 있거나 쓸모 있는 점을 아무것도 알아낼 수 없었다. 그 집은 5년 전 베인 부인이 빌렸으며 임대 계약서에는 베인 씨가 서명했다. 집을 빌린 사람으로서는 더없이 좋은 사람들로 집세를 꼬박꼬박 냈으며 잔손질을 해달라고 귀찮게 구는 일도 없었다고 한다.

점심 때까지 한군데 더 들러보자는 생각이 들어 프렌치 경감은 화이트 스타 기선회사로 갔다. 여기서 그는 별로 의외일 것도 없는 정보를 얻어냈다. 역시 그랬었구나 생각하며 그는 자신의 육감이 들어맞은 것을 만족스럽게 여겼다.

화이트 스타 기선회사에서도 그 밖의 어느 기선회사에서도 지난주 토요일 오후 이전에 리버풀을 떠나 미국으로 간 배는 없었으며 그 금요일 밤 유스턴 역에서는 연락열차가 한 대도 떠난 일이 없었다는 것이었다.

그렇다면 베인 부인이야말로 틀림없이 프렌치 경감이 찾고 있는 여자이며, 그녀가 떠난 것은 틀림없이 달아난 것으로 단정할 수밖에 없었다.

유력한 단서

프렌치 경감은 이제 수사선상의 공격점이 너무나 많아서 어디서부터 손을 대야 좋을지 막막한 느낌이었다.

베인 부인의 뒤를 쫓는 것이 가장 급한 일임은 분명했지만, 막상 어떻게 해야 하는 게 가장 빠르고 확실한가 하는 문제에 맞닥뜨리자 도무지 갈피를 잡을 수 없었다. 지엽적인 문제로 시간을 낭비하기 쉬운데, 이 경우 자칫 서너 시간의 차이가 생기면 그야말로 성공과 실패의 갈림길이 될지도 모른다. 그녀는 이미 닷새 전에 떠났으므로 더 이상 1분도 머뭇거릴 수가 없는 것이다.

점심 식사를 하면서 이런 생각에 잠겨 있던 프렌치 경감은 마침내 그 집 하녀였던 수전 스콧부터 찾아내기로 마음먹었다. 이 준비작업쯤은 베테랑 민완 수사관이 아니라도 할 수 있으므로 부하에게 맡기고 그 자신은 자유로이 다른 조사활동을 펼 수가 있다.

프렌치 경감은 경찰국으로 돌아오자 부하 둘에게 명령을 내렸다. 부하에게는 에지웨어 거리 가까이의 모든 직업소개소 일람표를 만들게 하고, 또 한 부하에게는 그 소개소에 모조리 전화 걸어 그 아가씨 이름이 장부에 기록되어 있는지 조사하도록 했다.

그런 다음 그는 수사과장을 만나 지금까지 발견된 많은 새로운 사실을 보고하고 아울러 베인 부인의 거래은행 지점장을 탐문해도 좋다는 허락을 받았다.

그는 문 닫기 바로 전 은행에 도착해 얼마 뒤에는 지점장과 은밀히 이야기를 나누고 있었다. 지점장 핼러드 씨는 여느 때의 직업적 과묵은 이런 경우 쓸모없다고 판단했는지 아주 흥미 깊은 정보를 제공해 주었다.

베인 부인은 5년 전쯤 이 은행에 계좌를 열었다. 그때가 세인트 존스 우드의 집을 임대계약한 시기와 거의 같은 무렵임을 프렌치 경감은 깨달았다.

그녀의 예금은 큰 액수가 아니었으며 1,000파운드를 넘는 경우는 거의 없었다. 얼마 전까지 400파운드에서 800파운드 사이를 오르내렸는데, 요 몇 달 사이 차츰 줄어들어 10주일 전에는 전액이 소멸되었다. 사실 이 무렵 들어온 수표 가운데 15파운드쯤 모자라는 것이 있어 출납계원이 지불 전에 지점장에게 의논하기도 했다. 지점장은 클루 장과 베인 집안의 살림 형편을 알고 있었으므로 서슴없이 지불을 허락했는데, 결국 그의 판단이 옳았음이 밝혀졌다. 사흘 뒤 베인 부인이 나타나 100파운드가 넘는 돈을 예금하고 갔기 때문이다. 이 금액은 그 뒤로 지불되어 지금은 11파운드쯤 남아 있을 뿐이다.

이런 정보는 프렌치 경감이 힘들여 쌓아올리려 하고 있던 가설과 들어맞는 듯이 여겨졌다.

베인 부부는 분명 수입 이상의 생활을 하고 있었던 것이다. 아니, 적어도 베인 부인은 그녀의 수입을 웃도는 살림을 꾸려가고 있었던 듯하다. 그리하여 차츰 변통이 어려워진 것이다. 잔액이 점점 줄어들어 예금액을 넘어선 수표를 끊은 일까지 있다면 달리 해석할 수가 없지 않는가. 그 수표는 그녀의 미국행 선박료가 원인의 한 가지가 아니었을까 하고 경감은 상상했다.

다음으로는 그 100파운드를 예금한 날짜——이것은 곧 깨달은 일인데——가 윌리엄스 씨로부터 3,000파운드를 받은 다음날이라는 점이었다. 적어도 여기에 범행동기를 암시하는 무언가가 있고 범행의 성취가 가져다준 첫 성과가 나타나 있다.

게다가 그 뒤 얼마 안 되는 잔액을 남기고 예금을 차츰차츰 찾아간 것은 의혹을 사지 않기 위함이 틀림없으며 이것은 의심할 여지없이 달아났다는 가설과 들어맞는다. 전체적으로 프렌치 경감은 이 방문 결과에 만족했다.

경찰국으로 돌아와 두 부하로부터 수전 스콧의 이름이 등록되어 있는 소개소를 찾아냈다는 보고를 들었을 때는 더욱 기뻤다. 아주 운이 좋아 첫 번째 전화가 적중했다는 것이었다. 두 부하는 물론 런던에 수전 스콧이라는 이름의 아가씨가 많이 있으리라는 것을 잘 알고 있었지만 이 수전 스콧이 베인 부인이 떠난 다음날 그 소개소로 등록하러 왔었다는 사실을 알고 틀림없다고 확신한 것이다. 따라서 더 이상 조사를 계속할 필요 없이 경감에게 얼른 이 사실을 알리려고 그가 어디 있는지 여기저기 알아보며 애를 쓰고 있는 중이었다고 했다.

그 직업소개소는 에지웨어 거리 호스월 골목 75번지 질 부인의 사무소였다. 프렌치 경감은 지체없이 달려갔다.

사무소는 조그마했으며, 에지웨어 거리를 벗어난 한적한 골목에 있는 개인주택의 방 2개를 쓰고 있었다. 바깥쪽 방에 하녀 일자리를 구하는 젊은 두 아가씨가 앉아 있었는데, 마침 좋은 고용주가 온 줄로 여기는 듯 호기심 가득한 눈길로 프렌치 경감을 흘끗흘끗 쳐다보았다.

질 부인은 또 한 아가씨와 이야기하고 있다가 몇 초 뒤 멈추고 프렌치 경감을 응접실로 맞아들였다.

처음에 그녀는 잘 이야기해주려 하지 않았으나 프렌치 경감이 자신의 직함을 밝히고 법률의 권위와 존엄으로 으름장을 놓자 순식간에 무너지며 순종했다. 장부를 살펴보더니 그 아가씨는 미슬루트 거리 노픽 테라스 31번지에 하숙하고 있다고 가르쳐주었다.

그곳은 가까웠으므로 프렌치 경감은 걸어서 갔다. 여기서도 믿어지지 않을 만큼 운이 좋았다. 키가 크고 거칠어 보이기는 하지만 생김새가 예쁜 금발 아가씨가 문을 열더니 그의 물음에 대답하여 자기가 스콧이라고 말했다. 이윽고 그는 이 아가씨와 응접실에 마주 앉았는데, 그녀는 적잖이 대담한 눈길로 무례할 만큼 프렌치 경감을 흘끔흘끔 쳐다보았다.

프렌치 경감은 한눈에 그녀의 성격을 꿰뚫어보고 정중하지만 단호한 태도로 대했다. 우선 보란 듯이 경찰수첩을 테이블에 놓고 새 페이지를 펼친 다음 물었다.

"수전 스콧 양이지요?"

그리고 맨 위에 그녀의 이름을 써넣었다.

그는 잘라 말했다.

"스콧 양, 나는 런던 경찰국의 프렌치 경감이오. 지금 살인강도사건을 수사 중이지요."

그는 잠시 사이를 두었다가 그녀의 얼굴빛이 새파래지는 것을 보고 말을 이었다.

"당신이 얼마 전까지 고용되어 있었던 베인 부인이 이 사건에 대해 증언하기로 되어 있소. 그러므로 베인 부인이 어디 있는지 당신이 알고 있는 사실을 듣고 싶소."

그녀는 놀라 외마디 소리를 질렀다. 공포와 호기심이 뒤섞인 감정이 그녀의 파란 눈에 나타났다.

"나는 그 부인에 대해 아무것도 몰라요."

프렌치 경감이 다시 말했다.

"당신은 많은 것을 알고 있을 텐데요. 나는 당신에게 좀 물어볼 일이 있소. 정직하게 대답하면 조금도 두려워할 것이 없지만, 당신도 알다시피 사실을 숨기면 아주 엄한 처벌을 받게 됩니다. 그 때문에 감옥에 들어가게 되는 수도 있지요."

이 말은 그녀의 표정에서 능청스러운 기색을 쫓아내어 신문하기에 알맞은 심정으로 이끌었다. 프렌치 경감은 다시 묻기 시작했다.

"당신은 지난 금요일까지 세인트 존스 우드 거리의 클루 장에서 베인 부부의 하녀 겸 몸종으로 일하고 있었다고 믿어도 되겠지요?"

"네, 그 집에 석달쯤 있었어요."

프렌치 경감은 기억을 뒷받침하기 위해, 또 다른 한편으로는 이 자리의 면담에 권위를 주기 위해 그 사실을 수첩에 써넣었다.

그는 천천히 되풀이했다.

"석달쯤이라, 좋소. 그런데 그만둔 까닭이 무엇이지요?"

그녀는 뽀로통한 얼굴로 대답했다.

"그만둘 이유가 있었기 때문이지요. 베인 부인이 집을 떠났기 때문이에요."

프렌치 경감은 고개를 끄덕였다.

"그 말은 들었소. 하지만 당신 자신의 입으로 그 이야기를 듣고 싶소."

"그날 오후 4시 조금 전이었는데, 마님이 몹시 허둥지둥 돌아오셨어요. 그리고 곧 뉴욕으로 떠나야 한다고 말씀하셨지요. 주인나리가 거기서 사고를 당했는데, 목숨을 건질 것 같지 않다는 전보를 받으셨대요. 마님은 요리사에게 차를 가져오라고 이르시고 나는 짐 꾸리는 일을 도와드렸어요. 옷가지를 슈트케이스에 마구 던져 넣으셨지요. 내가 그렇게 짐을 챙겼다면 보나마나 꾸지람을 들었을 거예요.

　짐을 다 꾸리기 전에 차가 날라져 왔어요. 마님이 차를 마시는 동안 요리사와 내가 짐을 마저 꾸렸어요. 내가 찻잔을 치우려 하자 마님은 그런 일 할 시간이 없다면서 그냥 내버려두고 밖으로 나가 택시를 두 대 불러오라고 하셨어요. 마님이 타시려는 미국 기선의 특별 연락열차가 있다는 말씀이었지요. 그래서 나는 택시를 불러왔어요. 한 대에는 마님이 타시고 또 한 대에는 요리사와 내가 함께 타고 떠났지요. 내가 아는 건 이게 모두예요."
"그게 몇 시쯤이었소?"
"4시 30분쯤이었을 거예요. 시계는 보지 않았지만요."
"택시는 어디서 불렀소?"
"가드너 거리 바깥 주차장에서요."
"베인 부인의 택시 운전기사에게 행선지를 일러준 사람은 누구였소?"
"나예요. 유스턴 역으로 가자고 했지요."
"당장 나가달라고 했으니 몹시 마음 상했겠구료. 당신과 요리사에게 부인은 뭐 좀 생각해 주지 않았소?"
그녀는 경멸하는 듯한 미소를 떠올렸다.
"그 문제는 해결되었어요. 마님께 그렇게 말씀드렸더니 우리들에게 5파운드씩 주셨고, 또 한 달분 월급도 주셨거든요."
"그리 나쁘지는 않았겠군요."
프렌치 경감은 시인하고 물었다.
"집은 누가 잠갔소?"
"마님이 잠그셨어요. 그리고 열쇠도 가져가셨어요."
"그래서 당신과 요리사는 어떻게 했소?"

“우리가 탄 택시가 여기까지 왔기에 내렸어요. 여기는 언니집이에요. 요리사는 패딩턴인가 어딘가…… 아무튼 그쪽 어디에 살고 있을 거예요. 마님은 다시 돌아오면 우리를 찾겠다고 하셨어요. 만일 아무데도 가지 않고 있으면 다시 부르겠다는 말씀이었지요. 하지만 그것 때문에 좋은 일자리를 거절하거나 놓치지는 말라고 하시더군요. 미국에 가서 얼마나 묵게 될지 모른다고 하시면서요.”

프렌치 경감은 잠시 생각에 잠겨 있다가 다시 말을 이었다.

“당신이 그 집에 있을 때 베인 부인은 자주 집을 비웠소?”

“아니오, 꼭 한 번 비웠을 뿐이에요. 그때는 3주일쯤 돌아오시지 않았어요. 좀 이상했지만, 그때도 사고가 일어났었대요. 스코틀랜드의 여동생이 넘어져 쇄골이 부러졌다고 하시더군요. 그래서 그 상처가 나을 때까지 마님이 대신 집안일을 돌봐야 했다는 것이었어요. 스코틀랜드의 어디라고 하시더군요.”

“그게 언제 일이었소?”

그녀는 얼른 대답하지 못했다. 이윽고 그녀는 말을 이었다.

“똑똑히 기억하지는 못해요. 돌아오신 것은 6주일인가 두 달쯤 전이었고, 그 3주일 전에 떠나셨으니 내가 그 댁에 들어간 지 2주일쯤 되었을 때지요. 그러니까 합해서 10주일쯤 전이겠군요.”

분명히 만족할 만한 대답이었다. 베인 부인이 집을 비운 것은 X부인이 미국으로 간 시기와 들어맞지 않는가.

프렌치 경감은 물었다.

“될 수 있으면 정확한 날짜를 알고 싶소. 적어도 부인이 돌아온 날짜만이라도 말이오. 잘 생각해 보시오. 뭐 생각나는 일이 없소?”

그녀는 심각한 얼굴로 생각하고 있었지만 이 심사숙고는 그리 쓸모가 없었다. 그녀는 머리를 내저었다.

“부인이 안 계신 동안 당신은 그 집에 있었소?”

“아뇨, 나는 여기에 와 있었고 요리사는 자기 집으로 돌아갔었지
요.”
　잘된 일이다. 많은 사람들이 그때 일을 기억하고 있으니 한 명쯤
그 날짜를 똑똑히 생각해 낼 게 틀림없다.
　프렌치 경감은 재촉했다.
“무슨 요일에 돌아왔소?”
　그녀는 생각에 잠겼다. 그리고 가까스로 말했다.
“목요일이었어요. 이제 막 생각났어요. 목요일은 외출 날이었는데,
이번 주일에는 틀렸구나 하고 그때 생각했었거든요.”
　프렌치 경감은 이 대답을 듣고 기뻤다.
　X부인이 사보이 호텔에서 빅토리아 역으로 가서 트렁크를 맡긴 뒤
모습을 감춘 것은 7주일 전 목요일 밤이었다. 이 일도 들어맞는다.
“부인은 그때 몇 시쯤 돌아왔소?”
　그녀가 이번에는 곧 대답했다.
“밤이었어요. 8시 30분쯤인가 9시 15분 전쯤이었어요.”
　더욱 잘 되어간다! X부인은 8시 조금 전 사보이 호텔을 나섰다.
거기서 빅토리아 역으로 가서 임시 수하물 보관소에 트렁크를 맡긴
뒤 세인트 존스 우드 거리까지 가는 데 40분쯤 걸렸을 것이다.
　프렌치 경감은 말을 이었다.
“그런데 만일 당신이나 당신 언니가 그게 어느 주일이었는지 생각
해 내주면 좋겠소만.”
　수전 스콧은 예쁘장한 얼굴을 일그러뜨리고 앉아 있었다. 어떤 한
가지 일을 깊이 생각하는 데 그리 익숙하지 못한 것 같았다. 그러나
그녀의 노력은 마침내 열매를 맺었다.
　그녀는 자랑스러운 듯한 목소리로 말했다.
“겨우 생각났어요. 11월 마지막 주일이었어요. 형부가 12월 첫째

주일부터 새 직장에서 일하게 되었다고 했는데, 그때 그것이 다음 주 월요일이었거든요. 새 직장에 대해 귀가 아플 만큼 들었기 때문에 잘 기억하고 있어요."

프렌치 경감은 아마 그 날짜일 거라고 짐작은 했지만 이렇게 확인되고 보니 더 바랄 게 없었다. 이리하여 미꾸라지처럼 잡히지 않던 X부인도 독 안에 든 쥐가 되었다는 생각이 들었다.

그는 고개를 끄덕였다.

"고맙소. 그럼, 이번에는 베인 씨에 대해서인데……."

그녀는 나무로 코를 죄는 듯한 목소리로 말했다.

"주인나리 말인가요? 주인나리에 대해서는 아무것도 이야기할 게 없어요. 그분은 우리와 함께 있은 적이 거의 없었으니까요."

"그게 무슨 뜻이오? 베인 씨와 부인은 사이가 좋지 않았소? 우리끼리만의 이야기지만……."

"나는 한번도 주인나리를 본 적이 없어요. 내가 그 댁에서 일한 석 달 동안 나리는 한번도 오신 적이 없었으니까요. 요리사로부터 듣기는 했지요. 나리는 좀처럼 집에 오시지 않는 모양으로, 오셔도 대개 이틀쯤 계셨대요. 요리사의 말에 따르면 밤늦게 오셔서 이틀 동안 꼬박 외출도 하지 않고 묵으시다가 밤에 돌아가셨다는군요."

"그럼, 월요일 밤에 왔다가 수요일 밤까지 묵는 셈이구료?"

"네, 때로는 사흘 동안 묵고 가시는 일도 있었대요."

"밤 몇 시쯤 왔다가 몇 시쯤 돌아갔는지?"

"언제나 10시 30분쯤 오셨다가 8시 조금 전에 돌아가시곤 했다나 봐요."

"오는 시간과 돌아가는 시간이 언제나 정해져 있었단 말이오?"

"네, 대개 늘 같은 시간이었대요."

"어두워진 뒤라는 뜻이 아니오?"

"아뇨, 지금 말한 시간이에요. 여름이든 겨울이든 같아요. 요리사의 말에 따르면 늘 그랬었대요. 우리는 몇 번이나 그 이야기를 했었거든요. 마님은 나리를 바보라고 말씀하셨지요."

프렌치 경감은 이 말에 고개를 갸우뚱했다. 그가 좋아하는 말투로 표현한다면——그리 고상한 표현이라고 할 수 없지만——이 이야기 전체에 어딘가 '구린 데'가 있었다. 처음에는 아무래도 베인이 첩 집에 남몰래 드나드는 것 같이 보였다. 베인은 그 극장의 늙은 분장실 지기가 말한 사나이로 딴살림을 차리고 있는 듯했으나, 하녀의 마지막 말은 그의 수수께끼 같은 행동에 무언가 다른 해석을 암시하는 것 같았다.

잠시 사이를 두었다가 프렌치 경감은 질문을 계속했다.

"자기가 온 것을 남에게 알리고 싶어하지 않았나보죠?"

그녀는 유감스러운 듯이 말했다.

"그런 일은 아니었던 것 같아요. 요리사는 그런 말은 하지 않았어요."

그녀는 그러고 보니 그럴지도 모른다는 기분이 들었다.

"아마도 그랬었겠지요?"

프렌치 경감은 대답했다.

"글쎄, 어떨지, 내가 당신에게 묻고 있는 거요."

그 점은 확실치 않지만, 그녀 의견으로는 경감의 말대로일지도 모른다는 것이었다.

프렌치 경감은 이 일을 나중에 생각해 보기로 하고 수첩에 써넣은 다음 질문을 계속했다.

"베인 씨의 생김새가 어떠했는지 요리사가 말했소?"

이 점에 대해서도 요리사는 정보를 흘린 듯했다. 고용인들의 습성을 잘 아는 프렌치 경감조차도 이 두 사람이 참으로 세밀한 점에 이르기까지 주인 부부에 대해서 쑤군거렸음을 알고 어이가 없어질 정도였다.

베인 씨는 키가 크고 등이 좀 굽었으며 얼굴빛이 나쁘고 큼직한 검은 코밑수염을 기른 데다 안경을 끼고 있었던 듯했다.

이 인상 설명을 듣고 있는 동안 믿기 어려운 생각이 프렌치 경감의 머릿속에 문득 떠올랐다. 그는 듀크 앤드 피보디 회사의 암스테르담 지점에서 스홉스 지점장의 활기찬 목소리를 다시 듣고 있는 듯한 느낌이었다. '키가 크고 등이 좀 굽었으며 얼굴빛이 나쁘고 큼직한 검은 코밑수염을 기른 데다 안경을 끼고 있었다'니, 그럴 수가 있을까? 이 수수께끼의 인물 베인 씨가 다른 사람 아닌 그가 이미 알고 있는 팬덜켐프일 수가 있을까?

그는 잠시 꼼짝도 않고 이 가능성을 생각해 보았다. 만일 그렇다면 수수께끼에 싸인 이 사건의 많은 부분이 확실히 밝혀질 것이다.

살인사건이 일어나기 전의 팬덜켐프의 행동도, 스위스로 떠난 행위도 이로써 설명된다. 실비어 듀크의 당황과 결혼 연기 이유도 알 수 있다. 듀크 씨가 팬덜켐프에게 시시 윈터의 신원이 밝혀졌다는 사실을 알려주어야겠다고 했으니 그것으로 베인 부인이 신변에 닥칠 위험을 알아차린 경위도 납득이 간다. 베인이라는 이름을 택한 것도 그런 방향을 가르쳐주고 있다. 본디 이름과 같은 머리글자로 시작되는 가짜 이름을 쓰면 여러 모로 유리하다. 만일 옷이나 그 밖의 다른 곳에 머리글자가 있더라도 비밀이 새어나갈 염려가 없다.

더욱이 이 가설을 따져보면, 무리하게 여겨지는 점이 하나도 없다. 팬덜켐프는 그때 이미 표면상 오랜 기간 미국 출장을 떠나 있었으므로 지금에 와서 알리바이를 요구하기란 일단 불가능했다.

처음에 프렌치 경감은 마침내 수수께끼가 풀렸다는 기분이 들었으나, 머릿속으로 몇 번이나 되풀이 생각해 보는 동안 점점 걱정스러워졌다. 이 가설은 중요한 점이 몇 가지 빠져 있다.

첫째로, 프렌치 경감이 생각하는 팬덜켐프의 인물됨과 들어맞지 않는다. 경감은 인간의 성질을 꿰뚫어보는 힘이 꽤 있다고 자부하고 있었는데——여기에는 꽤 근거가 있음을 인정해야만 한다——바르셀로나에서 있었던 중대한 회담 때의 팬덜켐프 태도를 생각하면 할수록 더욱 이 외무담당 사원은 결백하다는 느낌이 드는 것이었다. 또한 3만 파운드 넘는 큰돈을 훔친 사람이 아주 조금 생활수준을 개선하는 일까지도 참고 견딜 수 있다고는 도저히 생각할 수 없었다.

그러나 가장 곤란한 문제는 16개의 보석을 가지고 달아난 시시 윈터와 팬덜켐프를 어떻게 연결시켜 생각할 수 있느냐 하는 점이었다. 그녀는 어떻게 보석을 받았을까? 해튼 가든에서의 도난사건이 일어났을 때부터 이 외무담당 사원이 런던을 출발할 때까지 그녀는 줄곧 사보이 호텔에 있었으므로 두 사람이 만날 수 있었을 리가 없다. 또한 프렌치 경감은 그처럼 위험한 짐을 남에게 부탁하거나 우편으로 보냈을 리 없다고 생각했다.

이 가설의 그런 난처한 문제에도 불구하고 그래도 그럭저럭 앞뒤를 조리 있게 맞출 수 있다고 여기며 기나긴 수사도 이로써 마지막 단계에 접어 들었나보다 생각하니 프렌치 경감은 자신도 모르게 마음이 다급해짐을 느꼈다. 그는 경찰국으로 돌아가면 곧 이 점을 확인해 보리라 마음먹었다.

그는 다시 수전 스콧 쪽을 보았다.

"요리사의 주소는?"

그녀는 요리사의 주소를 알지 못했다. 요리사는 리딩 가까이 살고 있는 듯하며 그 이상은 모른다는 것이었다. 그녀의 이름은 제인 허드슨으로, 키가 작고 뚱뚱하게 살찐 아주 유쾌한 여자라고 했다.

그는 이만한 자료만 있으면 그녀에게 볼일이 생겼을 때 언제든지 찾아낼 수 있다고 여겨졌으며, 그녀가 하녀보다 더 많이 알고 있으리라는 기대는 없었지만 만일의 경우에 대비하여 조사해 두는 편이 유익하리라 믿고 경찰국으로 돌아가자마자 곧 부하를 시켜 필요한 지시를 내리리라 계획했다.

수전 스콧이 알고 있는 것은 대충 이 정도임이 밝혀졌으므로 프렌치 경감은 그녀에게 이후 요리사나 베인 부부에 대해서 보거나 듣는 일이 있으면 전화해 달라고 부탁하고 그 집을 나왔다. 경찰국으로 돌아오자 그는 해튼 가든의 사무실을 불러내어 팬덜켐프가 최근까지 어디 있었는지 물어보고, 미국 경찰에 그가 어디 있는지 확인해 달라고 의뢰하는 전보를 쳤다.

다음 일은 베인 부인을 유스턴 역까지 태워다준 운전기사를 찾아내는 일이었다. 몇 분 걸어서 가드너 거리에 이르러 잠시 뒤 주차장에 가 닿았다.

마침 택시가 5대 멈춰서 있었으므로 그는 운전기사들을 모두 모아 놓고 용건을 설명했다. 처음부터 엄격한 태도로 런던 경찰국 수사과 경관이 권한을 가지고 정보 제공을 요구한다고 선언했다. 이것은 아주 효과적이었다.

한 운전기사가 그날 오후 4시 30분쯤 자신과 옆 택시 운전기사가 예쁘장한 아가씨의 부름으로 클루 장에 갔었다고 대답했다. 마침 집을 떠나는 참인 듯했다. 여주인인 듯한 부인이 그의 동료 택시를 타고 먼저 떠났다. 그 뒤 택시를 부르러 왔던 젊은 여자와 그 동행자——운전기사는 그 두 사람을 모두 하녀로 알고 있었다——가 그의 택시를 타고 뒤따랐다. 운전기사는 한 여자를 메이더 딜 끄트머리를 지난 곳——시슬 거리인지 아니면 미슬루트 거리인 듯하지만 확실치 않다——에 내려주고, 또 한 여자는 패딩턴까지 태워다주었다.

"부인을 태우고 간 운전기사는 지금 주차장에 없지만 오래 전에 나

갔으니 곧 돌아올 때가 되었습니다. 그러니 경감님께서 기다려주셔
도 좋고 아니면 그가 돌아온 뒤 경찰국으로 보내드리겠습니다.”

프렌치 경감은 기다리기로 했다. 반시간도 지나기 전에 다행히 택
시 한 대가 모습을 나타냈다. 제임스 태커 운전기사는 그날 밤 일을
기억하고 있었다.

그는 동료를 따라 클루 장으로 갔다. 그 집 여주인인 듯한 부인이
그의 택시에 탔다. 택시를 부르러 왔던 아가씨가 그에게 유스턴 역이
라고 목적지를 일러주었다. 그리하여 그는 노스 케이트를 지나 앨버
트 거리를 따라 택시를 몰았다.

역 가까이 왔을 때 부인이 전성관을 통해 불렀다. 생각이 달라졌으
니 세인트 팬클러스 역으로 가달라는 것이었다. 그는 시키는 대로 그
역까지 태워다주었다. 부인은 요금을 치르고 택시에서 내렸다.

“무언가 짐을 가지고 있었소?”

“예, 2, 3개 가지고 있었습니다…… 확실치는 않지만 아무튼 슈트
케이스를 2, 3개 가지고 있었습니다. 일지에 적혀 있느냐고요? 아
니지요, 좌석에 가지고 탄 짐은 일지에 적지 않습니다.

그녀는 세인트 팬클러스 역에서 짐꾼을 한 사람 부르더군요. 그
짐꾼이 어떤 사람이었는지는 생각나지 않는데요. 그 부인은 처음부
터 끝까지 아무 말도 하지 않았으므로 왜 생각이 달라졌는지 모르
겠습니다.”

다음에는 세인트 팬클러스 역으로 가봐야 한다고 생각한 프렌치 경
감은 태커의 택시를 타고 낡은 중부선 종착역까지 달리게 했다.

대체 이 목표물은 어디로 갈 예정이었을까 하고 프렌치 경감은 자
신에게 물어보았다. 태커의 말을 종합해 보면 그녀가 역에 닿은 것은
5시 몇 분 전이었던 것 같다. 요금을 치른 다음 그는 열차시간표 있
는 데로 걸어가 그 시간에 떠나는 열차를 찾아보았다.

이런 경우——즉 한 여자가 경찰 눈을 피해 서둘러 도망칠 경우 어딘가 먼 곳으로 가는 게 정석이라고 생각했다. 뛰어나게 머리 좋은 도망자라면 런던 시내의 다른 곳으로 은신처를 옮기는 게 가장 안전한 방법이라고 여기겠지만, 여느 범죄자들은 심리적으로 자신과 범죄 현장 사이에 최대한의 거리를 두고 싶어하는 게 보통이다.

아무리 생각해도 명쾌한 추리는 아니었지만 달리 좋은 방법이 떠오르지 않아 그는 우선 본선 열차를 조사해 보기로 했다.

시간표를 살펴보니 5시에 떠나는 중요한 급행열차가 하나 있음을 알았다.

노팅엄, 체스터필드, 셰필드, 리즈가 도중 정차역이며 헬로게이트, 블래드포드, 모어컴에서 열차연락이 닿고 헤이섬에서 벨파스트행 기선과 연결이 된다. 그러나 지금 말한 어느 역에서든지 그곳에서부터 먼 거리 여행을 위한 출발점이 될 수 있다.

그러므로 어떤 실마리를 잡기 전에는 그 여행자를 추적하려 해봐야 아무 소용없다. 5시 5분에는 노우댐턴 행 보통열차, 5시 35분에는 노팅엄행 보통열차가 있는데 둘 다 도중에 많은 역에서 멈춰 선다. 그 밖에 6시 15분에 떠나는 북쪽행 급행열차가 있고 로컬 선 열차도 있다. 이러니 시간표를 아무리 쳐다봐야 소용없다는 생각이 들었다.

경감은 그 열차들이 떠나는 시간에 역에 있었던 직원들에게 베인 부인 사진을 내보이며 이것저것 물어보았다. 물론 그리 기대를 걸지 않았으므로 아무것도 알아내지 못했지만 실망을 느끼지도 않았다.

이 또한 그리 가망성 있어 보이지는 않았지만 노팅엄, 체스터필드, 셰필드, 리즈, 헬로게이트, 블래드포드, 모어컴, 헤이섬, 벨파스트의 경찰에 전보를 쳐서 지난주 '경찰신보' 제4면에 실린 여인이 그 고장에 들른 흔적이 있으면 엄중히 감시해 달라고 의뢰했다.

이리하여 프렌치 경감은 한 방 먹은 셈이 되었다. 참으로 분하기 그지없는 일이었지만 그는 또 단서를 잃어버린 것이다. 그가 손에 넣은 정보는 언제나 결정적인 순간에 어김없이 그의 기대를 저버리는 것 같았다.

그날 밤 프렌치 경감은 적이 자포자기한 기분으로 책상 앞에 앉아 혹시나 지금까지 그냥 보아 넘긴 단서는 없는가 하고 2시간 동안 사건기록을 검토해 보았다. 여러 모로 생각한 끝에 그는 또 하나 아직 살펴보지 않은 수사선이 있음을 깨달았다. 특별한 것은 아닌 듯싶었지만, 이제 오직 하나 남은 것임에 틀림없었다.

그것은 주식거래소의 거래 일람표였다. 그것으로 무엇을 알아낼 수 있을까? 이를테면 일람표에 나타나 있는 회사 사람들이 그 거래를 한 인물의 정보를 제공할 수 있을 것인가? 만일 그렇다면 그 일람표에서 베인 부인으로, 또는 그녀를 아는 인물로 나아갈 수가 있을까?

그는 결과에 그리 기대 걸지 않았지만, 다음날 아무 정보가 손에 들어오지 않으면, 그 일람표를 조사해 보리라고 결심했다.

주식거래

다음날 아침 이 새로운 착상에 가슴 두근거리며 경찰국으로 간 프렌치 경감은 베인 부인 집 복도문 뒤의 우편함에서 꺼냈던 그녀 앞으로 온 편지를 기록철 속에서 빼냈다.

주식매매 일람표를 바라보며 그는 거래수며 거래된 주식의 종류가 많은 데 새삼 놀랐다. 영국의 전시공채, 식민지 정부와 외국 철도 주식, 은행이며 보험회사며 상점이며 온갖 종류의 산업회사 주식 등 모두 합해 25가지나 되었다.

바라는 정보 제공을 의뢰하려면 어디가 가장 좋을까 하고 그는 생각해 보았다.

생각 끝에 그는 제임스 버커 회사와 일간 루킹 글라스를 고르고 이 가운데에서도 먼저 일간 루킹 글라스에 부딪쳐보기로 하여 그 사무소로 찾아가 담당자에게 면회를 청했다.

경감의 질문은 간단했다. 어떤 의심스러운 사건을 조사하는 가운데 일간 루킹 글라스의 보통주 895파운드 19실링 8펜스를 팔았다는 기록이 나왔는데, 이것을 사고 판 두 당사자나 이 거래를 담당한 주식

중매인의 이름을 조사해 줄 수 없느냐는 내용이었다.

담당자는 알 듯 모를 듯한 표정을 지었다. 그는 프렌치 경감에게 판 날짜를 물었고 경감이 모른다고 대답하자 그러면 조사하기가 아주 어렵다며 그 까닭을 길게 설명하기 시작했다. 날짜를 모른다면 주식 가격이란 날마다 바뀌므로 그 거래가 언제 있었는지 조사할 길이 없다는 것이었다. 어떤 정보를 요구하든 이런 상태로는 손쓸 방법이 없다고 했다.

그러나 프렌치 경감이 이 일을 급히 알아봐야하는 중대한 까닭을 자세히 늘어놓자 마침내 담당자 두 사람이 이 문제에 손대어 될 수 있는 대로 빨리 보고해 주기로 합의했다.

여기까지는 잘 되어 갔다. 그러나 이것으로는 아직 충분치 못했다. 프렌치 경감은 제임스 버커 회사로 가서 똑같은 질문을 했다. 그런 다음 힘이 미치는 한 온갖 수단을 다할 생각으로 피커디 호텔 사무실에 가서도 똑같은 질문을 했다.

일간 루킹 글라스가 맨 먼저 회답을 보내왔다. 담당자가 주의 깊게 조사해 보았지만, 문제의 금액에 해당하는 거래는 없었다고 전화로 알려온 것이다. 프렌치 경감이 말한 숫자와의 차액이 8파운드 이내인 금액은 거래된 사실이 없다는 것이었다.

이 이야기가 끝나기를 기다렸다는 듯이 제임스 버커 회사의 사무원이 또 전화를 걸어왔다. 지난 몇 년 동안의 기록을 자세히 조사해 보았지만, 경감이 말한 금액의 주식은 그 기간에 거래된 바 없다고 했다. 3월 2일에 경감이 말한 금액보다 1파운드 조금 넘는 금액——정확히 말하면 1파운드 2실링 1페니 많은——의 거래가 기록되어 있고, 그 밖에는 비슷한 금액의 거래가 하나도 없다는 것이었다.

1 시간 뒤 피커디 호텔에서도 똑같은 회답이 왔다. 경감이 말한 금액과의 차액이 10파운드 이내인 거래는 하나도 발견되지 않았다고

했다.

프렌치 경감은 그런 차액은 어쩌면 중매인의 수수료나 인지대, 또는 그 밖의 세금일지도 모른다고 생각했다. 또한 이 점을 확인하는 것은 참으로 따분한 일이라는 생각이 들었다. 그러려면 진절머리 날 만큼 수많은 회사의 장부를 뒤적거려봐야 한다.

그는 주식 중매업이라는 장사에는 어두운 편이어서 중매인의 수수료가 얼마쯤 되는지, 또 그것이 어떤 방식으로 지불되는지 전혀 아는 바가 없었다.

그러나 예를 들어 여섯 군데의 상사 장부에 베인 부인 앞으로 온 편지에 씌어진 금액과 비슷한 액수의 거래 당사자 이름이 기록되어 있고 같은 중매인과 그리고 판 사람 또는 산 사람의 이름이 어느 상사와의 거래에 나타나 있을 경우, 그 사람이 베인 부인과 어떤 관계를 맺고 있다고 보아도 잘못이 없으리라고 그는 생각했다.

어딘지 복잡하고 지겨울 만큼 애매모호하긴 했지만 그래도 하나의 실마리였다. 어떻게 해야 할지 모르지만 아무튼 일단 해보리라고 그는 마음을 굳혔다.

잠시 생각하고 나서 그는 이 문제를 전부터 아는 주식 중매인에게 부탁해 보기로 했다. 조지 휴이트는 스트랜드 가까운 노퍽 거리에 사무소를 내고 있는 조그만 상사의 중역이었다.

15분 뒤 그곳으로 찾아가겠다고 알린 뒤 프렌치 경감은 그 일람표를 주머니에 넣고 템스 강둑을 따라 걸어갔다.

그의 친구는 마치 오래도록 행방을 알 수 없었던 아우가 나타나기라도 한 것처럼 그를 환영해 주었다. 엽궐련에 불을 붙여 물자 두 사나이는 볼소버 유언장 사건 때 일 등을 끄집어내며 옛이야기로 꽃을 피웠다. 그 때에는 대법원이 끼어드는 등 법석을 부렸었는데, 휴이트도 이 사건에서 증언한 사람 가운데 하나였던 것이다.

화제가 잠시 끊기자 프렌치 경감이 그 급한 용건을 꺼냈다. 휴이트에게 일람표를 건네주고 사정을 설명한 뒤 끝으로 이 문제에 대한 전문가로서의 의견을 청했다.

주식 중매인은 그 일람표를 집어 들고 죽 훑어보았다. 그리고 이번에는 좀더 천천히 다시 읽어나갔다. 프렌치 경감은 엽궐련을 피우며 그를 지켜보고 있었다.

한참 만에 휴이트가 의견을 말했다.

"도무지 모르겠군, 프렌치. 누군가가 금융시장에서 거래한 명세서임에는 틀림없는데, 상인들이 쓰는 서식이 아닐세. 사실 이런 건 지금까지 한번도 본 적이 없네."

프렌치 경감은 캐물었다.

"그럼, 여느 서식과 어떤 점이 다른가?"

휴이트는 어깨를 으쓱해 보였다.

"처음부터 끝까지 완전히 다르다고 해도 좋을 걸세. 첫째, 거래 날짜가 적혀 있지 않네. 물론 거래된 정액의 결과만 보기 위해 명세서를 만든다면 날짜는 그리 문제가 안 되겠지만 중매인이라면 대개 날짜를 기록한다네.

그리고 둘째, 무엇 때문에 이런 거래를 했는지 도무지 모르겠네. 이것 보게, 4푼 이자의 전시공채를 팔아 5푼 이자의 전시공채를 샀네. 대서부 주식을 팔아 동북 주식을 샀구먼. 그런가 하면 오스트레일리아의 6푼 이자를 팔고 영국령 동부 아프리카의 6푼 이자 주식을 샀네. 이런 주식은 거의 같은 액수여서 한쪽을 팔아 한쪽을 사봐야 아무 이익도 없네. 그러니까 머리가 조금 돌아가는 사람이라면 앨라이언스 보험 주식을 팔아 애멀거메티드 석유 주식을 사는 짓은 하지 않네. 알겠나?"

"흠, 하지만 이 거래를 한 인물이 주식가격을 몰랐거나 잘못 알고 있지는 않았을 걸세.”

“그럴지도 모르지. 아니, 틀림없이 그럴 걸세. 하지만 그렇다 하더라도 그 사람이 주식매매를 전혀 이해하지 못하고 있다는 건 지나친 말이 아닐세. 특히 이 조그만 항목이 아무래도 이상하네. ‘잔액’이라니, 대체 무얼까? ‘전보’를 구매 쪽으로 돌리지 않고 매각으로 돌린 것은 무슨 까닭일까? 여보게, 프렌치, 이건 아무래도 수상쩍네. 이거야말로 정신병원 부속 증권거래소에서나 함직한 짓일세. 만일 그런 게 있다면 말이네만.”

“이 가운데 몇 군데 상사에 문의하여 이 거래를 한 인물을 알아내려고 했지만 실패였네.”

“어느 상사였나?”

“일간 루킹 글라스와 제임스 버커와 피커디 호텔이었네.”

“문의해 보았지만 헛일이었다는 건가?”

“그런 숫자와 딱 들어맞는 금액의 거래가 없었다는 걸세. 가장 비슷한 것도 내가 제시한 숫자와 몇 파운드 틀리더군. 혹시 그 차액에 중매인의 수수료며 인지대며 세금 등이 포함된 게 아닌가 싶었네만.”

“그렇지 않을 걸세.”

휴이트는 잠시 잠자코 일람표를 들여다보더니 이윽고 손님을 똑바로 바라보며 천천히 입을 열었다.

“어떤가? 내가 무슨 생각을 하고 있는지 알고 싶나?”

“그걸 들으러 온 걸세.”

프렌치 경감은 그에게 대답을 재촉했다.

“좋아, 그럼 말해 주겠네. 나는 이것이 완전히 터무니없는 엉터리라고 생각하네. 내가 왜 그렇게 확신하는지 알겠나?”

프렌치 경감은 고개를 저었다.

"그런가. 하지만 자네도 그럴 생각만 있었다면 발견했을 걸세. 덧셈이 틀려 있네. 합계란의 숫자가 맞지 않아. 이건 엉터리일세."

프렌치 경감은 자신의 부주의를 저주했는데, 이때 문득 한 가지 놀라운 생각이 머릿속을 스쳐갔다. 이 거래 일람표는 사실 돈에 관한 문제와 전혀 관련 없는 게 아닐까? 어떤 비밀암호로, 은밀한 통신문을 담고 있는 게 아닐까? 과연 그런 일이 있을까? 여느 때의 '상냥한 조' 방식의 은근함과는 달리 허둥지둥 작별 인사를 하는 그의 목소리가 가느다랗게 떨리고 있었다.

프렌치 경감은 이 새로운 착안을 시험해 보고 싶어 서둘러 경찰국으로 달려갔다. 자기 방으로 들어가자 그 거래 일람표를 책상 위에 펴놓고 의자에 앉아 연구하기 시작했다. 그 내용은 이러했다.

주식 및 공채 일람표

	매입	매각
	파운드·실링·펜스	파운드·실링·펜스
1 5푼 이자 전시 공채	328·4·2	
2 오스트레일리아 6푼 이자		568·5·0
3 대서부 보통		1039·1·3
4 어소시에이티드 뉴스	936·6·3	
5 무효모 빵	713·9·2	
6 버클리 은행	991·18·1	
7 앨라이언스 보험		394·19·10
8 라이언즈		463·17·5
9 피커디 호텔		205·14·11
10 앵글로 아메리칸 석유		748·3·9
11 4푼 이자 전시공채		403·18·10

12 영국령 동부 아프리카		
6푼 이자	401·3·9	
13 L&N.E	392·1·1	
14 영미 (英美) 담배	898·5·7	
15 육해군수 (陸海軍需)		1039·0·4
16 로이드 은행		586·10·10
17 애틀러스 보험		922·4·5
18 전보		16·7
19 메이플		90·19·6
20 머핀 앤드 웹	463·4·5	
21 에멀거메이티드 석유	748·5·7	
22 4푼 5리 전시공채		568·2·3
23 캐나다 정부 3푼 5리	958·5·6	
24 잔액	17·3	
25 메트로폴리탄 철도	812·10·4	
26 일간 루킹 글라스 보통		895·19·8
27 J 버커		371·18·2
	6935·12·1	9127·18·2
		6935·12·1
		2192·6·1

　프렌치 경감이 생각한 첫 의문은, 이 거래 일람표가 어떤 비밀 통신을 담고 있다고 가정할 경우 그것이 회사 이름에 숨겨져 있을까, 또는 금액에 숨겨져 있을까, 아니면 양쪽에 걸쳐 숨겨져 있을까, 하는 것이었다.

　회사 이름부터 우선 시험해 보기로 하고 그는 갖가지 방법으로 이름의 문자를 떼내 그것으로 낱말을 만들어 보려고 시도했다.

머리글자를 첫줄부터 끝줄까지 빼내어보니 W A G A A……가 되므로 이것은 틀렸다. 반대로 끝줄부터 첫줄 쪽으로 머리글자를 떼내보니 J D M B C……가 되어 역시 틀렸다. 이름 끄트머리 글자를 떼내어 첫줄부터 끝줄 쪽으로 이어보아도, 끝줄부터 빼내 구성해 보아도 뜻있는 말이 되지 않았다. 머리글자 다음 글자를 떼어내 봐도 그랬고 끝부터 두 번째 글자를 떼내어 연결시켜 봐도 안 되었다. 사선 방향으로 시도해 보았지만 역시 어떤 의미 있는 낱말이 되어주지 않았다.

프렌치 경감은 생각이 미치는 온갖 방식을 시도해 보고 각 방식의 온갖 경우를 착실하고 질서 있게 살펴보았지만 결국 이 방식으로는 효과가 없다고 단념할 수밖에 없었다. 전혀 해결을 얻어낼 수 없었지만, 그래도 만일 통신문이 숨겨져 있다면 회사 이름이 아니라 금액에 숨겨져 있을 것 같다는 한 가지 사실을 발견했다. 그는 회사 이름이 거의 알파벳 앞부분 문자로 시작된다는 것과 그렇지 않을 경우 그 주식은 같은 종류의 주식 가운데 먼저 나온 주식이름이라는 데 생각이 미쳤다.

그는 데일리 메일 신문을 집어 들고 경제란을 훑어보았다. 증권들이 갖가지 분야로 분류되어 있었다. 영국 공채, 해외 영토, 국내 철도, 캐나다 및 여러 외국의 철도 등. 맨 첫 번째는 영국 공채로 그 첫머리는 5푼 이자의 전시공채였다. 그런데 베인 부인의 거래 일람표에서 맨 처음 나온 것도 역시 이 5푼 이자의 전시공채였다.

거래 일람표의 두 번째 항목은 오스트레일리아의 6푼 이자 주였다. 프렌치 경감은 다시 데일리 메일 신문을 들여다보고, 이 오스트레일리아 6푼 이자 주식이 두 번째 분야에서 맨 먼저 나와 있음을 알아보았다. 이것만으로도 충분히 흥미로운데, 그 다음 다섯 주식 즉 대서부, 어소시에이티드 뉴스, 무효모 빵, 버클리 은행, 앨라이언스 보험이 각각 각 분야의 첫머리에 자리하고 있음을 발견했을 때 그는 우연의 일치 이상의 결과에 맞닥뜨린 듯한 기분이 들었다.

이 새로운 견해에 따라 다시 한번 거래 일람표를 세밀히 검토해 보았는데, 그 결과 자신의 결론이 한층 더 확실하다는 것을 알았다. 이 거래 일람표를 만든 사람은 분명 어떤 신문——아마 데일리 메일 신문이었으리라——에 게재된 증권 명칭을 그대로 옮겨 적었을 뿐이었던 것이다.

변화를 주기 위해, 그리고 남에게 의심사지 않을 체제의 거래 일람표를 만들기 위해서 그는 단순히 처음부터 차례로 옮겨 적지 않고 각 분야의 첫머리에 나온 주식 이름만 옮겨 적었다. 마지막 분야까지 모두 옮겨 적은 다음 다시 첫 분야로 돌아가서 두 번째 주식 이름을 옮겨 적는 방식을 택하여 필요한 25가지 주식 이름이 구성되기까지 계속하고 있었다. 아주 정확히 그렇게 하지는 않았지만, 그것이 일반적인 방법임에 틀림없었다.

이것으로 미루어 보아 이 거래 일람표 속에 통신문이 담겨 있다면 금액란에 있다는 결론이 나온다. 프렌치 경감은 이제 그쪽으로 주의를 돌렸다.

금액은 16실링 7펜스에서부터 1039파운드까지로, 그 사이의 간격은 놀라울 만큼 심했다. 100파운드 대와 600파운드 대는 하나도 없었지만, 그 밖의 세 자리 숫자는 모두 있었다. 전체적으로 보아 800파운드와 90파운드 대가 그 이하의 숫자 대보다 많은 것 같았다. 하지만 그것이 무엇을 뜻하는지는 알 수가 없었다.

어느 방향으로 조사해 나가야 할지 갈피를 잡을 수 없어 프렌치 경감은 우선 치환법이 사용되었을 가능성이 없을까 꼼꼼하게 열심히 살펴보았다. 치환법이란 숫자나 어떤 기호로 하나의 문자를 표현하는 방법이다. 단일 숫자의 사용은 이 경우 불가능하다. 이것은 겨우 10개의 알파벳밖에 표현할 수 없기 때문이다. 따라서 어떤 숫자의 배열이 있음에 틀림없었다.

프렌치 경감은 이 경우에 알맞을 듯싶은 갖가지 배열법을 시도해 보았다. 부하 세 사람의 도움을 받으며 갖가지 방법을 시험해 보았지만, 그는 뜻있는 배열을 나타내는 것을 하나도 발견할 수 없었다.

끈질기게 이 방식을 되풀이하는 동안 프렌치 경감은 파운드 항목에 같은 숫자가 세 쌍이나 나온다는 데 착안했다. 거래 일람표의 두 번째 항목과 스물두 번째 항목, 세 번째 항목과 열 5번째 항목, 열 번째 항목과 스물한 번째 항목이었다. 이런 같은 숫자의 배열을 연구해 가다가 문득 그는 마침내 정확한 수사선이 잡힐 듯싶은 사실을 발견했다.

그는 그 숫자들을 나란히 적어보았다.

파운드·실링·펜스

제2항············· 568·5·0

제22항············ 568·2·3

이때 문득 그는 양쪽 줄의 실링과 펜스를 합치면 결과적으로 같은 수가 된다는 것을 알아차렸다. 5와 0을 합하면 5, 2와 3을 합치면 5다.

서둘러 다른 쌍도 이처럼 나란히 적어보았다.

파운드·실링·펜스

제3항············ 1039·1·3

제15항··········· 1039·0·4

그리고

파운드·실링·펜스

제10항···········748·3·9

제21항···········748·5·7

한눈에 같은 결과가 됨을 알아볼 수 있었다. 파운드는 그대로 두고 실링과 펜스를 합하면 2개의 같은 숫자가 얻어진다. 그렇다면 이건 아마 같은 말을 뜻하는 것이리라.

이 발견은 그의 흥미를 매우 자극했다. 이것은 세 가지 일을 확증하는 듯이 여겨졌으며, 어느 것이나 프렌치 경감으로서는 더할 바 없이 만족스러웠다.

첫째, 이 같은 숫자의 배열은 거기에 어떤 기본적인 원칙이 있음을 나타내주며 나아가서 어떤 통신문이 숨겨져 있음을 암시해 준다. 둘째, 그것은 프렌치 자신이 해결을 향해 직선 코스로 나아가고 있음을 가리키고 있다. 그리고 셋째, 그것은 쌍을 이룬 2개의 숫자로 구성된 암호 또는 부호 방식을 나타내고 있다. 이것은 흔히 있는 배열방법으로, 많은 암호가 이 방식으로 이뤄져 있다는 것은 다 아는 사실이다.

그리하여 다음에 경감이 할 일은 그 거래 일람표의 숫자를 2개의 난으로 고쳐 적고, 첫째 난에는 파운드를 다음 난에는 펜스와 실링을 합친 숫자를 적어 넣는 것이었다. 이것으로 또 새로운 도약의 밑바탕이 마련되었다.

그것은 다음과 같았다.

328——6

568——5

1039——4
936——9
713——11 등등.

  이 숫자를 바탕으로 프렌치 경감은 세 부하를 시켜 정사각형이며
평행사변형, 또는 그 밖에 널리 알려져 있는 방법으로 암호의 열쇠를
찾아보게 했다.
  이때 파운드 숫자가 지나치게 크다는 것을 알아차리고 경감은 각
자리의 숫자를 더해보았다. 그 결과 328은 3과 2와 8의 합으로서 13
이 되었다.
  이리하여 다음과 같은 두 번째 표를 만들어보았다.

13——6
19——5
13——4

  그러나 경감과 부하들의 필사적인 노력에도 불구하고 열쇠의 실마
리를 찾아내지는 못했다. 그들은 여느 때의 퇴근시간보다 훨씬 늦게
까지 일을 계속했으며, 어지간한 프렌치 경감도 마침내 이날 밤에는
일단 끝내기로 동의하지 않을 수 없었다.
  다음날도 프렌치 경감은 계속 이 문제를 공격하고 있었는데, 오후
느지막이 한 단계의 진보를 볼 수 있었다.
  피로에 지친 그는 머리를 식히려고 커피를 한 잔 주문해 마신 다음
여느 때의 그답지 않게 파이프에 불을 붙여 물고 편안히 의자에 등을
기댄 채 머릿속으로 여전히 그 문제를 생각하고 있었다.
  도저히 수수께끼를 풀 수 없다고 거의 포기상태에 이르렀을 때 문

득 한 가지 생각이 머릿속에 번뜩였다. 순간 그는 얼른 고쳐 앉으며 어쩌면 이 수수께끼가 풀릴지도 모른다고 생각했다.

그는 책을 열쇠로 하는 숫자의 암호를 생각하고 있었던 것이다. 이런 암호는 대개 세 가지 숫자로 이뤄져 있다. 첫 번째 숫자로 페이지를, 두 번째 숫자로 행을, 세 번째 숫자로 그 행 가운데 낱말의 위치를 가리키는 것이다.

프렌치 경감은 이 세 가지 숫자 가운데 하나는 정수(定數)여도 괜찮다는 것을 인정했다. 즉 낱말이 언제나, 예를 들면 각 페이지의 5번째 행에 있다고 정해두거나 또는 어느 행 첫째 또는 둘째 낱말을 가리킨다고 정해두어도 되는 것이다. 그렇게 정해두면 암호는 한 쌍의 숫자를 몇 세트 써서 이용할 수 있을 것이다. 이런 경우 곤란한 문제는 통신 당사자들이 사용한 책을 찾아내는 일이다.

여기까지 생각해 냈을 때 중대한 사실이 그의 머리에 떠올랐다. 어디서인지 아주 엉뚱한 책을 한 권 본 적이 있는데 그게 어디였더라? 그렇다! 드디어 알았다! 그것은 베인 부인의 거실에 있던 '콘사이스 옥스퍼드 사전'이었다!

이 문제를 깊이 생각하는 동안 그는 더욱 확실히 납득되는 기분이 들었다. 단순한 책이면서도 사전은 확실히 그 목적에 잘 맞는 책이고, 또 2개의 숫자를 쓰는 방식에 가장 알맞은 책이기도 하다.

첫 번째 숫자는 페이지를 나타내고, 두 번째 숫자는 그 페이지의 단어 위치를 가리키는 것이리라. 파운드 숫자 즉 페이지가 1에서 1,000까지 있는 데 비해 실링과 펜스의 합 즉 단어의 위치는 결코 30을 넘지 않는다는 사실로서도 이것을 확인할 수 있다. 드디어 풀렸다고 프렌치 경감은 생각했다.

런던 경찰국에서는 주문에 따라 무엇이든지 곧 손에 들어온다. 프렌치 경감은 부하에게 전화 걸어 콘사이스 옥스퍼드 사전을 빌려 방으로 가져오도록 지시했다.

5분 뒤 이미 그는 열심히 페이지를 뒤적이고 있었다. 328페이지를 찾는 데는 1초밖에 걸리지 않았다. 그 페이지의 여섯 번째 단어는 1초 만에 발견되었다. 그것은 'French'였다.

이 낱말이 자신을 가리키는 것이라면 이미 해결된 거나 다름없고 단순한 우연의 일치라면 아직 해결되지 않았다고 봐야겠지만, 그는 이런 것을 생각할 겨를도 없이 서둘러 다음 숫자를 찾아낸다. 568페이지의 5번째 단어는 'on'이었다.

'French on'——이것만으로는 아직 뜻이 있는지 없는지 알 수 없다. 그는 세 번째 항목을 찾았다.

1039페이지의 네 번째 단어는 'your'였다. 'French on your(프렌치가 당신을)'——이쯤 되면 일단 마음을 놓아도 된다. 네 번째 항목을 조사하여 936페이지의 아홉 번째 단어가 'track'임을 알아냈을 때 경감의 의심은 완전히 사라졌다. 'French on your track(프렌치가 당신을 쫓고 있다)'는 뜻이니 이로써 문제는 해결된 것이다!

나머지 말도 쉽게 알아냈으나 열일곱 번째 항목의 애틀러스 보험 922파운드 4실링 5펜스에서 걸렸다. 922페이지의 아홉 번째 단어로는 뜻이 통하지 않았던 것이다. 그러나 거기까지 이르러서는 이미 이 문제도 그리 시간이 걸리지 않았다. 겨우 2, 3초도 안 되어 그는 다음 행의 실링과 펜스——이 행에는 파운드 숫자가 없었다——를 922파운드의 행에 있는 실링과 펜스에 더하면 찾는 단어가 얻어진다는 것을 알았다.

사전의 그 페이지에는 문제의 단어 앞에 30개도 넘는 단어가 있었다. 실링과 펜스를 합친 숫자로 표시할 수 있는 가장 큰 수는 19와 11을 더한 30이므로 30 이상의 숫자를 표시할 경우에는 파운드의 한 행과 실링 및 펜스 이 두 행이 필요했던 것이다(1파운드는 20실링이며 1실링은 12펜스다. 따라서 실링의 최대치는 19실링이며, 펜스의 최대치는 11펜스다. 그 이상이 되면 저마다 파운드나 실링으로 계산된다).

'전보'란은 분명 속임수로 끼워 넣은 것이었다. 경감은 이윽고 '잔액'란도 그런 목적으로 삽입된 것임을 알아차릴 수 있었다. 여기까지 이르자 모든 단어를 찾아내는 데 2, 3초면 충분했다.

이윽고 그는 의자에 등을 기대고 자신이 완성한 작업의 성과를 음미하고 있었다.

French on your track rendezvous victory hotel lee d s if i fail take your own ticket boat leave s on twenty six t h.

이것만으로도 뜻이 확실했지만 그는 다시 고쳐 쓰고 구두점을 넣고, 대문자로 해야 할 곳은 대문자로 쓰고 떨어진 글자는 갖다 붙였다.

프렌치가 당신을 쫓고 있소. 리즈의 빅토리 호텔에서 만납시다. 내가 오지 않거든 당신의 승선권을 사시오. 배는 26일에 떠나오.

그들은 바다로 도망치려 한 것이다. 베인 부인과 이 경고문을 그녀에게 보낸 인물은! 그 인물이 누구인지 프렌치 경감은 조금도 의심하지 않았다. 그는 십중팔구 베인 씨일 것이다. 그리고 만일 그렇다면 베인 씨가 살인범임은 분명한 일이다. 아무튼 그 인물이 살인범이든 아니든 베인 부인에게 함께 달아나자고 암호로 지시한 그 인물이야말로 프렌치 경감이 찾고 있는 인물인 것이다.

이제 곧 알게 될 거라고 생각하며 프렌치 경감은 혼자 미소 지었다. 그들이 타는 배도 곧 알게 되리라. 그렇게 되면 두 사람은 이미 경감의 손 안에 들어 있는 거나 다름없다.

그러나 과연 그렇게 잘 되어줄까?

그의 눈길이 맨틀피스 위로 옮겨졌을 때 그는 아차 하고 신음 소리를 냈다. 무자비하게도 오늘이 바로 26일임이 생각났던 것이다!

하지만 어쨌든 프렌치 경감이 다음에 할 일은 정해져 있었다. 그 배를 찾는 일이다. 그는 이제 어떻게 할까 생각하며 잠시 자리에 앉아 있었는데, 이때 통신문의 마지막 구절에 그의 주의가 쏠렸다.

'배는 26일에 떠나오.'

이것은 확실히 하나의 단서임을 암시해 주고 있다. 즉 두 사람이 타려는 배는 날마다 출항하는 배가 아니라는 단서를. 날마다 출항하는 배라면 '다음 주 목요일에 배를 타오'라든가 또는 그런 뜻의 문장을 썼을 것이다.

만약 그 추리가 옳다면 그 배는 먼 거리 항로의 배로, 해협을 횡단하는 여느 작은 배가 아닐 것이다. 게다가 이 견해는 도망자란 으레 가까운 나라보다 먼 나라로 달아난다는 개연성과도 얼마쯤 일치했다.

그렇다면 리즈 가까이에서 먼 거리 항로의 배가 떠나는 항구는 어디일까? 물론 리버풀이 가장 쉽게 나오는 대답이지만, 반드시 그곳이라고 단정할 수는 없다. 헐이나 그림즈비나 맨치스터나 구울 같은 항구에서도 외국 항로의 배가 출항한다. 그렇다면 오늘 리즈 가까이의 어느 항구에서 출항한 먼 거리 항로의 기선일람표를 만들 필요가 있으리라.

시간은 이미 늦었지만 프렌치 경감은 일을 멈추지 않았다. 선박 뉴스를 연구해 보니 7척의 배가 리버풀과 헐을 비롯한 그 밖의 항구에서 출항하기로 되어 있었다.

리버풀에서는 보스턴을 거쳐 필라델피아에 닿는 화이트 스타 기선회사 소속 1척, 부에노스아이레스에 들렀다가 로잘리오로 가는 램퍼트 앤드 홀트 기선회사 소속 배 1척, 파라에서 마나오스로 가는 부스 기선회사 소속 배 1척, 이집트와 콜롬보를 거쳐 랑군에 닿는 비비기 선회사 소속 배 1척이 있었다.

헐에서는 헬싱포르스로 가는 핀랜드 기선 1척이 있고, 코펜하겐으로 가는 윌슨 기선회사 소속 배가 그림즈비 항구를 떠나 크리스천샌드로 향했다.

이런 기선들 말고도 손님을 태움직한 화물선이 몇 척 있었지만 앞에서 든 배 말고 정기선은 없었다. 프렌치 경감은 정기선부터 먼저 조사해 보기로 했다.

그는 전화로 그 기선회사들의 본사를 불러내 베인이라는 이름을 가진 사람이 오늘 출항한 배에 타지 않았는지 묻고 만일 타지 않았다면 이러이러한 인상의 부부가 타지 않았는지 조사해 달라고 부탁했다.

회답이 오기까지 꽤 오랫동안 기다려야 했지만, 부스 기선회사로부터 연락을 받았을 때 그는 기다린 보람이 있었다고 흐뭇해 했다.

그 회답에 따르면 세인트 존스 우드 거리 클루 장의 베인 부부라는 두 사람이 그날 오후 3시 리버풀을 출항한 이녹 호로 마나오스까지의 항해를 예약했다는 것이었다. 그 두 사람은 리버풀에서 승선하여 자기들이 아는 한 지금 항해 중일 거라는 대답이었다.

프렌치 경감은 부스 기선회사에 대해 그리 잘 알지 못했다. 그는 마나오스라는 곳이 남아메리카의 항구라는 것은 알고 있었다. 아마도 브라질이리라고 그는 생각했다.

그러나 배가 그곳으로 곧장 가는지, 아니면 도중에 어느 항구에 들르는지 잘 알 수 없었다. 만일 다른 항구에 들른다면 그곳으로 앞질러 가서 체포할 수 있을 텐데.

그는 그 점을 알려달라고 전화로 부탁했다.

'마지막 추적이다!'

그는 배가 마나오스에 닿아 도망자들이 부두에 내린 순간 기다리고 있던 경찰에 체포되는 광경을 상상하며 흐뭇하게 미소 지었다.

그렇게만 된다면 실로 까다롭고 어려운 이 사건이 해결될 뿐 아니라 비록 실제로 승진하지는 못하더라도 자신의 이름을 세상에 떨치는 명예를 얻게 되리라는 것은 분명했다.

기선 '이녹 호'

　런던 경찰국의 방대한 조직 속에서는 온갖 문제에 대한 정보를 색인으로 얻어낼 수 있으며, 그 수준은 실로 예술 이상의 경지에까지 이르러 있다.

　이를테면 프렌치 경감이 프라하의 총인구라든가, 선박협회의 간부들이 즐기는 놀이라든가, 앨러하바드에 있는 갠지스 강의 너비를 알고 싶다고 생각하면 필요한 정보를 자세히 수록한 문서 또는 참고서가 곧바로 보내져온다. 기차나 기선에 대한 사항쯤은 그야말로 식은 죽 먹기다.

　얼마 기다리지도 않아서 전화로 회답이 왔다. 어제 오후 리버풀을 떠난 부스 기선회사의 이녹 호는 도중에 르 아브르, 오포르트, 리스본, 마딜라, 파라를 거쳐 아마존 강을 1600킬로미터나 거슬러 올라가 항해를 끝내고 마나우스에 닿게 되어 있었다. 더욱이 이녹 호는 르 아브르에서 사우샘프턴으로부터 오는 기선을 기다리기로 되어 있으며 이 배에 닿는 연락열차가 27일 밤 9시 30분 워털루 역을 떠나게 되어 있었다.

"오늘 밤이다!"

프렌치 경감은 얼른 시계를 보았다. 8시 42분이었다. 얼마나 운이 좋은가! 그 기차를 타야 한다. 그러면 어지간한 불운이 닥치지 않는 한 12시간 안에 베인 부부를 체포할 수 있을 것이다.

행동적인 인간인 프렌치 경감은 좀처럼 남에게 뒤지는 법이 없었다. 채 5분도 안 되어 그는 재빠르고 솜씨 뛰어난 젊은 부하 카터 형사부장을 불러 오늘 밤 9시 30분 워털루 역을 떠나는 대륙열차를 타니 거기서 만나자고 지시하고 다른 민첩하고 솜씨 좋은 부하에게는 신병인도청구서를 비롯한 그 밖의 필요한 서류를 역으로 가져오도록 시켰으며, 전화로 택시를 불러 타고 집으로 돌아가 아내에게 계획의 변경을 알리며 여행에 필요한 두세 가지 준비를 하게 했다.

이처럼 바삐 서두른 보람이 있어, 워털루 역의 시계바늘이 9시 25분을 막 가리키려 할 즈음 프렌치 경감과 카터 형사부장은 출발 직전의 열차가 기다리는 플랫폼에 이르렀다.

또 한 사람 민첩하고 솜씨 좋은 부하 매닝이 두 사람을 기다리고 있다가 베인 부부의 체포영장과 신병인도청구서와 여권과 영국 화폐 및 프랑스 화폐와 르 아브르의 프랑스 경찰에 보내는 소개장 등을 건네주었다.

"고맙네, 매닝! 이것이면 됐어!"

프렌치 경감은 무기와 탄약을 받아들며 고마움을 나타냈다.

2분 뒤 열차는 천천히 역을 떠나 차츰 속도를 올리며 남부 런던의 불빛으로 바다를 이룬 밤풍경을 뚫고 나아가 이윽고 저 멀리까지 펼쳐져 있는 들판의 어둠 속으로 힘차게 달려갔다.

다행히 그날 밤은 바다도 잔잔하고 열차도 비어 있었다. 두 형사는 다음날의 노고에 대비하여 침대에 들어 푹 잤다. 열차가 예정시간에 닿았으므로 그들은 택시를 불러 타고 부두 앞 저 멀리 정박해 있는 이녹 호로 달려갔다.

프렌치 경감은 급히 배 위로 올라가 선장에게 면회를 청했다. 그들을 발견한 체포 대상자들이 눈치 채고 몰래 달아나지 못하도록 카터를 현문에 남겨두었다.

데이비스 선장은 곧 프렌치 경감을 만났다. 그는 프렌치 경감의 신임장을 보고 부드럽게 말했다.

"프렌치 경감님, 앉으십시오. 무슨 볼일이신지요?"

프렌치 경감은 권하는 의자에 앉아 베인 부인의 사진과 인상서 및 그녀 남편의 인상서를 주머니에서 꺼냈다.

"실은 이런 일 때문입니다, 선장님. 나는 지금 살인강도죄로 체포장이 나온 두 남녀를 쫓고 있습니다. 두 사람은 베인 부부로 행세하고 있는데, 과연 본디 이름인지 또 두 사람이 진짜 부부인지도 알 수 없습니다.

우리는 두 사람이 이 배를 타고 리버풀에서 마나오스까지 가는 승선권을 끊었다는 사실을 알게 되었는데, 그것이 어젯밤 일이므로 이렇듯 서둘러 사우샘프턴에서 배를 타고 여기까지 체포하러 왔지요."

그는 사진과 인상서를 선장에게 건네주었다.

"이것이 그들의 인상서입니다."

선장은 프렌치 경감을 흘끗 보더니 그것을 받아들었다. 그는 사진과 인상서를 죽 훑어볼 때까지 입을 열지 않았는데, 한참 만에 무거운 목소리로 말했다.

"프렌치 경감님, 아무래도 그들이 당신보다 한 수 위인 것 같군요. 베인 부부라는 남녀가 승선권을 끊고 리버풀에서 배에 오른 것은 확실하지만, 곧 내려 그 뒤로 돌아오지 않았습니다.

어떤 사고가 일어나 돌아오지 못하게 되어 당신들처럼 사우샘프턴의 배로 뒤쫓아 오나 보다고 생각했었는데, 지금 말씀을 듣고 보니 두 사람은 당신들이 뒤쫓아 오리라는 것을 알아차리고 당황해서 달아난 것 같군요. 사무장에게 물어봐 주십시오. 자세히 말씀해 줄 테니까요."

프렌치 경감은 하늘을 올려다보았다. 이번 사건을 통해 몇 번이나 겪었던 일이 또 일어난 것이다. 결코 염려없으며 성공은 의심할 여지 없다고 여기고 있으면 반드시 당하는 것이다! 지금까지 몇 번이나 위험한 고비를 넘겨 왔던가! 자기 자신이 미덥지 못하고, 사태에 대처하는 능력이 모자라는 게 아닌가 스스로 회의를 느낄 때에만 오히려 얄궂게도 성공을 거두는 것이었다. 틀림없이 성공하리라는 확신이 얼마나 아주 참담한 결말을 가져다 주었는가!

사무장이 모습을 나타냈을 때 경감은 얼마쯤 침착을 되찾고 있었다.

선장이 그들을 서로 소개시켰다.

"제닝스 씨입니다…… 이분은 런던 경찰국 범죄수사과의 프렌치 경감님일세. 제닝스, 거기 앉아 경감님의 말씀을 잘 듣게. 리버풀에서 배에 올랐다가 출항 바로 전에 내려버린 베인 부부에 대해서 일세. 프렌치 경감님, 알고 싶은 일을 무엇이든지 이 사람에게 물어주십시오."

제닝스는 40살쯤 된 사나이로, 머리 좋고 유능해 보이는 인상을 주었다. 프렌치 경감은 사정을 설명하면서 적어도 이 사나이라면 자신의 물음에 대해 정확하게 관찰한 사실을 간결한 말로 대답해 주리라는 충분한 확신을 느꼈다.

경감은 설명했다.

"사실은 이렇게 되었습니다. 그 베인 부부는 살인강도죄로 지명수배되어 있는 사람들입니다. 우리는 그들이 이 배에 탔다는 사실을 알아내고 그들을 체포하러 런던에서 어젯밤 달려왔지요. 그런데 선장님께서는 그들이 행방을 감추었다고 말씀하시더군요. 그 두 사람에 대해 아는 것을 좀 말해 주시겠습니까?"

사무장이 대답했다.

"그리 할 말이 없는데요. 그들은 목요일 정오 무렵 배에 올라탔습니다. 베인 씨가 두 사람의 승선권을 보이며 선실을 요구했습니다. 승선권은 리버풀에서 마나오스까지의 편도 두 장으로 특별한 이상이 없었습니다.

런던 사무소에서 예약한 선실은 윗갑판의 일등선실 12호실이었으므로 나는 일등선실 담당 급사에게 그 번호를 알려주었습니다. 그 급사가 짐을 들고 선실로 안내했지요.

반시간 뒤 그 두 사람이 내 사무실로 와서 배가 몇 시에 떠나느냐고 묻더군요. 3시에 떠난다고 대답했더니 베인 씨는 잠깐 볼일이 있어 내려야겠다면서 시간 맞춰 돌아오겠다고 말했습니다. 그리고 두 사람은 현문 쪽으로 걸어갔지요."

"실제로 두 사람이 상륙하는 것을 보았습니까?"

"아닙니다. 사무실에서는 갑판이 보이지 않으니까요."

"그래서요? 그리고 나서는?"

"저녁 식사 뒤 일등선실 담당 급사가 나에게 두 분에 대해 묻더군요. 그 두 사람이 저녁 식사 때도 내려오지 않았고 배 안을 아무리 찾아봐도 없다는 것이었습니다. 나는 급사와 함께 다시 한번 둘러보고 선장님께 보고했습니다. 선장님은 선실을 샅샅이 수색시켰지만 그 뒤로는 두 사람의 모습을 전혀 볼 수 없었고, 지금도 틀림없이 배 안에는 없다고 생각됩니다."

"어디 숨어 있다가 이 르 아브르에서 내리지 않았을까요?"

"불가능합니다. 두 사람은 리버풀에서 배를 놓쳤을 게 틀림없습니다.”

선장이 끼어들었다.

“일부러 그랬을까, 아니면 우연히 그렇게 됐을까?”

제닝스가 대답했다.

“그점은 알 수 없지요. 하지만 그 두 사람이 이 배를 타고 항해하지 않았다는 것만은 확실합니다. 혹시 그 두 사람은 배에서 내렸다가 경감님이 뒤쫓는다는 사실을 알아차린 것이 아니었을까요?”

프렌치 경감은 잘라 말했다.

“그런 일은 있을 수 없습니다. 그들이 어디로 갔는지 내 자신도 어젯밤까지는 모르고 있었으니까요.”

모든 것이 거짓 발자취를 남기려는 교묘한 흉계의 일부임을 뼈저리게 느끼지 않을 수 없었지만, 프렌치 경감은 이러니 저러니 따져봐야 소용없다고 생각했다. 그는 사진과 인상서를 사무장에게 내밀었다.

“제닝스 씨, 이 사람이 틀림없지요?”

사진을 흘끗 보는 것만으로 충분했다. 이 사진 주인은 틀림없이 30분쯤의 짧은 시간 동안 이녹 호를 탔었던 베인 부인이었다. 또 하나의 인상서도 베인 씨임에 틀림없었다. 과연 선장의 말대로 그의 적은 그보다 한 수 위임을 인정하지 않을 수 없었다. 그는 이가 갈리는 심정으로 분노를 삼켰다.

프렌치 경감이 말을 이었다.

“일등선실에 짐을 놓고 갔다고 했는데, 잠깐 보여주실까요?”

“좋습니다. 하지만 두 사람이 다시 여기서 탈지도 모릅니다. 리버풀에서 배를 놓치고 이곳까지 육지로 앞질러 와 타는 승객이 많거든요.”

프렌치 경감이 대답했다.

“외주기만 한다면 더 바랄 게 없지요. 하지만 그리 기대하지는 않습니다. 될 수 있으면 지금 보여주셨으면 합니다. 출항은 언제지요?"

"반시간쯤 뒤입니다."

"그럼, 충분합니다. 현문에 지금 부하 하나를 세워두었으니 그 동안에 두 사람이 온다면 곧 알아보겠지요."

베인 부부를 위해 예약된 넓고 쾌적한 일등선실에는 커다란 슈트케이스 4개가 놓여 있고 많은 세면도구와 옷가지 등이 너저분하게 널려 있었다. 들어오자마자 급히 짐을 푼 것으로 보일 정도였다.

슈트케이스는 잠겨 있었다. 그러나 프렌치 경감은 여벌쇠 다발을 꺼내 눈 깜짝할 사이에 열 수 있었다. 마나오스로의 항해가 철두철미하게 조작된 위장이 아닐까 하던 그의 추측은 이로써 확증되었다. 슈트케이스는 모두 비어 있었다. 속임수가 탄로나지 않도록 하기 위해 들고 온 겉보기에 지나지 않았던 것이다. 도망자들의 목적지를 암시할 만한 물건은 선실 안에 하나도 없었다.

프렌치 경감은 말했다.

"두 사람이 돌아오기를 기다릴 필요는 없을 듯싶군요. 이 빈 슈트케이스가 그렇게 말하고 있으니까요."

사무장이 시인했다.

"그런 것 같군요. 좀더 일찍 알았더라면 좋았을 텐데."

"하는 수 없지요. 이것이 우리 경찰국 사람들의 숙명이니까요."

경감은 상냥한 사무장에게 작별 인사를 하고 천천히 배에서 떠났다.

그러나 경감은 부두를 완전히 떠나지는 않았다. 그런 일은 없으리라 생각되었지만, 배를 놓친 상대방이 여기까지 뒤쫓아와 탈지도 모르는 가능성을 완전히 배제할 수 없었기 때문이다. 그는 이것을 확인한 다음에야 떠나려고 생각했던 것이다.

그는 이녹 호가 밧줄을 풀고 뱃머리를 바깥 바다로 돌릴 때까지 기다렸으나 아무도 배에 오르는 기척이 없었다. 떠나는 배의 뒷모습을 언제까지나 지켜봐야 소용없는 일이므로 그는 우울한 표정으로 형사부장을 돌아보았다.

"카터, 이 여행은 이것으로 끝났네. 완전히 '당했어'. 지금쯤 어디로 숨어버렸는지 하느님만이 아실 걸세. 어쩌면 벌써 미국까지 절반은 갔을지도 모르지. 전화국에 찾아가 경찰국에 보고하세."

몇 분 뒤 프렌치 경감은 경찰국의 수사과장 앞으로 긴 전보를 쳤다. 어떻게 해야 할지 막막하여 그는 카터 형사부장을 돌아보았다.

"자, 이제 어떻게 하지, 카터? 아직 10시고, 밤까지는 돌아갈 기차도 없네. 하루 종일 놀고 지내야 하나?"

형사부장은 아침 식사를 하자고 말했을 뿐 그 밖의 일은 아무래도 좋은 듯했다.

프렌치 경감은 웃었다.

"나도 방금 그 생각을 하던 참이었네. 하지만 시간이 좀 좋지 않군. 이 고장사람들은 맛있는 아침 식사라는 관념이 전혀 없네. 지금은 그들의 점심 시간으로는 좀 이르고, 하지만 뭐 하는 수 없지. 무엇이든 조금 먹어볼까?"

두 사람은 조그만 식당으로 들어가 커피와 햄 에그를 주문했다. 급사는 도무지 알아들을 수 없었던지 잠시 뒤 주인을 불러왔다. 주인은 영어를 좀 할 줄 알아서 가까스로 말이 통했다.

그는 두 손을 흔들어 보이며 큰소리로 말했다.

"잘 알겠습니다, 무슈. 햄, 달걀, 오믈렛이라고 하셨지요?"

그는 고개를 끄덕여보였다.

"네, 곧 가져오겠습니다, 무슈. 어서 앉으십시오."

두 무슈는 의젓하게 자리에 앉았으며 이윽고 놀라울 만큼 빨리 잘

게 썬 감자에 양파를 넣은 김이 모락모락 오르는 오믈렛과 커피와 맛 좋아 보이는 롤빵과 버터 등이 나왔다.

배가 고팠던 두 사람은 기다렸던 듯이 허겁지겁 먹기 시작했는데, 이로써 지금까지 프랑스 사람들을 형편없이 낮게 평가하던 카터의 평점은 몇 배나 올라갔다.

그들은 느긋하게 시간을 들여 식사했지만 한참 뒤 그것도 끝나자 나머지 시간을 어떻게 보내야 할지 또다시 절실한 문제가 되었다.

프렌치 경감이 권유했다.

"바닷가 거리나 천천히 거닐어볼까. 생말로라고 하는 곳 말일세. 아니면 그렇지, 어떻게든 디에프까지 가서 뉴 헤븐 행 오후 배를 타볼까. 자네는 어떤가?"

카터는 역으로 가서 기차가 있는지 알아보자는 의견이었으므로 두 사람은 붐비는 항구의 이국정취에 매혹되며 천천히 거리를 걸어갔다. 르 아브르는 훌륭한 거리와 상점과 공공건물이 있는 아름다운 도시였 다. 그러나 아무리 보아도 즐거운 도시는 아니어서 2킬로미터가 넘는 역에 이르자 그만 싫증이 났다.

시간표를 살펴보고 디에프까지 가기에는 이미 시간이 늦었음을 알 았다——영국 기선은 그들이 닿기 전에 디에프를 떠나버리리라—— 그리고 생말로는 이 고장 도시가 아니라 남서쪽으로 몇 킬로미터나 더 가야 한다는 것도 비로소 알게 되었다. 트루빌은 바다의 큰 물굽 이 건너편으로 겨우 12킬로미터 내지 16킬로미터 거리였지만, 겨울 철의 트루빌은 그리 매력이 없을 것 같았다.

프렌치 경감이 마지막으로 말했다.

"좋은 수가 있네. 우리는 프랑스 경찰 앞으로 된 소개장을 가지고 있네. 누구든 찾아가보세. 경우에 따라서는 이 고장 경찰에 보여주 어도 좋겠지."

카터 형사부장은 상관의 겸손함을 기쁘게 여겼는지 곧 프렌치 경감 의견에 찬성했다.

몇 분 뒤 두 사람은 문 위쪽에 '헌병대'라고 씌어진 커다란 건물 층계를 올라가고 있었다. 프렌치 경감이 소개장을 내놓자 곧 대장대리 장교 앞으로 안내를 받았다. 장교는 그들을 정중하게 맞았다.

그는 유창한 영어로 말했다.

"대장님께서 지금 안 계셔서 유감입니다. 대장님은 두 분을 만나지 못한 것을 못내 유감스럽게 여기실 겁니다. 잠시 뒤 점심 식사 자리를 함께 해주시리라 믿고 있습니다만, 그동안 무슨 일이든 간에 서슴지 말고 말씀해 주십시오."

프렌치 경감은 사정을 설명했다. 방금 아침 식사를 끝낸 뒤므로 점심 대접은 사양하고 싶으며, 사우샘프턴으로 돌아가는 배가 와 닿을 때까지 어떻게 시간을 보내면 좋을지 가르쳐주면 고맙겠다고 말했다.

프랑스 장교가 대답했다.

"한밤중 전에는 출항하지 않습니다. 두 분은 이 나라에 대해 잘 모르십니까?"

"전혀 모릅니다. 이곳 가까이 이름난 곳이 있으면 가보고 싶습니다만."

"있고말고요. 그렇지, 내가 두 분 입장이라면 반드시 카안을 찾아갈 겁니다. 흥미 있는 옛 도시로 한 번 가볼 만한 곳이지요.

배편으로도 갈 수 있지만, 그러려면 시간이 좀 모자랄지 모릅니다. 느리니까요. 그보다 일단 배를 타고 트루빌까지——큰 물굽이를 건널 뿐이지요——가서 다시 기차를 타고 카안으로 가는 편이 좋겠군요. 그 정도의 시간으로 갔다오실 거라면 카안으로 가는 게 좋을 겁니다."

프렌치 경감이 고맙다고 인사했지만 상대방은 계속 이야기를 늘어놓았다.

"배는 조수의 상태에 따라 달리 떠납니다. 오늘은……."

그는 흘끗 달력을 보았다.

"한낮쯤에 배가 떠나겠군요. 2시쯤 카안에 닿으니 거기서 식사하시고 저녁 무렵쯤 타고 가실 기선의 출항시간에 맞춰 이곳으로 돌아올 수 있습니다."

프렌치 경감과 카터 형사부장은 12시 10분 전에 선착장에 이르렀다. 그들은 거기까지 오는 동안 큰길에 죽 늘어서 있는 아담한 카페로 들어가 흑맥주를 마시며 시간을 좀 보냈다.

두 사람은 표를 끊고 조그만 배에 올랐다. 날씨는 좋았으나 조금 쌀쌀해선지 선객은 아주 적었다. 두 사람은 진기한 풍경에 눈길을 빼앗겨 갑판 위를 거닐다가 통풍통 그늘에 있는 빈자리를 찾아 거기에 앉아 출항을 기다렸다.

정오가 되자 느릿하게 뱃고동이 울리더니 널빤지가 선착장에 내려지고 밧줄이 늦추어졌다. 선장은 기관실로 통하는 전성관에 입술을 갖다댔다. 그러나 선장이 명령을 내리기 전에 육지 쪽에서 방해꾼이 끼어들었다.

멀리서 외치는 고함 소리가 들리고, 푸른 제복차림의 한 헌병이 팔을 휘둘러대며 배 쪽으로 달려왔다. 선장은 잠시 움직임을 멈추었고 늦춰졌던 밧줄을 다시 팽팽하게 당겼다. 그 자리의 선객들 모두가 무슨 일인가 하고 어리둥절해 있었다.

헌병은 배에 뛰어오르더니 배 안의 모든 사람들 눈길을 한 몸에 받으며 선교 위로 달려 올라왔다. 그는 선장을 만나 뭐라고 빠른 말투로 지껄였다. 그러자 이번에는 선장이 아래에서 올려다보는 선객들을 내려다보았다.

"'프론시' 씨 계십니까?"

그는 크게 한 마디 외치고 아래에서 올려다보는 선객들의 얼굴을
둘러보았다.

"런던의 '프론시' 씨 안 계십니까?"

프렌치 경감은 부리나케 선교를 뛰어올라갔다. 헌병이 그에게 파란
봉투를 건네주었다.

"대장님이 전해드리라고 했습니다."

헌병은 재빨리 경례를 하고 부두로 내려갔다.

전보였다. 전보를 본 프렌치 경감은 어처구니가 없었다. 경찰국에
서 보낸 것으로, 다음과 같은 내용이었다.

리버풀 경찰의 통보에 따르면 베인 부부는 이녹 호에 오른 뒤 내린
일이 없는 듯함. 헨슨을 감시하던 매케이가 목격했음.

두 사람은 아직 그 배 안에 있을 것임. 그 배를 뒤쫓아 오포르트
나 리스본으로 급히 가기 바람.

프렌치 경감은 뱃전으로 달려가 급히 소리쳤다.

"카터, 내려야겠네."

배는 이미 움직이고 있었지만 두 사람은 선장을 비롯한 선원들의
욕설을 등 뒤로 들으며 부두로 뛰어내렸다.

"여보시오, 헌병."

경감은 이 광경을 가슴 죄며 지켜보고 있던 헌병에게 눈으로 신호
를 보내며 말을 건넸다.

"급히 헌병대로 가야겠는데, 어디로 가야 하오?"

헌병은 고개를 끄덕여보였으나 어깨를 으쓱하며 무슨 말인지 모르
겠다는 몸짓을 했다. 마침 지나가던 택시를 불러 세우자 프렌치 경감
은 다짜고짜로 두 사람을 안으로 밀어 넣었다.

"대장 말이오!"

경감은 전보를 내밀고 손으로 두드려 보이며 당황해 하는 헌병에게 소리쳤다.

"대장을 찾아가야겠다는 거요!"

헌병은 알아들었다. 난처해하던 얼굴에 빙긋 웃음이 떠오르더니 빠른 프랑스 말로 운전기사에게 목적지를 가르쳐주었다. 10분 뒤 그들은 다시 헌병대로 돌아왔으나 프렌치 경감은 여기서도 '대장'을 되풀이해야 했다.

그는 아까 만났던 상냥한 장교의 방으로 안내되었다.

"아, 오셨습니까, 우리 부하를 만나셨군요. 전보를 받으셨겠지요?"

"네, 잘 받았습니다. 폐를 끼쳐드려서 미안합니다. 그런데 어떻게 된 일인지 도무지 까닭을 모르겠군요. 그 배의 선장과 사무장이 오늘 아침 수배 중인 두 사람은 배 안에 없다고 그토록 딱 잘라 말했는데요."

장교는 어깨를 으쓱했다. 그리고 부드럽게 말했다.

"그러실 테지요. 하지만 두 분이 제가 말씀드린 그 배를 타실 것 같아 전보를 급히 전해드린 겁니다."

프렌치 경감은 대답했다.

"하는 수 없지요. 경찰국의 명령이니까요. 당신에게 아주 폐를 끼쳐드렸는데 또 부탁드려 죄송합니다만, 어디로 어떻게 가면 좋을지 좀 가르쳐 주시겠습니까? 이곳에서는 말이 통하지 않아 도무지 알 수가 없으니까요."

베인 부부의 움직임에 대해서는 흥미 없는 표정을 떠올리고 있던 이 장교는 다시 재치 있고 친절한 고문관으로 재빨리 바뀌었다. 가장 빠른 길은 파리를 거쳐 가는 거라고 그는 말했다. 로컬 선으로 보르도까지 가도 국제선을 탈 수 있지만 파리를 거쳐 가는 편이 훨씬 빠르고 또 덜 고생한다는 것이었다.

"마침 때맞춰 돌아오셨으니 파리행 열차를 탈 수 있습니다. 발차시간은 12시 40분으로 아직 20분 남았으니 역에 가서 쉽게 표를 살 수 있을 겁니다."

전보를 받고 르 아브르 발 파리 행 열차를 타기까지 어찌나 바쁘게 서둘러댔던지 프렌치 경감은 미처 받은 전보문을 진지하게 검토해 볼 여유가 없었다.

가까스로 이등차칸의 콤파트먼트 한구석에 카터와 마주 앉게 되자 그는 주머니에서 그 전보문을 꺼내들고 주의 깊게 다시 읽었다.

매케이와 헨슨에 대해서는 알고 있었다. 매케이 형사는 리버풀 경찰 동료들 사이에서도 솜씨 좋기로 이름난 사나이로 프렌치 경감과 비슷한 일을 하고 있었다. 그는 찰스 헨슨이라는 범인을 체포하기 위해 출항 직전의 기선을 감시하고 있었던 것이다. 찰스 헨슨은 두 공범과 함께 시골 어느 은행을 습격하여 지점장을 살해하고 금고 안의 많은 금품을 강탈하여 세상을 떠들썩하게 만든 사나이였다.

프렌치 경감은 개인적으로 매케이와 아는 사이였다. 그러므로 그가 베인 부부가 배에 탄 뒤 내린 일이 없다고 잘라 말했다면 실제로 그 부부는 배에서 내리지 않았음이 확실하다는 생각이 들었다.

프렌치 경감은 적어도 매케이쯤 되는 민완형사가 왜 그때 베인 부부가 지명수배 중인 사람들임을 알아차리지 못했을까 이상하게 여겨졌다. 아마도 자기 담당사건에 완전히 정신을 빼앗긴 나머지 '경찰신보'에 실린 자세한 사항을 읽지 않은 듯하다고 프렌치 경감은 생각했다. 그 주보는 요컨대 일반 경관에게 읽히기 위한 것으로, 전문적인 임무에 종사하는 사람을 대상으로 하고 있지는 않으니까.

하지만 매케이가 기회를 놓쳤다는 것은 엄연한 사실이었다. 물론 모든 일을 꼼꼼하게 관찰하는 그의 버릇이 얼마쯤 그 자신의 실수를 보상한 것도 사실이지만.

그러나 만약 베인 부부가 정말로 리버풀에서 내리지 않았다면 그 선장과 사무장의 진술은 대체 어떻게 해석해야 옳을까? 그런 사람들이 이런 일에 속아 넘어 가리라고는 여겨지지 않았다. 그들은 전문가다. 더욱이 그들이 구석구석 알고 있는 자기네 배 안이 아닌가.

그와 반대로 베인 부부는 그 배의 구조도 낯설고 배 안에서의 생활에 대해서도 잘 모를 것이다. 이런 상황 아래에서 그들 부부가 배 안에 몸을 숨긴다는 것은 결코 불가능한 일이었다. 만일 숨어 있었다면 선장이 알아냈을 것이다.

바로 이 점에 대한 설명이 프렌치 경감을 괴롭혔다. 이 이야기 전체가 모순덩어리인 듯이 여겨졌다.

아무튼 프렌치 경감은 자신의 행동 계획을 세워야만 했다. 친절한 프랑스 경관이 그를 도와 부스 기선회사 지사에 전화하여 이녹 호의 항해 일정을 조사해 주었다.

오늘은 토요일인데, 내일 즉 일요일 오후 그 기선은 오포르트 외항인 레이션에스에 입항할 예정이었다. 그날 밤과 다음날은 거기서 정박하고 월요일 밤 8시쯤 레이션에스를 출항한다. 그 다음날 정오 무렵 리스본에 닿아 이틀 동안 머문다. 그 뒤의 첫 기항지는 마딜라로 되어 있다.

프렌치 경감은 리스본에서 배를 뒤쫓을까 생각했지만 항해일정을 보니 오포르트에서도 충분히 따라붙을 수 있을 듯싶은 생각이 들었다.

그는 르 아브르에서 산 철도안내서를 꺼내들고 열차가 있는지 살펴보았다. 조사해 보니 파리~오를레앙 선으로 보르도까지 가서 거기서부터 남부선으로 스페인 국경인 이룬까지 간 다음 메디나와 사라망카를 거쳐 오포르트에 이르는 코스가 있었다.

그들은 4시 35분 파리에 닿았는데, 다음 파리 발 직행 열차는 10시 22분에 케 도르세 역에서 떠나는 것으로 하루 걸려서 월요일 정오쯤 지나 오포르트에 닿는다. 오포르트에서 레이션에스까지는 겨우 반 시간밖에 안 걸리므로 6~7시간의 여유가 있는 셈이었다. 그는 오포르트로 가기로 마음먹었다.

다행히도 두 사람은 파리에서 보르도까지 침대차를 이용할 수 있었다. 거기서부터 이룬까지 가는 열차에는 식당차가 붙어 있었다. 국경 역에서 그들은 2시간이나 기다려야 했다.

프렌치 경감은 프랑스에서는 물론 스페인과 포르투갈에서도 통용되는 신분증명서를 준비해 준 매닝 형사의 눈치 빠르고 빈틈없는 머리에 새삼스레 탄복했다.

샤머니에서 바르셀로나로 여행할 때 프렌치 경감은 끝없이 넓게 펼쳐지는 산과 들을 보고 새삼스럽게 지구의 광대무변함에 경탄한 적이 있었는데, 그때의 놀라움도 지금 새로이 맛보는 감정에 비하면 보잘 것 없었다. 이룬에서 오포르트까지의 여로는 그야말로 '끝이 없었다' 1킬로 또 1킬로 언제 끝날지 알 수 없는 철도가 꼬리를 물고 이어져 낮이 밤으로 바뀌고 밤은 그보다 더 느리게 낮으로 바뀌는 가운데 그는 전혀 새로운 기분을 느꼈다.

스페인의 고원지대를 지날 때는 추웠다. 굉장한 추위였다. 즐기는 식사도 입이 받아주지 않았고, 자려해도 흔들거리는 기차 안에서는 좀처럼 잠을 이룰 수 없었다.

그러나 모든 일에는 끝이 있는 법이다. 월요일 오후 1시 30분 기차는 1시간쯤 늦게 도착해 오포르트의 중앙역 플랫폼에 섰다. 시간 여유는 충분했다.

두 여행자는 곧장 오포르트 호텔로 가서 레이션에스 행 전차를 탈 때까지 잠시 쉬었다.

두로 강 양쪽 기슭의 험한 언덕 비탈에 보기 좋게 펼쳐져 있는 옛 세계의 아름다운 도시 풍치가 프렌치 경감의 마음을 강하게 사로잡았다. 그리고 저 멀리 아래쪽에 흐르는 거의 180미터나 되는 강을 한달음에 가로질러 거미줄 같은 강철 아치를 내던지고 있는 높은 돈 루에스 다리가 말발굽 소리에조차 희미하게 움직이는 것을 불가사의하게 여겼다.

프렌치 경감과 카터 형사부장은 비탈이 급한 큰길을 강변까지 내려가 오른쪽 길을 따라 전차를 타고 바다로 나갔다.

그들을 이토록 멀리까지 오게 한 임무조차 제쳐두고 두 사람은 길가의 낯선 풍경에 강하게 이끌렸다. 아열대 식물이 있다. 기다란 네 바퀴 달구지가 지나간다. 두로 강 입구를 4분의 3이나 막아 나머지 부분의 물 흐름을 빠르게 하는 둑. 그곳으로 이어지는 모래언덕을 지나 두 사람은 드디어 레이션에스에 이르렀다.

눈 아래 포물선을 그린 2개의 방파제에 둘러싸인 항구가 있고, 반갑게도 그곳에 닻을 내리고 있는 이녹 호의 모습이 보였다.

프렌치 경감은 두둑이 삯을 주고 나룻배를 빌렸다. 그리고 10분 뒤 두 사람은 줄사다리를 타고 다시 그 배 위에 모습을 나타냈다.

프렌치, 수수께끼를 내다

데이비스 선장은 자기 방 문 앞에 프렌치 경감이 다시 모습을 나타
낸 것을 보고 놀랐을 게 틀림없지만, 그런 감정을 전혀 얼굴에 나타
내지 않았다.

"어서 오십시오, 경감님. 또 오셨습니까? 이럴 바에는 함께 타고
오셨더라면 좋았을 텐데요."

그는 조금 차갑게 미소 지었다.

"애써 육지로 돌아오는 것보다 편했을 겁니다. 게다가 훨씬 싸게
먹히지요. 범인은 찾아냈습니까?"

프렌치 경감은 천천히 대답했다.

"아니, 아직 못 찾았습니다. 하지만 곧 잡게 될 겁니다. 선장님,
경찰국으로 온 전보를 받아보니 그 두 사람이 아직 이 배 안에 있
답니다."

선장은 얼굴을 찌푸렸다. 그리고 야릇한 표정으로 말했다.

"물론 런던 경찰국은 훌륭한 기관이겠지만 우리 배에 누가 타고 있
는지 어떤지를 경찰국에서 가르쳐주다니…… 이런 말해서 안됐습

니다만, 뭔가 좀 잘못된 것 같군요. 어떻게 그것을 아셨지요?”

“이렇게 된 일입니다. 이 배가 토요일에 르 아브르를 떠난 지 얼마 뒤 내게로 전보가 왔습니다. 그 전보에 의하면 리버풀 경찰의 매케이 형사가 출항 직전까지 이 배를 지켜보고 있었다고 합니다. 실은 그도 어느 살인범을 뒤쫓아 잠복 중이었지요.

그 형사는 베인 부부가 배에 오르는 것을 보았습니다만, 그때는 물론 이 두 사람이 지명수배 중인 인물이라는 사실을 알지 못했습니다. 그러나 적어도 그들을 주의 깊게 보았겠지요. 나중에 그 두 사람이 확실히 지명수배 중인 자들임을 경찰국에 보고할 수 있었으니까요.

아무튼 매케이 형사는 배가 출항할 때까지 지켜보고 있었습니다. 그런데 그는 베인 부부가 결코 배에서 내리지 않았다고 주장하는 겁니다. 나는 개인적으로 매케이 형사를 잘 알고 있습니다. 아주 치밀하고 빈틈없는 경관이지요. 그러므로 이 사람이 그렇게 주장하는 한 나는 틀림없으리라고 인정하지 않을 수 없습니다.

그리고 이곳에서는 그 부부가 배에서 내리는 모습을 본 사람이 아무도 없습니다. 나는 결코 두 분의 말을 의심하는 건 아닙니다만, 역시 그 두 사람이 이 배 안에 있을지도 모른다는 생각이 드는군요. 전보 끄트머리에 이곳이나 리스본까지 배를 뒤쫓아 철저히 조사하라고 씌어 있어서…….”

“그래서 이 배를 따라오시지 않았습니까, 경감님? 그런데 따라잡으셨으니 이제…… 실례입니다만, 어떻게 하시겠다는 말씀이지요?”

프렌치 경감은 데이비스 선장의 도움을 얻기 위해서는 아주 조심해서 대답해야 한다고 생각했다.

“바로 그 점입니다, 선장님. 지금까지도 폐를 많이 끼쳤는데, 더 도움을 받아야 할 것 같습니다. 실은 기차 안에서 이런 생각을 해 보았지요.

만일 경찰국의 말대로 그 두 사람이 이 배 안에 있다면, 여러분의 조사 결과로 미루어 그들은 원래의 베인 부부로 행동하지는 않을 겁니다. 다른 인물로 변장했을 게 틀림없습니다. 내 견해로는 경찰국에서도 그렇게 여기고 있는 것 같습니다.”

“그래서요?”

“얼른 생각하기에는 있을 수 없는 상상으로 여겨지지만, 실은 그렇지도 않습니다. 그 여자는 배우입니다. 아니 배우였습니다. 게다가 꽤 머리 좋은 여배우였지요. 무대에 섰던 시절에 좋은 평을 받았을 뿐 아니라, 바로 얼마 전에 그보다 훨씬 더 어려운 테스트를 아주 능란하게 해냈거든요.

뉴욕에서 올림픽 호를 타고 사우샘프턴으로 건너왔는데, 그때 배 안에서 그녀는 다른 선객들에게 감쪽같이 영국인 행세를 했으며, 런던에 닿자 미국인으로 행세하는 데에도 교묘히 성공했습니다. 배 안에서 그녀와 함께 있었던 사람들이며 런던에서 그녀를 본 사람들을 만나봤는데——모두들 견식이 넓고 세상일에도 밝은 사람들입니다만——내가 혹시 잘못 본 게 아니냐고 확인하려들자 모두들 웃어넘기며 강하게 부인했습니다.

그런 재주를 부릴 줄 아는 여자니 또 한 번 여느 사람으로 변장하는 일쯤은 아무것도 아니겠지요. 선장님이나 사무장으로부터 의심받을 까닭이 하나도 없었으니 간단한 변장으로도 충분했을 겁니다.”

선장은 깊은 흥미를 가지고 귀 기울였지만 그의 상한 감정은 쉽게 완전히 회복되지 않는 것 같았다.

선장이 말했다.

"그건 그렇고, 당신은 승선권이라는 증거를 잊고 계시는군요. 리버풀에서 176명의 손님이 승선신청을 했는데, 대개의 경우 승선권은 예매되고 선실도 며칠 전부터 예약되어 있지요. 그 바로 전에 신청을 하는 분도 있었지만 모두 남자 분들입니다.

176명이 배에 올랐는데 그 가운데 베인 부부도 포함되어 있었습니다. 그런데 리버풀을 떠날 때는 174명밖에 타고 있지 않았습니다. 내 말을 알아들으시겠습니까? 다른 선객은 모두 의문점이 없습니다."

프렌치 경감은 느릿느릿 대답했다.

"알겠습니다. 분명 당신 말씀대로일지도 모릅니다. 확실히 당신 말씀에 이의를 내세우기는 어려울지도 모릅니다. 그러나 아무리 그렇더라도 경찰국의 지시니 나로서는 세밀히 조사해 볼 수밖에 없습니다."

"그러실 테지요. 하지만 어떻게 하시겠다는 겁니까?"

"모르겠습니다. 어떻게 해야 할지 나 자신도 아직 모르겠습니다. 다만 그녀가 변장하고 있을지도 모르므로 나로서는 그것을 알아내기 위해 배 안의 부인 한 사람 한 사람에게 부딪쳐봐야겠지요. 만일 그것이 실패하면 그때는 수사를 멈추든가 다른 방법을 강구하든가 생각해 보겠습니다. 아무튼 리스본까지 태워주시겠지요?"

"그렇고말고요."

선장의 일시적이었던 화가 그럭저럭 풀린 듯했다.

"내가 할 수 있는 일이라면 무엇이든지 도와드리겠습니다. 솔직히 말씀드려 헛수고가 아닐까 여겨지지만, 될 수 있는 한 편의를 제공해 드리지요."

"고맙습니다, 선장님, 이해해 주실 줄 믿습니다만, 나 스스로는 어떻게 생각하든 결국 공무원 신분이니까요. 먼저 선객 명단에 대해서 사무장과 이야기하고 싶습니다."

"아, 그건 쉬운 일입니다."

데이비스 선장은 대답하며 벨을 눌렀다.

사무장은 프렌치 경감이 온 사실을 미처 모르고 있었으므로 그가 배에 있는 것을 보자 깜짝 놀랐다.

"이 배에는 유령이 나오나보군요."

그가 미소 지으며 악수를 청했다.

"베인 부부를 리버풀에 두고 왔는데 르 아브르에서 당신이 나타나 그들이 이 배에 타고 있다고 했습니다. 당신을 르 아브르에 내려주고 왔는데——경감님이 부두에 내려서는 것을 내 눈으로 똑똑히 보았으니까요——여기 레이션에스에 닿아보니 당신이 이렇게 와 계시는군요! 리스본에서는 어떤 귀하신 분이 이 배에 나타나실까요?"

프렌치 경감이 받아넘겼다.

"리스본에서는 네 사람이 함께 내리고 싶습니다. 좀 실례되는 말일지 모릅니다만, 나는 리스본에서 영국행 기선으로 갈아탈 수만 있다면 더없이 기쁘겠습니다. 이 형사부장과 베인 부부를 데리고요."

"뭐라고요? 경감님은 아직도 그 두 사람이 이 배 안에 있다고 생각하십니까?"

선장이 입을 열었다.

"경감님은 그런 생각이신 듯하네. 그 문제에 대해 자네와 이야기하고 싶으시다는군. 자네 방으로 모시고 가서 할 수 있는 한 힘껏 도와드리게."

"알겠습니다. 함께 가실까요, 프렌치 경감님?"

제닝스 씨는 민첩한 수완가이긴 했지만 상냥하고 느긋한 데가 있어 본인이 몹시 바빠도 그의 의견을 물으러 온 사람이면 누구에게나 자신에게 청하는 부탁을 주의 깊게 열심히 들어주는 여유가 있었다. 그는 프렌치 경감의 말에 귀 기울이더니 선객 명단을 꺼내 거기에 기록된 한 사람 한 사람의 인물 품평을 시작했다.

프렌치 경감이 말했다.

"부인들부터 먼저 보고 싶군요. 여자 분이 67명이고 남자 분이 2배에 이른다고 하셨지요. 여자 쪽이 수가 적고 또 나는 남편보다 베인 부인에 대한 자료를 더 많이 가지고 있으니까요. 그럼, 시작해 주실까요."

사무장은 명단 위를 손으로 가리키며 설명했다.

"먼저 미스 액필드. 이분은 50 내지 60살 사이의 부인입니다. 이 부인은 곧 보시게 되겠지만, 내 견해로는 일단 겉보기 외의 어떤 문제가 있을 것 같지 않군요."

프렌치 경감은 자세한 사항을 기록했다.

"좋습니다. 그럼, 다음은……."

"다음은 미스 보드입니다. 이분도 꽤 나이가 많습니다. 그러나 이분은 당신이 아는 분과 다른 것 같군요. 적어도 키가 4인치쯤 크니까요."

"좋습니다."

"다음은 블렌드 부인입니다. 젊은 부인으로 남편과 함께 탔지요. 신혼부부 같습니다. 이 부인은 너무 젊군요."

두 사람은 걸맞지 않는 대상자를 하나하나 지워가며 명단을 더듬었다. 콕스 부인은 키가 너무 크고 더필드 양은 너무 작다. 이글필드 부인은 너무 뚱뚱하고 펜턴 부인은 너무 여위었다는 등등. 마지막으로 후보를 10명으로 좁혔지만, 그 가운데 가망성 있을 듯싶은 대상자가 한 사람도 없음을 프렌치 경감은 인정하지 않을 수 없었다.

그러나 얼른 보기에 그럴 듯하게 여겨지는 남녀 선객이 없는 것은 아니었다. 페레일러 드 실버라는 이름의 남자와 그의 딸 마리아였다. 그들은 거의 침실에 틀어박혀 지내며 도무지 배 안 생활에 섞이려 하지 않는다는 것이었다.

제닝스 사무장의 말에 따르면 이 실버 씨는 70살이 넘은 노인 환자로, 지팡이와 딸의 팔에 의지하여 가까스로 배에 오를 정도였다고 한다.

드 실버 씨는 거의 침대에 누워 지내며, 딸이 부지런히 시중들고 있었다. 같은 나이 또래의 젊은 여자들이 갑판이며 살롱에서 여느 선객들과 즐기고 있을 때에도 아버지에게 책을 읽어주는 등 곁을 떠나지 않았다. 식사도 함께 했다. 딸은 갑판으로 나가거나 살롱에 이따금 나와 앉아 있을 때면 퍽 상냥했으나 좀처럼 그런 데 얼굴을 내밀지 않았다.

이것은 도망자들이 흔히 쓰는 수법이라고 프렌치 경감은 생각했다. 더욱이 그 딸의 생김새가 베인 부인과 닮은 데가 없지도 않았으므로 그의 의혹은 한층 더 깊어졌다.

그러나 제닝스 씨가 곧 그의 모래탑을 허물어뜨리고 말았다. 그들 부녀는 아무리 보아도 브라질 사람이라는 것이었다. 두 사람은 아니, 노인은 몸이 쇠약하여 승선권조차 직접 다루지 못할 정도니 문제 밖으로 치고, 딸은 유창하게 포르투갈 말을, 그것도 순수한 포르투갈 말을 했으며 포르투갈 사람이 아니면 할 수 없는 엉터리 영어를 쓰고 있었다. 게다가 그녀는 겉 생김새도 완전한 포르투갈 사람이라는 것이었다.

제닝스 씨가 탐문한 바에 따르면 그들은 리우 데 자네이루에 사는 사람들로, 런던에 있는 상인인 드 실버 노인의 아우를 만나러 영국에 왔었다고 한다. 파리까지 승선권을 샀으며 그 가까이에 또 다른 친척이 살고 있으므로 거기에 들렀다가 리우 데 자네이루로 돌아갈 거라고 했다. 그들은 베인 부부보다 조금 먼저 승선권을 사고 선실을 예약했다는 것이었다.

프렌치 경감은 실망했다. 그는 만일의 경우에 대비하여 리스본까지 승선권을 사고 사람 눈에 띄지 않게 자기 선실에 틀어박혔으며 보트로 내려가는 사다리 언저리에는 카터 형사부장을 세워두고 감시하게 했다.

열려진 현창 옆에 앉아 담배를 피우며 프렌치 경감은 이 난처한 문제를 풀 방법이 없을까 머리를 쥐어짜고 있었는데, 사무장이 무심코 한 말로 문득 머릿속에 좋은 아이디어가 떠올랐다. 배가 항구의 두 번째 방파제를 지나 깊고 완만하게 출렁이는 대서양의 파도 속으로 뱃머리를 묻고 나아가기 시작하자 제닝스 씨가 프렌치 경감의 선실로 찾아와 말했던 것이다.

"변장 이야기가 나왔으니 말입니다만, 오늘 밤의 살롱 모임에 변장을 하고 나오지 않으신다면 유감입니다, 경감님. 첫 아마추어 노래자랑이 열리니 여자 손님들을 보실 좋은 기회지요."

프렌치 경감은 대답했다.

"그거 참, 좋은 생각이군요. 나를 어딘가 그 모임에 참석하는 사람들이 지나가는 살롱 입구 가까이에 숨겨 주실 수 없습니까? 그곳을 지나가는 여자들을 하나하나 관찰할 수 있도록 말입니다."

제닝스 씨는 그럴 수 있을 거라고 하며 한번 해보겠다고 약속했다. 제닝스 씨가 방에서 나가려 할 때, 프렌치 경감의 머릿속에 한 가지 생각이 떠올랐으므로 그는 제닝스 씨를 불러 세웠다.

"지금 이야기를 잠깐 보류해 주십시오, 제닝스 씨. 반시간 뒤에 다시 와주실 수 없겠습니까? 그때 다시 부탁드리지요."

제닝스 씨는 의아한 표정으로 그를 흘끗 바라보았으나 그러겠다고 대답하며 자기 할 일을 하러 돌아갔다.

약속시간이 되자 사무장이 다시 프렌치 경감의 선실에 찾아왔다.
프렌치 경감은 진지한 표정으로 그에게 말했다.
"한 가지 부탁이 있는데 들어주시면 고맙겠습니다, 제닝스 씨. 우선 노래자랑이 시작되기 전에 아무도 모르게 나를 살롱에 먼저 넣어 주십시오. 그리고 살롱으로 들어서기 전에는 누구의 눈에도 띄지 않는 자리에 나를 앉혀 주십시오. 그렇게 할 수 있을까요?"
"아마 되겠지요. 그런 자리를 마련해 보겠습니다. 틀림없이 그 여자가 느닷없이 경감님을 만나면 자기도 모르게 정체를 드러낼 거라는 생각이시지요?"
"그렇습니다. 하지만 그 밖에도 다른 목적이 있습니다, 제닝스 씨. 지금 그 이야기는 그녀가 나를 본 적이 없으면 아무 소용없으며, 사실 그녀는 나를 알아보지 못할지도 모릅니다. 그보다 이것을 프로그램의 하나로 읽어주셨으면 합니다. 할 수 있을까요?"
경감은 반시간 동안에 써 두었던 종이 쪽지를 건네주었다. 그것은 다음과 같은 내용이었다.

　수수께끼
　이 수수께끼에 가장 훌륭한 대답을 말하시는 분에게 5파운드들이 초콜릿 상자를 상품으로 드립니다.
　코미디에서 윈터,
　올림픽에서 워드,
　사보이에서 루트,
　클루에서 베인이면
　이녹에서는 무엇일까요?

제닝스 씨는 마치 무언가에 홀린 듯한 얼굴이 되었다.

"이게 무슨 뜻이지요?"

"그녀의 가짜 이름과 그것을 사용한 장소입니다."

사무장의 눈에 감탄하는 듯한 빛이 어렸다.

"흠! 멋지군요! 그녀가 아무것도 모르고 거기 와 있다가 이것을 들으면 소스라치게 놀라 그만 정체를 드러내겠군요. 경감님이 직접 읽는 게 어떻겠습니까?"

"그녀가 달아나려고 할 경우 나는 그녀보다 먼저 나가고 싶습니다. 그녀가 달아난다는 것은 다시 말해서 남편이 그 자리에 없다는 뜻이니 그녀가 남편에게 알리기 전에 체포하고 싶거든요. 카터 형사 부장도 함께 행동할 겁니다."

"바라신다면 내가 읽어도 상관없지만, 솔직히 말씀드려 다른 사람에게 부탁하는 게 좋겠군요."

"데이비스 선장이 어떨까요?"

제닝스 씨는 주위를 흘끗 둘러보더니 나직한 목소리로 말했다.

"충고해 드리겠는데, 그 노인에게는 아무 말씀 마십시오. 그 노인은 이런 일에 찬성하지 않으니까요. 그분은 선객을 자기 손님처럼 대하시거든요. 이런 방법으로 손님을 속이는 일은 그분 성미에 맞지 않습니다."

프렌치 경감은 적이 성난 기색을 떠올리며 반박했다.

"속이는 게 아닙니다."

그리고는 주머니에서 1파운드짜리 지폐를 꺼내 사무장에게 건네주었다.

"이건 초콜릿 값입니다. 가장 좋은 답을 말한 분에게 드리십시오. 이것은 결코 속임수 없는 공명정대한 게임입니다. 이 수수께끼 문답으로 그녀가 잡히든 않든 그것은 알 바 아니지요."

사무장은 미소 지었으나 여전히 미심쩍은 듯한 표정을 하고 고개를 저었다.

"좋습니다. 어차피 당신이 하실 일이니까요. 아무튼 나는 한다면 합니다. "

"고맙습니다 ! "

프렌치 경감은 다시 활기를 되찾아 유쾌한 사나이가 되었다.

"이것이 잘 되지 못할 경우에는 또 한 가지 방법이 있습니다. 베인 부인은 선실에 남은 채 참석하지 않을지도 모르니까요. 그 경우에는 선객 명단에 따라 참석한 여자 손님을 체크하여 나오지 않은 사람의 이름을 적어 주십시오. 결석한 여자의 선실을 차례차례 찾아가 무슨 핑계를 대서든지 한 사람 한 사람 만나볼 테니까요. "

사무장은 그것도 승낙했다.

"그럼, 이 방으로 식사를 보내드리겠습니다, 지금 곧. "

그는 방을 나가려다가 다시 덧붙였다.

"선객들이 식사하는 동안 당신을 부르러 오겠습니다. 살롱에 살그머니 넣어 드리지요. "

"카터 형사부장을 이리 보내주십시오. 함께 식사하면서 이 계획을 알려주어야겠습니다. "

제닝스 씨가 나간 뒤 프렌치 경감은 현창 앞에 서서 파도치는 바다를 바라보고 있었다. 햇빛은 이미 자취도 없고 맑게 갠 하늘에 보름달이 휘영청 밝았다. 바다는 컴컴한 들판처럼 보이고, 그 바다 위 저 멀리에는 한 줄기 커다란 빛의 길이 길게 뻗어 있고 그 길가에는 수없는 은빛 모래들이 반짝이고 있었다.

프렌치 경감의 선실은 좌현에 있었으므로 5킬로미터쯤 저쪽으로 바닷가 절벽에 부서져 흩어지는 파도의 흰 선이 어렴풋이 바라다보였다. 바다는 굉장히 차가울 것 같았다. 그래서 그는 문이 열리고 카터 형사부장이 들어왔을 때 가볍게 몸을 떨며 돌아보았다.

"아, 카터, 제닝스 씨가 식사를 날라다 준다더군, 함께 드세. 오늘 밤 일거리가 하나 생겼네."

그리고 그는 계획을 이야기하고, 부하가 맡을 역할에 대해 설명했다. 카터는 무슨 말을 듣거나 다만 "네, 알겠습니다"를 되풀이했는데, 프렌치 경감으로서는 그가 긴장하고 있음을 잘 알 수 있었다.

8시 조금 전에 제닝스 씨가 나타나 두 공모자에게 따라 오라고 말했다. 세 사람은 재빨리 갑판을 가로질러 복도를 몇 개나 지나 누구의 눈에도 띄지 않게 살롱으로 들어갔다.

두 사람을 위해 문 가까이에 팔걸이의자가 2개 놓여 있고 밖에서 보이지 않도록 칸막이로 가려져 있었다. 프렌치 경감 자리에서는 살롱으로 들어서는 모든 사람들을 볼 수 있었고, 카터 형사부장 자리는 경감의 의자에서 직접 보이지 않는 곳을 한눈에 바라볼 수 있는 위치에 놓여 있었다.

음악회는 8시 30분에 시작된다고 했다. 사람들이 삼삼오오 모여들고 있었다. 프렌치 경감은 소설책을 무릎 위에 얹어놓고, 아무도 알아차리지 못하게 들어오는 남자와 여자들의 얼굴을 한 사람 한 사람 바라보고 있었다.

살빛이 가무잡잡하고 통통하게 살찐 한 여인이 두 사나이와 함께 들어설 때 그는 한순간 긴장하며 그녀를 지켜보았다. 사진 속에 여자와 비슷한 데가 조금 있는 듯했기 때문이다. 하지만 그녀가 외국인 같은 몸짓으로 어느 나라 말인지 모를 빠른 말투로 지껄이는 모습을 보자 아무래도 자신이 찾고 있는 여자가 아니라는 확신 비슷한 것이 생겼다. 지나가는 급사에게 물어보고 그녀가 바로 자신이 잠시나마 의심했다가 곧 마음속에서 무죄로 풀어준 마리아 드 실버임을 알 수 있었다.

노래자랑 시작 시간이 다가옴에 따라 살롱은 차츰 선객들로 가득

찼다. 그러나 수상한 사람은 하나도 발견되지 않았다. 드디어 시간이 되자 마딜라로 요양하러 가는 어느 유명한 피아니스트의 짧은 연주로 프로그램의 막이 올랐다.

본디 프렌치 경감은 음악을 즐기지 않았지만, 비록 즐긴다 해도 프로그램에는 거의 주의를 기울이지 않았을 것이다. 주위의 남자와 여자들을 은밀히 살펴보느라고 정신없었기 때문이다. 유명한 피아니스트가 훌륭하고 참으로 멋진 손가락운동으로 연주를 끝냈다는 것, 두 여자——어쩌면 세 여자였는지도 모르는데——가 노래 불렀다는 것, 누군가가 굵직한 바리톤으로 스코틀랜드 민요 같은 노래를 불렀다는 것, 차분하고 예쁘장한 젊은 여자가 바이올린으로 어떤 경쾌한 곡을 연주했다는 것을 어렴풋이 의식할 뿐이었다.

그러나 그때 그는 별안간 감전된 듯이 제정신으로 돌아와 기대에 떨며 지금부터 일어나려 하고 있는 일에 주의를 집중했다. 제닝스 씨가 무대에 오른 것이다.

사무장은 그 특유의 상냥한 목소리로 말했다.

"여러분, 이제 수수께끼의 시대는 이미 지나갔다는 것은 아마도 사실이겠지요. 또한 음악회가 한창 진행되는 도중 수수께끼를 내는 게 아주 뚱딴지 같은 일이라는 것도 분명 사실입니다.

하지만 여기서 여러분의 찬동을 얻어 수수께끼를 하나 내려 합니다. 이것은 여기 참석하신 손님 가운데 한 분이 낸 것으로, 우리의 항해에 관한 시사적인 수수께끼입니다. 가장 훌륭한 대답을 말하신 분을 위해 출제자는 이 커다란 초콜릿 상자를 상품으로 제공해 주셨습니다.

그 수수께끼는 다음과 같습니다. 생각해 보시겠다고 말씀하시는 분에게는 상품을 드리겠습니다. 그 내용은 '코미디에서 윈터, 올림픽에서 워드, 사보이에서 루트, 클루에서 베인이면 이녹에서는 무엇일까요?'입니다."

청중은 재미있어하며 듣고 있었다. 제닝스 씨는 여전히 부드러운 미소를 지으며 잠시 동안 가만히 서 있었다. 프로그램 중간에 으레 일어나기 마련인 와글거림도 아직 일지 않고 기관실로부터 쉼 없이 들려오는 희미한 엔진 소리 말고는 공기만 약하게 흔들릴 뿐 살롱 안은 쥐죽은 듯 고요했다.

그때 침묵을 깨고 어렴풋하면서도 당돌한 소리가 들렸다. 마리아 드 실버의 핸드백이 그녀의 무릎에서 미끄러져 떨어지면서 나무 조각을 이어붙인 바닥에 걸쇠가 부딪쳐 날카로운 소리를 낸 것이었다.

프렌치 경감은 깜짝 놀라며 그녀의 얼굴에 눈길을 못 박았다. 기묘하게 흙빛이 되어 있었다. 몸 옆으로 늘어뜨린 손은 손가락 마디에서 핏기가 가실 만큼 꽉 쥐어져 있었다. 그녀는 분명 핸드백이 떨어진 것도 알아차리지 못하고 있었다. 어느 한곳을 지켜본 채 움직일 줄 모르는 눈에는 오싹한 듯한 공포감이 어려 있었다.

프렌치 경감 말고는 아무도 그녀의 심리적 동요를 알아차리지 못한 것 같았다. 그녀 옆에 있던 한 남자가 몸을 굽혀 핸드백을 집어 건네주었다. 때마침 군인으로 보이는 뚱뚱한 노신사가 침묵을 깨뜨렸다.

"허! 이거 참, 놀라운걸!"

그리고 주위 사람들에게 이 수수께끼를 풀어보자고 권했으므로 그것을 계기로 모두들 떠들어대기 시작했다.

프렌치 경감이 일어나 그녀를 위해 문을 열어준 것은 여느 때의 예절에서 나온 동작이었다. 그는 가볍게 고개를 숙여 보이며 문을 잡고 그녀를 내보내주었다. 그리고는 그 뒤를 쫓아나가 등 뒤로 문을 닫았다.

승강로로 이어진 복도에는 그들 말고는 아무도 없었다. 그녀의 얼굴을 날카롭게 살펴본 프렌치 경감은 이제 아무 의심도 없었다. 머리와 눈썹을 교묘하게 바꾸고 보아하니 형태를 바꾼 틀니까지 끼었으며 살빛도 가무잡잡하게 화장한 데다 안경을 써서 변장했지만, 지금 그 앞에 있는 여자는 틀림없이 사진의 주인이었다.

그는 한 손으로 그녀의 팔을 잡았다. 그리고 침착하게 말을 건넸다.

"윈터 양, 나는 런던 경찰국의 프렌치 경감이오. 지난 11월 25일의 찰스 게싱 살해사건과 듀크 앤드 피보디 회사 보석 및 현금 도난사건 용의자로 당신을 체포하겠소."

그녀는 대답하지 않았다. 순간 그녀의 잡히지 않은 쪽 팔이 마치 번갯불처럼 입가로 날았다.

프렌치 경감은 그 손을 꽉 잡았다. 그녀는 무엇인가를 꿀꺽 삼키고 동시에 옆으로 비틀거렸다.

프렌치 경감도 몸을 떨며 이마에 구슬땀이 배어 나오는 가운데 그녀를 살그머니 바닥에 뉘었다. 그녀는 이미 의식이 없었다. 경감은 부리나케 살롱으로 돌아가서 선의(船醫)가 앉은 자리로 차분히 걸어가 귀엣말로 소곤거렸다.

카터 형사부장이 동시에 일어섰다. 1초 뒤 두 형사는 막대기처럼 뻣뻣하게 서서 곤혹스런 얼굴로 아래를 내려다보고 있었고, 샌드포드 의사는 바닥의 움직이지 않는 여자의 몸 옆에 무릎을 꿇고 있었다.

그는 소리쳤다.

"큰일났군! 죽었소!"

그는 그녀의 입가에 코를 갖다대더니 공포와 경악이 뒤섞인 얼굴이 되어 두 사나이를 올려다보았다.

"청산가리요!"

프렌치가 무뚝뚝하게 내뱉었다.

"네, 자살했습니다. 사람들이 오기 전에 이 여자를 내 방으로 옮겨

주십시오."

까닭을 모르는 의사는 갑자기 의심에 찬 눈으로 경감을 쳐다보았지만, 짤막하게 설명해 주자 고개를 끄덕였다. 세 사나이는 움직이지 않는 여자의 몸을 경감 방으로 옮겨서 소파 위에 뉘었다.

프렌치 경감이 말했다.

"검시가 끝나거든 선장에게 그렇게 말해 주십시오. 그동안 카터 형사부장과 나는 이 가엾은 부인의 남편을 체포해야겠습니다. 검시가 끝나는 대로 곧 그 사람의 선실로 안내해 주시겠습니까?"

검시는 겨우 몇 초밖에 안 걸렸다. 의사는 말없이 보트 갑판 위의 선실로 통하는 길을 안내해 주었다. 프렌치 경감은 노크하고 문을 홱 열어젖히며 두 사람과 함께 안으로 뛰어들었다.

크고 넓은 일등선실로, 거실처럼 꾸며져 있었으며 열려진 문 저쪽으로 침실이 보였다. 방은 쾌적하고 지내기에 편해 보였다. 책이며 신문이 여기저기 놓여 있고 체스 상자와 트럼프가 한 세트 로커 위에 놓여 있었다. 그리고 안락의자 위에는 여자의 뜨개질감이 얹혀 있었다. 책상 위에는 빈 커피 잔이 하나 있었고, 고급 엽궐련 향기가 방 안 가득히 감돌았다.

전등 밑 팔걸이의자에 가운을 걸치고 슬리퍼를 신은 노신사가 앉아 있었다. 한 손에는 엽궐련을, 다른 한 손에는 책을 들고 있었다. 키가 큰 듯했으며 긴 머리는 흰빛이었다. 긴 수염도 코밑수염도 숱 많은 눈썹도 흰빛이었다. 노신사는 놀라움과 분명 당혹한 표정으로 침입자를 바라보며 앉아 있었다.

그러나 그의 눈이 프렌치 경감의 얼굴에 쏠리자 눈빛이 달라졌다. 경악과 회의와 차츰 짙어지는 공포가 잇달아 재빠르게 나타났다. 프렌치 경감이 앞으로 나아갔으나 그는 꼼짝도 하지 않고 앉아 있었다. 그의 눈은 마치 뱀한테 몰린 동물처럼 침입자를 바라보며 무서운 긴

장으로 일그러졌다.

이번에는 프렌치 경감이 그의 눈빛을 살폈다. 그 눈은 어디선가 본 기억이 있었다. 어두운 하늘빛, 어딘지 색다른 빛으로 경감은 또렷이 그 눈빛을 기억하고 있었다. 그리고 점, 왼쪽 눈초리 밑에 있는 조그만 갈색 점이 유난히 눈에 띄었다. 경감은 그 점을 얼마 전 어디선가 본 적이 있었다.

꽤 오랫동안 두 사람은 꼼짝도 하지 않고 서로를 노려보고 있었다. 갑자기 프렌치 경감은 그 눈과 점을 보았던 곳이 생각났다. 그는 너무도 놀라 뭐라고 중얼거리며 앞으로 걸음을 내디뎠다.

"듀크 씨!" 그는 소리쳤다.

노신사는 노여움의 부르짖음을 내뱉으며 필사적으로 주머니를 뒤졌다. 순간 프렌치 경감과 카터 형사부장이 번개처럼 달려들어 그가 입으로 손을 가져가기 전에 팔을 잡았다. 손가락에 조그만 흰 알약이 쥐어져 있었다.

다음 순간 그의 손에는 수갑이 채워지고, 프렌치 경감의 익숙한 손가락이 그의 옷을 뒤져 주머니에서 조그맣고 하얀 죽음의 사자가 몇 알 더 들어 있는 조그만 약병을 꺼냈다. 그 순간 데이비스 선장이 문 앞에 나타났다.

프렌치 경감이 부탁했다.

"문을 닫아주십시오, 선장님. 경찰국의 정보는 역시 틀림없었습니다. 이 사람이 바로 그 사나이입니다."

짧은 설명으로 선장은 사실을 납득했다. 프렌치 경감은 이 불행한 포로에게 진심에서 우러나온 부드럽고 친절한 마음으로 시시 윈터의 죽음을 알려주었다. 그러나 그 사나이는 오히려 마음 놓이는 표정을 보일 뿐이었다.

그는 억누를 길 없는 마음의 동요를 드러내며 말했다.

"잘됐소! 잘됐소! 그녀가 나보다 먼저였군요. 때를 잘 맞추어 다행이었소! 그녀만 벗어났으면 나는 어떻게 되든 상관없소. 딸아이만 아니라면……."

그의 목소리가 잠시 끊어졌다.

"고마운 일이오. 이것으로 다 끝났소. 지난 몇 달 동안 나는 지옥의 고통에 시달려왔소. 어느 쪽으로 향하든 게싱이 나를 원망스러운 눈으로 흘겨보고 있었지요. 지옥이었소. 아무리 미운 적이라도 이토록 지독한 고생을 시키지는 않을 것이오. 나는 모든 일을 다 인정하오. 내 소원은 오직 하나, 부디 하루빨리 결말을 내는 것뿐이오."

모든 일이 너무 빨리 끝나버렸으므로 프렌치 경감은 처음에는 숨이 막힐 것처럼 놀라고 무엇을 생각할 여유가 없었는데, 이윽고 사건의 뒤처리가 끝나고 보니 이 놀라운 대단원의 이해하기 어려운 면이 더욱 절실하게 느껴졌다.

프렌치 경감은 마치 초자연적인 사건을 엿본 듯한 기분이 들었다. 자신이 있는 자리에서 죽은 사람이 되살아나는 기적을 본 것만 같았다.

듀크 씨는 죽은 것으로 되어 있었다. 적어도 몇 분 전까지는 의심할 여지없이 그렇게 믿고 있었다. 듀크 씨가 죽었다는 증거는 움직일 수 없는 사실이었다. 그런데 그것은 완전히 잘못된 일이었잖은가! 이 노인은 대체 어떤 트릭을 썼던 것일까? 하위치로부터 네덜란드 곳까지의 그 수수께끼 같은 항해에서 그는 어떻게 그토록 완전히 모든 관계자들을 속여 넘길 수 있었을까?

프렌치 경감은 그 모든 일이 어떻게 이루어졌는지 밝혀내기까지 참고 있을 수가 없었다. 사건 전체를 생각하면 할수록 그는 경찰국으로 돌아가고만 싶었다. 경찰국에서 다시 한번 이 사건과 씨름하면 이번에야말로 틀림없이 아직 밝혀지지 않은 진상이 풀리리라.

　이튿날 오후 기선은 리스본의 테이조 강 어귀에 닻을 내렸다. 프렌치 경감은 죄인을 이끌고 영국행 기선으로 갈아탔으며, 사흘째 되는 날 아침 리버풀에 이르러 그날 밤 런던에 닿았다.

결말

　살인범의 정체가 밝혀지고 나자 프렌치 경감이 찰스 게싱 살해사건과 다이아몬드 도난사건의 세밀한 점을 파헤쳐 앞뒤 줄거리를 맞추고 정리하여 사건 전모를 명백히 하는 데는 그리 오랜 시간이 걸리지 않았다.

　그는 지금까지 몇 번이나 경험한 바와 같이 얼른 보기에 복잡하고 해석하기 어려워보이던 이 사건이 실은 아주 간단한 일에 지나지 않았음을 깨달았다. 미리 진행된 조사 결과와 듀크 씨의 자백으로 밝혀진 사실을 간단하게 이야기하면 다음과 같다.

　레지널드 에인즐리 듀크는 행복하고 풍족한 삶을 누리고 있었는데, 뜻하지 않게 무서운 재난을 당했다. 아내가 정신이상을 일으켜 몸은 아주 건강했지만 치료가 불가능한 미치광이가 되어 정신병원에 들어가게 된 것이다. 그는 아내를 정열적으로 사랑한 적은 없었지만, 진실로 사이좋은 부부였으므로 이 뜻밖의 재난에 아주 낙심하고 말았다. 그러나 그의 경우도 여느 사람들 경우와 마찬가지로 시간이 슬픔을 어루만져주어 그의 인생에서 가장 무서웠던 한 시기는 차츰 빛바

랜 한낱 악몽처럼 스러져갔다.

그 즈음 듀크 씨는 코미디 극장에서 시시 윈터의 연극을 보고 그녀에게 매혹되어 밀회를 약속했다. 이윽고 서로 좋아하게 되어 밀회를 거듭하는 동안 그는 아무래도 억누를 길 없는 열정적인 사랑의 포로가 되어버렸다. 자신의 정열에 보답이 있음을 알고 그는 완전히 열중하여 하늘로 솟구치는 기분이 되었다.

어떤 당연한 일이 두 사람 사이에도 문제가 되었다. 결혼할 수 없는 처지이므로 애태우다가 이런 경우 세상 사람들이 흔히 하는 일을 했다——따로이 숨어서 살림을 차린 것이다.

난처한 것은 듀크 씨의 딸 문제였다. 딸만 없으면 그런 관계를 숨기는 고생도 할 필요가 없었다. 그러나 듀크 씨는 딸에게 오명을 씌우고 싶지 않았다. 그렇게 해서 시시 윈터의 양해 아래 이중생활을 하며 두 집 살림을 하게 된 것이다.

그러자 간단히 변장할 필요가 생겼으므로 그는 팬덜켐프를 모델로 삼았다. 외무담당 사원이 그와 키며 몸집이 비슷했기 때문이기도 했지만, 언제 어느 때 회사에서 뒤밟히더라도 감쪽같이 팬덜켐프로 여겨지도록 하기 위해서였다. 여배우의 도움을 빌려 가발과 수염과 안경으로 변장하고 곧은 몸을 일부러 팬덜켐프처럼 구부정하게 구부렸다. 듀크 씨는 여행할 때는 여느 때의 자기 모습으로 있었고 베인 행세를 할 때는 변장했다.

두 사람의 계획은 잘 되어나가 아무 의혹도 받지 않았다. 딸에게는 암스테르담 지점과의 연락을 긴밀히 하기 위해서라고 하며 자주 집을 비웠고 클루 장으로 옮기기 전에 살았던 페닝턴의 집에서는 고용인들에게 어느 공업회사의 외무사원으로 여겨지고 있었다.

모든 일이 순조롭게 되어나갔으나 전쟁으로 인해 장사에 큰 영향을 받았으며 두 집 살림을 꾸려나가기가 퍽 어려워졌다. 일시적인 대응

책으로 그럭저럭 해나갔으나 차츰 나쁜 유혹에 이끌려 괴로움을 겪을
만큼 그 유혹이 점점 강해져갔다.

불행히도 회사의 실권은 거의 그의 손 안에 있었다. 자본을 댄 동
업자들은 경영에 전혀 참가하지 않았다. 피보디는 몹시 늙었고 시너
먼드는 경제적으로 여유가 있어 밤낮 여행만 다녔다. 숫자를 조금 속
이고 장부를 살짝 고치기만 하면 바라는 돈을 얼마든지 손에 넣을 수
있었다. 그는 있는 힘껏 유혹과 싸웠지만 그런 때에도 공금 착복의
새로운 방법——더욱이 절대적으로 안전해 보이는 방법——이 차례
차례 눈에 뚜렷이 보여와 마침내 굴복해 버렸다. 계획은 예정대로 되
어나가 경제적인 파탄은 벗어날 수 있었다. 이렇게 되어나가면 모든
일이 염려없다고 그는 혼자 기뻐하고 있었다.

그런데 그가 계산에 넣지 않은 일이 하나 있었다. 그가 잊고 있었
던 것은 인간이란 일단 기만이나 사기를 시작하면 자신이 원할 때 그
만둘 수 없다는 점이었다. 한 가지 허위를 저지르면 그것을 덮어버리
기 위해 또다시 무언가 손쓸 필요가 있다는 것을 그는 싫어도 깨닫지
않을 수 없었다.

그는 아무리 허우적거려도 자신이 점점 벗어나올 수 없는 깊은 늪
속으로 빠져 들어가는 것을 느꼈다. 마침내 피할 수 없이 예기된 파
국이 찾아왔다. 지배인 찰스 게싱 노인이 의심하기 시작한 것이었다.
노인은 장부를 살펴보고 의혹을 굳혀 타고난 그 강직한 성품대로 발
견한 사실을 그에게 제시하며 다른 출자자를 모이도록 하는 것이 자
신의 의무라고 잘라 말했다.

궁지에 몰리게 되었음을 깨달은 듀크 씨는 한사코 게싱의 착각이라
고 완강히 주장하며, 암스테르담 지점에서 차액에 해당되는 액수가
올 때까지 기다려주면 장부의 기재가 모두 옳음을 증명해 보이겠다고
하여 시간을 벌었다.

그날 밤 그는 클루 장으로 가서 시시 윈터에게 모든 것을 이야기했다. 기민한 이 부인은 처음에 어엿한 생활로부터 벗어날 때는 결혼반지를 끼게 되었다는 간단한 구실로 세상의 눈을 속였지만 이번에는 사정이 다르다고 체념했다. 이 사실이 세상에 드러나면 정부는 감옥에 갇히고 자신은 빈털터리가 될 것이다. 순간적으로 그녀는 결코 이 일이 탄로나지 않도록 해야겠다고 결심했다.

갖은 수단을 다 써서 애쓴 끝에 그녀는 가까스로 듀크 씨를 자기 생각으로 끌어들였다. 그리하여 두 사람이 힘을 합해 자신들의 몸을 지킬 계획을 세우기 시작했다. 윈터 양이 계획의 뼈대를 만들어냈고, 재기 번뜩이는 타입이라기보다는 용의주도한 듀크 씨가 세부적인 계획을 세웠다. 그 계획은 요컨대 사무소에서 도난사건이 일어난 것처럼 꾸며 게싱을 죽이고 한껏 많은 보석을 손에 넣은 뒤 멀리 살기 좋은 곳으로 유유히 달아난다는 것이었다.

윈터 양은 브라질과 미국에 대해 잘 알고 있었다. 그녀의 아버지는 영국인이었지만 젊은 시절 회사 대표로 리우 데 자네이루에 파견되어 그곳에서 지내다가 포르투갈 계 여자를 아내로 맞아 브라질의 수도에서 가정을 꾸몄다.

그의 딸은 연극에 재능이 있었다. 그녀가 아직 10대일 때 부모가 차례로 세상을 떠났으며, 소녀는 리우 데 자네이루의 무대에 데뷔하는 데 성공했다. 5년 뒤 마침 브라질 방문 중이던 뉴욕의 어느 실업가 연예계 매니저가 그녀의 연기를 보고 계약을 맺었다. 2년 뒤 그녀는 런던으로 건너와 앞에서 이야기한 대로 듀크 씨와 알게 되었던 것이다.

이 브라질과 미국에 대한 지식이 이번 계획의 밑바탕이 되었다. 브라질은 범행 뒤 숨어버리기에 이상적인 나라였으므로 그들이 맨 먼저 떠올린 생각은 브라질로 달아나는 것이었다.

그들은 이웃에 베인 부부로 알려져 있었으므로 브라질로 가기 위한 여권을 손에 넣는 데 필요한 증명서며 추천장을 얻는 데에는 아무 어려움도 없었다.

여권을 손에 넣자 듀크 씨는 똑같은 증명서와 추천장을 드 실버라는 이름으로 위조한 다음 시시 윈터 양의 연극적 지식에 힘입어 변장하고 같은 관청에 두 번 찾아가 가짜 이름으로 된 또 한 장의 여권을 손에 넣었다. 이리하여 그들은 베인과 드 실버라는 이름으로 두 벌의 브라질행 여권을 얻게 되었던 것이다.

그 다음에 생각한 것은 브라질 행 승선권 구입비를 비롯하여 그 밖에 필요한 여러 가지 비용을 마련하기 위한 현금을 범행 바로 뒤 손에 넣는 방법이었다. 이 목적을 위해 베인 부인의 뉴욕 여행이 꾸며졌다.

배를 타고 뉴욕으로 건너갔다가, 곧 다른 배를 타고 돌아온다. 돌아오는 항해 도중 그녀는 선객들을 자세히 관찰하여 변장하기 가장 알맞은 여자를 한 사람 고른다. 그 여자와 가까이 사귀어 될 수 있는 대로 자세히 그녀에 대한 일을 조사하고 면밀히 관찰하여 사기를 하는 데 필요한 자료를 한껏 많이 알아낸다.

사우샘프턴에 닿으면 그녀와 헤어져 어디로 가는지 확인한 다음 호텔로 들어가 필요한 변장을 하고 완전히 다른 사람으로 런던에 가서 그녀와 맞부딪칠 염려가 없는 호텔에 묵는다. 다음날 그녀는 윌리엄스를 만난다.

여기까지 무사히 성공하면 공중전화로 듀크 씨를 불러내어 그가 맡은 일을 수행하게 한다. 다음날 밤 9시 45분 홀번 지하철 역 비상층계에서 그와 만나 훔친 보석 가운데 윌리엄스에게 가지고 갈 만큼만 받는다.

한편 듀크 씨는 장부에 나와 있는 차액에 대해 납득이 갈 만큼 설명하고, 미국에서 편지가 오는 대로 그 차액에 해당하는 현금을 만들어 보여주겠다고 약속하며 게싱을 달랜다. 그 밖에 사무소에 최대한의 보석을 모아둔다. 그리고는 문제의 날 밤, 즉 윈터 양이 윌리엄스를 처음 만나는 날 밤 사무소로 나오면 자세히 상황을 설명하여 전혀 이상 없다는 증거를 보여주겠다고 게싱에게 말한다.

이와 같이 게싱에게 올가미를 씌워 살해한 뒤 다이아몬드와 금고 안에 있던 현금을 훔쳐낸다. 그 가운데 몇 개만 윈터 양에게 주어 윌리엄스에게 가져가도록 하고 나머지 보석은 몸에 지닌 채 될 수 있는 대로 빨리 집으로 돌아간다.

이 계획은 두 사람이 볼 때 더없이 잘 짜여진 것 같았지만, 그래도 만일 의심받을 경우에 대비하여 몸을 지킬 세 가지 방안을 덧붙였다.

첫째는, 듀크 씨의 알리바이였다. 그는 클럽에서 변호사와 함께 저녁 식사를 하며 밤 한때를 보낸 뒤 미리 예정된 시간에 클럽을 나온다. 변호사와 클럽 문지기에게 적당히 말을 건네 그 시간이 기억에 남도록 하고 자기 집 고용인들에게도 역시 뭐라고 말을 걸어 집에 돌아온 시간을 기억하게 한다. 그 사이의 간격은 클럽에서 집까지 걸어가는 데 필요한 시간으로 한다. 경찰 조사에 대해서는 걸어서 돌아갔다고 진술하기로 한다. 그러나 실제로는 클럽 부근에서 사무소 가까이까지 택시를 타고 달려가 살인을 한 뒤 햄스테드까지 지하철로 돌아간다.

두 번째 방위수단은 혐의를 팬덜켐프에게 뒤집어씌우는 공작이었다. 이것을 실행에 옮기기 위해 듀크 씨는 직접 비밀 지령을 타이핑했다. 이 지령을 받고 외무담당 사원이 런던에 온 것이었는데, 듀크 씨는 그날 밤 게싱에게 그를 만나도록 명령하여 대륙으로의 정처없는 여행을 떠나보낸다. 이때 팬덜켐프에게 틀림없이 은행이 번호를 기록해 두었을 것으로 여겨지는 지폐 몇 장을 건네준다. 이렇게 한 뒤 듀크는 그 지폐가 금고에서 도난당한 것이라고 주장한다.

범행 뒤의 일은 음모를 꾸민 범인의 입장에서 볼 때 너무나 잘 되어나가 처음에는 세 번째 방위수단을 실행에 옮기지 않았다. 사실 두 사람은 브라질로 달아날 것도 없이 그대로 런던에서 계속 살아갈 수 있으리라 여기기 시작하고 있었다. 그러나 듀크 씨가 우연히 프렌치 경감을 만났을 때 신출귀몰하는 X부인이 시시 윈터임을 알아냈다는 말을 듣고 가장 핵심이 되는 가정이 붕괴 직전에 놓여 있음을 알아차린 그들은 급히 도망칠 필요가 생겼던 것이다.

이제 듀크 씨는 클루 장에 가는 것을 겁내어 두 사람 사이에 미리 약속되어 있었던 암호로 경고를 써보냈다. 그러나 인간의 생명이며 계획을 곧잘 뒤집어엎는 외적 운명의 장난으로 경고문을 부친 뒤 곧 두 범죄자는 공교롭게도 지하철 안에서 마주쳤다. 그들은 어느 골목길에서 단둘이 될 때까지 거리를 걸어가 듀크 씨가 직접 그 사실을 알렸다. 이리하여 윈터 양은 서둘러 달아나기를 꾀했는데, 이것이 바로 그들이 몰락하는 계기가 되었다. 그녀는 듀크가 보낸 암호문 편지를 깜빡 잊고 그대로 달아나 그 편지가 마침내 경찰의 손에 들어가 버린 것이었다.

이리하여 듀크 씨는 세 번째 방위수단을 실행에 옮겼다. 자신의 실종을 그럴 듯하게 꾸미기 위해 자살극을 연출한 것이다. 그는 두 사람이 미리 빈틈없이 세워 두었던 트릭을 써서 그 일을 실행했다.

이 트릭은 부스 기선회사에서도 혐의가 걸린 경우 수사의 눈을 속이기 위해 사용할 작정이었다. 듀크 씨 이름으로 쿠크 여행사로부터 하위치를 거쳐 가는 런던과 암스테르담 사이의 왕복배표를 사고 그날 밤 선실을 예약하여 자신의 일을 사무원의 인상에 남게 했다. 그리고 리버풀 거리로 가서 베인이라는 이름으로 같은 경로의 런던~브뤼셀 왕복배표를 샀다. 그는 암스테르담에 자주 다닐 때 쓰던 듀크 이름의 여권을 가지고 있었다. 베인 이름으로는 그와 시시 윈터가 18개월쯤 전 네덜란드와 벨기에로의 짧은 휴가여행을 갔을 때 받아둔 여권이 있었다.

그는 듀크 이름으로 연락열차를 타고 하위치로 갔다. 그리고 맨 먼저 배에 오를 수 있는 차량을 선택했다. 사무소에서 배표를 건네주고 승선권을 받아들자 선실로 안내되어 갔다. 거기서 그는 소지품을 그럴 듯하게 늘어놓고 딸에게 보내는 유서도 남겨 두었다.

그런 다음 이번에는 베인으로 변장하여 몰래 선실을 빠져나와 열차에서 천천히 내려온 사람들 속에 섞여 두 번째 배표를 내고 베인 이름으로 예약해 둔 선실로 안내되어 들어갔다. 다음날 그는 듀크의 죽음에 대한 명백한 증거를 남겨두고 베인으로서 상륙했다.

로테르담에서 그는 헐을 거쳐 돌아오는 표를 사서 리즈로 건너가 빅토리 호텔에 묵으며 이녹 호가 출항하는 날까지 지냈다.

윈터 양과는 리즈~리버풀 사이의 열차 안에서 만났으며, 듀크 씨의 위장자살에 이용한 수법과 똑같은 방법을 써서 미행하는 수사의 손을 완전히 벗어나려고 했다.

그들은 두 쌍의 배표를 샀다. 한 쌍은 쿠크 여행사에서 샀으며, 베인 이름으로 마나오스까지 가는 표였다. 또 한 쌍은 부스 기선회사 사무소에서 산 것으로 드 실버 이름으로 된 파라까지의 표였다.

한편 일등선실을 2개 예약하고 어느 경우에나 사무원들의 머릿속에 자신들의 인상을 깊이 새겨지도록 했다. 슈트케이스는 큰 것과 작은 것을 몇 개 마련했다. 작은 것에는 옷가지와 다이아몬드를 넣고 '드 실버'라는 이름표를 붙이고, 큰 것에는 '베인' 이름표를 붙였다.

이런 준비가 끝나자 그들은 '드 실버'의 슈트케이스를 '베인'의 슈트케이스 속에 넣어가지고 베인으로서 배에 올라 선실에 안내되었다.

얼마 뒤 두 사람은 베인으로서 사무장에게 되돌아가 상륙하겠다고 말했다. 그들은 갑판을 나와 현문 쪽으로 걸어갔지만 부두에 내리지 않고 다시 선실로 돌아갔다. 거기서 드 실버 부녀로 변장하여 조그만 슈트케이스를 꺼내들고 살그머니 선실을 빠져나와 방금 배에 오른 것처럼 꾸며 사무장에게로 되돌아갔다.

이 줄거리는 대충 계획대로 되어갔다——윈터 양이 암호편지가 와 닿기를 기다려 그것을 찢어버리는 일만 빼고는——그러나 범인들은 전혀 알지 못했지만, 이 위험한 계획이 뿌리째 흔들려버릴 듯한 돌발 사건이 일어났다. 범행 날 밤 실비어와 해링턴이 택시를 타고 집으로 돌아가던 도중 해튼 가든에서 홀번 쪽으로 구부러져가는 듀크 씨의 모습을 보았던 것이다.

그는 여느 때의 단정하고 의젓한 태도와는 전혀 달리 겁에 질린 모습으로 서둘러 걸어가고 있었다. 그의 태도에는 어딘지 사람 눈을 피하는 듯한 데가 있었으며, 과자가게에서 흘러나온 한 줄기 빛에 비춰진 그의 얼굴은 굳어 있었고 여위어보였다.

무슨 좋지 않은 일이라도 있었던 것일까 하고 걱정스러워진 실비어는 택시를 세우고 그 뒤를 쫓아갔지만, 보도에 이르기 전에 그의 모습은 사라져버렸다. 그녀는 다음날 아침 식사 자리에서 그가 범죄가 있었음을 이야기하기 전까지는 그 일을 거의 마음에 두고 있지 않았다. 그때조차도 그녀는 아버지가 의심스럽다고는 꿈에도 생각지 않았다. 사실 그녀는 그 일을 잊고 있었던 것이다.

그런데 그가 아무렇지도 않은 태도로 자신은 어젯밤 줄곧 클럽에 있다가 집으로 곧장 돌아왔다고 말했을 때 그녀는 그 일을 생각해 냈다. 아버지가 거짓말하고 있다고 그녀는 생각했다. 그러자 곧 의혹이 일었다. 해링턴이 무심히 경찰에 이야기하여 아버지가 의심받게 되어서는 큰일이라고 겁먹은 그녀는 전화를 걸어 곧 그를 만나 앞으로의 일에 대해 경고했다.

그날 오후 해링턴은 사무소에서 있었던 일을 이야기해주러 왔다. 그때 그녀는 무리하게 그를 설득하여 사건이 해결될 때까지 결혼을 미루는 데 동의하도록 했다.

그런데 그녀는 프렌치 경감이 자신이 범인을 아는 게 아닐까 의심하는 걸 알고 결혼을 미루는 것은 그의 수사방향을 제시해 주는 경로가 된다고 생각했다. 그리하여 그 일을 막기 위해 결혼날짜가 다시 정해졌음을 공표했던 것이다. 경찰이 체포하러 오면 어쩌나 생각하며 안절부절못했지만, 다행히도 그런 사태는 일어나지 않았다.

여기에 더 덧붙일 이야기는 없다. 몇 주일 뒤 레지널드 에인즐리 듀크는 그가 저지른 죄에 대한 최고의 형벌을 받았다.

그의 딸은 두려운 기억이 어려 있는 런던과 영국이 싫어져 세 번째에는 진짜로 찰스 해링턴과의 결혼날짜를 정하고 그와 함께 행복을 찾아 남캘리포니아에 있는 해링턴의 형이 경영하는 농장으로 떠났다.

듀크 앤드 피보디 회사는 위기를 벗어났다. 살아남은 출자자들은 결산 때마다 게싱 집안 자매의 일을 잊지 않았다.

천재가 아닌 둔재 탐정의 위대한 독창성

프리먼 윌스 크로프츠(Freeman Wills Crofts)는 1879년 아일랜드 더블린에서 태어나 17살 때 견습토목기사가 되어 50살까지 벨파스트에서 철도회사의 기사로 일했다.

크로프츠의 처녀작 《통》은 토목기사로 일하던 1920년 41살 때 발표되었다. 이 작품은 그의 최고 걸작으로 정평이 나 있으며, 많은 비평가들이 세계 10대 미스터리소설로 꼽을 정도이다.

《통》 발표 이후 크로프츠는 거의 해마다 한 편씩 장편소설을 발표했다. 《폰슨 사건》《매길 경(卿)의 마지막 여행》《크로이든발 12시 30분》 등의 명작이 그것이다.

노년기에는 런던 교외에서 장편 미스터리소설 외에 단편소설과 방송극 부문에서도 많은 걸작을 발표하여 그 필치가 건재함을 자랑하다가 1957년 병으로 세상을 떠났다.

《프렌치 경감 최대사건(Inspector French's Greatest Case)》은 크로프츠의 5번째 작품으로 1925년에 초판이 발간되었는데, 특히 눈길을 끄는 것은 그 뒤로 그가 발표한 장편 미스터리소설에는 거의 예외 없이 이 작품의 주인공인 런던 경찰국 프렌치 경감이 등장한다는 점이다.

다시 말해서 《통》으로 시작하여 4번째 작품인 《프로테 공원의 살인》까지는 주인공으로 저마다 다른 인물이 설정되어 있어 거의 대부분의 독자들이 그 이름을 기억하지 못하게 마련이었지만, 작가는 이 5번째 작품에서 만들어낸 인물을 표제로 썼을 뿐만 아니라 그 뒤에도 이 인물에게 사건을 맡겨 읽는 이의 기억에서 오래 잊혀지지 않는 인상을 남게 했다.

프렌치라는 주인공을 창조하기 전에 작가가 묘사한 탐정도 그와 비슷한 것이 사실이므로, 그런 의미에서 볼 때 프렌치 경감은 작가의 작풍에 알맞은 성격일 뿐 특별히 이 이름에 구애받을 필요는 없다고 할 수 있다. 그렇기 때문에 더욱 프렌치라는 이름이 크로프츠의 작품에 대한 상징으로서 애독자에게 기억되는 것이 당연하며 작가가 그 뒤의 작품에 같은 탐정을 주인공으로 등장시킨 것도 자연스럽고 현명한 일이었다고 할 수 있다.

왜냐하면 프렌치 경감——크로프츠의 작품에 나오는 주인공 탐정에게는 이전에 발표된 많은 미스터리소설의 주인공과는 근본적으로 다른 특징이 있기 때문이다.

물론 크로프츠 이전에도 같은 경향의 탐정이 없었던 것은 아니며, 프레처가 만들어낸 스파르고 탐정 등도 같은 유형의 인물이지만, 오늘날 일급 고전작품으로 꼽히는 미스터리소설에서는 비슷한 예가 없는 독특한 탐정인 것이다.

그 특징은 한 마디로 '명탐정(Master Mind)'이 아니라는 것이다. 프렌치 경감은 온후한 신사며 성실한 경관으로 탐정으로서의 그의 장점은 어디까지나 충실하게 사건을 뒤쫓고 정력적으로 수사에 심혈을 기울인다는 점이다. 유감스럽게도 그에게는 셜록 홈즈를 비롯한 수많은 '명탐정'이 지닌 천재적인 추리력이 없다. 아마 세상 여느 경찰관과 같은 정도의 지력을 지녔을 뿐이다.

이 평범하다는 점만큼 미스터리소설 역사에서 크로프츠를 다른 작가와 구별짓는 특징도 아마 없을 것이다. 물론 평범한 탐정이라는 것이 곧 크로프츠 작품의 장점이 되는 것은 아니다. 다만 이 특색을 통해 다른 미스터리소설에서는 볼 수 없는 매력을 만들어냈다는 데 이 작가의 평범해 보이면서도 실은 위대한 독창성이 있는 것이다. 이른바 하드보일드 형의 탐정들이 한결같이 두뇌보다 완력이나 비정한 개성에 의존하고 있는 점을 생각해도 크로프츠의 선구자적 위치를 뚜렷이 알 수 있다.

일반적으로 크로프츠의 작품은 본격 미스터리소설로 간주되고 있다. 그러나 반드시 그렇지만은 않다.

에드거 앨런 포를 비롯한 코난 도일 등의 본격 미스터리소설에서는 범인이 꾸며놓은 트릭을 명탐정이 꿰뚫어본다는 점에 흥미의 초점을 맞추거나 또는 적어도 그렇게 보이도록 해주고 있다. 읽는 이로서는 풀 수 없는 수수께끼를 명탐정이 풀어주는 것이다.

그런데 프렌치 경감은 명탐정이 아니므로 수수께끼를 푸는 힘이 없다. 본격 미스터리소설을 '수수께끼 풀이 소설'이라고 정의한다면, 프렌치 경감을 주인공으로 하는 크로프츠의 작품은 범주에 들지 못한다. 그 작품들은 '수수께끼가 풀리는 소설'인 것이다.

그러므로 크로프츠를 본격 미스터리소설 부류에 넣는다면 '본격'이란 '풀리지 않는 수수께끼가 끝내 풀리게 되는' 소설을 가리킨다고 해석해야 할 것이다. 바꾸어 말한다면 수수께끼, 범인의 트릭이 갖는 난해성이 바로 본격 미스터리소설의 핵심적인 흥미인 것이다.

《통》을 읽은 사람은 그 명작의 매력이 그야말로 철근 건물과 같이 구성된 범인의 트릭을 마지막 단계에서 알게 되는 놀라움에 있음을 깨달을 것이다. 이 작품에서도 역시 프렌치 경감이 너무나 평범하기 때문에 얼른 보기에 아주 평범한 사건인 듯한데도 좀처럼 풀지 못하고 경감이 오직 성실하고 정력적인 인간됨으로 한 걸음 한 걸음 진실로 다가가는 과정에서 흔히 명탐정이 등장하는 여느 미스터리소설에서 볼 수 없는 재미를 만끽할 수 있다고 생각된다.

사실 한 걸음 한 걸음 진상으로 다가가는 숨가쁜 흥미를 특별한 매력이라고 할 만하다. 추측건대 주인공 프렌치 경감은 아마 읽는 이와 같은, 어쩌면 읽는 이보다 얼마쯤 낮은 수준의 지력을 가진 사람으로서 작품 속에 직접 표현되어 있듯이 어쩌면 그의 아내보다도 두뇌가 뒤떨어지는 인물인 것 같다. 그러므로 사건 수사 중에 읽는 이는 늘 프렌치 경감과 함께 사건을 수사하고 있는 듯한 기분에 잠길 수 있고, 때에 따라서는 그보다 먼저 힌트를 얻고 추측하며 지지부진한 프렌치 경감의 수사 진도를 오히려 안타까워하는 경우도 많을 것이다.

다시 말해서 대부분의 명탐정은 읽는 이보다 먼저 진상을 꿰뚫어보지만, 그것을 발표하지 않는다——아니, 발표할 수 없기 때문에 여러 모로 부자연스러움이 생긴다. 크로프츠의 경우는 그런 부자연스러움을 없앨 수 있어 읽는 이는 한층 더 열심히 '수수께끼'와 맞겨루게 되는 것이다.

그런데 과연 이 사건이 프렌치 경감의 '최대사건'인가 하는 점은 사실 의심스럽다. 하기야 평범한 한 경감이 다룬 사건으로서는 보기 드문 어려운 문제임이 분명하므로 이 작품 하나만 읽으면 조금도 부자연스럽게 느껴지지 않는다. 그러므로 크로프츠가 이런 표제를 붙인 사실로 미루어 그는 그때까지처럼 자신의 장편소설에 단 한 번 등장하는 주인공으로 전제하며 썼다고 추정할 수 있다.

또한 작가가 그 뒤에도 이 주인공에 대한 애착을 버리지 못한 것을 보면, 이 작품이 지은이의 회심의 역작임을 알 수 있다.

사실 크로프츠의 특색이 가장 잘 발휘된 소설로서 이 작품은 손색
이 없다. 그의 특색이란 미스터리소설로서 미스터리의 짙은 맛을 가
지면서도 한편 여느 소설을 읽는 듯한 인간적인 흥미를 풍부하게 지
니고 있다는 점일 것이다.